文学百年

名家散文自选集

江水之南

马 力/著

民主与建设出版社

·北京·

© 民主与建设出版社，2022

图书在版编目（CIP）数据

江水之南 / 马力著. -- 北京：民主与建设出版社，
2022.10

（文学百年：名家散文自选集 / 李继勇主编）

ISBN 978-7-5139-4000-9

Ⅰ.①江… Ⅱ.①马… Ⅲ.①散文集—中国—当代
Ⅳ.①I267

中国版本图书馆CIP数据核字（2022）第194667号

江水之南
JIANGSHUI ZHI NAN

著　　者	马　力
责任编辑	廖晓莹
封面设计	宋双成
出版发行	民主与建设出版社有限责任公司
电　　话	（010）59417747　59419778
社　　址	北京市海淀区西三环中路10号望海楼E座7层
邮　　编	100142
印　　刷	三河市冠宏印刷装订有限公司
版　　次	2022年10月第1版
印　　次	2023年1月第1次印刷
开　　本	880mm×1300mm　1/32
印　　张	12
字　　数	179千字
书　　号	ISBN 978-7-5139-4000-9
定　　价	49.80元

注：如有印、装质量问题，请与出版社联系。

山水行旅与文学想象（代序）

风景的文学化呈现

　　游记是散文的一种。中国是散文大国，也算游记大国。

　　游记是最常用的叫法，也可以叫旅行散文、山水散文。总之是把旅行生活和山水风光拿来当成抒写对象。

　　游记是一种很古老的文体，通常把东汉马第伯的《封禅仪记》当作最早的游记作品。封是祭天，禅是祭地。作者马第伯是汉光武帝的侍从，曾经跟着皇帝封禅泰山，留下这篇记。北魏郦道元的《水经注》，三十多万字，写了一千多条河，以及河两边的城镇、物产、风俗、传说、历史，是记载中国水系的重要著作。郦道元的文笔好，这书又被看成文学作品。明代的徐霞客写的《徐霞客游记》，是一部个人的行走记录，日记体，文学性强，水文、地质、植物、民俗都写到了，所以说，它的地理色彩也不淡。中国古代游记的一个明显的文体特征，就是文学和地理学相合得很紧，按照我们现在对狭义散文的理解，它们不算纯粹的文学。

　　中国古代游记的创作高峰，在唐宋时代。这两个时期也是中国散文的发达时期。唐宋八大家中的领军人物柳宗元，他的《小石潭记》是名篇，结尾几句：

坐潭上，四面竹树环合，寂寥无人，悄怆幽邃。

以其境过清，不可久居，乃记之而去。

看似写景，实乃寄情。柳宗元在安史之乱后，协助翰林学士王叔文进行改革。这场"永贞革新"只进行了一百多天，就失败了。柳宗元当然受到牵连，下放到永州当司马。永州，在今天的湖南南边，我去过。九嶷山、潇水全在那里，风光很美，蛇也多。柳宗元的《捕蛇者说》开头一句"永州之野产异蛇，黑质而白章"，大家都记得。千年之前，那里一定很荒僻。一看这几句，就能领受那种被贬永州之野的落寞心绪。柳宗元一辈子写了那么多诗文，这篇《小石潭记》最为人们记诵。

欧阳修的《醉翁亭记》也是名篇，是在欧阳修参与范仲淹推行一年多的"庆历新政"失败后，被贬到滁州当太守时写的。文调比起柳宗元，好像明朗一些：

醉翁之意不在酒，在乎山水之间也。

朝而往，暮而归，四时之景不同，而乐亦无穷也。

柳宗元、欧阳修被贬，还是官，但他们更是文人。做了官员的文人写文章，和不是文人的官员写文章，品格、神韵是不同的。

唐宋时期，游记基本有了成熟的文体形式，跟近现代游记样式很接近。对于现代文学时期的游记创作，它的价值在哪里呢？应该说是很直接的。我们读古代散文，或者读古诗，一个好的方法就是一遍一遍地朗读，以至背诵。这个方法的好处是，读多了，自会琢磨、体会出长长短短的文句里的滋味。《三国志》里有一句话："读书百遍，其义自见。"意思是，读书上百遍，书中之义自能领会。有一次听许嘉璐先生的课，他专门说过，要学会涵泳。古人吟诗，哼哼唧唧，自我陶醉，入了境。现代人好像不大费这个劲儿了。但是，古文读多了，你自会感到一种文言的韵味，简练、传神，能够体味出注释之外的韵味。上面说到的柳宗元、欧阳修的散文，那种内心的忧伤，那种超脱的怡然，来回读几遍，多多少少能体会到。

五四作家多半有过古文训练，他们在创作中，就会带上这种痕迹。文言和白话杂糅，半文半白，读起来别有一种味道，和我们今天的语感不大一样。有人适应，有人不习惯。这是汉语书写的时代特征。鲁迅写的游记很少，有一篇《辛亥游录》，日记体，文言味很重，那时他的岁数却很年轻。三味书屋教出来的，就是这个味儿。这篇游记发表在1912年2月他的家乡绍兴办的《越社丛刊》第一辑。1911年，鲁迅在绍兴府中学堂教书，课余，去郊野采集植物标本，他把这个过程记了下来。你读那个句子："掇其近者，皆一叶一华，叶碧而华紫，世称一叶兰。"今人较少这样写文章。再往后，特别是到了20世纪30年代，白话的势力加大，读起来更接近今天的文味。

新文学的山水歌者

我一直以为，现代游记写作中，出了两位大家，一个是沈从文，一个是郁达夫。两个人又都是写过小说的。景象的描写、细节的刻绘是他们的长处，他们的文章也都保留着文言文简洁、传神的优长，读着特有味道。

沈从文的《湘西》和《湘行散记》是名篇，他不是侧重写地理，而是专情写荒蛮之地原始、朴素、真实的风俗、世态、人情，笔墨很细，有些和中篇小说《边城》的调子接近。凌宇是研究沈从文的专家，他有一本著作，叫《从边城走向世界——对作为文学家的沈从文的研究》。他在书里说：

> 《湘行散记》《湘西》在文体上不拘一格，具有抒情散文、游记、小说、通信等各种文体因素，但又突破了其中任何一种文体的固有格局。它是散文中的

"四不像"。然而，正是这"四不像"，表现出沈从文在散文文体上的大胆创造……游记、散文、小说是三个具有不同特征的文学种类。糅合三者而为一，即吸取这三种文学体裁的长处，融铸成一种新的散文样式。游记以写景、状物为主，散文适于即景即事而抒情，小说重在人物和情节的完整。在《湘行散记》《湘西》中，作者对地理物产、山光水色、历史遗迹的介绍，采用游记的写法，尤其是景物的描写十分出色。景物描写贯串《湘行散记》始终；《湘西》更通篇皆是，虽多达数十处，却富于变化，毫不雷同。他能以敏锐的艺术感觉，捕捉各地景物中最具特色的部分，传递出各自特有的神韵。

神韵，是通过语言传达出来的，我们可以把《湘西》和《湘行散记》找来读读，品品它们的滋味。那种带点生涩的、有时会产生阅读阻力的语句、句群、段落，读惯了，再看一般文章，你会觉得没味道。看看这一段：

水面人语声，以及橹桨激水声，与橹桨本身被扳动时咿咿呀呀声。河岸吊脚楼上妇人在晓气迷蒙中锐声的喊人，正如同音乐中的笙管一样，超越众声而上。河面杂声的综合，交织了庄严与流动，一切真是一个圣境。

有声音，有画面，糅合得又是那么谐调。这是用文字画出来的梦幻世界，这是那种课堂文化程度不高，却对生活语言具有天赋的作家写出的具有艺术灵性的语言，而且是不可模仿的。

郁达夫的游记名篇，经常说到的是《雁荡山的秋月》《超山的梅花》《浙东景物纪略》《钓台的春昼》等篇，也是现代散文史上的经典之作。他在《钓台的春昼》里这样写：

> 我当十几年前，在放浪的游程里，曾向瓜州京口一带，消磨过不少的时日，那时觉得果然名不虚传的，确是甘露寺外的江山，而现在到了桐庐，昏夜上这桐君山来一看，又觉得这江山的秀而且静，风景的整而不散，却非那天下第一江山的北固山所可与比拟的了。

旧式才子的风雅情调，在郁达夫的记游文章里表现得特别圆满。

这样的文字，在今天的创作中，不大容易欣赏到了。一时代有一时代的文学，我们也不好硬做比较。我只是觉得，作为欣赏者，每人有每人的尺度，说好说差，内心自有高下。

中国现代游记散文，在20世纪30年代形成了一个创作高峰。它直接继承了古代和近代的游记文学经验，并加以创造，出现了高质量的作品，出现了游记作家群。这里面，有散文家、小说家、诗人、报告文学作家，他们创作了艺术风貌各异的作品。从大量的创作中，人们可以看到时代的、社会的、历史的面貌。这些文学财富，又开启了当代游记散文的创作。我在一本书里说过：

> 作为中国文学现象的现代风景散文创作，已经成为文学史的永久性部分。充满人文情怀的作家群体，以前卫性的创造姿态进行构式探索和内涵开掘，完成了中国当代风景散文的历史性奠基。

旅游是空间的移动。现代游记创作能够发达，还要感谢交通工具的发达，它提供了古人享受不到的出行便利。郭沫若、郁达夫、郑振铎、冰心的作品，经常有火车的影子。现代交通工具使个人的活动范围扩大，视野更广远，心境也更辽阔，直接影响着创作活动。

1922年10月26日，冰心在《晨报副镌》发表散文《到青龙桥去》。临着车窗看风景，眼前是一幅流动的画：眼前"只是无际的苍黄色的平野，和连接不断的天边的远山。——愈往北走，山愈深了。壁立的岩石，屏风般从车前飞过"。年轻的心，随着风景动起来。

1934年7月7日晨，在燕京大学当教授的郑振铎，受平绥铁路局局长沈昌之邀，跟冰心、吴文藻、雷洁琼等八人从北京清华园车站出发，开始沿平绥线的社会调查性质的旅行。他们经过居庸关、宣化、张家口、大同、呼和浩特、包头等地，沿线风景、古迹、风俗、宗教、经济、物产等都看到了。他以书信形式把塞外见闻讲给夫人，一共十来篇。10月，发表在文学月刊《水星》上。后来编为《西行书简》，作为"文学研究会创作丛书第二种"出版。

郑振铎的《云冈》是《西行书简》里的一篇重要作品，写得很细。

创作视域中的景观

游记作家描摹的风景，按照大致的划分有两类：一是自然景观；二是人文景观。

自然景观最能激荡胸襟。峰、岭、峦、嶂、岩、峡，具有雄、奇、险、秀、幽、奥、旷、野的美感；江、河、湖、泊、海、泉、瀑，具有狂、柔、平、软、清、浊、急、缓的美感；还有绚丽艳美的花地、辽远壮阔的草原、苍翠葱郁的林木等，愉悦着我们的感官和心神。对这些自然景观做文学化的表现，比较难。有一年，我和汪曾祺先生去桂林开笔会，汪先生回到北京后，在《北京文学》封二上发表一篇随笔，叫《从桂林山水说到电视连续剧〈红楼梦〉》，说自己想用文字捉住对于漓江之游的一点印象，枯坐多时，毫无办法。"待寄所思无一字，桂林宜画不宜诗。"由此感叹，"状难状之景如在目前"其实是不易办到的。这里借的是宋人梅尧臣的话。

如实呈现风景之美，文学是赶不上摄影和美术的。也就是说，文字和景物之间不一定存在完全对应的关系。奥古斯特·罗丹把照相和翻模所表现的精确称为"低级的精确"，这种精确"既然不是出于自己的心灵，也就不会真实"，而文学的使命正是要创造心灵的真实。当然，同样作为艺术创作样式的摄影与美术，和文学有共同点，不好用排斥的眼光看待它们之间的关系。我要表达的意思是，成功的游记，应该近风景之真、心灵之真，尽量使文字和景物的关系实现一种平衡。

过去，郁达夫给写景文章提了一个标准："细、真、清"。这话放在今天也是适用的。只因现今的游记创作中常有"粗、假、浊"的东西入我们的眼睛。粗，便不能细；假，便不能真；浊，便不能清。作品的失败也常在这地方。虽然是一样的写景文字，高下可要差得多。

人文景观最能引发追怀。人类在社会演进中创造的习尚、风俗、心理、情感、智慧，体现了社会主体——人的核心价值，它们蕴涵着各自的审美特征，在艺术心境中产生不同的美学感悟。它们饱含人的创造性劳动的景观，组构成一个有机的意义系统，作用于欣赏主体的审美感觉、审美知觉、审美想象。进入文学视野，创作者更凝眸其所承载的历史的欢欣与苦痛。他们流连于宫殿、寺观、石窟、摩崖、陵墓、古城、民居、书院、园林前，会回溯昔年的盛况，会浮想过往的人物，会听见遥远的声响，会感受工匠的余温。

建筑其实是不好写的，得有营造学、社会学、宗教学、美学等方面的知识储备，要不然，下不了笔。拿古典园林来说，厅、堂、楼、阁、馆、斋、榭、轩、舫、亭、廊、桥、墙，都要略懂一二。楹联、匾额也得能看明白，这涉及造园艺术、建筑文化方面的学问。十几年前，上海老人郑逸梅来信，要在《中国旅游报》副刊上开设《名人与园林》栏目，我编发了四十篇稿子。手稿我留着，一直想把它编成书，可是出版社不会接这个活儿，因为不赚钱。

两类景观，我们在游览中常能碰上。感受、领悟之后，便可化成文学材料，融入创作过程。我过去在一篇文章里说：游记的面其实可以很宽泛，除去写风景，还能记人事，叙掌故，绘草木，花鸟虫鱼、岁时风物、瓜果饮食、祭典礼仪、歌舞乐调，凡文化者，皆可入篇。人家读起来，才感到不单薄，有文化厚度。有一天在汪曾祺先生家里，聊起游记创作，汪先生说写游记要

"跳出风景去写"，大概就是这个意思。一篇作品，只是记录一些你在旅途中见过的东西，陷在里面，读者不会获得阅读的满足。你得写出景物深处的东西，往大了讲是文化。所以，不要把风景看得太浅。心里要有历史背景、哲学背景，在大背景的挤压下产生游记。从表面看，你写的是景物，其实你写的是文化积累。你得给读者不知道的东西、新鲜的东西，要有你自己的发现。这种发现，一是从景物中来，一是从长期的修养中来。眼前之景人人能见，心中之景就未必了。要能看到别人看不到的东西。如果你的修养深，连节气、物候都会引发文思。我近日读到一则小品文，说日本的湿气，磨炼出一种"湿气智慧"，以至影响了国民性格。日本文化崇尚"寂"，就是从湿气中产生的美的意识。在风雨、雾霭、云霞、雪光的笼罩下，岛国的树木上、石头上长满了潮湿的苔藓，抬眼一扫，不是庭院内的水池，就是纸窗前的灯笼，这种生活环境中，心能不安静吗？不懂这个，就写不出来那种境。为什么有的人到了一个陌生的地方，爱找来地方志看，就是要了解当地风情。假设一下，一起结伴去黄山，回来每人写篇游览记，肯定不一样。老人和青年的感受不一样，学生和职员的体验不一样，有文化方面的，也有心理方面的、气质方面的。

我以为，游记是一个文体框架，负载的东西多了去啦！散文写到最后，就是拼修养——文化积累、思想见识、人生阅历和艺术表现。当然，动笔时，还得记住"剪裁"和"节制"，千万不能一味铺张扬厉，以显博学。苏东坡有话："取之至宽而用之至狭。"老作家孙犁也讲过相近的意思："写游记当然要运用一些材料、文献。但不能多，更不能臃肿。要经过选择，确有感触者，约略用之，并加发挥为好。"要避免庞杂琐碎，那会叫人读不下去的。

每种文体都有相适合的格局，不能想抻长一些就往长了抻，想缩短一些就朝短了缩。汪曾祺先生谈小说写作时，打过一个比方："就像一个苹果，既不能把它压小一点，也不能把它泡得更大一点。压小了，泡大了，都不成其为一个苹果。"作品要修短相宜，这个道理，放在游记散文上，也是合适的。我主张游记一般不必写得太长，太长的篇幅，容易叫人望而生畏。回头看看，中国历代好的游记，篇幅大多不长。写游记应该像写诗那样来写。

酿造出风景的诗意

游记散文在文学史上占有一定位置。现状如何呢？说起来未免令人失望。这一类作品，像是不能登大雅之堂，成了被列在正宗文学之外的一种样式。多年前，汪曾祺先生对我讲，某刊向他约稿，先作声明：不要写景之文。这是很奇怪的，有点文体歧视。

　　转念，也不好全怨编辑大人门户之见太深，在写的一方，是不是也该问问自己呢？从前我说过，中国山水画的气韵天下无匹。同此山水、人文，应当也是不差的。怎么回事呢？今人拿笔写游记，像是太过随意，不管有无条件，有没有准备，上来就写，既缺少创作所要求的素养，表达上所应有的文学美又特缺乏，草草下笔，真有些对不起过眼山水了。人家当编辑的退稿不发，你也无话可讲。

　　模山范水，笔下要有历史背景、哲学背景，还要有情感背景，让文字在心灵氛围中展开。游记是散文，它的表达，必须是文学的，文学的核心是诗意。那种泛泛的堆材料的写法，历史知识再丰富，哲学思辨再深邃，也只是导游词的路数，不能以情动人。诗，强调感觉。感觉又往往是一瞬间的，忽然就来了，在心里一闪，忽然又没了。这就是灵感。灵感一定是个人化的，它产生诗意。我们有时候读到很绝的文字，常常是作者的灵感。你的灵感来了，马上记住，因为很容易忘掉，靠回忆都回忆不起来。

　　自然山水是诗，好的游记应当含着诗韵、诗的节奏，也当然可以在心底歌吟。俄罗斯作家康·帕乌斯托夫斯基曾经思考过相似的问题，认为"散文一旦臻于完美，实际上也就成了真正的诗"。徐志摩的《泰山日出》《印度洋上的秋思》《北戴河海滨的幻想》《我所知道的康桥》等，里面有些段落，都是可以当诗歌来诵读的。抒情是诗的特质，也是浪漫派艺术的主轴和凝聚点。由此发散而成的游记，可以在纸面上叠印出风景道上的种种奇观。

诗化的游记，可以破一下传统的章法。不一定以游踪为线索贯穿全文，不妨打破时空限定，按照心理时空、情感逻辑行文。景物、情绪可以交叉、跳跃，这样表达更自由，更舒展。

像写诗那样写游记，文字一定要俭省，尽量使写出的东西篇幅来得短小，少工笔，多写意，没有洋洋洒洒的架势。唐人写绝句就是这么下笔的，绝不敢浪费语言。

写诗，开头进入要快，几行就得把读者带进预设的情境。开头不好，整体就垮了。写游记也是同样道理。不能好几个自然段过去了，还没进正题，连景物的模样都没见到呢。我的经验是，全篇的开头是很难的，就像给文章起标题，左也不是右也不是，很费斟酌，因为标题流露着文章的情绪——热烈的、冷静的、抒情的、记叙的，不那么容易捉住。想个好开头，哪怕是头一句，全篇的基调就定下了。开头也意味着一个不寻常的视角。能够找到这个不寻常的视角，常常是开始一个故事的好起点。

结尾要有回味，不宜直说。理想的文字，固然要写出对于风景的记忆，更要写出对于风景的回味。要让人家眼光离开纸面，心没离开。

诗意的文章不是硬作出来的。写文章要放松一些，自由一些，自然一些。特别是写游记，不能把风景写死了。最乏味的是把游记做成了流水账、导游词。从文学的角度看，这是无生命的文字。

这样说来，游记的成功，可以归结为三点：一是诗意情绪的体验；二是艺术感觉的捕捉；三是感应方式的灵透。

形象感也是对于游记的要求。风景的美感是通过形象传达的，文字本身不具备形象性。那么，是不是应该取消游记的资格了？当然不是。游记绘出的风景不是客观的山水，而是作者用心灵塑造出的山水，是"第二自然"，它会在读者的想象中唤起形象感。这就要看作者写景的手段如何了。这里有高低、深浅之分，一般化的、平淡无奇的写景手段，当然不能引起读者的兴趣。

小学生出去春游，比方去颐和园，回到学校，语文课上老师让写一篇游览记，学生就要调动回忆，脑子里就会浮现颐和园的印象，佛香阁、十七孔桥、昆明湖、西堤的轮廓、方位、造型、色彩等。起码不要写错，那样会失去最基本的真实。我在前面说过，古代游记里有地理学的因素，比方南北朝的《水经注》、明朝的《徐霞客游记》。20世纪30年代的郁达夫，他的游记里，地理色彩也不淡。其实，写准山川景物的方位，也不容易，要看你的观察力，而不是虚构的能力。在郁达夫跳荡的目光里，山水的位置感是明确的。运用大尺度的物象结构，营造立体化的视觉感，浮显景物的空间格局，他有这本事。他的《浙东景物纪略·烂柯纪梦》中有这样的句子：

> 石桥下南洞口，有一块圆形岩石蹲伏在那里，石的右旁的一个八角亭，就是所谓迟日亭。这亭的高度，总也有三五丈的样子，但你若跑上北面离柯山略远的小山顶上去瞭望过来，只觉得是一小小的木堆，塞在洞的旁边。

我多年前去烂柯山，伫立四望，想起郁达夫的话，感到写得准。

从山水世界中激发情绪，再回过头来加以融合，重铸自然，不是简单的事情。这也是汪曾祺先生有感于游记难写的一个原因吧。

想象力能够让游记不限定在小的格局、小的气象里。站在天地之间，精神的翅膀会飞得很高很远，特别是自然景观和人文景观，让你想起遥远的岁月、苍茫的宇宙、过往的人物。张家界的峰岩怎么会从一片沧海中耸立出来？秦汉的烽火、唐宋的烟云，会让你对历史发出追问。五四作家里，浪漫格调总是和生动的想象结缘的，经典作家就是徐志摩。他的代表作《泰山日出》，运用的是散文诗的笔法。他用"玫瑰汁，葡萄浆，紫荆液，玛瑙精，霜枫叶"和"光明的神驹"来比喻早霞的光色，而"散发祷祝的巨人，他的身影横亘在无边的云海上，已经渐渐的消翳在普遍的欢欣里；现在他雄浑的颂美的歌声，也已在霞彩变幻中，普彻了四方八隅"这几句，汪洋恣肆，让抒情主人公跃然于画面的前景，带了双翼的灵魂热奋地驰骋，魂魄昂扬，意气风发，表现的是一种解放了的精神。这种顺从情绪、放纵想象的写法，与其说是自然风姿的再现，不如说是客观景物在作者心目中的幻觉化，或者称为作者心境的艺术化。文字与自然浑融一体，物象升华为意象，这是一种美妙的境界，也是中国浪漫派文学的传统。

文学想象是有根基的，行所当行，止所当止，不是无限度的。根基还是作家的底蕴。

我读今天的游记散文，有感慨。梁实秋讲过一个意思：中国的读书人访山问水，回到家，都爱写一篇远足记，才算功德圆满，才算没有白出去一趟。现代人不是活在过去的时光里，可是社会生活的现代性改变——出游已成为常态，并没有促成游记散文高峰的到来，大众化出行也没能拉近人们同大自然的心理距离。这就形成一个悖论：今人同风景离得这样的近，而同自然美离得那样的远。什么原因呢？只从文学角度看吧。

现时，较少有人肯做摹景状物方面的技术训练了，许多人凭了一点旅行经验和习作底子便来写作，较差的语文基础无法满足艺术要求，美的写景篇章就较难出现。语言是和内容粘在一起的。学校老师讲授文学理论，把二者分家，一个是形式，一个是内容，这是为了讲课的方便，能使原理清楚。在创作中，是分不开的。你不能说这篇散文真好，就是语言差点，真应了那句话——意图很好，实现得很坏。奇丽的风景遇到粗鄙的文字，实难指望写景的成功。游记散文，语言应该是美的。

文学语言应该是个人化的，而不是公共化的、类型化的。读多了、读熟了经典作品，把作者名字掩上，一看文字，就知道是谁写的。

另外，我最近在思考一个问题。语言是有民族性的。我写国内景观，比较自由，笔下是顺的；写起国外景观，就比较生涩。因为写国内的，常用"写意"之笔，这套笔墨用到国外的景物上，好像写不出那种味道，非得用"工笔"才合适。什么道理呢？中国文章讲求感性，很多观念来自经验，语言的弹性较强，意会的空间大，造成"艺术的模糊"，但是缺少思想挖掘的深度；西方文章讲求理性的力量，逻辑严密，但是深刻的哲理有流于观念图解的危险。对照着看，一个较虚，一个较实。这种差异没有高下之分，写好了，都是经典。能够加以融合，更是等而上之。其实，我们不是直接用英语创作，我们对外国文学的感受，都是从翻译作品那儿来的。我在写海外游记时，有时会捉不到语言上的感觉。

写游记，是对大地行走的文学记录。这种行走，是有精神内容的，借用伊塔洛·卡尔维诺的话，是为了回到你的过去和寻找你的未来而旅行，卸掉行囊，情绪状态好像仍然"在路上"。读游记，是心灵被文字带到了路上，你好像和作者一同行走。林清玄讲过："人不是向外奔走才是旅行，静静坐着思维也是旅行。"过去说的卧游、神游，大概接近他的这个意思。其实，如果跨出文学范围往大了看，写游记、读游记的文化意义也是有的。人活在世上，免不了要处理四种关系：一是人和人的关系；二是人和自然的关系；三是心与身的关系；四是今天和明天的关系。这里面，我们走进山水，就反映了人和自然的关系。游记散文里的山山水水、花花草草，就是大自然的文学化表现，山含情，水含笑，融合了作家的主观感受。人类生活依赖自然，文学创作也依赖自然。从这个角度看，说游记散文有生态文学的因素，是有道理的。

文学永远无法完整地再现自然之美，我们也不强求这种"完整"。我们需要的是融合了美好情感的自然、诗意的自然，因为人类的精神在那里栖居。

2013年8月28日

江水之南

目录

忆北碚

"碚"这个字，不常用，只能在有数几个地名上见到它。重庆的北碚算一个。

我在北碚只做了半日的流连，现在还要借着文字忆它，这与矫情无关，实在是它有值得回味的地方。

如果让山城光景在我的记忆中映现，只有先把片段的印象连缀起来。那天刚把长江畔的禹王宫幽森的殿堂看过，向湖广填四川的往迹略一回眸，又将峭立于嘉陵江边的洪崖洞游了一遍，更出市区朝西北方向行驶了几刻，在江岸一片绿树影中的金刚碑老镇走一个来回，对着岁月烟云向孙伏园、陈子展、吴宓、梁漱溟诸公遥致了一番敬意，且在米行、油坊、酒肆、茶馆的旧址前捉住一点古渝州的遗影，就越过有名的北温泉，直往我所想着的缙云山绕去。

林野的峻秀和山寺的清寂，是缙云称奇的地方。说到蜀中风物，这里可算牵魂的一处。乳白的云雾恋着翠岫，愈添十分的朦胧，这倒是天下之山共有的一点，而修篁的繁密，缙云或许难比浙北的西天目，幽凉的感觉却是一样的。避暑，避暑，这个季节性的话题，年年搅弄着既贪恋街衢繁华，又向慕山水清旷的都市人的神经，虽则本意是消去现实环境下的浮躁感。好办，只消在这迦叶古佛的道场盘桓片时，心里就清静了。保管你见不到光闪闪的热汗，闻不到发臭的汽油味。

明代青石寺坊上镌着成祖朱棣、神宗朱翊钧的字，很苍劲。洛阳桥下，流过淙淙的涧溪，在空谷荡起幽妙的清响。钟磬和木鱼的声音与它相比，终究是依着僧人灵魂的节奏一下一下敲出来的，离清籁的境界还要远些。我就凝神听溪，神意专注，较之坐禅的僧人也毫不相差吧。一路激响的溪声让我把灵魂寄放在遥迢的山水中，身形静而心魄已远逐天涯了。

我近来看到"世外无桃源"这样的话，仿佛对陶靖节的散淡情致有一点不屑。我这个年岁的人，可说领受了时尚男女的感思。流风不继，东篱之下采菊的闲逸，恐难合今日的调子；心量不大，俗虑太重，见了南山也未必悠然。萧寺里的光景，却还如常。偶有僧人在阶前廊下轻步来去，一脸都是静，身过被竹树掩着的禅师瘗骨塔，好似也不挂什么特别的神色，种种意味都隐潜于淡然表情的后面，就像嘉陵江在温塘峡的一段，流势平缓，甚或水在动的样子一点也看不出。避居深山的他们，谨守清戒，护持自己的生活秩序和心理逻辑，刻意拉开和山外的距离，内心一片清凉。如果认定这是一种智性的参悟，意味可就深了。我在家人面前不可妄测，默诵精舍前古碑上的数行字，或可得解。

　　梁实秋游过缙云寺吗？照例是不敢妄猜。他未必抱有朝顶的虔心，而所怀的清雅趣味抵近佛境，却是我的一点感觉。

　　北碚的街旁有一块青石，刻着"雅舍"两个字。院门在坡上，闭着，墙头露出一角屋檐。这就是梁实秋在1939年秋和清华同学吴景超合资购置的一栋平屋。房子寻常，甚或有些破陋，经了主人的布置，显得境清而意远。梁实秋给居处起了一个好名字——"雅舍"。瞧字面，和吴景超的夫人龚业雅之名似乎有些关联，取意或许还有更深的思量也未可知。虽逢战时，亦得趣味，并且晨昏风景皆入他的清赏："'雅舍'最宜月夜——地势较高，得月较先。看山头吐月，红盘乍涌，一霎间，清光四射，天空皎洁，四野无声，微闻犬吠，坐客无不悄然！舍前有两株梨树，等到月升中天，清光从树间筛洒而下，地上阴影斑斓，此时尤为幽绝。"这番光景描述，真是苦中作乐！调和笔墨以求远离人世劳役，足见梁实秋的幽默气。讲句端庄的话，雅舍已由斋名演化成一种具有标志意义的文化符号。梁氏的多种书，名字上都挂着"雅舍"这两个字，可说用心把雅人深致编结在语句间。可惜他的文字不是火焰，无法在纸上燃烧，炙烤阅读者的眼睛。他只带来一阵清风、一泓流泉，让陷入战争苦难里的人轻松起来。他太相信自己的文字，相信精神的力量。

　　路过昔年林语堂住过，又在林语堂赴美前被捐赠给中华全国文艺界抗敌协会北碚分会的一栋双层小楼。青砖黑瓦，素淡气很重。老舍在里面住了好几年！有名的《四世同堂》就是在这里写的。斯人已逝，留迹的地方就尤其可珍。门还是关着，我朝屋里瞅一眼，好像看见老舍在写字。

　　多年前，胡絜青回到这里，她的感慨自会比常人深，"嘉陵烟云流渔火，缙云松竹沐朝霞"这一联诗，把北碚的山和水都点到了，心里，一片离情。

2009年9月1日

北温泉

前次游缙云山，逢着热天。进到山里，恰能对迎着我的一片清凉怀有特别的留恋。修在坡上岭下的馆舍、彩亭、石桥和寺庙，点缀着山景，更在心头添深了幽静的感觉。

待这回出了重庆，沿着渝南公路又朝山这边来的时候，数载的光阴如嘉陵江水一般流远了。我向车窗外头看，仿佛去见旧相知似的，想从途上画片般闪过的风景中寻出一点熟悉的印迹。我的心落进曾识的山水。

车子一直傍江走着。时而会现出一段江滩，再远些，便是宽宽窄窄的江面。江水在两岸之间流得随意而自在，向前盘出弯曲的弧线，和舒卷的飘云是同一种意态。水色发浊。当地人说，要不是刚下过雨，江里才不会流着黄泥汤呢。可是依我的浅见，"绿如蓝"怕只是诗歌里的绮思吧。江上浮着雾，雾里有几只运货的黑色船。长岸多屈折，车子就须常常转弯，道旁的野树又随时一扑，耐看的江景便被遮断了。

路随江转，转了不知多少弯，行抵温塘峡。近山的公路收窄，一侧是断折的山崖，一侧是临江的草树，天光也转暗了。

右边那块刻字的白石没有逃过我的眼睛，上次往缙云山里去，就曾瞥见过它。"北温泉"三字依旧凝着那么一种端庄气。这回不再一闪就过去了，一路北行的车子已经在它跟前停定，我可以不用心急地把它端详个够。

此番山水我又来，这中间，好像并没有匆匆逝去的几个年头。

北温泉是一个很大的公园。郭沫若游过的飞雪崖，谢冰莹游过的乳花洞，应该就在近处。可惜我在这里只作稍稍的歇脚，还要赶往江津的四面山那边去。飞雪崖、乳花洞，我哪里有一睹的眼福，不，是机缘哟！就叫我在前人的文字中永留着对那一崖一洞的心仪吧。

临流建起门窗敞亮的屋子。屋前设廊台，可以凭栏眺大江。嘉陵江到了这里，就它流动的样子看，尽是一段平静的水面，况且狭长的一条夹在水岸的两壁间，倒让江峡显得深峭起来。"小三峡"的名字给它，差能适切。郭沫若在《飞雪崖》里说，"河床断面并不整齐，靠近左岸处有岩石突出，颇类龙头"，"右岸颇多乱草，受水汽润泽，特为滋荣"。他写的这几句，不能咬定就是我眼前的所见，嘉陵江岸一带的光景，却多如他的摹绘。

我瞧定山上的茂草、丛枝，忽然记起了张恨水。他写《山窗小品》时住过的简陋茅屋，大约就在四近的林麓深处吧。

屋子的讲究，在于把温泉引到室内，沐汤而憩，断非谁家都能做到这一步。更多的池子棋布在户外，好处是可以身在汤池而眼观苍翠峰峦，叫人神思飞越。其境也雅，其韵也悠，不去和东篱酣饮而眺南山的闲逸来一番比较，哪行呢？我坐入一间茶室，品了几盏工夫茶，似从浅黄的茶汤中啜出"清静和雅"来。这四字，本是挂在壁上的一幅法书，犹浸禅家意味。乾隆年间，有个叫王尔鉴的巴县知县，此人能诗，云："松风度峡泉飞韵，鱼藻含春水织纹。可能去疾分茅屋，聊用清尘坐夕曛。浴罢僧房茶已熟，池边猿鸟自为群。"逍遥神意，恰入我心。便是飞雪崖的奔瀑深潭不曾观览，乳花洞的石花石幔不曾赏看，我也无由抱憾。何况还在温泉蒸腾的热气里听了一回南宋将军余玠镇蜀的旧闻，心亦上溯南流的江水飞向合川的钓鱼城。这么说来，我也算没有辜负身前身后的风物。

禅茶一味的老话在北温泉公园里印证得好。从我坐着的这间茶室的窗子看过去，广德寺殿堂的檐角正朝我这边翘耸着。追史，这座古寺是南北朝刘宋景平元年造起的。千几百年下来，若要讲起由这里生出的典故，必也能数出几桩。就说方才提到的钓鱼城吧，为时三十六年的宋元合川之战中，享有元宪宗荣衔的孛儿只斤·蒙哥，崩殂于此寺中。生前未能攻灭南宋的遗恨，只能靠四弟忽必烈来消尽了。

一门三殿的格局，照例谨守中国建寺的法式。关圣殿即山门。门前一对石狮，挂着顽憨神气，好像在和圆形的镂花窗棂斗巧。进了门，才瞅清楚，这原是一座穿堂空殿，关帝金身像从前是有过的，哼哈天神也缺了。我对此已不经意，倒是俯下目光，朝着低处的江堤望去。看不见伸上来的石阶，才明白这里不像磁器口建文帝隐栖的宝轮寺，层阶连着水码头，庙宇因之冷寂。我的视线移向残损的檐头，瓦缝间几蓬乱草正宜对着江天的斜阳。"野庙向江春寂寂，古碑无字草芊芊。"唐人李群玉的这联诗，仿似为此境而吟。

接引殿另有一个天王殿的名字。变了的世局，改换了它旧有的模样。那三尊身高过丈的接引祖像不知去处。佛身后站在神龛里的韦驮亦亡。无佛接引，万物成空。也罢。殿后卧着石桥，桥下是方池，池水映着树影。满池的荷花开残了，半挺着几枝枯茎。鱼还在游动，红鳞戏绿漪，一闪又一闪，极自在，宛若也解禅意。两三个尼姑桥栏边闲聊，细气低声。世间一切事再难叫她们起急。

大殿之主，当然是莲台上的如来佛，圆脸丰额，肉髻螺发，穿着衲衣，坐在那里，不减傲然的气度，一脸安静，真不枉对门匾上"妙相庄严"四字。这是一尊明塑。阿难、迦叶永远侍守在左右，两厢分列剃发光头的罗汉，都齐了，恰是十八之数。这些佛菩萨，看尽多少人世风雨！此刻，殿外的日光正照在佛身上。顺眼瞧去，光源是从高翘的重檐和四壁间的空隙透进的。角拱、雀替、额枋，经了太久的时间，颜色逐年地暗了。殿顶和墙壁不相接，刻意留出通畅处，让风常常吹入殿内。这种营造，透光又透风，在多湿的西南，难说不是匠心。

当以四字为配：公输天巧。

靠后山坡而屹的观音殿，踞全寺极处。不待深问面阔几间，已先看出它的崇宏。顺着殿廊下的石柱瞧上去，顶覆铁瓦，其色如铜。正脊有彩色雕饰，正是二龙戏珠。郭沫若"铜殿锁龙蛇"五字，道出这座石柱铁瓦殿的气韵。观音殿的得名，全因为这里曾供着济度众生的圣观音。慈与悲的功德，使各怀祈愿的男女，远近而来，在蒲团上跪拜。里头有人说话，却没见着那尊宋步云绘图、贺白先塑成的白衣观音像，据传是后来被毁掉了。下殿时，阶侧立着一个塔状铁架子，上面凝着残而未尽的蜡滴，花花搭搭，其形如泪。

看过这寺，暗忖，过这种"日中一食，树下一宿"的禅寂生活，有趣吗？张大千年轻时求佛，由松江禅定寺到宁波观宗寺，再到杭州灵隐寺，多少悟出一个道理：既然做了和尚，还争什么意气！在庙里住长了，心里的一些东西，就给消磨了。

寺后山岩上，存宋代摩崖，惜未得览。

这座地处嘉陵江西岸的北温泉公园，是履北碚峡防局长之任的卢作孚先生倡建的。再过十来年，园龄就该满百了。

2015年3月5日

它像山那样硬，又像水这样软

钓鱼城

有一年，我的屐痕印上了锡林郭勒草原。绵连的阴山向东延展着余脉，在和大兴安岭西麓相接的地方，低山丘陵与熔岩台地被高原草场的绿浪遮去了气势。八百年前，草原上的"黄金家族"在这里蓄养雄霸天下的猛志，筹策横卷欧亚大陆的征战风暴。星星似的毡房与敖包，散落在美丽的芍药花和山丹花的彩色光影里，飞扬的旌幡仿佛烈马的飘鬃。南下西进的铁骑在长调的高亢歌腔中出征，刀剑挥砍，一路激响着狂怒的啸音。楼台屹屹百丈起，一座瑰岸的帝都，在龙沙之地上山岳般隆耸，大元帝国的太阳骄傲地升上草原的地平线，高扬的头盔寒光迸射，映着马上天骄鬓黑的脸。

一个黄昏，去看元上都残址。斜阳的光芒从远天落下来，几抹淡红的亮色水一般洇入城垣沉沉的暗影。它太老了，再坚实的夯土也会失去黏性，受了轻轻的力，就会像溃破的身体一样扑簌簌掉下鳞片似的皮屑，所以我不忍触碰。漠野的厉风把宫墙的断壁吹得发凉，一只苍鹰平展双翅，在当年耸过高大角楼的半空匆忙地低旋了几圈，留下的一串清唳，叫人断肠。城南的草野上，闪电河水流过金莲川，拖出一条幽蓝的光带。片片金莲花从青草深处飞出明黄的颜色，不染一丝风尘，绽蕾的花朵迎向风来的方向，仿佛朝金莲川幕府留给蒙元青史的功业致礼。那一刻，回望过去的心情我是没有的，似乎早已厌看流逝的那些。如此庞然的帝宫，像一个憔悴的老人在花间沉默。不，应该说是颓然倒下了——就在元上都建成那年，执掌朝廷魁柄的蒙古国大汗、追谥桓肃皇帝、庙号宪宗的蒙哥，竟在千里之外的合川战死。历史想象把我的心绪折弄得这般不堪，自会觉得黄灿灿闪在天边的花影太艳了一些。

这是我从草原得来的浅淡印象，这么些年了，总还流云般绕在心上。

近人柯劭忞耗三十多年心力编修《新元史》，自有对于蒙哥汗的评价，试看他是怎样说法："宪宗聪明果毅，内修政事，外辟土地，亲总六师，壁于坚城之下，虽天未厌宋，赍志而殂，抑亦不世之英主矣。"这个"坚城"，就是合川的钓鱼城。

沿嘉陵江南行而偏东，有个叫北温泉的地方。约莫半年前，我游过那里的温泉寺。庙里人讲，攻伐合川钓鱼城的蒙古军从北方杀来，蒙哥汗可算统兵的宏魁巨酋，谁料为宋军炮火所伤，死在这里。听完这段旧事，我在锡林郭勒草原所得的那一点记忆便从心底泛起，顺口问起钓鱼城的详细。尼姑的眼光在我的脸上定了一瞬，那意思兴许是：谈天似的一番话，竟叫一个偶过的游客有心探询。她大概不愿拂了我的意，从树下欠起身，指着崖下流过的江水，送了一句：沿江上去就到了。

没承想，转过年，我真就得了机缘，走在钓鱼山的层阶上。轻细的雨打在山间的草树上，听上去一片单调，我的心情颇不寂寞。印在心头的那些史影，远远近近地飘来了。说我的这些印象是流云，其实是不确的，不过一种比拟罢了。云总归是轻的。宋元对战、兵戎击杀这段事，虽已在纸上留痕，载着史实的字句却是燎过狼烟的。废垒这边道思情，也应了唐人旧句："城头铁鼓声犹震，匣里金刀血未干。"过去多少年，散不尽的记忆也像山石一般沉。

钓鱼城是一座石头城，只消一眼，雄固的气象就能端详出八九分。出入之门，八座，尽为险关：东新门、青华门、镇西门、奇胜门、始关门、护国门、小东门、出奇门，各朝东西南北，皆有风姿。护国门的墙体已很斑驳了，盘曲的藤蔓粗粗细细，宛若苍老的筋脉。砖壁挂了一层浅湿的苍苔，也如大块的瘢痕附在上面。战血虽凝，古城并未失去创痛。重檐歇山顶的城楼，自显几分危峻气象。门额悬横匾："全蜀关键"，足见它的紧要。我在低处的阶石上朝它注视，涵泳壮魄的尊严。只顷刻间，残酷的岁月遥远而真切地联翩复现：战烟升腾的天空，刀剑中的狂啸与哀号，震得日月发抖。鼓鼙声急，此门未破，舍去了多少热血与生命！幽微的光线透进门道，我轻拂了一下黑漆已褪的门扇，上面的兽首金铺，衔着铜环，眉头微蹙，睁眼盯着什么，透出的目光是湿凉的，暗含一丝狰狞气。它已被无数过往男女摸得一片光滑。那些横列的门钉，则如冷了的血滴凝成的伤痂。走出券洞，我又折身上到楼顶，在檐下站定的一刻，低下目光望望飞来寺的青灰色瓦檐，那里虽则供着据称从三圣岩的高崖崩坠的一尊晚唐弥勒石像，此时的我呀，炽燃着忆史之火的心里，哪里还有虔拜的闲情？遑论城门下方的崖龛里，那被风雨废毁了形容的明代三清造像。城的坚硬，阻滞了铁血奔骑的飙风般驰骤，也折断了上帝之鞭。"上帝之鞭"，这是西方人对于来自东方草原的一群大地之子，以战争和死亡征服欧亚大陆的匈奴人、契丹人和蒙古人的称谓，畏怯之心尽在这四字里了。城坚，守城的军民也有山石般刚硬的心，方使一路攻克剑门、长宁、蓬州、阆州、广安寨堡的敌军，无法将这座倚山临江的合州小城袭占。拉锯式的攻守，为时三十六个春秋。战期如此漫长，唯靠向死而生的信念与心志方可度过。雉堞前立着的抛石机，是个粗重的架子，四柱稳牢地扎在地面，如虎蹲坐，故又称"虎蹲炮"。架上横一道轴，轴间插一根拴了绳索的数丈长抛杆，抛杆的一端连着畚斗似的东西，里面放了卵石，呼为石弹。逢战，兵士呼吼着，奋力拽动绳索，将那畚斗中的石弹抛向攻城的敌虏。这么看，炮这个字，写作"砲"才合适。城头还配置多辆弩车，比抛石机小巧得多，所载弩弓能将弩箭弹射极远，落入敌阵，亦有它的威力，可算一种击敌的利器。垛口前，一片卵石、弩箭射向攀爬云梯而强攻的蒙军，这是战焰中飞闪的流星雨！率军搏杀的蒙哥，恰为矢石所伤。含恨溘逝之时，他听闻其弟忽必烈建造的元上都始竣其工的消息了吗？其时，二弟旭烈兀所统十万远伐波斯和阿拉伯疆土的雄师，本以破竹之势，在两河流域纵横疾骋，冲杀的呐喊声中，波斯南部的卢尔人政权遭灭，西部的木剌夷国被屠，巴格达的阿拔斯王朝降服了，叙利亚的阿尤布王朝屈从了。这支东方十字军，兵抵地中海东岸，正欲迎着大马士革弯刀的寒光，同埃及的马穆鲁克王朝开战，蒙哥丧耗传来。为了汗位之争，旭烈兀除去率军东返，还有他想吗？顾了这端，他便暂把那开疆拓土、舆图换稿的梦收回心中。此番兵锋回转，蒙古国第三次西征的鸿猷，便在匆促的班师中了结。

只看对于天下战势的影响，钓鱼城之役的意义，真是大矣哉，足可称为一个有着世界声名的战例。这胜利，是以性命和牺牲为代价的。留下这等战事的地方，最宜惹人留题。山间摩崖果然极多，宋明清三朝而迄于民国，洋洋大观。千佛岩旁的一块石崖上，刻着五言四句："元鞑逞淫威，钓鱼城不破。伟哉我先烈，雄风万世播。"语词何其豪壮。题镌者，为黄埔军校一期的孙元良，是国民革命军的一位将领。从淞沪到南京，血光迸闪的死亡场景深印其心，吟咏，也就字字见情。此君有子孙祥钟，是个大明星，我看过他演的几部电影，敢情就是其名甚彰的秦汉！其父的诗，民国三十五年秋所撰，那时，秦汉在上海降生也才几个月。

　　一阵雨斜斜地飘来，湿了城头的战帜。向北放出目光，绕山而流的嘉陵江水，一片灰白。过眼的种种又都如烟了。"蜀郡山河壮甲兵"的苦战之痕，要到炮位、墩台、栈道、作坊、营寨、演兵场、点将台的遗迹上去细寻了。山顶一片平阔的地面上，九个锅形凹坑大大小小地散布着，呼为"九口锅"。雨后汪着水，滢滢地发亮。或曰，蒙军蛮攻，守将王坚以铁雷、火炮退敌，大量火药正是在这里碾造的。又说此处曾为晚唐寺庙，因为在其旁发现了四个覆盆式柱础。抗御蒙军的年月中，九口锅成了宋军的指挥中心。还有一个圆池，中间伸着一道贴水的木桥，甩了个弯，池形就如一幅太极图了。水面浮着几片荷叶，雨点一声声打在上头，我停下步子，觉得耐听。这么高的山上，水竟很旺沛呢！这个池子是演练水军的吧。尽管嘉陵江、涪江、渠江三水环山，对付从漠北远袭而来、只在马背上才显威风的蒙古兵将，用得着水战吗？我想得乱了，一时竟说不出个底细。

　　不管是兵工厂，还是古寺庙，都还留着人的余温。北边不远临崖处，一棵横斜的黄桷树前，平展着一块巨石，其上凹着几个深印，传为天神旧迹。旁立一碑，题在上面的篆书亦极了然："钓鱼台"，让人又把远古之神踞此垂钓，以鱼赈济灾民的传说温习一遍。钓鱼山的得名，也要由此追溯。神，不过是人的奇幻化。所谓神圣空间，亦属妄造。我对这座山、这座城抱有兴趣，一切的根由全在人。再瞧瞧脚下这些注满雨水的浅坑，忽然觉得，这不就是水臼吗？我在一些山上见过的。

冷硬的砖石围隔出一种特殊的生活状况。不管要受多么大的耗损与磨折，战时的民众以从容的态度坚持着，强大的适应性折射的是一种心智的力量。所谓神力，怎可同它相比？钓鱼台旁侧的平石上，一片深深浅浅的凹坑，那是轮碾的遗痕。轮碾转动，磨出的粮食向卫城的将卒源源供输着给养。我默望着，想象也活跃起来，一幅壮阔的耕战图景，仿佛叠印于这个粮食加工厂旧址上。困守孤城、艰难度命的百姓劳作着，在危境中垦田积粟，拼命生产军需，充实自身的力，夯筑着战争的物质根基。他们的念头那么单纯，情绪那么乐观，他们衣服上的汗渍和兵士的血痕融在一起。危城如山，强虏无法吞噬这块硬骨。战史如此经典，假定有农事杂咏、沙场谣谚为阅众传诵，定会让一个民族的精神韧度展现史诗之美。

还得添说几句的，是城里的一座衙门——石照县衙。敌焰虽炽，审决讼案仍未停下，惬置的气度，鬼神也要敬服。进大堂，瞧一眼悬在知县头顶的"明镜高悬"髹漆横匾，执杖差役身后的"回避""肃静"木牌，过二堂，念几声题在匾上的"清慎勤"三字，又把衙署门前"思无邪，公生明"的司马光唐隶八分书碑镌，座右铭似的回味一番，愈加明白这个南宋最后的小县衙，谨遵"君子以明庶政，无敢折狱"之道，性之稳，气之和，战火不能夺。风过水无痕，这是禅境，护国寺莲台上结跏趺坐、目光微微下视的佛陀，犹能会心一笑。寺中那棵八百年金桂溢出幽淡的芳馨，披离的茎叶宛若韧健的肢体婆娑曼舞，用尽快乐的表情，挽存一个濒死王朝最后的尊荣。

忠义祠是明朝弘治年间修建的，那本意诚然是冀求英魂永年。这时，钓鱼城之战已经过去二百多载了。祠前的石坊，望之俨然。院子里，黄桷树甚高大，多皱的粗干与柔韧的虬枝，所披尽是沧桑，估摸几百年前就长在这里了。一问，果然，是明天启二年仲春，钓鱼城护国寺里一个叫广净的住持栽植的。殿里初供守城之将王坚、张珏，后来，又把筑城有功的播州贤士冉琎、冉璞兄弟请上供台。当然，断不能少了领宋理宗赵昀之命，主理四川防务的余玠。这位入了《宋史》的兵部侍郎、四川安抚制置使兼重庆知府，因山为垒，棋布星分，屡败习于野战的强敌，其勋之著，成了头戴光环的人物，可以无愧。长翅帽或战盔各在他们的头上，眉目尽含精神。五位可纪念的先贤很使人钦仰，这祠的造起，又使其在山中占得光荣的地位。凝注诸君的胸像和牌位，如敬神一般。消失的目光重新明耀，宛似老城上空不灭的星辰，闪烁着难以割舍的眷恋，且带着生命的暖意和后人相逢。这也抵得一种隔世的对话了。讲述与倾听，恢复了历史的生动气息，先民的理智和情感在回忆中延续。两壁立着数块明代诗碑，平平仄仄，自是对死战破围之举的颂词。刻这样多的碑在龛位前，所谓史不绝书，也尽于此了吧。

偏殿另供三人，也都塑了像：王立、李德辉、熊耳夫人。把他们请进这个祠堂，听说是清乾隆年间一个叫陈大文的合州知府的主意。这个做法是引起过争议的。王立是献城仕元的南宋降将，总应视作"贰臣"的。李德辉是元朝安西王相兼西川行枢密院副使，节制川陕两省军政，而他的表妹则是嫁给元将的熊耳夫人。就是这个女子，摇身变为枢纽性人物，不过她是将半个身子隐在幕后——百里之远的重庆失陷后，策动王立为解困厄，偃其旗，息其鼓，弃战易帜。但这时候，战争尚未定向，存在各种可能的结局，而让战争以何种方式结束，又关乎传统的"义"。帐中的谋虑真有无尽之苦，在长久的意义上，它将改写全城人的命运史，也会使战局的进路发生变向。周旋的余地彻底失去，焦虑、绝望与无奈的王立被逼到人生的死角。巨大的悬置感动摇了相持的意念，飓风般卷来的强烈冲力，殴击着一颗孤独的灵魂，且促其骤生激变式的内裂。沉郁的氛围下，他未能冲劲降冷笑，优柔的性情作弄着他，痛楚地想定了前途，所抱唯有俯首一念，而失掉了原有的坚毅。当世发生的一切都曾在史上发生过，王立照例躲不开古老的战争法则。他狠心以最原始而屈辱的方式——放弃抵抗，来止息这场旷代厮杀。因这并非轻率的放弃，沉重的心理压迫从此无法挣脱。扯落烽燹中的大宋旌纛，可说是死亡阴影下的选择。靠着数十年力战筑起的意志堡垒，就这么带着锥心的隐痛坍圮了，终使这座城留给异族控御。那红热的血，一夜便冷下去。元世祖忽必烈接到李德辉的奏章，果真给了强大的应声，一改长兄蒙哥"若克此城，当赭城剖赤，而尽诛之"的遗诏，发出上谕"赦免合州，一城生灵"。这或许就是以礼祀之的缘由。那个时候，城内和城外，充满灵与肉的对峙，王立是将民众带入和缓安靖还是引往跟主流意愿更背离的方向，大抵连他自己也未及确定。攘外的权力自我解除后，兵乱消失，随之而来的百姓日常境遇，应是为此段旧史定义的要紧凭依，可我对此暂时是未知的。细数春秋，这两男一女已被供奉了百年。想必有人如我一样，在像前乜斜着眼睛，虽不言语，但那心境，好似乱石投来，破去一池水原本的静，终不免皱紧了眉头。

战与降，这两个势同水火的字，在"忠义"的誉称下调和了，全无掩抑，却化作一柄刀，锋刃上带着血。这血色，已在史书的篇页上抹不去了，且覆上后辈心头烙下的深深创痕。灼痛的记忆不会像朝雾似的袅袅地飘失，战争的齿轮仍然摩触着子孙无滓的魂魄，难断一个是非。谁也不愿颤抖着手，再去剜那沦亡的疮口。据此段"迎降"史实编出的戏剧，在舞台上演着，情节安排再现了生存苦难与矛盾旋涡中的感情性段落，那态度自然是首肯，王立的所为似乎也是可谅的。朝之迭，史之嬗，虽说如今的景况早已大异以往，可是换一种视角却偏和这相反。只因在根本上，叛离、附逆，最为正统所不容，休提其余。胜利把征服者托向天堂，将被征服者逐入地狱。换了披挂之后，好戏仍未收场，刚从兵灾苦境中脱身的王立，直接坠入耻辱的深渊，亦毁损掉前面的战功。他这边受着生活世界的褒赞，那边受着道义世界的讥诮。精神的屏障实难翻越，他也就做了观念的俘虏，内心从此无法避开沉抑的镣铐声。或许，在轻贱的眼光下偷生，深重的负罪感时常折磨着他，用了什么办法，也难获得心的平安，这比永受骂名更使灵魂疼痛。"不以一眚掩大德"这话能否给他，也要存疑。跟临危而不逃逸的铁似的将卒相较，他的骨头到底软了些。至于熊耳夫人，那些伤逝的言语我却连一句也不想说，瘗玉埋香之叹像是可以不必。词句再巧，不过是血迹上的文饰。

故史遥兮情系之。以今鉴古的后来人，虽在祠内冷眼旁视，心中哪能无一丝牵虑呢？在历史这个纵向的传承体中，既成的一切还能有价值，皆因它仍在影响我们的思维活动，且在进入认知、推论、判别的逻辑程序中检校着精神的清浊。江山盛衰，宗稷更替，是一种断裂，也是一种衔接，处身存亡之秋的关键人物，最招毁誉。古人面对的是抉择，基点为现势；今人面对的是评断，基点为是非。两个生存时空的差异性思考便洞明了，可说极难交糅。时间一直向前，陈迹很远，但世上的情理是一样的。二元分野的状态下，迥别的界域之间搭不起一座过渡的桥。将帅功罪、红颜福祸，代有歧论，历史视野下的现实激辩也难设穷期。那颉颃的情状，很似两位对跱而立的人，各以自己的识见和感觉来核论这故实，思想的锋芒尖锐而深刻地对撞了。把往事记在心里，只为当下的鉴戒。这么想着，偏殿的气氛也复杂了一些，竟至压抑。若用严正的眼光看，这三人的脸，都失了色。

钓鱼城头挂出降旗的次月，南宋左丞相陆秀夫，决意将一腔烦冤带到地底去，便背着末世少帝赵昺在广东崖山蹈海了。有些时代的落幕总是惶遽的，三百年赵宋宗社竟如纸灰，势也。王权旁落，痛放悲声亦无补。多年前，临着零丁洋远览的情形我今天也还记得。水天凄迷，野马般的奔涛撞向狞厉的礁岩，仿佛为亡国的君臣叹息。干戈寥落，身世浮沉，钓鱼城的陷落，总该有个来由——正际宋元鼎革，必会时世变易、政治翻覆，这其中，似乎不是忧惧一己的生死那么简单。

一团团灰絮似的雾，忽浓忽淡地飘飞，轻软得叫人郁悒。重门击柝，敲出的响音锐戟一般刺向清寒的夜天，倾落血的雨。"戍楼刁斗催落月"早成过往光景，我的思绪照旧陷在老去的时日里，绵绵不绝。昔年，那些壮士为社稷而守城拒敌，数百载后，这座城池仍为国殇的魂灵而守望，真是荡人胸臆。这番感受非我独有，三圣岩的"荡胸生层云"摩崖，便在佛菩萨身下。这件清代题镌，是一个姓朱的本乡人所书。杜甫的《望岳》是一首抒怀诗，录其句在这个地方，还算得宜。佛眼看尘世，总以慈心观众生，同俗人的想法恐非天悬壤隔。钓鱼城上，可眺大江之奇秀，可览雄山之峥嵘，这本已够了，而在锁钥之处，更有"独钓中原卅六年"的护国壮业感动着天地，任谁也会在内心发出雷鸣般的歌啸，那是难抑的心潮。我一个常人，不具觉者之眼，似也悟着一点禅家意味，说起人心与佛性相通的道理，亦不是无端。如此一看，千佛崖那边的"鱼山胜概"篆体摹刻，尽得气象。

潮润的风从江面吹来，颠连的峰岭映入鳞波中，恰好成了柔漪间的清影。四围爽目的景物，使得山中的空气尤其来得爽畅。这种清和幽，正与禅界的空与寂相契。

钓鱼城上多佛刻。余玠选中这里高筑战垒，有过佛佑此城的意思吗？最记得悬空大佛，全在一条崖壁上勒出。释迦世尊侧身横卧石崖上，螺发肉髻，宽额丰颐，面容那么端严庄肃，平和沉静得失去了哀乐，闭目，再急的风，再骤的雨，也都暗默，无力惊扰彼岸的梦。佛身定在那里，袈裟的褶纹却是飘逸的，恍如涟漪般流动，好在那青绿的彩饰还未褪尽，犹可放出玄妙的光芒。这是一尊晚唐造像，比大足宝顶山的释迦涅槃圣迹图石刻，为时要早，只是壮硕的身量不及那样长，跟前也未见低眉恭立的诸弟子。为了创刻这躯卧佛，那些无名匠师一定在山中常转，这儿瞧瞧，那儿瞅瞅，选中了这块巨崖，才落下一凿一錾。这尊中国造型艺术史上的古刻，风晨雨夕，费去多少精力！南宋的赵智凤来过这里吗？从他的家乡大足到这里不算远呀！他也许在悬空卧佛前低回过好久，凝神琢磨，领受着前人的巧思。大足深幽岩谷中的万尊造像，跟钓鱼山或有因缘。这片多树的山麓，因佛而一片安静，也因佛而聚来幅幅墨妙，很多题刻皆在它的四近。"一卧千古""山人足鱼"皆为南宋人手笔。

前文讲过，三圣岩旁一尊晚唐凿造的弥勒像，在暴雨惹来的一场岩崩中滚到山下，留在岩上的阿弥陀佛却不孤，观世音、大势至两位胁侍菩萨没有离去，静稳地分坐左右。这三尊清代道光二十三年的刻像，一样的腴润面型，一样的端凝姿容，神温婉而且慈蔼，很有蕴藉似的。优雅地施着莲花手印、托如意宝珠的阿弥陀佛且不说了，叫他自享主位之尊吧。两位菩萨，头戴宝冠、胸配璎珞、腕挂环钏，观世音抚净瓶，大势至持沉香，半睁半闭的眸子掩着无尽言语。清光绪八年刻上去的四个字，亦极贴切：慈云通覆。

雨下得大了，浇不灭岩底燃着的几炷香。乱峰之上的蓝空愈显寥廓。晶亮的雨珠，是天女散掷的花朵哟！朝佛身凝眸的我，恍若屏息聆教。"如是我闻"的宣唱，飘云一般邈远，难言的清虚与玄奥，撩人去追西天的云。听着它，凡念皆已断除，只是那碧血山河还在心上。

古圣寺

古圣寺是草街镇上的一座老庙。草街镇在合川东南，靠着嘉陵江。

这座寺，建于明代初建，能留到现在，是因为清咸丰元年重修了一回。

寺院靠着凤凰山，檐楣间就题着"凤凰山"三字。山上的草树很繁茂，常能听见鸟叫。从地脉上看，这里和东边的华蓥山、西南的缙云山接得近。

古圣是谁？似无确指。我只听说这座寺是和陶行知连在一起的。他在这个山窝里办起了教育，志在改造文化落后的国家。这里的育才学校，是他的又一个伟大的劳作。此前，南京北郊出过一个晓庄乡村师范学校，那是他的初次尝试。

寺前有一个池塘，曰周子池。这个名字是陶行知起的。周子，就是周敦颐，这位北宋理学家在合州当过五年通判，倡办州学之时，把"三苏"父子也邀来了。嘉陵江东岸学士山上，即有他"偶坐而爱之"的养心亭。池面浮着荷花，露珠偎在叶子上。碧水、清莲，读过几年书的，哪会想不起濂溪先生的《爱莲说》呢？"圣"这个字，他受得起吗？

池边绕着一条小径，是个散步的好去处。得闲，师生们从古圣寺里出来，常在这里走走，呼吸着黄昏的空气，说说笑笑。有时候瞧见陶行知从逸少斋的茅檐下过身，就冲这位"老夫子"打招呼。老夫子，学校里的人乐意这么叫他们的校长，情分是很温笃的。逸少斋是陶行知的住处，眼下成了一间粉墙青瓦的办公室。

寺门像个石牌楼，两旁的墙八字形朝南伸出去，上面刻着方正的擘窠字："檀林"，这是佛气；"忠孝"，这是儒气。字是冯玉祥写的，虽用楷体而不失隶书骨力，自见奇逸、雄媚、朴茂，亦给山门添了气象。费正清说过，"陶行知和冯玉祥之间有一种隐秘的关系"。什么关系呢？正如陶行知自勉诗中之所曰："为一大事来，做一大事去。"这个大事，就是乡村教育。他的眼光是朝向大众的，他的情感是系于民间的。这一切皆源于他的世界观的基调：济世和良心。从美国哥伦比亚大学师范学院孟禄、杜威门下拿到"都市学务总监"文凭回来，他脱去西装，穿上草鞋走进乡野，用了传教的精神，创造性地在平民中间推行教育试验，以个人的热情与汗水胎孕乡村的新生命，培育农夫的新灵魂。他肯做沉实的泥土，裹着希望的种子，催它生长成美的鲜花和壮的大树。他也明白，一个知识分子，要在旧中国的政治环境中实现某种理想，必得依凭权力不可。他渴求自己的生活教育理论在实践中有成。北伐时，冯玉祥帮过晓庄学校驱匪；又逢抗战，古圣寺里收养着的，是近两百个失了家的难童。冯玉祥有博爱之心，为给他们受很好的教育，也为了躬践宿诺，应陶行知之邀，领了育才学校副校长的尊衔。学校开音乐会，这位"基督将军"爱上台唱起山东民歌《爸爸上山去打柴》。歌词是他自己填的。校门前立着他的字，犹如有了护身符。

我在蓬莱阁上也见过冯将军的字：碧海丹心。写这四个字的时候，察绥民众抗日同盟军正受着蒋日夹攻，饮恨察哈尔、遁迹泰山的他，心忧民族危亡，和李烈钧登蓬莱而泼墨，腕底笔致，苍劲凝重而隐含郁愤怨艾。端详其字，性情和器识也能测出一二。

古圣寺颇残旧，里面没有什么人，像一个荒凉的园子。何其芳的诗里说："我知道没有声音的地方就是寂寞。"这个时分，我多希望听见苔径上响过细碎的足音呀，而且从明净的眼神中看到理智的折光。进去，身子先被黄桷树的清荫遮住了。这棵树已有了春秋。我恍如看见欢愉的学生在树下歌唱，诱得丹墀前的那对石狮子，歪着脑袋听。校园里的人那么乐观地爱着生活，那是他们最艰苦也最幸福的岁月。演坛上的青春之歌，把明媚新美的一面烙印在校史上。

上下转了几个殿，都能闻到一股老屋子味，是从积尘和朽木上发出来的。旧殿的门口挂着木牌，写明音乐组、舞蹈组、文学组、戏剧组、自然组、绘画组、社会组……大概还照着当年的样子，以存其真。矮些的是牛王殿，面阔七间的它，仅剩下偏殿，分立在基址两边。右手是音乐组。门口的古碑留下了，刻的是"恩沛佛门"，竟是道光皇帝御笔。教室的墙上，还嵌着一块《重修凤凰山古圣寺碑记》，可能是清代重葺时的东西。这两块很大的碑石，当"墙砖"用了。学音乐的同学们，朝夕晤对这些旧物，会得些灵感吗？讲台的位置，放着一架风琴，很旧了。满室的桌凳也看不出漆色，粗糙多痕。这是那会儿的学生用小刀乱划的吗？不会的。我好像看见贺绿汀、任光、李凌、黎国荃在弹琴教唱，一双双会说话的眼睛天真地盯着老师，很专，很纯。乐理与视唱这些特修课，在孩子们心里开出艺术的花。他们望着世间一切闪烁的东西，做起星月的灿梦。这里面，有个害过癫痫头的孩子，叫陈贻鑫，他后来写出了管弦乐曲《抗战随想曲》。写自己的时代，跟隔着光阴写，不是一个感觉。那创作的笔一摇，心灵就浸在里边，虽然宣抒着个人的心绪和情感，却又常能反映出大众的心音。从胸腔里跳出的音符，在裂云都发烫的天际炎炎地燃烧，赤焰的光亮中，飞响勇壮的战声。音乐组用过的小提琴和二胡，所经历的年月不算短，静静地摆在一边。我看看那把小提琴，上面好像留着黎国荃的指温。

大雄宝殿空了。正脊上耸出一个尖，雕了花，这殿昔年也宏丽过的。释迦佛祖从莲花座上下来，迦叶、阿难两位尊者也走掉了。安置在侧间的法堂，僧尼的忏摩、布萨一声也传不出。这里成了戏剧组和文学组的天下。戏剧组的黑板上画了几张脸谱，章泯先生当过这个组的主任。我瞧一下工整的板书，仿佛看见他正在讲授戏剧的分类。袁文殊、田汉、水华、沙蒙诸师的身影也在眼前晃。

殿后是天井，左厢房被绘画组占着，里面好像敞阔些。靠前的位置放着图画壁报，以人物、静物素描和风景写生为最多，是当年的吗？虽为旧笔墨，殊觉新洁鲜丽。陈烟桥也是用心从教的一个人，战时条件劣，这位主任带着他的学生，把桑枝、枫枝烧焦了，当炭条用。前尘依稀，我愈加知道这学习的艰辛了。故而那视觉意象的真和美，满浸着勤苦的汗水。陈先生是版画家，在美术上耗心而多劳。鲁迅夸他的作品"黑白对比的力量，已经很能运用的了"，勉励他"最好是更仔细地观察实状、实物，还有古今的名画，也可以采取的地方，都要随时留心，不可放过"。黑板上的字还在："自1931年起，由鲁迅倡导的新兴木刻，开始了我国创作的版画。"这几个粉笔字，极端秀，谁见了它，也不忍擦掉。

我最在意的文学组，恰和绘画组对门。我前后细瞅了几眼，嘿，敢情它就在戏剧组的隔壁。所可惜的是，室内狭小，没有黑板。我靠近方格木窗，想捉住一点嘉陵江上的风吟雨啸似的，却无一丝响动。天光透过檐前乱密的枝叶照进来，真静呀！我犹能听见文学组主任艾青从讲台上发出的诗一样的声音，通向心。昔日上课的情景也就灼然可以映现，一张张慈和面孔亦仿佛近之。教室这般简陋，他和力扬、何其芳，往年轻的心灵里照进了阳光。这里的生活印记，也应留在他们的诗文里。

在育才学校传道授业者，为数莘莘。只消提一提为许多人所熟知的姓名，我们眼睛就亮了：丰子恺、姚雪垠、夏衍、曹靖华、刘白羽、周而复、邵荃麟、艾芜……他们于这里的教学是颇为尽力的。我年轻时曾很受他们的影响，倒极想过去的时光，坐在硬实的条凳上，伏着桌，听诸君的一堂课亦觉得是好的。这些大名人来教一群小孩子，引着他们从书本走到生活去。渴求温暖的心开始迎着春光萌动、欢欣、跃进，使人生美丽。孩子群里就出了英雄，他们的名字刻在碑亭里。黾勉就学，明于道，志于行，以救世拯民为念，从这里走出去的，真有栋梁之用。翦伯赞说育才学校"使人的奇迹代替了神的奇迹"，这话多好！

陶行知所开始的，远未完结。古圣村的小学，还用着"育才"的名字。下课了，几个学生回家吃午饭。别看是孩子，天天从寺墙外路过，里面的沧桑全在心中装着。他们和几十年前的校友一样，天空是高的，志向是远的。

这寺，因有青春的生命蓬勃地成长，使我们看起来，它古旧，却非陈朽，它空寂，却非苍白，它幽僻，却非冷清，并且给后代一种策励的力量，促他们将前行的足音踏得更其铿锵。挺立院中的那株黛色参天、不甘衰谢的黄桷树，就是此校精神的化身。

"从笔头里透出心头的力量。"陶行知的这十几字，巴金给抄下了。这是让感情发热的话。怀抱为民众的热情而倾力农村教育，建设"人人有水仙花看"的理想社会，在当时尚有梁漱溟、晏阳初。过了很久，梁漱溟还为陶行知"教学做合一"的遗教所服膺。老夫子的不凡正在这地方。

语曰："师垂典则，范示群伦。"多少年后，说起古圣寺，一寺之主当然是陶行知——中国乡村教育的圣人，不过没那么古就是了。

涞滩镇

涞滩在渠江边。渠江很早的时候叫涞水，水边有宽展的石滩，石滩是从西岸的鹫峰斜着伸下来的。那些长年沿江往来川东北和成渝一带的买卖人，要在这里转运货物与歇身，还要爬到在它上面几百步之外的鹫峰禅寺，拜一拜凿在石壁上的释尊。运货歇身兼求佛佑，得靠这个叫"下涞滩"的水码头。这是唐宋年间的事了。清代嘉庆、同治二朝，为防白莲教和太平军，本地乡绅照着依山为城的道理，踞鹫峰而用条石垒砌寨垣、瓮城，临江集市也跟着迁来了。百年过去，下涞滩已很荒敝，江边满是乱草。也有小片的地方种上了稻子和玉米，长势还算旺。

新筑的城堡自然得了"上涞滩"这名字。一片楼台瓦舍，占去鹫峰的一角。择势既这样高，若逢着天上飘卷云岚时分，坐船从江面朝林木苍郁的叠嶂望过去，这座兀立于峭崖之上，仿佛与外界屏绝的小小石头城，竟极缥缈了。

太阳拖着白光，从弥漫江天的雾里出来了，却不怎么耀眼。城前一片竹圃，盛了白花花的糯米晾晒。一个汉子扒拉着米粒，无心理会瓮城门拱上"众志成城"的镌字。米，其实是蒸熟了的，搓散晾干，可与枸杞、红枣同煮，养胃暖脾。川渝人家把这种米呼为"荫米"。

城楼不甚高大，单檐灰瓦，柱子敷了红色，看去倒有一些姿态。长长的日子里，登上去就能望见外面的天地，神思也飞远了。半圆的瓮城，开了几个券门，各有明暗。明的走人过车，暗的驻兵储物。空气阴湿，苍老的石壁上覆着绿苔。几根野枝从墙缝钻出来，叶片垂得有一点倦。

进到镇里，一下子就热闹了。石板街伸得很长，两旁宅铺颇稠，牌匾、店幌接得密。一镇男女好像都出来了，当街而坐，脸上挂笑，悠然轻松的样子如同在自家天井里享自在。户户都操持一分生意似的，卖杂货的，开饭馆的，办客栈的，真乃"一日之所需，百工斯为备"。腊豆干、陈皮糖、桑葚酒、红苕粉、野生葛粉，还有荫米，堆了满台，都是店家吆喝的。菜馆的厨子卸了门板，里外敞着，灶台前吊着大块腌肉，盆里的豆花儿冒着热气，苋菜、野菌、金针菇、玉兰片也洗好了，糖醋葱盐也配得齐，就等着下锅。看家菜数得着合川肉片、渠江活鱼。记住，断不能缺了辣椒，要不，就不是川菜了。我想看炒勺在火苗上颠，"吱——"，炝锅声一响，那叫一个香！重庆人讲话："味道巴适得很哟！"

前头一个古董铺，橱柜墙架，摆了一些彩瓷铜钱，不知道从哪儿淘换来的。开店的是一个清瘦老汉，来了主顾，便紧着张罗。听了他的几句谈吐，觉得这里地方虽小，人却精明。

这条顺城街算得镇上的主街，我往东南一直走到它的尽头，迎着我的是文昌宫那题着楹帖的石坊门。再往下，又是一个城门，小寨门。我穿过券洞，仰目把它回望了片时。门墙上盘着老树的根茎，如枯瘦的爪痕。常挂在当地人嘴边的古榕驭蟾传说，便发生在此处。一道阶径朝水岸弯去，通到下涞滩。刚才在街上，我身后有个挑担的老汉，不知什么时候走到坡下去了。陡立的石崖挂满杂枝野蔓，崖上是一个平台，两个体胖的中年人在桌前喝茶，背后衬着街屋的粉白板墙和青瓦翘脊，一脸清闲。眼前风物，聊可得趣。镇上人家的日子很滋润。

文昌宫中可看的是戏台，双层，歇山顶。《吕布戏貂蝉》之类戏文故事，贴着台边雕绘出来。把古老的情节框架镶上旧戏台，腔曲一响，大约能够呼应。凝目片刻，仿若寂寥的夜里忽然听见好的歌。本镇出的川剧名角金震雷，登过这个台面。

对面是大成殿，孔子彩像在焉。没瞧见文昌帝君的龛位，就像我早年走蜀道，雨中过七曲山而未睹这位梓潼神的铸像一样。到了此君神诞日，读书人皆来奉祀，该拜谁呢？

迈出宫门，沿着江崖北行了一段路。这走动中，恰可用了欣赏的眼光，放眺那散在一条大江上的奇美景物，有远的，也有近的，有古的，也有今的。刚交六月，巴渝的空气竟格外黏湿，氤氲的水汽迷漫开来，乳白的、淡青的、浅灰的，薄成了片，细成了丝，又聚成了团。夏日的风太弱，吹不动更吹不走它，哪怕一点变幻也来得缓，来得慢，来得迟钝，只任它缠绵，只任它缱绻，在这悠悠的江上，就愈觉出水天的微茫。由此便想着，拿稳一支为感情所暖的笔，来做风光的描写者。心间流出的文字，闪着光，对眼底的自然与人文景观，艺术地加以照耀。思绪未断，已看得见二佛寺金色的琉璃檐脊和摩崖前缭绕的香篆了，一阵阵唱偈声也断续响在轻吹的江风里。

我到涞滩是来看古镇，没承想还游了二佛寺。寺里的唐宋佛刻，皆是本来面目。

二佛寺的得名，是因为这里的山崖上刻着的那尊释迦牟尼，体大形巨，不知道哪一位给排过座次，号为"蜀中第二"，亦夺去千百年眼光。

二佛寺的格局像是不那么精整，甚至有一点随便。它是贴着山崖建起来的，难得平旷的地形，故而在营造上只可因势变通。中轴加两厢的殿堂布设办不到，大雄宝殿为全寺之主还是不改的。我折了几个弯，不记得和山门殿中金刚力士的怒目对视过，也未曾朝着天王殿里的弥勒开口笑，就下到正殿的近旁。据闻，二佛寺有上下殿的分别，所谓下殿一定是我眼前的这座。处势既低，莲花宝台上释尊那庞然的身躯，站在这里只能对着他的膝盖和脚趾了，若要望见圆雕的脸面，非得把头仰成九十度，甚或有一点晕才行。

未等进去，正迎着一队朝山的乡人从殿阶上下来，吹吹打打，竹竿挑着长长的红绸带，肩头好像舞着一条龙。这有什么讲究呢？我不懂，却明白一切皆由对佛陀的虔心而生。

　　这座石窟寺，依凭崖上的刻佛筑起，三重的檐翼把天光遮去大部分，弄得殿堂幽幽地发暗。粗直的殿柱、端重的佛身只在向上盘去的烟雾里显出半隐的影子，未及细观，我的心已先惊得颤了一下。两根不知何年的石经幢前挤满人。跪蒲团而拜者，多上了年纪，眯眼合十，嘴里若有唱念。坐在一侧的那个瘦脸和尚，把这些收在他的眼中，且不停手地一下下轻敲木鱼。在这里，三佛同殿的定式也给改了一改，释迦牟尼两边的药师佛、阿弥陀佛不知隐到何处去，只剩他山似的安坐，左掌抚膝，右掌五指自有屈捻伸竖，那印相自然是说法。灵山上的拈花一笑，送过一片妙心。千尊造像朝向释迦牟尼，真是"譬如北辰，居其所而众星共之"，把《论语》里的话借过一用也是恰当的。迦叶、阿难肃立于佛祖两侧。迦叶到了涞滩这地方，嘴角竟浮一缕笑，我倒没加留意。南岩上下五层的刻像，横列积叠，繁密得乱眼。罗汉龛过高，目光够不着，这群得道弟子的形神就入不了我的眼。最低一层的几尊像：准胝观音、诃利帝母、达摩、须菩提、布袋弥勒、药师琉璃光佛，近在眼前。准胝观音身子软，虽说清代才被塑出，却不耐岁月，竟叫风雨摧得漫漶了，花冠下的眉目依稀还在，不失安详的意态，也就算不得生了幽怨。蓦然，天边似乎飘来六个字：唵嘛呢叭咪吽，说透世人心髓。

　　东侧设木梯，可允我连升三级。步子轻健地旋而上，正看着日光从窗洞流泻进来，悄默地落在大佛那张丰圆的脸上，又在粗重的檩柱椽枋间熠熠地散射，窟里的光景倏忽就亮堂了。我跟佛的面庞离得如此近，所睹更为分明，沉静、安闲、清宁、雍容的气度越发体贴得真切，而胸襟的不可揣度也是自然。明清的妆金仍未从头上剥落，虽则佛身的下半已裸出岩石的本色，使那"褒大之衣，广博之带"的袈裟减了风神。佛颈两边的岩上，刻着的龙女和善财殊有风姿。以年代而论，是很老的，但这旧丝毫不能消泯其艺术上的光泽。名氏早湮的工匠们，大抵很尽心于优美的。龙女高绾的发髻为圆亮的背光所映衬，云中的披帛轻扬，划出曼妙的流线，飘逸、婉丽、浪漫，怎么看，都和那翩跹的敦煌飞天很有些相像。当时我的高兴，就差让心里笑出声音来了。访游者从硬石上欣赏的是血，是肉，是人的欢情和憧憬，犹有北魏的灿烂。此时，莲台上的千尊小佛正在那穹隆似的岩上含笑观舞呢。

西崖的一个大龛，立着释尊与禅宗六祖的群像。禅史上的诸祖，皆是入山的。我对道法授受的渊源不能深悉，从前也多是分散着看他们，虽不是游方行化，初祖达摩面壁的少室山，三祖僧璨清修的天柱山，六祖慧能弘法的大庾岭，我都是访过的。弘忍的五祖寺我是从废名的文章里知道的，总想去领略一番，且把黄梅县破额山上道信的四祖寺也就近看了。在很多年里，我所赏过的中国风景，尚不能于胸间蔚成江湖之大，便是由这不广的游历出发，窃谓像鹫峰这般将禅宗六代祖师聚在一处，实是不多的。造像的彩妆残了，神意犹在，明慧而深邃。

我犹可透过梵师释子的灵妙隐喻而默悟幽眇机锋，并能管窥禅宗的精神行程。每尊佛都是一株发光的树，随着那风，向天摇闪。花叶纷披，奇香飘溢，无槁，无死。恍兮惚兮，隐隐响起一阵轻语，付法传衣那一套，我这门墙之外的人也不厌费时默听。

别了这殿，穿过一道额镌"鹫岭云深"四字的明代石牌坊，就进了上殿的院子。清代为这"伽蓝七堂"添了油彩，扫几眼楼台、亭阁、门窗、回廊，只觉得映目的光芒一片新亮，只觉得香花丛中的缅玉观音白皙、莹润、幽娴，依然婉顺地低眉，温软的笑意在唇边梦幻般漾开，把慈悲之心给了团蕉上仰拜的人。不知怎的，进了这重辉的梵刹，却已无心流连了。这里到底不是我的世界。

拐上回龙街，瞧见有个小伙子用劲抻麻糖，售与路人。一个梳短发的妇女，坐在矮凳上，手边放个背篓，里头的鸭蛋一色青。她抓起和好的灰泥往蛋上糊，糊完就卖。这也算一道乡味：土鸭皮蛋。

回龙街和顺城街相交的路口，一家门店的檐下坐着个老太太，头发全白了。她守着一个扁圆形的笸箩包粽子，手里紧忙活也不忘冲人咧嘴乐。包粽子？对呀，明天就是端午节。嘿，这个老太太！

此座山堡没有固化成一块顽硬的石头，却像光色鲜亮的肌肉，饱实、充盈，富于弹性的脉管柔软地伸延，灵动的血液细细地流着，流出了平日的冗琐和家常、随意与温馨。

出城，那位晾米的汉子，正往袋子里胡噜着晒透的米，盼着卖个好价钱。

小镇人家的性情，如水。

2015年7月20日

渝黔之间

秋将尽了，冬还未临，逢着这样的季节，渝南山地的物候到底稍异于北方。山林仍绿着，颜色一时不肯因偶袭的寒气而褪去。繁密的枝丫间，云雾依依地恋着，漫成灰白的一片，似断不了无限的情意，掠过山谷的风撕不碎它。

山是树的家。平常的树住在这里，红豆杉、鹅掌楸、桢楠树、羊蹄甲、桫椤、珙桐、银杉这些名贵的树也往一块儿凑，亲亲热热。

山是朝天长的，直上直下，有点剑拔弩张。树也学着它的样子，向上疯蹿。树身一层叠着一层，排布出整齐的梯状阵列。枫香、槭树、栎树、杉树压着竹林，福建柏、马尾松、黑壳楠又压它们一头。生物本能的适应性，让嘉木选好自己的地盘，安顿下来。温差决定了寒暖，也安排了草和树的高程。植物群落的存在形态，本身就是一个寓言。风中的草、云里的树，在相异的海拔平等地互依，默契得像在信守不变的承诺。天底下，它们呼吸一样的空气，抗御一样的霜雪，从深扎的根须上感应到相同的意志，卑微与骄矜的神情是不见的。优美的品性来自高贵的精神，林麓峰峦上挺耸的，仿如人的躯骨。

谁也争不过众峰之上的高山草甸。别瞧草的样子弱了些，让峰岭一托，姿态不差。纤柔的丛草，长到顽健的群树上去了，却把在山风中发出的低吟汇入林涛的狂啸中。芊芊之草、森森之树，晃动着饱满的叶片和劲健的枝条，荡起一派葱茏。生命的色彩染亮了旷莽的过渡地带，四川盆地在这里完成了向云贵高原倔强的一跃。

山也曾有家，是海。海枯了，山瘦得剩了骨头。一些种子飞来，落入崖罅，长成了树，衍成了林，却不改飞翔的姿势，让那苍劲腴润之气，扑人眉宇。沉黑如冷铁的巉岩上，密林烟树染出的颜色绿得深，绿得浓，望去疑似一轴淋漓墨山图卷。这等浑茫气象，旁借李可染的言语状之亦能相宜，那五字是：大笔墨的画。若论峰势的奇峭与沟谷的险绝，在斜贯渝南和黔北的大娄山脉中，先得数到此段出没烟霏的翠微。把"黑山谷"这个名字给它，真是再合适不过。

这座山，不知被什么力量劈开一道大口子，从天上直直地裂下来，毫无道理。这种力量，很似盘古创世的神力。人在谷底，朝上抬眼，天空瘦成一线，淡蓝色光带似的飘闪。斜伸的乱枝，挑着半抹云，云的那一半，叫崖头遮着，看不全。涧中流着河，鲤鱼河。这是一个很实在的名字，大概是山里人想出来的。外面的人听了这名字，一下子就明白了：还用说吗，河里产鲤鱼！

鲤鱼河流得远，一直汇到綦江里去。再往前，就进了长江。天上的那条光带，也随深峡中的这条暗河翩翩地去了。

长长的裂谷，断开了坚硬的大山，也把邻壤的渝黔来了一番区隔。流在幽谷间的鲤鱼河，成了水做的界标。两岸人家长年来去，回到宅子，倚住屋栏而隔河相望，河水连绵不断的抒情性，润得心头发甜，甜到星月下的梦语中。在一处地方，造起一座三层楼阁的石桥，好像从水底升起的一个圣坛：渝黔分界桥。桥板当中画出一道红线，重庆万盛经济技术开发区和贵州桐梓县，各在红线的两端。过桥人经此，会停下步子，一脚从这红线上迈过，是告别也是迎接，失落和满足的感觉，揉着不安的心，只因许多人生情节被这桥连着。河水不知人间事，只管从桥下寂寞地流过，两岸风情却是分着彼此的。此时没见头缠红布帕的男女苗胞，捧着自酿的牛角酒拦在桥头，咂酒的热辣滋味也就无缘得尝。不怕，会有一个个朝晨、一个个夕暮殷勤地等候。那时，你在桥头停脚，听芦笙，看对歌，再在桶鼓激越的节奏中把名为《滚山珠》《苗家欢》的舞蹈也瞧了，顺带吃些腊肉粽子、红油凉皮、糯米竹筒饭，可说已将红头苗的踩山会节俗领受几分。意味若再深些，则可悄默地痴望匆逝的泉溪，捞起丢失的记忆。

依崖的栈道沿着河谷一路盘折。刚走尽一个山隈，仿佛前去无路的样子，几步转过去，栈道又在前面闪出。你不妨歇歇气，轻抚一会儿石灰岩交错的层理，沁凉的粒屑从大山粗糙的肌肤上剥落，你的手指犹能触着古海之水磨蚀的残迹。激溅的山泉打湿了伸出崖隙的野枝，枝上的叶子莹莹地绿着，我的指尖稍碰，静浮的几颗水珠就一斜，滚得没了影。我是惊了一段好梦哟！数片枯了的叶子贴在一旁，叶色黄得深，竟至发黑。老去的它们依旧守在这里，依稀从绿叶身上看见自己的昨天，一边留恋青春，一边感叹衰老，便又添浓了忧伤的颜色。

你若在数里长的栈道上走得厌了，还可斜出三五步，拐下坡岸，跨到贴水的浮桥上去。浮桥的桩子被多根绳索牵着，绳索的那端拴在嵌入崖壁的粗实的铁环上，极似被筋脉凸胀的手掌握紧一般，便是浮桥在脚底摇颤，也可以不怕。

在桥面走，离水更近。飞瀑腾起的浪沫一来，如薄薄的烟，似轻轻的云，郁郁纷纷，怎么忙活也拢不住它，身子犹浸在团团湿气里了。悬濑为无数溪流所汇，自断崖跌坠，迸散开去，到了山根，泠泠地响作一片滴沥，那音色的清与柔，衬得涧底越发静了。飞流下注成潭，"龙湫"之名即由此出。我来的当日，簌簌地落了一阵雨，挂在叠嶂上的瀑布疾箭般从天上射下，拖带的串串光缕，隐约地映出我的须眉，一脸的惊愕瞬间凝在睁圆的双目上。瀑水在潭中旋起深深浅浅的湍涡，漱石的水花宛似白色的鸟，乱翅扇动，又如欢逐花蜜的蝴蝶，在我眼前幻出美的图画。思绪飘飞，到了巴国和夜郎国旧地的我，还想着寻觅南平僚的往迹。古远的气息让我遥忆那荆榛间狩猎、长河中捕鱼的姿影。视线掠过苍润峦嶂的一刻，樵径鸟啼、茅舍炊烟竟不很入心，我极愿仰见鹞鹰的健翼下，先民栖居的窟穴和殓尸的悬棺。

深谷逼仄处，仅数米宽窄。叫经年的流泉磨得棱角都无的河石，层层委积，挤远了偎岸的芦荻和芭茅。更有垂髯似的古藤、飘须般的野荃遮紧苔藓散布的山壁，真是"石磊磊兮葛蔓蔓"。在一个地方，卧着一块不知何年坠下的磐石，挡住河水的去路，横蛮得不成样子，水花惊恐地从它的四边乱溅着漫过。只消把石身敧侧的姿态端详片时，就会觉得那细长的峡、两岸的崖，都仿若记得陵谷沧桑的故事。石下的河床有一点沉陷，敞出一块杂砾堆叠的沙碛。一摊光滑的卵石上，偃伏几截化石般的朽木，凉月照来时分，朝这清流下的小景略略一瞥，满心都是诗意。

将渝黔界域连在一起的，还有横在河面的吊桥。扶稳桥栏，我晃荡地走，身子如悬水上。吹过涧壑的风，此时更烈了一些，将飘旋于河畔上空的缥缈岚烟驱远。鳞波也皴得密了，一层紧逐一层，拥着，挤着，乱成一片。我的心忽然静了，屏息谛听风声、水声，从中辨出分峙的山峰窃窃的晤谈——这是最美的清籁。

我的目光向着太阳的方向攀越，心跃出山谷，朝着逝魂久萦的高原无羁地驰翔，抵达遥远的秦汉与唐宋。夜郎古国、溱州故邑，遗音萦响，一唱一叹，犹寄兴废之慨。清冷山风，拂过轻扬的襟袖；流寓蛮荒，走尽多蹇的宦途，我所追怀的这位，便是一身仙气的李白。思绪再南飞，落在龙岩山巅的海龙囤，雄关、险隘、旧垒，祭吊昔年战址兼吟咏，似迎着播州之役的烽火了。岁月沉淀理据，更孕育激情，并以历史的名义同昨天对话。

故人的生命在后代的思忆中延续，呈现一条时间的纵贯线。两崖之间奔流的河水，标示的界缘清晰而分明。年光漫漫，山环也罢，水绕也罢，带来的不是碰撞，而是敦睦，那条切割壤域的山水线，没有在百姓的心理上横亘一道僵硬的隔障，却在亲和的空气中消融了。

江山的迭替无须来伤，世路的坎壈不必去愁，还是回到幽邃的谷中吧。它的清，它的寂，它的旷，它的野，总叫人出尘。山中无寺，却有不浅的禅意。"空山无人，水流花开"的妙谛，恰可在此境中冥悟。四季代谢中，草叶的荣枯、树色的浓淡才是我所记挂的。

看春天。山刚醒来，杜鹃已笑着吐出第一抹红了，明霞那般泻入初涨的清溪，粼粼波漪便映上妍秀的韶光。游憩之际，

"闲折两枝持在手,细看不似人间有"这联唐诗,是要诵在口上的,心头也就袭入一缕芳馨。

看夏天。茂竹的深翠,逼退了繁树的碧色,珙桐斜逸的枝头却绽出芬馥的花,苞叶先是微微地绿,过后便白得如雪了。花在树上,竟像要扑棱飞去似的。"冰纪续香来,孑遗绿间透翠"的今人词,颇似为它摹状。

看秋天。此时的枫香和黄栌,成了一山之主。霜叶浮闪的金红与橘黄,燃烧起朝云的热烈,流泻出暮霭的沉静。风过处,落下满坡锦笺彩帖。凝眸得久了,怕是躲不过几分醉,恍兮惚兮,悠悠地沉入浓醑的绮梦。

看冬天。凌寒的傲骨,让松柏喜欢飘雪的节令。这会儿的岭上,风摇林杪,阔叶树受了冻,不能挺了,丫杈多半秃去,瑟缩地裸起身子,失了神气。油松和崖柏却有些不甘,密实尖细的针叶在飞霰玉絮中凛凛地伸着,使得寒野里的山峰不失青碧的光色。霜剑无力灭杀所有温暖的事物,若要问一声:万绿深处,谁最争俏?我会应答:是那红亮的火棘。

到底是西南的天气,自然比不得北方的凛冽。陷在高崖间的沟谷把鲤鱼河钳束得那样紧,可要叫奔淌的水结成一条凝滞的冰河,恐是难了。严冬里也有温润,纵使雪落山林,河面也是喧着水浪的。

能把这些景致看尽的人,临去的那刻,该是怎样的不舍。

他也许会隐隐地觉得，逍遥的意态和放逸的行迹，已跟四时风月融在一起。

如梦的波光，静静地栖息于裂谷黝黯处，且在我的眸子中盈盈闪动。我仿佛在沉睡的海底行走，又像一枚醒来的奥陶纪化石，朝着清朗的天光微笑。

苍老的河流，年轻的浪花。

2016年11月10日

落凤坡

庞统之殁，在《三国志》里，陈寿只用不多的字，便交代完了："进围雒县，统率众攻战，为流矢所中，卒，时年三十六。"到了罗贯中那里，经了一番演义，添了故事性。"落凤坡庞士元归天"本属小说家言，虚实相生的文字，反为人们记得，似胜史家之笔。对局者也都知道，"庞统落凤"的典故就收在象棋古谱里。

雒县，即今天的广汉，庞统是死在那里的。照此看，勿将演义的东西当真，更是不消说了。清代，有个叫张怀泗的人，做过顺天府宛平县令，他的家在广汉，能诗，留下一首《白马关有感》，末尾一联："关名今屡易，小说费疑猜。"大概是对《三国演义》的所述，不以为然。

小说的力量到底比史传大。罗江县白马关之北数里的秦蜀古驿道旁，真有一个名为"落凤坡"的地方。那里戳着一块方头碑，立碑者为清同治七年罗江知县梁绶祖，楷书阴刻"汉靖侯庞凤雏先生尽忠处"一行字仍很分明。追怀庞统又有慕古之心的人，早把这里坐实了，也让人的兴趣分外浓厚起来。庞统丧亡，犹如凤雏折翅而坠，将鹿头山下他的殉身处呼为落凤坡，并非全无来历，说是别有寄托也是可以的。

武生戏《金雁桥》，演的是诸葛亮定计擒获射杀庞统的西蜀上将张任之事，卧龙算是给同为荆襄之人的凤雏雪了恨。戏里，诸葛亮感于张任忠心为主，执意不降，诵出几句念白："来，将他尸首不可损坏，用棺木盛殓，埋葬高坡，以表忠义。"广汉市之北的张任墓，祠宇尚存，修成了一个公园。

蜀道之险，在剑阁一段。我昔年临川北广元，夜宿昭化，听了一夜桔柏江声，张飞和马超挑灯击杀的葭萌关战址，也在清晨的雾气中眺览了一番。那边的山势还低平一些。剑南五关，剑门关最雄。唐玄宗《幸蜀回至剑门》："翠屏千仞合，丹嶂五丁开。"五丁，蜀王杜宇的五个力士，为从秦地拖金牛入蜀，斧凿开山，蜀道乃成。涪城关、江油关我没有去过，那一带峦岭，若跟剑门之峰来比，其势渐渐缓下来。到了白马关这里，正接着成都平原的东北边缘。我站在关楼上，倚着雉堞南望，真是一马平川！杜甫诗："连山西南断，俯见千里豁"，可知蜀道的峥嵘气象到此而尽。至于《三国演义》中落凤坡这处地方，罗贯中写它"两山逼窄，树木丛杂"，极状其险，张任设伏，庞统被乱箭穿身，就有了具体的战场环境。一个写小说的人，当然会用好笔墨。如今呢，陵迁谷变，蜀道上的落凤坡，早不是那个样子了。四近一带山，偏矮。小说里的那番描摹，到了眼前却又不适用了。

道旁的坡上，隆着一个土馒头，像一个孤单的符号。"血坟"，乡人一直这么叫它。这是一个浸着泪水的名字。年份既久，土也一层层地攒得厚了。青色条石绕着坟根一箍，拢得还算结实。土散不下来，上头生出好些野树，树干碗口粗，枝叶长得旺实，芜芜蔓蔓，把坟头遮严。血坟之青，来于它们。振翼长风的凤雏，失去寥廓的天空，落回大地，战血中的灵魂忧伤地面对身后的荒凉，相陪的只有泥土和草树。

近处无河。广汉新平镇人张邦伸《云栈纪程》引曹学佺《蜀中名胜记》云："凤雏先生庞士元侍昭烈至此，卒于流矢，其葬在鹿头关桃花溪之东岸。"俗话说，刘备和庞统换马的沟壑即在其旁。可我没瞅见这条桃花溪。流过县境的罗纹江，粼粼的波光在这里也看不到，不知怎么，旱坡上会蹿出繁茂的芦苇，而且异常高大。芦花正逢盛期，长穗斜伸，梢头闪出灰白的光。蒹葭也溢冷香，节理清晰的弯细苇秆尽担着清俏了。坟中人，睡得沉了，一梦不醒。他的梦里，仿佛闪过旧日颜色，仿佛响过千年叹息——襟抱未开，命先丧了。难可逆料的战事，猝然将他送往生命的终点。政治和军事舞台上的演出刚开场，他这个剧本里的新角色就匆遽谢幕，被迫以长寐的形式面向世界。况且他这一死，也弱去蜀汉的根基。一个事件引发另一个事件，结成历史的链环——"士元不死，则诸葛不必入川；孔明不来，则荆襄不至失守。"持此见识者，是乾隆年间做过罗江县令的李德瀚。在与曹魏、东吴政权的鼎峙局面下，失去有山川之险、鱼米之富、交通之便的荆州，攻守之势骤异，刘蜀天下的盛衰也以此为转折了。

坟前有几根香，不知是谁撂在这里的。香没有点燃，那些敬香男女的影子却恍若瞧得见。坟，人都要进去，进去就是永世。坟外的光阴短，坟里的时日长，这么想着，坟像是压在心头的山，生命成了一棵草。人的存亡、王朝的兴废，正如这草的荣枯。

车轮和旅人遗下的辙痕与脚迹，布满古驿道上粗粝的青石，金黄的叶子落下来，添深了萧萧的秋意。庞统之后，诸葛北伐、姜维攻魏、邓艾击蜀，都在这条道上过身。驿道向南可一直通到白马关里去。白马关在鹿头山上，隋唐时呼为鹿头关，唐末改称今天这个名字，大概跟庞统骑了刘备的白马而殒命相关。清雍正年间，有个叫王荣命的邑令写过一篇《修庞靖侯寝室序》，文中一句"以白马故关由是而得名焉"，算是把关名的根底敲定了。他是很想复现旧貌的："其墓突起如阜，周环古柏，参天荫如盖，势若环拱。然旧有楼台殿阁，峻宇雕墙，一时号称极盛。"这位王邑令的想法没落空，我现在见到的庞统祠墓，大体应是遭受火灾之前的样子。

眼看，心头却存疑：落凤坡那边不是有个血坟吗，白马关这里怎么又来了一座？一份材料上说，血坟是清人附会《三国演义》而另造的，与史据根本不生关系。原来如此！庞统祠门厅的牌子上写着：刘备亲选墓址并建祠于此（一说后主刘禅

"复于墓前建祠，岁时祭祀"），那就认这里的墓为真吧。目光一抬，望见高过悬山顶门厅的"龙凤二师柏"，假定这两株唐代便已栽下的老树通灵，可来释惑。转念，何必"疑而后信，考而后信"呢？此时，宜以游山的心情看一切，疑与信暂且屏诸不论。凝眸古柏盘曲的虬枝，再来静静地拟想，隐约端详出卧龙之翔、凤雏之舞的姿态，岂不很妙？

　　树下的殿前，塑起庞统和诸葛亮的彩像，不是呆呆地坐在那里，而是促膝而谈的样子，恍如听得见说话的声音。是隆中对答，还是三计策蜀？历世工匠是要令人赞叹的——把质美者的形象保留下来，把才良者的气息传扬下去，倾心刻录人文印记，为青史存真，是这些无名氏遵奉的创作信条。视线停住的一刻，周围的空气犹在震颤，人们感应到了遥远而亲近的呼吸。雕着瓶花的长窗、绘着云纹的墙面，各在塑像的前后，好似将他俩置于华焕的敞厅一般，说是一个绚赫的龛阁也是可以的。建筑上的有些东西，是查不到一个准确叫法的。游人三三两两，脚下极轻，安安静静。不见蒲团，故无人跪拜，赍香设醮的香火气也是嗅不到的。

　　这座大殿，本是专祭庞统的，明代加进了诸葛亮，乃成双贤并祀的局面，"二师殿"因以为名。蜀中才子李调元诗曰："伏龙凤雏，共齐身价。"这一评骘是很对的，表明的意思是：其志同，其道合，同为股肱之臣。把两公塑在一起，断不可看成蒹葭倚玉树。某年我过襄阳南漳，游了司马徽的水镜庄，还把庄户前后的玉溪山、蛮河水眺览了一回。在荆襄隐士庞德公的话里，这位司马徽是有着"水镜"雅称的，恰与号为卧龙的诸葛亮、凤雏的庞统一样。刘备入山访求，从他那里知道了卧龙与凤雏，才立誓去图三分天下的鸿猷。什么都抵不住时间的力量，回头一看，往事都成了浮烟，人之日月皆销蚀于生命的耗损中，便是不凡的贤良，也不过庄严龛像一般供在这里，再无作为。清乾隆二年冬，绵竹县令安洪德过鹿头山，展谒祠墓，嗣后做《汉庞靖侯祠堂记》，有句："无如之二人者，始有鹿头山白马之悲，继有五丈原秋风之叹，此殆天也，夫岂人力之所能为哉！"语极沉痛。

此座二师殿，似不能表尽崇仰之心，在它的后面，又建起一座殿，漆底悬匾上"栖凤"两个金字，正是李德瀚手笔。庞统坐像居殿中，摆足了冠绅袍笏的架子：发束于顶，戴平巾帻，身裹右衽大袖袍，腰系革带，髭须很浓，眉梢上扬，倒八字，斜得快要入鬓了，瞪着眼，含着一点怒。"可怜未定三分鼎"，令他瞪视世间，犹在抱恨怀愁。罗贯中以"浓眉掀鼻，黑面短髯，形容古怪"十二字，状庞统相貌。掀鼻，大概就是翻鼻孔，不那么好看。汉魏之时，外重容止、内重精神渐成品评士人的一般风气，庞统姿仪，恐难入短识者眼目。栖凤殿中的这尊像，倒有一番风度，比那"面如冠玉，头戴纶巾，身披鹤氅，飘飘然有神仙之概"的诸葛亮，亦能仿佛。"则公虽隔世久远，而忠义犹挂人间。"这也是李德瀚的看法，庞统的功德，真要叫他仰止了。

廊前左右的敞室里，满戳着明清二代的诗碑，无暇细品兼吟咏。除去这些碑刻，栋宇的楹柱皆不空，题着一副又一副联语，文辞多有可观。撰写它们，和韵、炼字，是要费些推敲的。我岁数大了，衰年倦体，虽然一路看，却记不到心里去。

殿后是墓。"南州士之冠冕"睡在土下已很久了。墓为清康熙四十八年重建，幽台魂楼应有的构设，似一无所缺，形制的讲究，胜过血坟。封土之上，不见披离的枝条，却耸出塔状的镂空石雕宝顶，流线似的八道刻脊伸扬着，尽端翘起，仿如凤尾的翔姿。此种砌筑，赋予丘墟端严的意味，使之不会沦为世间的暗角而被目光忽略。我绕墓三匝，心境和在血坟那里并无两样。前人"入庙思敬，过墓思哀"的话，真是大有性情。

"鹿头关，百战空堆瓦。三分事，一兰若。"李调元一首《贺新郎·落凤坡吊庞士元》，字字凝愁，发生在乡园的万事，皆寂灭了。若将世事看透，心绪恍惘倒可不必，只因"一场再好的戏也不能指望它好得没有尽期"，这个朴素的道理是一位现代美国批评家所讲。时移俗易，古今中外的态度很为接近。

关城门楼的檐下，匾题"天意"二字，用心醒豁：白马关之主，应是庞统。这么一瞧，三进四合的祠墓，似还局促了些。不过，能让后人想起历史中出现的种种，在心中默默致祭，足显这座汉祠存在的意义。无数投射的目光照亮了黝黯的墓冢，唤醒沉睡的生命，早已僵硬的东西复活了。人类的编年史，就是靠极富价值的故实支撑的。

城之南，一派平阔乡景，大异于秦巴山区的密林丛莽。盘陀蜀道的南北，风景的壮与秀，叫走过它的人神意飞荡，无心憩止。"益州险塞，沃野千里，天府之土，高祖因之以成帝业。"《隆中对》中的这话，虽为诸葛亮讲出，图取中原的战策、兴复汉室的霸业，庞统大概也是谙通的。无奈他倒在了沙场，没能朝雄关那边迈出紧要的一步。投躯报明主，穷竭神虑，且以盛年战死，说是"国殇"亦无妨。他再不能兵向益州，占有那膏腴的土壤、密布的河渠。天府之梦转瞬成空，只叫后代拊膺长叹。唐人郑谷"马头春向鹿头关，远树平芜一望闲"一句，可说长歌以当忆。

2016年11月25日

最难忘处是醒园

看过醒园，我略识李调元这个人。醒园在四川罗江县城的北面，是本地进士李化楠故苑。李调元从父亲手里接过它，屡有增筑。这是一个很大的园子，已经荒秽了。荒秽也有味道。本来嘛，一个旧宅院，为什么一定要修得那么新呢？

很久没有人住在里面，失去管束的草，长野了，庭边、阶前、池畔、墙根，哪儿都是，简直没有下脚的地儿。又逢着清秋的天气，草色已不那样绿，一片浅黄，添了些寥落的调子，游屐再一落上去，身下尽是干涩的轻响。此番光景，倒叫我想起两处园子。一处年代稍远，是北宋的沧浪亭。苏舜钦放废而至姑苏，惦记找一个"高爽虚辟之地，以舒所怀"，偶见一块弃地，"草树郁然，崇阜广水……并水得微径于杂花修竹之间"，爱而徘徊，遂购来建起私家池苑。苏舜钦为中江县人，其地距罗江县百十里远近。一处和醒园同代，是袁枚筑于金陵的随园。"园倾且颓弛……百卉芜谢，春风不能花"，袁枚买下颓圮的园子，茨围墙，莳群芳，置亭阁，缀奇岫，以度日月。散淡者素喜幽旷意，云龙山下的醒园，小仓山中的随园，人与宅，可说鸥水相依。

比起袁枚，李调元晚来这世上十几年，志趣却颇投契。一为吴人，一为蜀人；一个造随园，一个修醒园；一个做《随园诗话》，一个做《雨村诗话》；一个著《随园食单》，一个编《醒园录》，葺园之举、吟哦之事、调鼎之法，皆极用心。我的父亲有几本心爱的书，《随园诗话》和《随园食单》也在里边，我小时即从他的书橱上见过，线装本，纸页已旧得发黄。《雨村诗话》我近日刚得着，手边缺的是《醒园录》。

在李调元编刻的丛书《雨村诗话》里，袁枚一首《奉和李雨村观察见寄原韵》是我注意的，有"《童山》集著山中业，《函海》书为海内宗"一句，《童山诗集》《童山文集》和《函海》《续函海》，耗去李调元多少心力！袁枚赞他"西蜀多才今第一"，并非无端。"醒园篇什随园句，兰臭同心更有谁"，亦是袁枚的好句。隔着遥迢的山水，文名籍甚的两人素以声气相善。袁枚病故，"余闻大恸，向南哭之"，李调元动了伤情。读到这里，我合上书，闭目想了想，好像看见他伤心的样子。

李调元是被罢官而归钓游之地的。他是个文官：翰林院庶吉士，还当过广东学政（旅粤之时，寻幽览秀，挹趣骋怀，养出清徽雅量。所做《西樵》《霍山》两则，为山水小品之佼佼），那份闲散与优遇，实非常人所敢望。乾隆四十七年，李调元奉旨护送《四库全书》往盛京，行至卢龙遇雨，知县郭棣泰不备雨具，装书的箱子被淋湿，自此与党附军机大臣和珅的群小结怨，反遭参劾，竟至犯了逆鳞，之后便是受诬，被革职，下狱，幸获直隶总督袁守侗相助，才从远谪伊犁道中返蜀，以《函海》刻板与五车书籍携行。

身心困悴的李调元栖遁醒园，绝意仕宦，日以课丁浇花、买童教曲自适，《怜香伴》《风筝误》《蜃中楼》《意中缘》之类，断不可少。树荫花影间，《笠翁十种曲》声声绕耳，满园风雅。这个地方成了李调元心灵的圣地。《雨村诗话》有"兰花深处别开门，中有幽人自乐园"一句，可为写照。断去世念的他，当然是一个幽人。好友过访，题"名园傍水多栽竹，小榭听歌好放船""园列甲乙丙丁石，柜阁经史子集书"诸联，摹状其归田生活。踔厉奋志的他，意气未消，哪里只管闲看花草泉溪，芸窗中的钩稽，青灯下纂修，风晨雨夕的编录，寒冬暑夏的校雠，笼罩日常的一切，足可见证人生的丰盈。我看过李调元题的一块匾，"醒园"两个字，隶书，朴拙而蕴骨力。他明白父亲李化楠建造这个园子的用意：蓄书万卷，诵读以终老。这个园名，要紧的是"醒"字。杜甫诗"哀歌时自惜，醉舞为谁醒"，因其意也。醒醉之间，多少人寰感慨。拈来一个醒字，何等眼光，何等风致，何等襟抱。身返乡邑，远庙堂而近闾巷，再无惹厌的升进与黜退来扰心神，茫茫尘路，也只做冷眼的一瞥。忆及亲历的雍乾嘉三朝，以读写打发有涯之生，他大概觉得，心总算安静了。

经李调元广其式廓，醒园格局一新，他在《雨村诗话·卷九》里做了大致勾勒：

> 余以庚寅正月旋里，各建亭于其上，其最高者为望江亭，其下为万松岭，每风戛戛而起，仿佛澎湃之声。西山之阴为放鹤亭，可一望云龙诸山。下一层有二船房，左曰贮风，右曰延月，叠翠重岚，最为幽折。其中为大观台，一园之景皆萃焉。出蓬莱门以北曰木香亭，与酴醾架相对，每花时，芳气袭人。下即鱼池，有两亭，南曰纳凉，北曰非鱼。每五六月之交，绿柳含风，坐卧终日，可以忘暑。稍下又为清溪草堂，春时啼鸟绕屋，桃花三两枝，令人移情。其南洗墨池，池上有石亭，其北则雨村书屋在焉，竹竿万千，大有村落间意。其最北又有临江阁、树根亭、绿荫山房、倚云楼、听莺轩，凡栏楯石梯，皆极曲折。

这番园景，颇宜入画。时人朱子颖居京，为李调元做《醒园图》，笔下诸景，无不详悉。此图一出，"一时同馆阁部院诸公俱有诗"，造园手段的出色，夫复何言。李氏父子从明人计成《园冶》中取法，亦有可能。或曰："凡名流入蜀必至其地，至必有诗。"醒园名冠当时，可比晋之兰亭、唐之辋川、宋之沧浪。人间好境，仿若一幅淋漓水墨。我的神思远翔，低眉默想：李调元把遂州的张问陶、眉州的彭端淑延至其园，袅袅弦歌中，廊前檐后飘过蜀中三才子翛然的躯影，而轩内阁外响过的协韵的朗吟，则为世间最美的音调。张问陶的名字，我是在一本"诗话"里见过的；彭端淑呢，提到此人，会想起从前的语文课，那篇《为学一首示子侄》，还记得几句。

昔日的醒园，嘉庆之后颓亏，就是说，我来游的这一座，不是李调元住过的醒园了，却为二十多年前参照老底子缩制兴造。瓦工木匠，手段细巧，李调元字句中的模样，差能得其仿佛。它刻意的旧，连那难掩的一点新，也不大看得出。这个意思，我曾在开篇说到。临江阁、木香亭、大观台、洗墨池、半亩塘、清溪草堂、雨村书屋，聚簇一园，缀以石亭、碑廊，比那当初的醒园，可说具体而微且遗意尚存。

我自南门入，先在横于池水之上的草堂窗前低回一刻，凝视栏下浅浅的流水，和浮映其上的散乱枝叶，所谓半亩塘就是它了。堂门深锁，曾在岁月那端响起的念诵声，只消飘入我的遥忆，便锁不住了。水面刚被轻风皱起几缕微痕，又回到了静，恍兮惚兮，我似从澄影中瞧见李调元清癯的容貌。顺眼朝西望去，水间几抹细草，碧色交映处，有湖石。题在石上的，是"洗墨池"三字，临流生出一片光，荧荧地闪到池畔的碑廊上去。碑刻嵌入粉垣。若得暇，《醒园诗》《题醒园图》和《醒园故址序》，值得细细过眼，如阅诗壁。

　　跨溪一溜矮墙，敷白，墙头铺青瓦，虽无漏窗，石径尽头的月亮门，倒也框入墙那边的风景。隔与连、隐和现，全叫一道门分着，意味就深了些，很为耐看。我在额题"大观台"的门前停住，"一园之景皆萃焉"，眼扫前后，醒园极胜处应是这里，固不消说。迈过去，门外为木香亭，仿原制而建，饶有旧时意味。这是一个碑亭，碑上的字看不大清。后来读了一份材料，明白了，所刻为云龙山学堂校纪——《众议禀定条规》。不几步，地上偃着块残碑，碑身断去多半。瞧一眼落款，"乾隆丁酉孟冬"几个字还辨得出。干吗撂在这儿了？我用相机拍下来，就叫它留在照片上吧。

　　诸景纷置，俯眺它们的所在，当是冈阜之上那座翼角飞翘的石亭。万松岭上的望江亭、云龙山下的放鹤亭，各有很好姿态，好像都叫这个亭子收去了。拾级而上，侵阶的草色遮去我的脚迹。亭中的我，轻抚圆柱，又向着园墙把目光一低，品赏似的将题在门楣上的字迹细瞅了几眼，"岫虹叠韵""半桥涉趣"，均易触目生感，聊得旧时风调。

　　出西门，门上仍少不了"醒园"横匾，我一眼认出，这是侯正荣的字。侯先生上班的地方在广元皇泽寺，挥笔，腕底自挟颜筋柳骨。他写"虎"字，屏住气，最后一笔，竖着顿下来，若断犹续，骨节全出，很似鞭状的虎尾甩在纸上。侯氏"一笔虎"，有些名气。侯先生早年邀我游川北，他的办公室旁边，有一个殿，里头供着武则天，脸朝嘉陵江，不知怎么搞的，两颊看去发黑，难睹粉面含春的姣好姿容。侯先生说，逢着女皇帝的生日，四乡男女常来水边憩乐，一来二去，闹大了，成了一个节俗：游河湾。我对侯先生是有感情的，听说他前些年故去了，在这里瞧见他的字，说不出是什么滋味。

临江阁中，李化楠的坐像立在迎门的地方。几个老人围着方桌打牌，意甚暇裕，守着乡贤，眉眼里透着神气。门外流着一条河，瀶水河，悠悠南去，入了罗纹江。堤堰一段高，一段低，繁竹茂柳摇着青青的影子。

根祖的力量对李调元有一种天然的感应。郁悒还旧井，未久，他就在醒园以北八里处的祖居地南村坝动了土木，启筑困园与书楼，庋积缃牒万卷。《雨村诗话·卷十一》载其事：

> 余归田居醒园，以其山居稍远，后于南村当门隔溪另筑别业，即少时书塾也。以田二十亩凿为湖，湖中东筑函海楼，西立爱莲亭，界两湖曰沧浪舫，前曰观澜阁，后曰听泉亭，左曰云林馆，右曰水月轩，中为桤林草堂，而堂之北曰红梅书屋，绕舍皆梅。自是游者络绎不绝，不复问醒园矣。

万卷楼共五楹，稀本、善本、秘本、抄本，无一不备，且"分经、史、子、集四十橱，内多宋椠，抄本尤夥"。这般规模，在清朝私人藏书楼中，比那聊城杨以增的海源阁、归安陆心源的皕宋楼、钱塘丁国典的八千卷楼、常熟瞿绍基的铁琴铜剑楼，总也不差吧。家世书香，宅园中徐行兼曼咏，逍遥神意可从李调元的诗句中寻来："拈花偶笑人称佛，戴笠行吟自谓仙。"亦佛亦仙，退隐家山的他，翩翩向天上去，真要独鹤与飞了。

李化楠、李调元父子嗜书如命，却难躲乱世中的厄运。嘉庆五年二月初，白莲教自剑州起兵，五万义军直下江油、绵州，李调元携家眷往成都避患。某日谒见盐茶道吴寿庭，即席联诗。吴寿庭先起一句"烽火催成文字缘"，谁料竟一语成谶。四月，万卷楼即为本地窃盗巨魁所焚，珍籍古器，转瞬与楼俱逝。"不毁于教匪而毁于土贼，心实难平。"闻讯的一刻，他定然惊在那里，怔怔地说不出话，周身的血液霎时被抽空了。"从此南村少颜色，困园两岸皆成枯。"他的世界一片苍白。以诗哭书："烧书犹烧我，我存书不在。譬如良友殁，一恸百事废。我欲临其穴，其奈寇未退。不如招魂来，梦寐相晤对。"何等沉痛！八月，李调元返桑梓，撮万卷劫灰于冢中，口中大放悲声："不使坟埋骨，偏教冢葬书。"追史，南朝智永禅师的退笔冢可与之相比。一个瘗余烬，一个瘗秃笔，都是因爱而生痴。

雄丽缥缃、浩繁卷帙一夜燔为飞埃，入了风烛之年的李调元，日日被此事折磨。老病的窘况令他不堪，像一棵枯草，倒下了。"我愿人到老，求天变成草。但留宿根在，严霜打不倒。"这位乾嘉学人，赍恨写罢《叹老》诗，嘴角掠过一丝笑，笑中的苦涩催下浊泪。为完成一颗清介灵魂的塑造，他尽了最后的力气。或许，这也算所思得偿。

醒园的草树深处，奕奕立着的是李调元的雕像——这个俊逸的青年，站在另一个时代的光芒里，手揽编简，仰着脸，闪亮的眸子向着巴蜀山川。意气扬扬的青衿，才有这种目光。精心的匠师，让李调元的形象恒久凝定于未逝的韶华。

四近一片安静。我和他，无言相看。

2017年1月15日

清流其人，翠云其魂

艾芜是一位流浪型作家。流浪，说明他走过的地方比常人多。我前些年在一本书里谈艾芜的创作，把他的《大佛岩》先看了数遍，那是写他们四川一处胜迹的散文。我知道不少人也写乐山大佛，好像都胜不过他的这一篇。

艾芜前半生，在漂泊中过去。这会儿，我在他的故居——一个四合院的阳光下站定。这里有他的生命，那颗文学灵魂不曾一刻离去。

四围填满宁谧，不出什么声响，觉得到了跟山中一样清寂的地方了。

故居在成都平原上的清流镇翠云村。清流、翠云，真好听！字面也美，干干净净。村子周围种了梨，一大片，春天来了，枝头飞雪。

正屋和厢房，不改昔年形制，用当地的话讲，是"小青瓦，坡屋面"。盖得精心，抬眼一瞅，屋脊平直，瓦垄匀实，檐口齐整。匠人的手段好，一堆材料到了手里，干出的活儿，漂亮得赛过画。

川西坝子上，这样的村屋，多见。

川籍作家流沙河给艾芜故居题了八个字："清流其人，翠云其魂。"我看很好，因为道出了艾芜的人格，还有一个作家和故土的关系。

艾芜年少的时候，选定弃学并逃离故乡的路。他别了清流镇，迈上未知的远途。这个抉择，实在大胆了些，也果决了些。寻其缘由，只为抗拒学堂的旧式教育和不能自主的婚姻。《走夷方》是艾芜的一篇旅行小品，他在里面说："多半的原因，是由于讨厌现实的环境，才像吉卜赛人似的，到处漂泊去。"他蹬上草鞋，一个人向南走，奔往滇缅一带。苦难像大山一般压过来了。在路上，他做些事情，杂役、教师是干过的。这中间，追梦的心未曾消歇。《墨水瓶挂在脖子上创作的作家》是艾芜的一篇自叙文，他这样写："由四川到云南，由云南到缅甸，一路上是带着书，带着纸笔，和一只用细麻索吊着颈子的墨水瓶的。在小客店的油灯下，树荫覆着的山坡上，都为了要消除一个人的寂寞起见，便把小纸本放在膝头，抒写些见闻和断想，——这是随手写来随手丢掉的。由这上面我得了写作的乐趣，墨水瓶和纸笔，从不曾离开过一天，即使替别人挑担子，我也要把它好好地放在主人的竹筐内的。"两三千里的路，随着他的是文学理想。有了这理想，便是在沉沉暗夜，他仍觉得世界很亮。他哼的诗里，有过"有文皆苦，无食不酸"的话，真是艰辛自知。那时的人，闯劲儿是那么大，天地都不怕的样子。若论起年纪，南行那年，他才二十出头。他挺身前行着，征程上的风景，很鲜明地映入一双澄澈的眼睛。走过的地方，遇见的物事，进了他的小说和散文。南方边壤，是他的天地。

艾芜把人生写在风雨不绝的长路。在滇缅漂泊六年，日子难得一点安生，倒也磨出了心劲，他这个人，大概如他的小说《芭蕉谷》里那个开息客店子的男主人一样，曾经"是个走边地的好角色"。受过新文化教育的他，把西南边疆地区底层社会的生活图景用文学表现出来，强烈的传奇性显然受着自小从祖母摆谈的龙门阵里听来的故事，和看过的武侠小说的陶染。他后来讲过："我在寂寞而又枯燥的幼年时代，仿佛点缀起了奇异美妙的花朵，给心灵以润泽，给生活以修饰。"（《我的幼年时代》）而地域色彩的鲜明、环境氛围的神秘，又使他的创作风格偏于抒情与浪漫。

身在异邦，艾芜也战斗着。他加入了仰光华侨青年中的共产主义小组，还在《仰光日报》上做文章；校对这份工作，又让他同《觉民日报》建了联系。有一份《新芽小日报》在当地出版着，因自己的一篇文章刊在上面，犯逆了在那里殖民的英国人的思想之禁，艾芜遭捕坐牢，四十多天后，才跨出狱门，乘着海船返回故国。"像我们几个从缅甸放逐回来的，有的是在文字上揭破英帝国主义欺骗及压迫弱小民族的黑幕；有的是在实际的工作上，替老大的英帝国主义掘了很深很深的墓坑，这些都似乎有罪……"这是他写在散文里的话，内心的声音是恨恨的。摊上这场官司，南行生涯就此止住，艾芜做了一个南洋归客。这在他和一群心怀希望的青年，都是不以为苦的。漂泊的这一段，于他的人生与创作，总有大的获得吧。

　　北归后，艾芜在上海落定脚，融入的自然是左翼阵营。他的文学实践是和无产阶级革命文艺运动相系的，左联的执委里，有他。这个时候，他在上海北四川路碰见成都市立第一师范学校的同窗沙汀，沪上的亭子间里，中国现代文坛上的双子星，闪出最初的光芒。他俩与鲁迅先生的书信交往也便开始。是的，交往只限于书信，当鲁迅病殁后，艾芜是沉痛的。他说："至于我个人呢，尤其难过的是受过他的教益，却不曾在他生前见过一面！"鲁迅指导着他俩的创作，在艾芜看，"这和高尔基热心帮助后辈青年，是没有两样的"。这在他的精神生活上，起着不小的影响。

　　正屋和厢房不住人了。不住人，人仿佛仍在。举目看墙，满是留下的老照片，低头瞅地，摆放着从乡间收来的凌杂家什，多是艾芜作品里写到的，也就是说，全能跟他的文字搭上关系。簸箕、鱼篓、石磨、杆秤、背篼、草鞋、镰刀、马灯、算盘、三角桌……艾芜在小说里，把感情给了它们。我瞅得细，马灯上拴着一块纸片，记下一段话："艾芜《丰饶的原野》第三部《山中历险记》第九章第五自然段：'刘老九是昨天黄昏时候抓进来的，在照得不远的马灯光中，看不清大殿上有什么菩萨。’这就是艾芜笔下的马灯。"还有几行字，是写给一把铲刀的："艾芜《敲猪草的孩子》第二自然段：'在我家院子后面，约离一里路的东北角上，有个穷人家的小孩，叫陶麻子的，就常常背个背篼，拿起片镰刀，打起光足板，独自一个人到河湾里去敲猪草。'敲猪草也叫'挑猪草'，即在野外寻找猪吃的植物。此即敲猪草使用的工具之一'铲刀'，功能与艾芜笔下的'片镰刀'一样。"这里的大部分物件，都挂着这类带字的小纸片。打个比方，有它们在，亦如披览古书而有注解可供查考一般。眼底杂什，随物而各为诠释，文句虽简要，在我这里，知其来源，愈觉亲切，心为一种家常气所浸。

做这工作的，是龚明德。他当过编辑，教过书，艾芜研究的担子也挑在肩头。我来时，他正伏在一张茶几前，杯里的茶已喝去多半。摊着好些书，他冲字句盯得入神，身上那股劲儿，是做学问的人才有的。过了一会儿，嫌日头照得太亮，他把藤椅挪到檐下，眯着眼，接着往书上瞧。他的目光不浮，一把短尺按在页面上，顺着一行行竖排的字往下捋，找出描写的段落，想抄哪段，做个记号，拈出块纸片，誊清，好往满屋的老器物上挂。人虽坐着，精神却在飞。艾芜的这些作品集，多是旧版本，不易得，龚氏有集藏的经验，广为搜求。书价不菲，有时必得自掏腰包。他乐守这份清趣。这天，他是从成都赶来的，帮着布展。我刚才提过的那些纸片上的文字，推想是他写的。

院子里长着三棵树，皆极高大，枝干朝天上钻，过了屋顶，发出的馨香，淡而远。两棵是水冬瓜。水冬瓜，算得一个有趣的名字。剩下的那棵，叫菩提树。几蓬三角梅，开在太阳下，一片明艳，耀红了黄泥墙。

当院立着艾芜头像，很清癯的样子。只那眼睛极亮，透出光，深情地看这世界。

艾芜说："人应像一条河一样，流着，流着，不住地向前流着；像河一样，歌着，唱着，欢乐着，勇敢地走在这条坎坷不平、充满荆棘的路上。"这节话，刻上他的墓碑。碑面镌了一束山茶花，花里有他丰盈的心灵。

艾芜墓在桂湖。桂湖离这儿不远，我多年前曾往那边去。我看过这座红砂岩垒筑的永眠之宅吗？想不起了。水畔的升庵祠，倒还记得。

2019年1月16日

烽火中跋涉

一

　　蜀道岩崖，冰冷，坚硬，亮出狞厉的戟刃刺向大西南的天空。1938年夏，溯长江而上的日寇逼近武汉，刚从齐鲁大地迁至湖北郧阳、均县的山东联合中学的三千多名师生，奉国民政府教育部之命，顺着秦岭南坡向这片危峭的群山走来，朝西南腹地流亡。他们要在那里落脚，安放平静的课桌。一路向西，林莽丛生的深山老峪，他们越过；水急浪高的河谷江滩，他们涉过；清冷死寂的荒舍野店，他们宿过。他们在豫中、鄂西、陕南的土地留下深深浅浅的足痕。近半个中国的山川，因这行走，刻下顽强的印迹。今人向历史投出目光，仍能遥想这次中国教育史上的悲壮远足。

　　七千里长途中，这些不愿做亡国奴的"不屈的一群"，在饥寒中迎送汉江的凄风，忍耐巴山的苦雨，又越过剑门，在苍莽的云烟里行进。战时的穹苍，荒敝的大地上腾起浓烈的尘烟，遮去蔚蓝的天光，生活的困苦，过早地降临到烽火中的少男少女身上。感受时代病痛的他们，仍然顽强地向前迈动双脚。1939年春天，望见宽旷的成都平原的那刻，一张张疲惫的脸上泛起欣慰的笑意。无数眼眸里，喜悦的泪光盈盈闪烁。挽紧手臂的他们，掸去襟袖上的浮埃，庄严的注视中，看那"国立第六中学"的校牌在抗战的大后方挂起。改换的校名，昭示着新的开始。这个时候，满身风尘的他们，回望多艰的长路，耳畔犹响着河边、田埂、山坡、树林间一阵高一阵低的诵读声，默默怀念被饥寒、疫疠和湍流夺去生命，永远葬在路上的同学。这些初谙世情的学生，第一次觉出了内心的疼痛，意识到抵达一个确定的目标需付出沉重的代价。带领学生西迁的李广田，也在文字中流露那一瞬的心情："于暮色苍茫中过金雁桥，到罗江城已是昏黑。我们总算到了'家'。"是的，到家了！漂泊的心，浸没于强烈的归属感中，仿若驶入港湾的船，在平静的水面沉下锚。

竹杖芒鞋的师生，做着地理的跋涉，穿行的是兀立于途程上的莽莽关山。

随校远徙的队伍中，有二百多名山东省立济南第一中学的学生，十几岁的孩子，在迁转中开始了人生的攀越。支撑这攀越的，是铁一样的信念。他们从校长孙维岳、国文教师李广田的脸上，看到了坚毅的神情。在汉江边的吕河口，叠涌的浪头像一匹匹扬鬃的烈马，脱开缰似的狂奔着。两只大船逆水而上，船身承载很重，粗壮的汉子奋力拉着纤绳，在石滩上弯身前行，淋漓的热汗滴在赤脚踏着的砂砾上，而意气却是那么昂扬，因为运送的是抗敌的军火。师生们霎时受到感奋与促动，李广田的心潮一阵翻腾："真的，这是我们的大船啊，因为那是为了保卫我们的国族，而在艰难地运输着，是为了打退我们的敌人，而在艰难地运输着。我们的民族，也正如这大船一样，正在负载着几乎不可胜任的重荷，在山谷间，在逆流中，在极端困苦中，向前行进着。而这只大船，是需要我们自己的弟兄们，尤其是我们的劳苦弟兄们，来共同挽进。"他和学生们呼喊着，一阵急骤的风雨似的冲上前，大大小小的手掌一起握紧了纤绳，"我们只是共同拉着，我们的肩并着肩，踵接着踵，有时互相挽挽，有时互相扶持，我们拧成一个力量向前迈进。"这是李广田写在《西行记》中的文字。他和学生的血脉里，奔淌着红热的血。学生的快乐会使他快乐，学生的笑声会引来他的笑声，闪闪的阳光，在师生们的眼前照出一片明艳，犹如看到胜利的曙色。"我们一路沿着汉水，踏着山脚前进着。我们的歌声，和着水声，在晴空之下彻响着"，豪迈的意气，飞扬的神采，这哪里是凄楚的流离，这是勇壮的行军。入川路上，学校的狂飙剧团唱得最多的，是《义勇军进行曲》，是《我们在太行山上》，还有《伏尔加河船夫曲》。陕南、川北数十个县镇的古庙前、街巷间、河坝旁，都成了搭台演出的场所。在悲凄的家殇、深重的国难前，激越的高歌消弭了痛苦的心境。漫漫征途磨砺着灵魂，艰危时世中的师生认定一个道理：只要心中有光明，世界就不会黑暗。歌唱着行走的他们，用意志铺筑了一条飞闪着理想光芒的大道。每人心中都升着一颗太阳，曲折的前路在眼底明亮起来。

国立六中的本部扎在绵阳城内，下设四个分校：一分校在梓潼，二分校在德阳，三分校在新店子，四分校在罗江。罗江城里的文庙、城隍庙和陕西馆，辟为校园。四分校的班底，就是山东省立济南第一中学的学生。"抗战不忘读书，读书不忘救国"成了践行的校训。在战氛日炽的情势下，呼唤战斗的文学课程特别显出它的特色。简陋的教室，培养了学生的文学志向，从这里走出的学生，诗化的心灵永远向着阳光。每当晨曦透出云层，窗纸微微泛白时，李广田作词、瞿亚先作曲的济南一中校歌便充满生气地响在学生们口上："我们是紫色的一群 / 我们是早晨的太阳 / 我们是迎日的朝云 / 我们是永久的少年人。"昂扬的旋律回旋着，激荡胸臆。校内的"铁流"读书会、"野火"壁报社，帮助他们确立了心灵方向。老巷深处的破庙旧馆，孕育着明天的梦。

笃志文学的教师，做着创作的跋涉，逾越的是耸峙于世路上的重重险阻。

抗日初期，避乱异乡的困顿与艰窘，系住了李广田的灵魂。"这一段完全是在穷山荒水之中，贫穷，贫穷，也许贫穷二字可以代表一切吧，而毒害、匪患，以及政治、教育，一般文化之不合理现象，每走一步都有令人踏入'圈外'之感。"这是他行抵罗江后写下的话。对政治现况的愤懑，对祖国前途的焦虑，使他的授课充满忧患意识和反叛情绪。面对日益加深的民族矛盾和阶级矛盾，革命理论成了滋润心田的甘露。静夜中，李广田在油灯下研读，细小的灯芯放出微亮的红光，转瞬化成抗敌的激情热烈地燃烧，他以奋起的姿态扑向光明。从李广田那时的作品里，我们听得见救亡图存的疾呼，看得见针砭浊世的严词。因此，卞之琳称他的散文"言语中自有战斗性"。这招来某些人的非难，称李广田等不按教育部规定教材授课，而讲苏俄及鲁迅的作品，"赤化教育"的帽子箭矢似的抛来。李广田则反诘对方"装猫变狗"，可笑可恨。逃脱不开的厄运很快逼临，他惹来当局的嫉恨，教职遭解，被迫离开四分校。此时，他没有陷入消沉，却用充溢哲学意味的诗句消解心头郁积的牢愁："最严寒的地方有温暖，最温暖的地方有严寒，有冰雪的地方有生长，近太阳的地方最荒凉。"他懂得，这就是生活，这就是人间！昂起高贵的头颅，明洁的天光同样映得心里发亮："我永久向往一个夜雨之朝晴的境界。无论夜里多么黑暗，多么寒冷而阴湿，有多大的风雨，然而早晨一睁眼是一片蓝天照着的大太阳，那多好……"他将浮在眼前的愁雨一下挥去，搏击生命风浪的他，心决不会叫尖硬的现实碰碎。辞行那天，熟悉的山水静静地相送，依恋的目光默默地投来，护佑李广田一去难返的远行。

　　我在他那篇《不是为了纪念》的散文中找到了一腔忧愤的心绪："正如鲁迅先生所说，我们实在也'无话可说'。但是，我们既无军权，又无政权；我们既无枪炮，又无炸弹；我们除了说话，除了把我们以为非说不可的话说出来，此外还有什么办法？"不屈的直言、据理的抗辩，他在讲台上说，在文章里说，反诘那不公的社会。响亮的言辞闪着光，烛照沉黯的世间；铿锵的字句喷着火，灼烧将倾的楼厦。怀着复杂心情告别罗江后，经卞之琳介绍，李广田去了叙永，到西南联大分校任教，开始了五年的联大生涯。

　　那个春天，一同遭到校方解聘的，还有陈翔鹤。乍闻这消息，他的心立时一沉，很快就淡定地压住了怒气。苦难的年代锻造坚强的灵魂，无可奈何的伤心之言在陈翔鹤嘴上也是听不到的。新文化运动中，身为沉钟社的重要成员，风涛中顽韧、诚实的挣扎早已历练了他，令他不惧这番政治弹压。

　　尘路茫茫，李广田、陈翔鹤毫无畏葸。新的人生跋涉在远方等待，他俩迈开沉毅的步子，迎了上去。果敢与决绝，来自滚烫的誓愿——守护教育良心，深怀文学抱负。

　　人是难以超越时代的，而这些经历磨难的知识分子，担承着所处时代赋予的使命，倾注心力让那段极易沦为苍白的光阴变得丰盈，变得多姿，变得壮美。那一代中，产生了一批如罗曼·罗兰所说的"只是靠心灵而伟大的人"。

二

近八十个冬春，逝水似的过去了。罗江城的衢巷间，早已难觅四分校的故址。世事迁流繁变，改换了曾识的旧貌。不忘这段史实的人，择地建起一座国立六中罗江四分校校史馆。对于往昔的纪念，落在一木一石上。患难中凝成的坚卓意志，冲破岁月和地域的阻隔，成为各个时代、各个民族共同的精神遗产。这里虽然不是从前真正的校园，却弥散着当初的亲切气氛，长久暌离的人也能意识到彼此的存在。默立馆前的我，情愿把它视作昔年的校舍——一片在悠长年光中不肯坍塌的房屋，只有这样才可慰怀。

校史馆筑在临江一座名为"玉京山"的峻极处。山有一点险，傍水的崖石，叫谁劈了一刀似的，直直地断下去，一团傲气，端详得深了，战时学子的铮铮风骨犹可呈现出来。密实的青瓦罩严两坡水的屋顶，像是贴上层层鳞片，南北坡面在饰花的正脊处斜垂，出檐遮住门窗前一道漆柱排立的长廊。白墙壁、黑栏杆，敷色古朴，在四围环簇的楼台中，倒有一种不凡的气象。校园生活的痕迹消失在时间深处，唤起人们记忆的唯有这朴素的双层楼屋。这座能够让人在追忆中遥闻书声、歌声与笑声的建筑，恰能表现抗战历史的一个真实侧影。我从这一个房间望到那一个房间，午后的日光照来，把屋内耀出一片灿亮，就觉得李广田、陈翔鹤、方敬这三位教学的主角，仍在讲台上口授指画，在排排课桌之间走前走后，慈蔼的目光落在一张张比花朵还艳的面庞上。僻陋的乡间学舍中，传道授业的他们抱定心愿：要使战时的教学充满时代意义，也要叫孩子们在爱的眷注下成长。赤子之心坚定地向着未来的中国。

烽火中的跋涉，让师生们一齐找到了心灵的相契点。很长的日月过去了，许多走近这里的人放轻脚步，在静静的窗口前停住身子。窗棂上的玻璃反射着炽亮的光线，仿佛从心里闪出来的，如同教师们当年灼灼的眸光，来人们便用眼睛送出敬意。这中间的多位老者，曾是四分校的学生，尽管在风烟中走散，却没忘却自己的出发地。每次回来，都会让深切的追怀撩起美好的感受。心灵的光束下，封冻的记忆慢慢融化。

一位叫刘荫相的学生这样回想：自己的语文老师有个习惯，每月发了薪，都去成都走一趟，买上不少书，用筐挑回来，看一本就给学生一本。

一位叫杨竹剑的学生还记得，李广田时常撇开教科书，选取中外文学名著当教材，从《诗经》到《哈姆雷特》，从《荷马史诗》到巴尔扎克的作品，从鲁迅到果戈理。两年就学，是他"平生最幸福的际遇之一"。

一位叫刘实的学生忘不了在油菜花盛开的田野里看书的情景，也记得坐在油灯前苦读的时光。文学抚慰着受伤的心，使沉重的生活轻盈起来，思想的光照下，纯洁的灵魂漾动青春的憧憬。

　　李广田写过一篇悼念朱自清的文章，中间有这样几句："朱先生总在不断地进步中。他不但赶着时代向前走，也推着时代向前走；他不但随同青年人向前走，也领导青年人向前走。"此种楷模的力量，在四分校多位教师的作为上一样显示着。

　　我知道，李广田、陈翔鹤、方敬几位教师永远回不到这里了，留存的形象和作品却要胜过寻常的归来。或许他们从来不曾离开。只要看看摆放的胸像或者照片，还有展陈在橱柜里的作品集，你便觉得，他们并未向昨天告别，一切都是新鲜的，没有成为往事。每当夜色深了，游人的影子也已远去，四围渐渐安静下来，他们就会坐回亮灯的桌前，拿起笔，接着写起各自的小说、散文或诗歌，在文字中展开对板荡时代的描述。心的阵阵搏动，在寥廓夜空迸响巨大回声……我的这些非现实的想象能满足情感的渴求，它浪漫，所以也诗意。这种美好的感觉，只有梦里才有。在跟胸像与照片的对视中，我和他们用眼神交流着。潮润的空气缠绕着思想的羽翼，无边的夜色里，恍若颤响一种声音，心灵的声音。那个瞬间，包围我的只有暖暖的暗示：自己是和他们在一起。我好像能感应到熟悉而温煦的气息，听见从胸膛发出的响亮的心跳。年月远去，只有他们选择坚守，并使生命常青。

　　李广田、陈翔鹤和方敬，是落在这片多情土地上的籽粒，扎了根，吸吮甘甜的汁液；开了花，摇动鲜丽的光影；

吐出香，化成梦中的希望，幽微地飘散于炽热的心野。教学之余，他们用坚韧的创作，在人生的世界和文学的世界幻出灿艳的光彩，证明一个文化古国的精神传统，是不会被灾厄灭绝的。在罗江的日子里，李广田写下二十多万字的作品，文化生活出版社将他的《雀蓑记》作为文季丛书之四出版，便在此期。

陈翔鹤的小说创作，留着罗江的影迹。橱柜里放着一本《陈翔鹤选集》，摊开的那几页，有反映国统区政治现实的中篇小说《一个绅士的长成》的段落。里面的一节描写，很似站在玉京山俯览下去的江景："如果说小小的狭长形的××城像只小船，那么，环绕这城的×江就像一条铁链……"他在这里说的"×江"，若照我的意思，认定是"罗江"也是可以的。浅水平沙的旁边，泊岸的点点船只，碧油油的菜园，到处皆流水成渠的稻田，加上南门外高丘上孤峙的塔身，濒水一望，和浮在眼底的江畔风光，多半对应得恰好。也可说，陈翔鹤是把这个川西县城的景物搬进小说里了。江城景色与物事，提供了新异的创作灵感和美妙的文学情境，我们能够从他的文字中找到这个地方的影子，发现创作同这片热土的联系。大西南的现代文学珍藏里，有他留下的经典。经典之所以不朽，在于它经过阅读的检验，更因其奠定了无数新作品的基础。一棵根系发达的树，足可衍生蓊郁的森林。

这样赏阅陈翔鹤的作品，是试图发现一位作家的生活经历跟他的创作实践的逻辑联系，探寻性灵中最幽微、最真实、最深刻的东西——即使在民族危难的关头，在命途多舛的时候，依然恪守艺术理念，在其主导下更勤奋地创作，成为高擎信仰之旗的坚执者。当今的人，在这位作家的遗照前和他的眼神互触时，应该从日常的烦虑中，从凌杂的事务里收拢心神，安静地思索，悄默地省察，寻到精神的支撑。

沉钟社的发起人里，陈翔鹤是一位勇进者。我知道沉钟社，可以说到我的老师杨铸。他和我一样的地方，是也曾去北大荒当过知青。杨铸回京，入大学拿起教鞭，以讲授文学理论为业。课间闲谈，我明白他能高登讲台，是有家学渊源的——杨晦是他的父亲。沉钟社在北京的出现，离不了杨晦这位中坚。由此，陈翔鹤、陈炜谟、冯至诸位成员的名字，便叫我记牢了。鲁迅曾这样评价发祥于上海的浅草社（沉钟社前身）的创作："向外，在摄取异域的营养，向内，在挖掘自己的魂灵，要发见心里的眼睛和喉舌，来凝视这世界，将真和美歌唱给寂寞的人们。"到了十几年后的时候，执教于罗江的陈翔鹤仍做着精神上的坚持，正如鲁迅所说"但锐气并不稍衰"。他和李广田办起四分校的校刊，李广田起了刊名《锻冶厂》，陈翔鹤做了主编。《锻冶厂》只存在一年，所出十期，每篇文章、每首诗歌，皆能透出纯挚的感情，经过淬炼的心在纸上散着热。他们把学校看成铸造人格的场域，宣传进步思想，创作抗战文学，与教学内容相表里。这是教育方向上的显明处。再一处，陈翔鹤和李广田、方敬鼓励西迁来此的山东学生把流转过程写出来，不使这些珍贵的亲历一天天遥远、模糊，最终被时间覆盖，也可说不让此次西行的印迹随流年湮没。学生们照做了，记下发生于转徙途上的故事，并且编印成十万字的文集《在风沙中挺进》。翔实、厚重的记载，依凭语词的力量，将记忆的碎片连缀成一个结实的整体，进入公众视野。陈翔鹤为这部珍贵的史述撰序："这十七位作者，是'已经睁开了眼睛'，以后要再使他们闭上眼睛，那一定是颇为困难的了。"从这字句里，读出的仍是"浅草"与"沉钟"的勃勃意气。两个文学社团的一些人，意志并未槁死，也没有在精神上流散。

"罗江"县名的出现，是能够从一条莹澈江流上找来一些根由的。这江有一个俗名——罗纹江。江之源，可溯至龙门山脉的泞灗二水，流到城北云盖山下，聚而傍城南去，鳞波脉脉，轻漾如罗纹。元人曲："棹涟漪水皱罗纹，破韶华桃露朱唇。"意境之美，真是"清淡中姿媚跃出"，足堪闭目浮想它半日。明秀的山水，最宜散文那般去诵读，诗歌那般去吟咏，看一眼，腹中就尽是锦绣了。我浮想得出，往来川陕道上的卞之琳、周文、沙汀每从罗江过身，和李广田、陈翔鹤、方敬这几位呼吸过未名湖畔空气的北大学人朝着川西胜概拍栏而歌的情景。诸君当然会谈起延安，为抗日根据地的新貌欣然动情；而在李广田和卞之琳那里，忆起汉花园中的读书岁月，泪光闪动的一刻，大约会唤起何其芳的名字。

此刻，在同一片天空下，我也望着罗纹江，澄碧的波影向远方飘去。静默的水流在心胸激荡着大江大河那般浩瀚的气势。比起从前，跨江的太平廊桥新葺过，亭阁的翘檐下，乡民络绎过往，飞出阵阵谈笑，江景因之妖娆。往事悠悠地来，又悠悠地去，故人的音容却愈觉清晰了。半空中恍若轻响着歌声，战时的歌声。

贺敬之曾这样讲："国立六中是我少年流亡时期的母校，是我奔赴延安的出发地。"在贺敬之和他的同学眼里，永载光荣记忆的校史馆，像一尊昂扬的碑碣，高高矗立在江波映衬的玉京山上。繁茂的山林把它深情地拥在怀里，仿如清湛的水浪托举远航的桅帆。银白的帆影飘闪着，撩起那么多的忆想，那么深的意绪，那么浓的情愫。凝望它的人，听见了历史走过的声音，会在心里轻轻哼起昔日的校歌，宛似回到逝去的年代，感触一颗颗灵魂的跳荡。

驻立在窗下的凉荫中放出视线，江上的霞影泻出一缕缕金红的颜色，绚烂，妍美，瑰丽。无边的静寂中，我犹在聆听李广田、陈翔鹤、方敬的课，写满粉笔字的黑板，衬着他们温静的神情。

创造的洪流向前奔涌，挟着沉雄持久的浪声，汇入历史的巨澜。无论什么时候，你来到这里，都会看见先行者凭借强大的民族自信创造的文化精粹，每天放射出新的光华。前辈抵达了事业的尽头，也刻下新起点的标识，召唤后人向尚未开辟的领域推进。永无休止的跋涉，注定伴随奋斗者的一生。

添深的皱纹会减去韶秀的风华，你依然确信，世上终归有耐得过时间的东西，那是在流光中盛开的花朵。

你的心正沐着和畅的惠风。

2017年3月18日

穹苍之下

跑到武隆来，看天坑是例行的功课，正和到泰安必得走十八盘一样。不错，登岱宗可以"小天下"，而十八盘两旁，连峰空谷虽也绝险，天坑却是瞧不到的。中国山多，换个地儿，能不能碰上天造之坑？未能有定，故不敢妄言。我只在武隆遇着了它。凭这点识见，姑且撂下一句话：武隆山景可说冠于各处。

爱水的人当然不少，喜山的人也很有一些。亦智亦仁，大自然对人类品性的鉴定，倒深藏一种神力似的。神的力量摇撼魂魄，也给山体塑形。杜诗"造化钟神秀"道出的恰是这个意思。

李可染画山，先看大的形势，再看大的转折，笔墨绝不零碎。渝东南一带的山，体廓是丰盈的，肌质是温软的，姿媚的颜容叫人夸在口上。草木养得尤其好，丰荣、芊绵、葱倩、蓊郁，面貌不让他处。欲滴的明翠遍笼坡岭冈峦，连那山脊线也柔缓起来，落入画幅，也清美，也秀润。还是李可染的话："画山要介于方圆之间，太圆会显得软。"照此画理，武陵山，还无妨加上乌江之南的大娄山，只看那皱叠的断层，只看那溶蚀的槽谷，只看那昂扬的列嶂，只看那簇聚的崖石，宛若神巧，简直蓄足了乾坤的力量。满目嵯峨，尽览崚嶒，心神因之悠远。大笔挥运，哪里会有一丝软？

天坑，文字上来得响亮，名实也算相符。真是一个"坑"，深而且阔，口子朝天敞着。它的出现，是很早的。地壳的抬升与沉陷，吾生也有涯，失去见证的资格，只能把这事交给时间。

郁盘的崖壁直上直下，悠然不迫地环拱过来，山外的世界，隔远了。看天，看云，看山；听风，听雨，听泉。耳目所接，无非这些。日子简单却很长，世辈下来，寨子里的人跟大山相熟，熟得能叫出每一棵树的名号，熟得能学出每一只飞鸟的清唳，熟得能辨出每一块岩石的纹理。

受着年光的挤压，经过一个久远的时期，山崖成了今天这种一层叠着一层的样子，加上丛丫散叶繁密地挂在上面，衍出的画境显得凌乱了些，构图的清整是见不到的。我却喜欢它那种不事梳扮的朴野风致，于是眉心一舒。眼下已进了农历八月初旬当中，团圆节再过数日也就到了。秋光渐老，而山间树色看去还是青碧的，梢头的黄也仅是初染，微微透出一点冷意。但有一件，景观不会完全无缺的，草木披覆未到的所在，跟那些不做栽植的濯濯童山并无两样，岩峦遂变了一种颜色，灰黔中杂入黝黑。这一变，绮丽的锦裳快要换作褪色的衣衫了。

羊水河峡谷的底下，溪流的漾绕、卵石的堆聚、虬柯的斜逸、藤蔓的盘曲，本也没有什么别样，山鸟的鸣啭在四壁激出的欢悦回音，消去了山中的清旷与幽寂。待到我朝高处去追那声声啼唱时，眸光蓦地凝在崖壁间裂开的矩形口子上，一条横在顶端的厚重石梁最为凸出，凛凛地逼了过来，势甚恐栗，俨如一尊努目向人的威神，早守候在那里的。打量片时，感其并无倨慢之气，犹可亲近。它劈空跃出，全无道理。若究其实，道理自然是有的。天之所生者，变异不常，这话似乎说得稍远一点，那就无须添造《山海经》一类怪诞故事，只待于地质演化有专好的人叙述一番初终原委，则可破去心中之疑。

以一石之闳而轻藐远近嶙峋，此种景状不是每看一山都有的，真占得"峥嵘"这个词。它的奇古，它的诡异，它的玄冥，别处山里虽则也能领受，却绝没有这么悼胆，绝没有这么怵魄，故其神韵可说全在壮伟。一山之中，最可引人注意的便数得着它。探索成因，绕着常识打转怕是不行的。不避自馁之嫌，此等山石在望的时辰，其超常的尺度感是怒触的急湍，我用经验垒砌的堤坝，没等回过神儿，便被冲溃。

生命的敌人固然是死亡，死亡却难以征服所有生命。石梁看不出弯陷，确乎不枉它的硬度，撑持这硬度的，是犹在发育的躯骨。两侧山壁劲峻拔起，挺直地支上去，抵得稳，抵得牢，那叫一个结实。巨柱似的力扛千钧，正好把石梁门楣一般托住，边框清晰而规整。粗略望去，关隘的模样也颇俨然。此景只应天上有。它以孤峭的形姿嶙峋于大地上，在幽僻的深山扮演沉默的角色，而混沌的远古、蒙昧的洪荒，都成为飘过的一片烟。谁也无从剥夺它独立存在的权利，它毫无顾忌地显露着矜傲气度，将观者的目光撞击得狠了些，像是执意跟人类保持距离，以激起对方深深的敬畏。禀受于天的好处，大约尽于此了。

风物入壮怀，何等豪纵，何等畅神。看久了，无所觉察中，心胸会宽起来，气量会大起来，上圆下矩，莽莽荡荡。在宋人诗歌里，我读过富有襟抱的句子，那是："人得交游是风月，天开图画即江山。"目之所迎的武隆雄胜，确属"天开"。默睨陈迹，对景舒啸，正巧用得着文学语汇。可在这道石梁面前，搦管操觚，一切摹状都变得毫无价值，缤纷好词被它投下的冰冷阴影鲁莽地吞噬。"天地，亦物也。"这是列子的断定。对着宇宙物质合成的风光，语言的奴隶们呀，掩口而不能一发枢机，只好自恨手段的无用。《水浒传》中有位御前八十万禁军枪棒教头王文斌，真应了他的话："我不就这里显扬本事，再于何处施逞？"大块文章过眼，不下一字，曳白退场，未能给天地献上一篇颂词，我似有未了之事梗于胸次，殊觉歉然。

许是这石梁形象的大，太摄心魄，在山里人看，仿似一座石桥凌空架在头顶，沟垭因之接天。状貌与景象这般奇峭的穹石，我在唐宋以降的山水画中还未得见。"黄山最不好画的是气象，有了气象就活了。"这个心得，仍来于李可染。形巨的"石桥"矫矫不群，气势大得压得倒人，足以让自傲之情退到心外，推誉为武陵山中特别的一景，可以无愧。拈毫着色，把它画好，也是同理，正与可染先生所说相契。

我爱云峰林谷、层岩丛树的野性浑成，施诸丹青，唯用泼墨法方能气韵尽出。求细，皴法宜全用斧劈。粗重的线条、尖硬的棱角、沉着的笔致、苍老的韵味，构成了饶具象征寓意的图形表达。说句略近训谕的话：尝试从崖谷上发现美，鉴赏最原始、最古朴的艺术形式，这就是极好的开端。

这样的石桥，一连倒也有三座，均气宇不亏。一切都粗粝，一切都犷悍，了无差逊，堪称鼎足。叫法各异，却都嵌进一个"龙"字。"天龙""青龙""黑龙"是它们的排序。这些名字不知道是哪位起的，他可能徘徊了很长时间，从山石上只看得出欲飞的龙姿，栩栩欲活的神气也留心端量了。

桥甚巨，人力不能逮。这一来，只好归功于天。"天生三桥"之所以得名，其故在此，就不消我多言了。"天生三桥"旧写成"天生三硚"。"硚"改作了"桥"，没有谁告诉我为什么要换一个偏旁。通假字吗？也不是。推想昔时用"硚"，一定有番道理。入山，怪石磊磊，磐结交互，从形旁而望字生义，也说不定。我只在悄寂的涧中低回，且看它们在半空卧着。虽在白天，那怪蟒似的身子犹拖着夜的冷光。我没攀到桥上去，心里暗忖：陟临或许也同升天那样难吧。设若能够蹲踞于势状雄强的石梁之上，眼光一垂，把偃塞于幽峡的天坑收进来，方得此地风景的三昧，才不算只见它的一面。

桥顶至坑底的距离，表明视线的长度。俯览，下有百丈之溪；仰望，上有千仞之峰。俯仰之间，分出了人的位置。"低处才能看清世界"这话，是有人讲过的。可是此刻的我呀，感到坑谷的四周太清寂了些。空茫到了如此，立身蕞尔的情绪便来扰了，竟让旧戏里的一句唱词兜上心头："叹举目将谁倚赖。"忽而，一片飘落的叶子寻伴似的，翛然进了我的眼。我的目光攉着它，生怕它太单茕，太冷清。旋动的气流中，落叶坠下一道弯斜的曲线。这曲线，载满妙想翩翩翔舞，只是隐着翅膀罢了。它的闲逸与舒徐，足够得暇来设譬。在你的眼里，它若是一片薄羽，就轻捷；它若是一只彩蝶，就蹁跹。印满纷乱履迹的地面，叶子触着了；泥土和青草熟悉的气味，叶子嗅着了。它找到归宿似的安静地伏着，水湄的芳馨芬馥，又极清润可爱，让它忘掉了憔悴，忘掉了衰残。它再也回不到崖罅的枝头上了，却能久留于湿滑的溪畔，在水光的荡漾中安稳入梦。此梦好长，长过山中日月。

瀑布从云端下来似的，花雨般飘散。旧诗文里，瀑布得了好些异名：匹练、玉帘、谷雷、怒泷、垂水、悬濑……不妨去想它自山巅泻落的姿态。每扇削壁上的蛇形水渍，留下瀑水飞流的痕迹。黑亮的光缕一道深一道浅，宛似攀爬的茎蔓，垂向矮处茸茸的苔藓。年在桑榆的我，揽镜自照，衰鬓又添了几绺，抑扬天地的高情壮思，差不多散尽了。嗟嗟兮悲夫。我多次拟想，大山的皱纹里含着愁，我要轻抚岩表的瘢迹和它一同伤老。入山一看，这却不对。泉瀑使山体苍润鲜碧，熠熠放出的光彩，驱走了我那可怜的念头。韶华也为旧人留，我恍如跟当年一样年轻。

瀑布的叫法也有地域性。乐清的大龙湫，郁达夫是写了的；永嘉的白水漈，朱自清的笔墨亦曾到过。出了浙南地界，叫出什么新名目，我就不清楚了。"湫"和"漈"，读过二位的散文，我才知道还有这两个字。武隆的岩溶瀑布，实为崖头跌落的山泉，多在黑龙桥那边。领来的嘉名很有几个：雾泉、珍珠泉、一线泉、三迭泉。因形赋名，聊得神理。"雾泉"二字，用得好！望上去，这泉叫风扯着，一刻摆向左，一刻摆向右，摇摇晃晃，全不着急的样子，未等直着落到地，便散成缕缕飞烟，去远了。风若猛些，只一吹，它便断了丝，碎珠似的迸溅，连挣扎的劲儿也失掉，瞬间幻作淡淡的影子，极似仙人嘴中送出的一口气，任何固执的性情都会开始软化。看雾泉，须得拢紧目光，方才捉得住它。

四围陷入宁谧，坐听瀑音，很能品出一种禅味。神思一偏，来时眺览的山色飘回我的忆想：苍苍的峦岭尽朝路的两旁分布，雄列得屏障似的。一排青山刚要望断，另一排又补了过来，隐隐衬在后面，不动声色地压住了阵脚。复嶂林壑间，填满乳白的雾霭，每一浮动，都证明风的存在。雾气来得浓时，山脊线断续荡在天底下，逢着云烟迷蒙，瞥去实在是很缥缈的，趋赴若奔的众峰，愈显空远了。北京没有这么干净的雾，它很纯，很润。吸一口，里外清凉。

一面赤幡挑在官驿的墙垣外，倚崖造起的几间老式风格的屋子，围出一个宽绰院落。浮移的林霭中，翼角翘向斜下来的危岩，对映相衬得倒有点突兀。我当时竟乱了眼，一似品得北宋燕文贵《溪山楼观图》的那个味儿：雄秀巧妙。走到门的近前，我仍止不住发怔，若非差了几声清梵，真要疑心撞上一所森森的野庙了。涪州至黔州的驿路，竟从这般险厄的狭峪间伸过去，值得记载的事必可详加胪列。见于赵朴初诗里的"凿空汉使惊邛杖，已信西南道可通"之咏，平仄所向，几近此境，就不能不对古人设馆置铺的勇气拍栏长吁。"吏马驰行"的景况，引着后代把思绪溯向遥邈的秦汉，去追千载社稷的遗影。带着使命登程的驿差，携将诏旨、文书催马疾骋。途陌漫漫，关山重重。胯下鞍鞯，手上短鞭，一时间，越过多少山陉与岩阿。骤雨打湿了颈上的蓬鬃，急促的蹄音一阵一阵响在岑寂的深坳，盖住了崖根的滴沥奏出的清泠乐调。瓦檐木窗下，蜡炬透出的微光，摇闪于静夜湿翠的空山。

这座林麓深庇的官驿，为今人仿筑，取着唐朝的形制。旧日气象失掉几分，可那材质的讲究与营建的精细，却是胜过从前的。营葺完竣后，给张艺谋拍摄电影《满城尽带黄金甲》用了一回。偏爱把游迹印于川岳的我，平素见到的景致为数不算少，不知怎的，这儿的几间屋、几盏灯，檐头轻摇的细草、阶前滞积的雨水，竟令我痴贪此处的寥落与幽邃，并且顿生谣诵的野心，竟至要寄情于一吟一哦了。思接流年，心已向古史靠近一步。

荒弃的驿路，蒙上了时间之埃。腾尘的飞骑早无，有的是览胜的人。他们只顾四处放眼，脚下是不忙的。忙的是抬滑竿的汉子，身子精瘦而腿脚格外有劲。山既这样深，足够滑竿杂沓来去，自由如风。当路的几乘滑竿，暂没招来主顾，很似锚定的舟子泊岸不动。等到生意找上门，汉子们赶紧挽了裤管，抬着客人踏着迂回的山阶，一路奔去，健快而安稳，眉头都不皱一皱，打我眼前一闪，欻，过去了，嘴里的呼哧声也听得见。滑竿上的人倒是不喘的，颤颤悠悠极自在，一点不觉累的。不看他们，难懂何为逍遥。我率尔抢步，想把滑竿担在肩头，只试了几下，体力却不够了。汉子身上的功夫，真不是自己的本事，无可如何，只得耸了一耸膀子，不再显能。

孔子讲到学诗之用，不止于兴观群怨，还能"多识于鸟兽草木之名"。游山如读诗。策杖上翠微，始知武隆诸峰养育多种动植物。我无缘逐个地见，把它们的名称抄记下来，心头就浮出活泼泼的影子：猕猴在水杉、青冈、崖柏、柞栎、乌桕和枫香间蹿跃；黄鼬、穿山甲与果子狸在草莽灌丛中爬行；身子透明的丽条鳅在溶洞深处的暗河里来去。山野清光映着的幅幅图画，很好看的。"快意当前，适观而已矣"，此之谓也。

青龙桥下长着几棵树，羽状的绿叶向外拱垂，有点像桫椤。如果是，那就名贵了。水边一位侍弄花木的老人讲："不是的。"是什么呢？老人说出了树名。偏巧他口音特重，没听清。嘿，瞧我这耳朵！

北去数里，几个天坑也在那儿凹着，互为邻接。我心里明白，可看的正多呢。我是择了另一个日子往而访之，识其天然面目的。游屐甫至，抬眼，倚天的石梁是觅不到影子的。神龙首尾，遁得没了形迹。那坑却在崖下敞着，一眼见底。直观视觉提供了暗示：好像把米开朗基罗式的圆穹屋顶倒置过来。自然界伟大的设计天资，已显露十分了。坑大，仍是前面说过的：归功于天。窃天之美，以为己力，断乎不行。转念，究天人之际，自信还是在的。刘禹锡的《天论》里有一个明白的看法："天之能，人固不能也；人之能，天亦有所不能也。"仰赖天力，人力亦未可轻。

满满的日光笔直地射下，比箭镞迅疾，如见出刀剑的锋芒，霎时占满整个空间。每个角落都亮了，你会因为拥有一个透明的心怀而全身兴奋。坑口极阔，足显方圆之广。我便这样估计：放脚在旁崖的栈阁上走，绕一个来回大概要费半日工夫。这座天坑，当地人唤作"中石院"。这是一个浸着感情的叫法。住在里头的村民，与它朝夕晤对，亲如宅院，搬不到旁处去。寨中老少从它沉静庄严的神姿上，享受到安宁。此座天坑刚在眼帘里一映，我便要连呼三声：观止矣！曾见的山景皆不足奇，喻为"沉屈下僚，名位不显"可也。这大坑的周边，是陡直的断壁，是相叠的岩层，是丛密的林木，又天然形成一个大致的圆，釜状地深陷下去，高差总在三百米还多，劈出的剖面裸在阳光下。坑底的屋舍、池塘、田塍、坡径，皆被围抱，一派荒村野舍的风味。向内倾斜的坑壁，挡去了许多嚣杂，更邀不到零星市声。纵使有狂肆的风来，也要驯服地停歇在外头，无力搅扰里面的静。前回见识的天坑，哪里比得过它？姑妄言之，推为第一总也不是无端吧。忆及我的游历，说它"目未经见"应算一句实话。

我朝一片圆圆的天空凝眸。游倦了的白云憩在我的视野里，它翳住了一团日辉，遮下的暗影恰巧覆在坑口的边缘，只一瞬，坑中原本清显的物象就黯淡了。

进了土家族的寨子，也有人去喝烈性的拦门酒，也有人去尝香糯的烤糍粑，更有人去赏吹跳的芦笙舞，更有人去聆凄婉的《哭嫁歌》。我却叫别的诱了去，只管往坑底走。我想看堆放苞谷的晒坝，想看垂挂红椒的泥墙，想看袅绕炊烟的灶屋，想看低响虫音的芜草。餍饫于此而粗晓乡俗，乃我之所愿。

夕阳布设的盛美钱筵收场了。此山若有神，我向他揖别的时刻也已迫近。最后一抹残晖被远山吞去，刚才还投映于裂谷的崖影和交杈错叶的树色隐灭了。暮光沉沉地漫过来，荫蔽了巉岩上斑驳的襞褶，仿佛嫌厌画里的勾擦。在一个地方，折往低处的斜道盘得陡了，又朝四近岔出去，似乎没有确定的延展方向，筋脉一般乱。荒旷的坑里，只剩我一人。耳边的喧嚷倏忽就被阻断，穿花的莺燕也不留半点声。死的沉寂中，太古的气息紧紧缠裹我的心，隔世的记忆也唤来了。坑底的一切，腌腌的。暝色转深，泛绿的菜畦、潴水的莲塘、横斜的田埂和吊脚楼的短栏，愈微茫了，都似被一个梦境收去。窈兮冥兮，我觉得苍老的断崖竖起高大的弧面聚拢过来，如同阴森的古堡，弥散着冷寂的空气。踽踽独行的我，脑中猛地浮上一句《孟子》中的话来："是故知命者，不立乎岩墙之下。"妙谛，我未必参得透，怯怯地对着挺向天际的敧突岩壁，心还是一悸。脸色有异的我，身子竟瑟缩了，想到退避，又自怨存不住一点英雄气。

铁一般严懔的天坑呀，我若微如芥子，你则大如须弥。

这个时候，想象被生硬地遏止，连四肢也受了紧仄之感的钳束。可我竭力抗拒自然的强迫压力，不肯让意志痛苦地坍毁。我把脚步放迟了些，松弛着情绪，挣脱精神的捆缚，又像一尾潜入黝黯海底的鱼，张开布满神经的鳍，感应浪的力量。一片轻云拂过铁石般峭厉的崖顶，牵去我的视线。只消瞧瞧烟霞的放逸游姿，只消眄眄岚岫的沉毅静影，就很对武隆苍莽的大山兴叹。我向圆状的坑口凝目的那刻，上空在旋转。

恢恢天坑，开旷、空廓，将它来比作演出的台子，还算适切。说是"取譬入妙"似嫌弱了些，以为"得其仿佛"总该不差。古罗马那个圆形剧场，是恺撒修建的；武隆的这个，是上苍筑造的。相形之下，前者是具体而微了。眼底的种种，布设出精彩的场景。喊山、对歌，放在此处再妙不过。畅远的喊声、清越的歌音，皆朝渺无限度的广宇响去。

寥落的人家被沉暗的清影轻笼着。我如有所恋，又默默自量：倘或再晚些，怕要踏着月归去了。

风化的岁月化作山岩上的褶痕，载录着峰林和洼地形成的历史。在溶洞里弓身钻行，随手捡起一块灰岩，就似掌心中的化石。不必追溯海陆变迁的年代顺序，不必驰念陵谷沧桑的玄奇衍绎，在这里，原始神话、创世史诗，跟我的河流一般的联想衔接。我渴盼从宏伟的演出中寻找到诗意的激情，拊节而唱。

2017年10月31日

天上的金沙，神山的雪

在丽江，无处不见扇子陡。扇子陡是玉龙雪山的主峰。这名字不知道是一个什么人起的，跟泰山的扇子崖可相比方。李广田写过扇子崖，他说"这座山长得灵秀"，这是和扇子陡不大一样的。扇子陡的山势得一个"怒"字，剑似的插到天上去。经年积雪的情形，跟泰山倒是极像的。我的目光一触到山巅之雪，就想起姚鼐的名句："及既上，苍山负雪，明烛天南，望晚日照城郭，汶水、徂徕如画，而半山居雾若带然。"

扇子陡下也有水：金沙江。石鼓镇这个地方我此次是去过的，远自格拉丹东冰峰而来的江水，傍岸南流，忽遇山阻，自此东折而北去，号为长江第一湾。湾子甩出一个优美的圆弧，围住层峰高峙的山，其势弥异。若把摄影师为这里拍的画片再瞧上几眼，则明白更有整齐的稻谷丛密地簇聚，依水花田那般蔚成一派锦绣。岸边有个池子，长着一片荷花。这个季节，花已开败，剩了一片黄叶子。"芙蓉生在秋江上，不向东风怨未开。"种荷的人，心里大约是萦着唐诗之境的。只说这段江景的雄与奇，还嫌偏了一些，秀与媚倒是占着风致的另一半。当时雾气略淡，站在江中裸出的平阔沙洲上，仰视飘卷的云影，身体倏忽轻了起来，翩翩而集的思绪亦如这江湾的宛转。眼底的江流，其实比那平缓的表象更要骤烈得多。早有无所惧的人乘上充了气的皮筏，去到江心弄浪，离岸片时，便叫急流带远了，江水之野又添十分的气象。

我的生命里，也有过出入疾风猛浪的经验，但那是在湖里，不是江上。"登高壮观天地间，大江茫茫去不还"，此刻，太白诗仙的豪咏给我胆气。假定人生的安排不紧，能再赐我几度的年华，我大概会从玉树巴塘河口放开脚步，沿着清澈的江身顺流而下，行至宜宾岷江口，览尽金沙江的首尾。最可让精神之翼驰翔的，莫过于临着玉龙雪山和哈巴雪山南北相夹的江流，向绝险的虎跳峡发出心底的那一吼。我在望向高处的一瞬，定会觉得，大江之水是从天际飞来的。在莹白的云岭和金黄的江谷间，连天的波涌也低吟，也高啸，也缓淌，也疾奔，极似狂放的泼墨，叫我饱赏一轴青滇的雄图。

暖暖的江水在时间里流，流走了白骨裹住了金。香格里拉，迎送寻梦人的远影；茶马古道，长伴跋涉者的苦旅。疏星的冷光里，足音声声，残月的清辉下，蹄响串串，几度风晨，几度雨夕，震醒了荒旷的丛林、芜杂的草莽，心中的憧憬寄放在沉重的行囊里，生活的花朵也在驮茶篮和错金鞍上盛开。这条跃金的江流，足可催成浪漫思绪的延长。我的这点近于唱诵的心得，可说是一望而获的观感。

那尊明嘉靖年间木氏土司所制的鼓状石碣，安置在镇上一座土岗的院子里。土岗虽然不高，在这镇上，也算一处突兀的所在。寻到近前，我却不及把《太平歌》《破虏歌》和《大功大胜克捷记》细读几段，就被车子载着，折向了大研古镇去。

二

连下几日的雨，一早醒来时已歇住了。天刚放晴，老巷深处的这家客栈里，一个小孩子在花前的吊床上悠荡，嗓子里飞出的叫声在院子间绕着，细嫩而脆生："快瞧，雪山，雪山亮了！"不待声音落尽，他又跑向街渠边，去听那泼泼的流水音了。昨夜河灯洪亮的光晕，还在他的心里闪。我赶忙凑近回廊的竹窗往北望，恹恹的倦态倏忽从眉目间消去了。哟，阳光正照上玉龙雪山的顶尖，给苍灰的峭崖镀了一层银白，莹润、光滑、透出瓷的细腻。雪色尽染的峰头，被流荡的烟云轻掩，忽而又露出它的面。高原的雪，颜色是单纯的、洁净的、朴素的，装饰出的山姿，甚为明媚。这是一种我喜欢的风格。

小孩子的感觉那么准，他的话里，一个"亮"字真妙，弄得我在窗前痴立了好半天。银光从对面的雪峰上高高地泻下来，进入我的眼睛里，炫得心头一阵热。李广田说泰山扇子崖"如一面折扇，独立无倚，高蠚云霄，其好处却又必须是在山下仰望，方显出它的秀拔峻丽"，丽江的扇子陡，也须这般。我上到客栈二楼，择了一处前无遮碍的地方，扯过一把椅子坐下，脸就正好朝向北面灿灿生光的山了。我不抽烟，可是这会儿，看看花，望望云，一俯一仰，聊得意趣。此时的太阳升高了一些，晒在身上有一种舒服的暖意。茅檐之下，负暄观景，当为人间至乐。

观玉龙山景，解脱林是个不错的所在。解脱林是一座明代寺庙，在黑龙潭畔的一座林岗上，我是舍潭水而登到它的上面的。越过一个新髹了红漆的山门，踏着多层石阶，就撞到紧锁的寺院，后面几处老去的殿阁——五凤楼便不能浏览，而徐霞客所云"然崇饰庄严，壁宇清洁，皆他处所无"的旧景，宛然可想。回过身，在粗拙的檐柱下站定。朝两侧一瞥，尽是苍古的树，尽是丛杂的草，又是"乔松连樨，颇饶烟霞之气"了。偶有风吹，也不闻檐角铁马寥落的声响，真是极幽寂之致。目光越过灰色殿脊上细密的鳞瓦，朝着雪山的姿影落去。此刻天好，只剩了蓝，山也仿佛移近了一些，深深浅浅的沟壑隆出的褶襞，一片乱皱似的，比那天阴的时刻，分明了许多。青苍苍的山色，白漫漫的雪光，时开时合的云气，时显时隐的峰尖，仿佛均得了画师的笔意。留在这座梵刹里校书的徐霞客，得闲而眺览，皑皑山色亦能入他视野吧。他受嘱校正的那册书，大约是丽江土司木增所撰的《云薖淡墨》。此书多摘抄直录，无所阐发，未免失之糅杂，或曰："特以其出自蛮陬，故当时颇传之云。"木府里有座万卷楼，庋藏宋明各善本甚夥：先秦诸子百家、汉代部籍、唐代诗文论丛。这位木土司，倾情中原文化，故耐得萤窗之苦，可说读尽缥缃万卷书。"青灯黄卷书斋寂，疏雨轻风字帖残"，是我喜诵的一副联语，转赠给他吧。

因为徐霞客的原因，我觉得解脱林是一个值得流连的地方。后来，有一种说法传进我的耳朵：那个山门是从白沙古镇的福国寺旧址迁建过来的，也就是说，真的解脱林不在这儿。嗨，无伤大雅，略得其仿佛，足矣。

上苍创造了属于滇西北的高山与长河，纳西族因之拜神，三朵神。歌里这样唱："三朵神在上，白云红太阳。"雪山之灵，就是这尊自然神。一团团烟岚恋着它，花似的开放在头顶，很像东巴祭司戴的五幅冠；又拖着绵长的影子，悬着，摆着，荡着，风吹得劲些，平直的稍做蜷曲，如丝如缕，盘出几道柔软的弯，很像一幅东巴神灵长卷。宗教气息的缭绕，让寒峭的雪峰气势高冷，对于一切感情化的夸饰仿佛不屑，由此逼退了我的词语。我无从接近它傲岸的躯体，只能依凭目光跨过遥远的距离，抵达它的极巅。硬朗的山影，印在十月里晴蓝的天。

这种感觉，我一直带回了北京。逢了雾霾消散的好天气，我仰望和高原一样明洁的苍穹，恍若又看见端耸云外的神山，配饰着晶莹的雪花，太阳般浮升，素洁、缥缈、高贵。我在心里摹画着它的图形，接受着它的注视。我被一束灵妙的光炫着了，明艳欲燃的画面联翩地叠印，一帧接一帧：昨日看过的丽江源，今朝的泉流还是那般潺潺；昨日看过的天香炉，今朝的青烟还是那般袅袅；昨日看过的什罗殿，今朝的祭仪还是那般煌煌；昨日看过的玉峰寺，今朝的茶花还是那般夭夭；昨日看过的古壁画，今朝的色泽还是那般烁烁。

这些或许是我细摹不出，却在心里长存的行旅印迹。

三

雪山的生命，仰赖于天。也不论晴雨，也不论冷暖，云贵高原贡献了适合山体成长的土壤。

灼灼的暖阳在天空游弋，流云和浓雾掩去寒漠、苔原、石堆、裸岩的冷峻表情。孤傲的峰上，莹洁的雪披满它的头，斑白的须发一般，足见无情的时间是不曾饶过谁的，最能历久的高峰也逃不过衰老。

山坠泪。积覆于颠连旷岭上的雪开始告别，向着低陷的平坝、湖盆、峡谷、涧壑奔去。它渗透进草树的根须、饥渴的泥土，让枝头绽放花影，田野飘飞禾香。高山之雪，由固态到液态，在漫山沟壑间雕镂出深深浅浅的遗痕，经历的是从死到生的涅槃。这里的人文进程，可以从高原特殊的地理与气候中追寻成因。周围的环境布置出自然的舞台，在一个个有彩云的清晓，有落霞的夕暮，有飞雪的白昼，有落雨的黄夜，演绎一段段真实的历史情节。

雪的存在形态急遽变异，而冷凝的气质丝毫未改，在忍耐着寒冷昼夜的人们面前，呈现出诗意背景。这点感觉，我是从蓝月谷得来的。

水草的气息，清润；泥土的气息，甜馨。舍此，入山十里的幽谧，以及移步换景的新鲜，当更为初来者所醉心。我们是进到雪山的腹地了，低昂的峦岭植满黑郁郁的云南松，太阳底下泛出墨绿的树色。顺山斜下来的坡冈，伸到开阔的草甸上面，那里会闪出谐整的人家，几头悠闲的牦牛则做了山下风景的散漫点缀。时令已接了暮秋，入目的草色到底比夏日枯淡了不少。

顺着草甸往北走，也不记得盘了多少道弯，蓝月谷就可以到了。在岸边下车，此时的我，身子已近抵山前。弥漫的云气中闪出雪岭的尖峰，层叠的崖痕瞧得更真切了，古墨染出的一般。我仿佛能从坚硬的褶痕上，推想这山所经岁月的多少。从那里流下来的白水河，每朵浪花里都挟着雪海的极寒，愈见其清冽。流注于低谷的河水，仿佛失去力量，甘愿受着一线沟壑的钳束。

雪山之中、冰峰之下的这一角风景，白水河的名字似乎担不起它的好，也罢。冷雪融成的河水，时而析为几派，时而汇为一脉，淙淙地淌在这静谧的河谷间，纯蓝澄碧，好似盈着绚美的颜料，弥散一种软媚的甜，一抹妍丽的彩，直沁到心里去，又给清宵的酣梦添了可恋的美。

深些的是潭，水色幽幽地蓝，整个峡谷都被这澄明的颜色染得发出光来。这光是沉静的，使那一汪汪水，玉液般泊在狭长的谷底。阳光直射到上面，幻出的光影，轻摇着水中枯了几个世纪似的朽木，任它们睡成一截截乌黑的化石。枯残的老树，出水的几棵，临着风，皴皱的树皮脱尽，多半只剩了一枝半杈，寂寞地立在缕缕清波间，似在回味繁茂的当年。幸而那水色是纯粹的蓝，那鳞波是透明的清，它的姿态也就美妙了几分。卧波的几棵，浸着水，横斜起沉重的筋骨，含翠的叶片尚能悠悠摇荡一团墨影，又仿佛是溶化掉了的样子。这汪幽蓝，只有当微风轻轻将它吹皱，方能破了梦一般的静。风若不肯留住，河水仍旧归于寂寂。这静如月色的水，冷冷地凝着，冰莹的光晕幽邃、微茫，只消瞥上一眼，心头就略略起了一阵瑟缩。硬要叫我触水撩出鳞片似的乱痕，实在有些不忍。

浅些的是池，水色滢滢地绿，若太阳照得炽，蓦地反射出耀目的白光。波漪织成了纹，而且迎风漾动与变幻。纳西族女人百褶围腰间飘闪的艳彩，披肩上描绣的七个圆形背饰的亮色，垂辫和发髻上宽边的白帽与交缠的蓝帕，飞摆的花衫、抖动的坎肩、旋舞的搭裙、翻扬的束带，同那金链、银簪、玉镯、翠坠的灿光，皆在水影深处浸着、泻着了。半黄的蔓草散伏在水下，顺着波流的方向轻摆，柔弱、温驯、服帖，细如毛发的茎须，游鱼似的探触着河床里偃仰堆叠的砾石。一望这绿净的池水，如沐着月夜里清妙的天光。

草木摇落，随残秋而来的萧疏，全由可以看得到底的明丽的水色补足了。端严的雪峰，在明蓝与澄绿的波涟中映着，凝成画里的影子，素净、安详。天也晃在水底了，因有云的来去，姿容的幻化也就无穷。天是把人引向光明的，粼粼的水里流着梦，它魅惑我的心。隔水去望对岸林麓，也满是云一样的红杉和青松。

在一道算不得陡绝的断崖前，从潭中流来的水忽然直坠，跌为瀑布，虽无飞动的气势，却还是折了几叠的，腾跃的飞沫打湿了崖头细瘦的乱枝。泉瀑的喧声响在幽谷深处，撩得我灵机一动，集白乐天《琵琶行》之句，是"弦弦掩抑声声思，……低眉信手续续弹"。拿一个譬喻过来，如听着纳西古乐中《水龙吟》《浪淘沙》的音调了。古琴、琵琶、横笛、三弦、云锣、板鼓，依着工尺谱，细拢慢捻轻敲，柔婉、清雅、缠绵、悠远，梦回唐朝。这时候，不妨学着纳西族男女的样子，临水打跳。打跳，我看就是街舞。"三步一跺脚"是它的名堂。

我像是浸在夜里带来的好梦中了，凝神顾盼。身旁的游侣，能做的只是拍照，也有的为美景所诱，捂紧眼睛，不敢睁开看，默祈着用人类的爱把它护住。想必那心里会咏着诗了。

　　水边的人，他的赏景的目光应该是如何的软，他的低回的脚步应该是如何的轻，我这样自问着，曲折地贴水走着看着。象山之麓的黑龙潭，固然有卧波的石桥，有映水的亭阁，彩花香草摇漾的倒影也惹人游情所向，但那人工的雕饰究竟将天然的意趣减损几分，况且满园的水不及这里的蓝，这里的静，这里的野。只看水岸两侧随兴的排布，乱石可以让你蹦跳，滩边可以让你坐卧，更可贴水朝着自己的面影笑，对这里最初的印象，也就跟定了你一生的记忆。若要再多说几句，河滩很荒，荒得空空荡荡，伤自然也受得少。那条傍水的平路，踏上去，沙土在脚底的触觉是松软的，没有谁把大块的角砾岩铺砌在游道上面，把红红粉粉的菊花栽植在水岸四围。我这么说，屐痕印上丽江的人当然猜得出，那闪熠五彩的街路，那缀满繁蕊的花枝，自然是大研古镇上的好处。蓝月谷不羡那段身外的风情，它默守着自己古朴的况味，故而矜持，故而自重。

　　河谷带着流水的清音伸向无限远，它的怀里，铺展一条妍丽的锦带。往前还有很深的路，还有更妙的景，眼睛随便转到一个什么地方，都会滤净你内心暗角的沙尘，都会牵惹你的神魂不舍离去。可我终得离去了，就像脚边的河水，向东赶着自己的归路，且叫人久久追觅它已逝的影。水声愈远，我的浮想愈真。待到太阳斜下山去，飘飘的浮岚落满河面，抹上一层几不见色的清霜，飞临的流霞随波漾颤，泻出一片碎乱的影子，水树交映的光景，该是怎样的依依。

四

玉龙雪山，是丽江风景中最杰出的元素。

长空，宇宙间最大的画布，宁静、深邃、鲜亮，是驰骋的天神挥动异彩的巨笔绘出的影调饱满的作品。雪山飞扬着盈头的白发，仿佛对宇宙宣称：我属于天。

渴盼光，雪山也有永恒的期冀。太阳的光芒让它承受热力；心灵的光芒让它迎纳敬意。把神祇请进内心的纳西族人，世代生活在圣山之下，养成了对于自然界的感知方式。原始信仰融入他们的血液，宗教意识搭建起从天上到人间的精神桥梁。

就在蓝月谷的近处，屹出一座平旷的台子，带了几分古罗马圆形剧场的形迹。一群纳西族汉子——天的儿子，高擎着彩符点点的木牌画，放喉唱起苍凉的古歌。披篷的身上，蓄满旺沛的力；逍遥的心间，飞翔理想的梦，更有欢腾的热巴鼓让驰道上的奔马扬鬃。"天的儿子"，我记住了四个深情的字，在他们口上，是将这称呼引为神圣的。恍兮惚兮，我如观桑林之舞，如聆天神的召唤。徐霞客说丽江一带山"当初日东升，人穿彩服至其下，则满崖浮彩腾跃，焕然夺目，而红色尤为鲜丽，若镜之流光，霞之幻影"，这节话，用来摹状夺心慑魄的歌舞场面，再恰好也没有。不临浩荡的江流，不看奇峭的峦嶂，此番笔墨的意趣，便不能深刻感知。

想到了这里，我隐隐地明白，这里的阳光为何照得炽，花朵为何开得艳，天色为何显得蓝，云雾为何飘得白；雪山的子孙为何把双手举过多皱的额头，扬起黑红的脸，向太阳仰拜，朝遥峰祷祝。他们从曙日里看到神灵的微笑，从清风里听见神灵的意旨。衍续的生命，一端连着物质化的实境，一端连着精神化的虚境，依凭大山大水的护佑，度着长长的流年。

流荡的天风送来庄严的神谕，温抚虔诚的心。一只岩鹰拖着清唳，飞过人们莹澈的目光。

2015年11月8日

苍洱行录

沙　溪

腊月里，剑川一带的梯田被寒气压着，吐不出苗，追不上洱源、巍山那边暖暖的绿。地里虽还秃裸，庄户人家却没有叫它闲着，耙齿已在上面过了几个来回，一圈一圈的纹痕留在泥土上，满山漾动起柔软的波纹。农人的脸庞绽出花朵般的笑，日子的苦和甜，全都指望着来年的收成。

近晚，到了沙溪古镇。在一个白族人家的院子里，围桌吃了"土八碗"。这是一道乡味，红曲肉、粉蒸鱼、水粉丝、木耳豆腐、金丝芸豆、酥肉垫竹笋，外加虾米汤，摆了一个满。主人拨弦而歌，唱的是白曲，多为山谣小调，咏爱情，诵农事，听上去很朴素。

走在入夜的镇子上，满街月光。麻石地面印着疏疏密密的树影，这是街路上最美的花纹，我犹如踩在柔软的草坪上。店铺、酒吧、茶室的灯，亮得明，客人不散，店家是不忍打烊的。穿过一道砖木都老、漆色也残的寨门，便出了镇子。灯影只剩下几点，幽幽地闪在夜天。风也吹得凉，我的身体感觉到了荒僻的气息。看得见几盏门楼下的挂灯，暖红的光晕把阶前黑黢黢的田垄映亮了。这是今夜歇宿的客栈。沉沉地睡去。待到晨阳从窗帘透射进来，给这间小小木屋铺上一袭淡白的光，我才睁眼。推门在廊柱前站定，从四面合拢来的屋檐，为天井镶了宽大的边，天井中央砌出方形的浅池，几条红鳞的鱼贴着池底铺着的卵石悠闲地游动。流云也在清波上花似的绽开一痕轻倩的微笑，新一天的希望降临了。顺着毗连的几道青色瓦脊伸出目光，就迎着华丛山青翠的远影。黄色的泥墙间，走过一位担菜的农妇，在碎石窄径上，踏响一串轻快的足音。

　　清晨的乡野，沁凉的夜气还未散尽，我的身子瑟缩了一下。盆里的炭火烧得正红，我赶忙挨近它，吞下一碗红辣的饵丝，稍微暖和了一些。

　　离了客栈，把南古宗巷的石板路踏了一截，折向东南。客栈门阶前卧着的那只小黄狗，颠儿在前面，像是带路的样子。它懂得来镇上住店的人要去哪儿看看。若论起对这里景物的熟悉，我是不及它的。走到一片河滩，透明的水光在眼前一闪，粼粼流波是对风的回应——吹吧，吹来新鲜的感觉！河面浮荡着的轻薄的晨雾，和湿凉的水汽汪成一片乳汁似的颜色，看得心软。一座石桥跨在河的上面，河水复制了拱形的桥影，上下接合，恰是满月的形状。那圆影的清与静，只能是水墨画中才有的光景。河叫黑潓江，一流，就进了澜沧江。看那两边平阔的滩地，我明白眼下逢着冬季，水枯，流势不旺，或许夏秋一到，汤汤之水才对得起"江"的名号。

沉暗、苍黑，是风雨赠给桥身的颜色。它已经很老了，姿形仍似当年。工匠走了，留下桥。它是哪年造的？平常人不去打听，他们只管从桥的背上踩过去。马帮、车队也这么走，铁掌划，轱辘碾，弄得桥面到处是伤。风晨雨夕，一定也有过站在桥头的文人，望着从剑湖流来的黑潓江，拍栏赋咏，联翩的忆想在沙溪坝上卷轴般展开：滇藏古道上，茶马驮队囊囊的蹄音从盐井前响过，挥汗的壮汉们，在这里卸下沉甸甸的货囊，抖落满身风尘，歇一下疲累的腿脚。凉风吹宿草，江岸的篝火、夜空的星辰，炫起幸福的彩光，闪进旅人香甜安稳的梦境，畅快的鼾声，述说着心底的满足。待要上路赴远，微明的曙色里，水中映着马帮长长的队影，想到通往雪域高原的险途，灞桥折柳、南浦伤别那样的诗情，水一样浸湿了心。他们脆声吆喝着牲口，越过芦荻半掩的水面，也记住了这座留下他们体温的建筑，和那个带些雅气的名字：玉津桥。

江岸之西，是块坡地，建着一条街，寺登街。我的双脚感到了红砂石板的硬度，也感到了时间的硬度。此刻，这条南北过客行走的明清老街，也接受我的思想漫步，悠悠回到昔日的情境中。日光照来，满街灿灿地发亮。院墙的白色和绘上去的墨画，有些已显出残褪的样子，墙皮泛出浅浅的黄，像旧了的纸面。倒是背光的地方，将朽迹隐在暗处了。街心那块方正的平地上，有座三层挑檐的歇山式戏台。二层翘出飞角，托举着顶层的魁星阁。把魁星阁建在戏台上，儒家的力量真是大矣哉。太子会、火把节、本主节的日子一到，镇上男女赛灯、耍狮、弹三弦、跳霸王鞭，和歌起舞，桑间濮上之美，虽远在上古，也略能得其仿佛。那些集市上易货的客商，也加入艺术的聆赏。这个热闹的地方，当地人呼为四方街。

世俗的欢乐是酒，带来的是今宵的微醺。永世的幸福，还需依赖超自然的力量。人们把虔诚的目光伸向幽远的天空，想到了日月朝暮、风云雨露，想到了春夏秋冬、鸟兽虫鱼。天地氤氲，万物化醇，神灵意识主宰了纯朴的生命。血液燃烧，空荡的内心訇然激响巨大的回声，和天上的音籁共振谐鸣。工匠们架起粗重的梁柱，把脊檩、额枋、雀替、斗拱一一安顿在应有的位置。匍匐的灵魂之上，旭日般升起兴教寺宏峻的殿宇，跟街东的古戏台檐柱相对，共存于四方街上。在白族文化学者董增旭的著作里，给予居民和商旅无限喜悦的古戏台被视作民俗空间，它的日常性，蕴含着平凡生活的温度。兴教寺则是受到尊崇的神圣空间。说不清多少年月，这里是白族人寄放心灵最安宁的场所，时光迁流，并未使它废为丘墟。从两个空间在沙溪镇上开始交融的那天起，仪式化的信仰选择就经受历史的核验，且延续到今天。

日光从檐脊的鳞瓦上滑落，挤满院廊的角落。一株圆柏，一株山玉兰，苍劲的枝干挺立了三百多个寒暑，密生圆硕叶片的树冠遮下来，在殿堂的窗棂前投映出浓重的阴影。佛塑的静婉神情，显露出对这番清凉境界的适意。我的意念追想着明永乐十三年的那抹霞辉，熠熠的彩光下，漫漫驿路上新竣的梵刹，泛出鲜亮的漆色。须弥宝殿中，莲座上的大日如来佛灵光焕射，太阳照过，在他的眸子里留下和悦与安详。风中的金铎，发出悠远的鸣音，在晴蓝的天空荡出无形的波纹。一位叫张宝的白族画师，被眼前的盛状感动了，他低回着，情感的涟漪柔柔地在心底皱起。六百年前的阳光映亮大雄宝殿高敞的门楣，他攀上搭起的壁架，恭敬而自信地落下《南无降魔释迦如来会》的第一笔。浮升的云气、流荡的幻光、祥瑞的花影、仙人的形姿、缥缈的佛境渐渐显出了轮廓和细部。勾绘点染之际，他恍若同诸佛展开亲切的对语，让佛陀的气息渗入艺术的灵思。他以潜含着民族气质的创作风度，在殿壁上为宗教理想敷设光彩，使佛菩萨在工致的笔触中再现崭新的仪态。他画毗卢遮那佛，画阿弥陀佛，画不空成就佛，画炽盛金轮佛，画波罗蜜佛母，也画游苑的太子。他的笔墨赢得了光阴的尊重，颜料的润汁抵抗着岁月的风化，丝丝沁入细韧的壁纹，顽强地存续佛画的灿烂。

"广兴三教"这四字，是清道光十六年一位姓何的剑川知州写下的，题上匾额，横悬在大殿醒目处，宣示着此座觉苑的旨趣。寺中已非阿吒力教一家唱主角，大约是清康熙年间发生的转变。官府倡办学馆，道士弹演洞经，各有延纳，儒道释三家在院墙之内合了流。我倒很想从师僧、经母口传心授的白语乐腔中，听出唢呐、芦管吹打的音调同仙歌道曲的精神联系。《大佛腔》《焚香偈》《皈命礼》《十二愿》的声韵里，交融着《顺天乐》《小长寿》《升朝阳》《白鹤赞》的斋醮气味吗？我来时，没能瞧见盛办法事的景状，假定赶上了，身穿青衣衫、头戴毗卢帽的僧人口含香柏木，跪于条案前书写科仪中的表、疏、牒、劄、词的谦顺神情，是可以端详清楚的。香、花、灯、珠、宝、衣、食、茶、净水、果子这十供养，一样不缺地绕在他的前后，更有法衣、法冠、法巾、法剑、法鼓、金刚箍、金刚铃、金刚杵配在一旁，若是铙、镲、钹、锣和木鱼一响，旗幡飘动，仿如恭迎一位肩披袈裟、手拄锡杖的长老。剑舞、灯舞和散花舞，传扬着妙香国里阿阇梨的欢愉。

　　在一处殿檐下，我本是随意一瞥，咦，挂在上面的木牌题着诗，黑底金字，色甚明艳。细读，原来是杨升庵的题壁诗。其句是：

> 两树繁花占上春，
> 多情谁是惜芳人；
> 京华一朵千金价，
> 肯信空山委路尘。

　　杨升庵在四川新都的家宅，我多年前游访过。升庵因批逆龙鳞而受廷杖，遭黜降，谪戍永昌卫。一个被贬之官，心情自然是落寞的，睹景，最易溅泪惊心。形诸吟哦，遣怀寄慨，语多感愤。游寺，见到海棠花开而自况，诗里滋味，独他能解。平平仄仄，兴教寺聊得深趣。

2016年3月3日

石宝山记

　　石宝山上多摩崖，在石钟寺、狮子关、沙登箐石窟中，各有分踞。一雕一凿，费时逾三百年，方才形神皆出，坚牢得倒不下身。依附太阳的金光，穿过飞翘的廊檐，安静地贴紧古旧的刻像，一束束透亮的光线给苍老的面庞敷釉似的添加了莹润的色泽，细密的斑纹泛出白瓷的高贵质感，依稀透露出灵魂的底蕴。这些唐宋年间的造像，理应配饰"山中之宝"的光环。

　　平常我们多识唐宋之名，少闻南诏大理史实。若讲起石宝山摩崖，最值一提的是它漫长的工期，起于南诏国，止于大理国。抱定献祭热忱的无名工匠，用粗大的手掌，赋予崖石一定的意义，立誓要把整座山雕制成一件纪念性建筑；而苍莽的奇峰，又多么适合雕刻家展开宏大的艺术构思。我想起罗曼·罗兰评赞米开朗基罗的话："这位伟大的美妙形体的创造者，同时又是一位伟大的信徒，对他而言，美的躯体是神圣的，一个美丽的躯体，是神灵在肉身覆盖下的显现。如同摩西面对火棘树丛，只能颤抖着走近它。"锤錾迸击，在幽谷间回荡起第一声脆响，意味着工匠们开始了与神同行的过程。横列的窟龛里，无论是佛，还是王，都带着高原古国的遥远痕迹。流连其前，谁也无法忽略它的史诗气质。

徐霞客游滇，是到过这个地方的，以"高穹独耸"四字，摹其危峻之状。尝曰："一里余而入石宝寺山门。门殿三四层，俱东向，荒落不整，僧道亦寂寥；然石阶殿址，固自雄也。"那番光景，叫人伤怀，而石色殷红，如烙霞痕，不逊春日烂漫的绯桃，遂在寡欢的心上添了欣悦。山中的石钟寺，颓圮不蔽风雨，崇攀仰陟的他，哪里晓得"崖石嵌磊，巨木盘纠"之处，不光有石花涌动，礼佛的古寺仍如旧皮囊似的，尚存一丝气息。"穿门蹈瓣，觉其有异，而不知其即钟山也。"离开后才听说，想掉头去看，来不及了。虽则路遇石宝山主僧，"欲留余还观钟山"，亦未折返。没能看见崖上刻像，故霞客之笔未能顾到它，可算一憾。便是这样，我犹能想见马缨花的艳红光影间，他踩着莲瓣似的丹霞石穿越巉崖的情景。

彝族先民创建的南诏国，一些史书述其事较略，在我这里，像是成了记忆中偏于生疏的名词。既然多所阙闻不载，我也就少知竟至未知，所谓读史后的拾得、补遗、纠谬更是谈不到，连那南诏、大理该不该配上"藩国"这二字也要存疑。

血统的迷恋，延续着世袭制度。中原王朝的风习，在西南边地落了根。南诏始祖细奴逻在巍山亮出大蒙国旗号，他的曾孙皮逻阁建起南诏政权，十三代嗣位之王的姓氏，皆父子连名（父亲名字的最后一个字，成了儿子的姓），谱系也就不乱。只是有的姓，《百家姓》中恐难找见。

时间永远年轻，只有江山老去。南诏政权用253年完成了自身的兴衰周期，工匠凭借崖石让这个逝去的王朝在无限循环的年月中留迹。从诞生那天起，这些石化的人物，远离政治和军事的争锋，享受着恒久的宁寂。身后，则积存着越来越多的评断。世上的声息消隐了，耽入沉静的他们，透过岁月的缝隙，以凝定的神情回应一切叩问和想象。

凝愁的维摩诘、微笑的甘露观音、跣足踏莲的地藏王，还有那华严三圣，多在他处见过。南诏第五代国王阁罗凤、第六代国王异牟寻的面目，我是在这里初识的。匠师们把他俩凿刻在石壁上，此片崖麓有了人的温度，也被赋予某种奇异的力量。他俩应该向石宝山深深致谢，在寿数已尽的绝望关头，朴古的大山接纳了他们，热情地引往超现实空间。漫长的光阴里，他俩和佛菩萨一起，在山水间度日，静听每一片树叶的轻响，每一道流泉的喧沸，每一声林鸟的鸣啭。在坚硬的山石面前，任何改变都需要时间的代价，细心端详，我发现春秋对于他俩的容颜没有多少消损。石头能够抗拒血肉之躯无法躲避的衰老，二人的眉宇，依然透露出当年的意气。我的心可说是被这二位接到此处来的。

二号石窟所刻，为阁罗凤出巡图，那场面自然是盛大的。南诏诸王的装束，以尖顶峨冠最为醒目，袍服上的褾纹，雕刻亦极细腻，莲瓣似的衬着他的从容气度。僧人、护卫、武士、侍从围在左右，花一样环簇。不肯丧失的细节，维系着场景的生动性。明暗变幻的日影从不同角度投射，犹在造像的各个侧面布设暗示和隐喻，映射出年代的折光。阁罗凤当政，南诏叛唐，北臣吐蕃，并非无端，盖因狡诈的云南太守张虔陀、褊急寡谋的剑南节度使鲜于仲通"待之不以礼"而生忿怨。天宝年间，洱海生战，唐军败还，留下一片尸骸，而安史之乱也跟来了。李唐江山，危矣哉。此段史实，《旧唐书》和《新唐书》均有记载。巍山县的南诏博物馆里立着一块《南诏德化碑》，乃南诏军灭唐将李宓十万之师后所勒。刻石铭功，当然是镌此碑石的考虑，却也寄着奉唐的心迹："若唐使者至，可指碑澡被吾罪也。"执戈交兵的态度，分明软下来了。我似能觉出阁罗凤内心的缠结。悲剧人物还有李宓，他本为阁罗凤好友，奉旨出戎，一路蛮烟瘴雨，终因兵败投洱海殉节。几天前，我在双廊镇的南诏风情岛上，见过他的石像，呼为"利济将军"，本主神一般尊祀。古碑苍黑冷硬，大部刻字已叫流年抹去，我上下看几眼，认不出什么了。

一号石窟里，坐着阁罗凤的孙子异牟寻，身姿颇为端然。其父凤伽异早逝，未及袭位，南诏第六代国王的宝冠便落到他的头上。全寺八窟，把异牟寻排在先，表明其功业的不凡。绝吐蕃，跟唐王朝重新修好，最让人记住。点苍山林麓间，尚有神祠的残址可看，唐使崔佐时和异牟寻在祠内盟誓的盛景，犹能浮想。跽受册印，稽首拜过，异牟寻拿在手里的，不再是杀伐的兵刃，而是那枚闪光的贞元册南诏金印。归顺王化的作为，赢来的不单是个人的盛名，更是西南边地的安靖。这是古代君王从血光中悟出的道理。

异牟寻刻像的左右，分坐两位清平官。清平官，是辅佐诏王的重臣，类近唐朝的宰相。裹着幞头的老者，是郑回。此公有一笔好文字，南诏德化碑文，即出其手。窟中静坐的另一位，便是向南诏子弟弘扬文教的杜光庭。这个杜光庭，不是写传奇小说《虬髯客传》的那位，而是一个流寓御史。流寓御史算个什么官呢？德化碑上的三千八百字，为其所书。

两代南诏王的形神，都在议政的氛围中雕出。那时的设计师，心中充满政治化的创作意图。握书的文官，仗剑的武士，执净瓶、长扇、拂尘的侍者，从四方拥簇过来，目光的中心，是那恭奉的圣王。站在时间深处的角色们，把生动的表情交给崖壁，等待后世的目光照亮历史的瞬间。他们的肌体充盈着旺沛的生命能量，纵使年深代远，当我们抬眼和他们的视线交触时，仍可本能地意识到对方的存在。和后世的目光相遇，受了感动的石像，眼角会滴下清泪吗？

寺内的八个石窟，至东南而尽，仿佛雅乐法曲，戛然休止，思绪却如余音一般袅袅远去。在工匠心里，南诏的历程已尽，钎凿一落，它那被拉长的时段便渺远得难以丈量。在石崖上存在的，是他们的精神生命。过眼造像所展示的历史长度与思想宽度，因而无从限定。

窄门外面，伸着一条通往山那边的荒径。我倚栏朝北面的狮子关凝望片时，云雾来去，那边的刻像愈觉隐约了。转向崖后，不辨方向地只管走。过了一座耸在高冈上的亭子，匾上留着三个字：玉皇阁。双层檐角翘向晴蓝的天空，几抹白云轻荡，惹得横脊上的鸱吻仰首张望，像要飞身追去。那一刻，我很觉出中国古建筑在造型上的灵妙。檐翼下的风铎悠悠地响着，那是南诏的苍老声音。从这里折向草树丛杂处，似非人迹所到也，光景的清与幽，恰宜养出散淡的心境。在一个地方，芜草掩着路旁一座四柱石坊，坊额题着字：南天福地。昔年的马帮，是从坊下走过的。沉重的蹄音，把深山衬得越发寂寥，也就殆近禅意。

2016年3月11日

洱源看湖

　　这片水，是从罴谷山流来的，在洱源东北潴为湖。徐霞客过此，闲行堤上，赞它"虽无六桥花柳，而四山环翠，中阜弄珠，又西子之所不能及也。湖中鱼舫泛泛，茸草新蒲，点琼飞翠，有不尽苍茫，无边潋滟之意。湖名'苴碧'，有以也"。苴碧，是一种水生的花，其状似莲而小。入夏，花开满湖，叶净白而蕊色呈黄。湖名源此。《云南通志》说此花"气清芬，采而烹之，味美于莼菜"。若在秋深风冷的时日舟游湖上，该远效吴人张季鹰，生出莼鲈之思了。

　　苴碧湖的水映着乡野风情。有了镜面似的湖，岸上的山麓、塍畴、村舍落进来，好看得如梦。农历七月二十三那天的海灯会上，荷花灯、鲤鱼灯、凤凰灯、龙王灯，一下子凑成几千盏，随波轻漂，霎时，水上彩光飞闪。龙舟也来赛，情歌也来唱，篝火也来燃，人影、树影、花影，让风下的鳞波抖得碎乱，炽亮的耀斑，散作万千繁星，不可收拾。热闹的风头，不弱于凤羽乡的田家乐、邓川镇的渔潭会和三营坝的庄稼会。话再说得大些，盛状可比全集游乐的绕三灵。

　　我在这里说的，却是云弄峰下的西湖。天下西湖三十六，不知有没有这一个。湖景很野，又逢着冬冷未消的时节，湖上的浮萍游藻望去寥落，泥沚沙洲上的短蒲长荻也还萧疏。我是一个在水边长大的人，对于河湖的感情自然深于常人。只瞧摇荡的芦苇、起落的水鸟、傍岸的野树、撒网的渔船，以及悠闲的白云和艳丽的流霞，我差点将它认作故乡的兴凯湖了。

兴凯湖没有此碧，有的是菱角。我年轻时在湖里打鱼，记得六七月间，菱角花开了，这儿一片，那儿一片，随波浮荡，满湖粉白。

入了船，向西湖的水心去。船，首尾宽平，浮于波上，如一片叶子。"舟不用楫，以竹篙刺水而已。"徐霞客在他的滇游日记里这么写过。站在船尾撑篙的，是一位头缠粗布彩帕的壮健妇女。湖风长年吹拂，比刀子厉害，给宽大脸庞留下深凹皱褶和黑红颜色。湖面卷起白头浪，少说也有三级风。我从小就在湖上弄船，当然明白这样的天气里，凭着一根竹篙驶稳船，并不轻巧。她的身子倾下又直起，再倾下……那根过丈长的竹篙，在手里攥得紧，点入湖中，又带着湿亮的水痕抽出，接着再使劲一点。舷侧分出浅白色的浪花，水在船底单调地暗响，咕噜，咕噜，极轻，极柔。

徐霞客记游湖之事较详，曰："湖中菱蒲泛泛。多有连芜为畦，植柳为岸，而结庐于中者，汀港相间，曲折成趣，深处则旷然展镜，夹处则窅然蜚画，翛翛有江南风景；而外有四山环翠，觉西子湖又反出其下也。湖中渚田甚沃，种蒜大如拳而味异；莺粟花连畴接陇于黛柳镜波之间，景趣殊胜。"大理出蒜，我是到了这地方才听说的。喜洲一带畦田，暮冬季节多鲜绿，头一眼望去，我还以为是稻秧呢，一问，哟，敢情是大蒜！

　　茈碧湖也好，西湖也好，徐霞客都爱拿它跟江南的西子湖比较一番。西湖不是水，它是心灵的归憩之地。家山千里，离得越远，心上的距离越近。

　　水色茫茫的湖面，逆光看去更有意味，船和上面的人，只剩了线条清晰的轮廓，像一幅色调偏冷的版画。远近的山岭也极苍黄，却有耐寒的树长在上面，未凋的叶片散漫地布出几块绿。如此山容，倒和水中摇动的芦苇融合得妙，阳光照来，灿黄一片，映入绿波深处，随那涟漪隐隐荡去，美若流金。有几只野鸭，钻进苇丛，敛羽不肯动。它们不该怕风呀！一只渔船从跟前过去，这些野鸭也不躲，只顾瞪眼瞧。撒网的人手里很利索，甩网入水极灵巧。网丝被太阳照着，亮光飘闪。浮漂服服帖帖，顷刻就成一线，且将美妙的弧痕印上水面。

　　傍岸人家的瓦檐，从白色院墙露出，明亮的竖窗反射着日光，仿似漾开缕缕笑纹。靠岸几只船，船上的青年男女正忙着什么，见我们驶近，停下手里的活儿，望过来。

　　近岸的一片芦苇颇繁密，两只船静泊在湾子中。我还以为人家在这里避风，近了一看，噢，这几个戴着草帽的渔民等着我们呢。船头伫着几只鱼鹰，羽色各有黑白。渔民的臂一扬，鱼鹰就夅开双翅，稳实地立在他们粗大的手掌上，两眼放出的光，和那尖喙一样锋锐。

　　拢了岸，早有一个穿羊皮坎肩的汉子候在石阶上，拨弦弹唱，横在腰间的是一把龙头三弦。往脸膛儿上一瞅，面色黑红，歌声却那么柔细。嘴中响着的是《凤羽白族调》，还是《甸北田埂调》？喜欢唱山歌、对调子的白族男女听得出。歌里的风味，比食摊上叫卖的饵块、乳扇和雕梅，更浓。

2016年3月11日

巍 山

赶马人穿着草鞋的脚，在横断山脉的悬藤密箐中踏出一条运贩货物的古道。这让人想起云贵高原的水，韧性地击穿山岩深峡的险障，流成浩荡的澜沧江。江是大地上流动的路。

巍山的骡马队，唤作回回帮，跟喜洲帮、鹤庆帮平起平坐。从红河源头出发的他们，迎着理想的太阳，开始一次次艰辛的远行。人人心中飞荡起大河雄野的气韵，狂涛般冲涤着遍布途程的凶险。一顶顶篾帽、一件件蓑衣和马褂，是这支马帮的鲜明符号。代代年年，一群群硬汉，用铁的意志征服了漫漫古道。

他们走的是夷方路——从东莲花村的永济桥迈出头一步，往西奔漾濞、永平、保山、腾冲，就入了通往缅甸、泰国的古驿道。风雨路遥，他们一边走，一边哼着赶马调，欢乐的山歌也唱，跟着马铃和铓锣声，响到天上去。日常生息中建立的对于教义的确信，使把斋、礼拜成为行途中不可缺少的仪式。认、礼、斋、课、朝这五大功修，成为身体和灵魂禀受规训的严格程式。手捧《古兰经》，念诵间深情地仰望，先知在浩茫的穹苍显迹，博施着纯挚的慈爱，护佑他们闯过盗匪、凶兽、瘴疬遍布的蛮荒之地。腰间的刀棍和手中的铁矛，显示出他们剽悍的一面。他们的性格中，流荡着唐将李宓所率八百回纥兵士的热血；乘革囊渡过金沙江，攻伐大理城后屯聚牧养的色目铁骑的勇壮，也在他们的行止中表现出来。开道的头骡，扎在脑门上的红绣球，艳如山茶花；马鞍架上的商旗与族旗，猎猎舞风。矮小善走的大理马，驮着满袋的盐巴、茶叶、药材、丝麻和布匹，越过澜沧江和怒江，一直运到异域去。

歇脚烧火的一刻，喝着蒸壶里的热茶，他们遥思桑梓，心中生出阵阵暖意。凉夜露宿，躺在马鞍铺上，在火塘熏烧的草果气味里，眼前浮现的是熟悉的乡景：畦田里的稻麦、荷池中的花香，围拢着户户庭宇。"三坊一照壁、四合五天井、六合同春、走马转阁"这几句话，本是建筑形制上的术语，落在他们心间，变成了祖辈传下的梦和子孙的念想。他们就像中原的晋人，吆着骡马走西口，远去蒙古草原行商，用挣来的血汗钱，在故土盖起温暖的家宅。《赶马调》中所唱"要想发财走夷方，出去回来就盖房"，是对于生计的最朴素的理解。不畏险阻的马帮，始终朝着家的方向走。

哀牢山麓、红河源头的巍山，曩为兵家看中，元朝军屯，明代戍守，漠北江南的回族将卒，入社垦田。落籍东莲花村的人，爱植莲种藕，村东头的那个荷塘还在，推想村名即由此出。

村中的清真寺，是灵魂相守的圣地。叫拜楼那重檐翘翼的造型，透出凌然的气宇，以明确的建筑语汇显示了地位的庄严。宣礼词在塑像般直立的阿訇口中响起，声调里的意蕴，细雨润土似的渗入内心深处。檐脊上雕琢的动植物，形貌栩栩，楼顶上的云板被木槌击响，这些醒来的生灵，犹能翩跹旋舞。朝真大殿里，平展的地毯铺出一片绿色的海，沉静、深邃。毯面的花纹，宛似朵朵明丽的白莲花，盈动着恬静的神姿。正中的"窑窝"，门饰的弧线优美地从两侧弯垂下来。已是下午，殿里安静得听不到声响。晌礼可能刚刚做过吧，看不见领拜的教长和宣讲的阿訇站在里面。祈祷声中，千人朝着麦加方向鞠躬叩头的隆盛场景，映入我的浮想。信仰让精神清洁，凸显道德的光辉。透过云层的日影，泻落于雕花门窗上，也让檐柱额枋上的题匾楹帖闪射鲜亮的光芒。先知无形，而他的声音总在静止的空气中飘响。安静的村巷里，戴白色布帽的男人、披红绿面纱的女子，轻步走着，贴在高墙上的语录会让他们放缓脚步，把目光停在一行行字句上，那是圣训经典上的隽语。对于教胞，此刻的气氛，如同宣谕意旨那般庄肃。

马家大院是安放家族理想的地方。这个宅门的幽和深，自然含蕴一番阔大气象。一扇扇照壁、一重重院落、一间间堂室、一道道回廊、一座座漏阁，无不炫示着财富的丰殷。雕花、彩画、楹联、牌匾、壁饰，透露出清雅的装饰趣味和曼妙的艺术情调。阳光、月华、云影、霞辉，都在天井里停歇过，也闪在老少的眼眸中，感动得流泪。这个大庭院，成了本村人摹效的建筑仪范。主人马如骥，是本村有名的马锅头。马锅头就是马帮的领头人。当年，披满行尘的他，心中装的应该就是这样一种家景。

建筑是有记忆的。工匠们凭借灵妙的手和智巧的心抹砌、錾刻、施彩、髹漆以及雕绘花鸟图纹、山水风景的触感，依然留在券门的梁头、额枋上，留在厅房的柱基、石磴上，留在通廊的藻井、斗拱上，留在山墙的灰塑、贴砖上，留在庑下的窗棂、围屏上，留在楹边的楣栋、板壁上。登临昂翘的角楼，屏轴前邀客对谈的情景，只在昔日了。角楼藏过书，也曾弥散一股文雅之气。长长的护栏上，间距均匀地排列着形状柔曼的短柱，像整齐的琴键，流淌着老院的旋律。倚栏朝四近一望，斜顶上鳞片似的筒瓦和出檐的戗脊，远近低昂，密密地连为一片。直挺的瓦垄飘曳出美妙的轮廓线，越过飘烟牖户、摇禾场圃，伸向苍茫的山岭，而青灰的基调，正迎合着渐阴欲雨的天色。此番景致，犹近"风帘翠幕，参差十万人家"的宋人词境。

目光垂落在院心用大理石铺出的花枝图形上。以砖覆土，隔湿阻尘，利于梁檩之下的洒扫；植物造型的缀饰，又使阶除之前别显一番纹理。此甃地之法也。视线轻移，停在三叠水照壁上。砖瓦逐层叠涩，檐角出挑，晴日里，反射的日光会将正房映得一片通亮。灰白壁面上残存水墨之迹，犹从黄子久的浅绛山水取意，色泽却褪淡了，暗示着流年经过的痕迹。照壁前砌筑花台，几簇耐得春秋的绿叶，装点出一角风景。靠西一口老井，石栏上线刻圆润的卷草纹，忍冬、莲叶、兰草、牡丹诸种折枝花卉，从井栏上蓬勃长出，被弥散的水汽染了绿。年老的马如骥，坐在台坎的草墩上，默对堂前阶下，看看花草，喝喝香茶，想想往事，一生劳苦都随云烟去了。叫拜楼那边，阿訇念诵赞圣词的声音传过来，他听到心里。"世守清真"是终身谨奉的信条，他把这四字刻在汉白玉上，嵌入照壁凸起的砖框里。迈进大门的人一眼瞅见它，看到了宅主的内心。

庐舍的符号意义，产生了现实影响。马如骥的社会声名广播四方，军政界的显赫人物，为之留迹。主房门额悬匾：明道致远。一瞧落款：白崇禧。东厢房光景亦近，门匾"义广财隆"，题这字的人，是龙云。

在大理，这样好的庭户，很有一些。巍山的刘家大院、大理的张家花园、喜洲的严家大院，都是。

出东莲花村，南行数十里，望得见巍山老城的衢巷人家了。徐霞客给它记下一笔："蒙化城甚整，乃古城也，而高与洱海相似；城中居庐亦甚盛，而北门外则阛阓皆聚焉。"蒙化，系巍山旧称，其源可远溯细奴逻时代。郡城静伏于平川之中，眼扫四野，沃田宜植稻米，水荡适生鱼荚，立诏建舍，图城定都，细奴逻之功大矣哉。不知天下，不能为王者。南诏始主临阳瓜江畔筑山城，这座庞大的建筑体首先在他的心上崛起，磊磊砖石叠砌的城基，承托着强大的存在感，也支撑着并吞五诏、囊括西南的雄图霸业。千年之后，版筑望楼，废为荒墟。那时的悲欢一点扰不乱我的神意，只因我跟它隔着很长的距离。离得远，却也生出愁滋味，一地黄埃，总易惹人怅怅叹息。散落的柱础、瓦当、鸱吻、刻石、造像，挽留着已逝王国的残影。继后的蒙舍城遗墟，光景亦如这般。河边坡地上，懒散地僵卧的，是那寂寞的土埂碎瓦，恍若代表升遐的霸主与后世交流，让历史在想象中复活。

徐霞客所说的北门，在我的推想里，就是明代蒙化府的拱辰门。檐翼下"万里瞻天"的大匾，给雉堞如齿的红墙门楼所添的气象，自会迎来古今叹赏的目光。水一般绕墙过去的，是断不了喧声的人与车。逢着赶街的日子，彝族男女结聚城楼下吹笙打歌，给门前添了热闹。此座楼台，当为一城之胜。巨石垒筑的门洞，遮断了天光，幽暗处的厚重门板，硬如铁嶂。我的手落在粗糙的纹痕上，像在轻抚苍老的皱肤。纵横排列的门钉早已锈蚀，却不见丝毫挪移，仍在岁月中坚守各自的位置。

北门之南，直伸一条墁石街路，两旁皆是木壁瓦顶的楼屋，底层多开为铺面。制衣修鞋、卖药诊病、剃头美容，门脸接得密。吆喝杂货、生鲜、纸烛、古董的店家也不少。当街摆货，挤得檐下阶前，花花绿绿。扎染布包、彩色草墩，很为鲜俏。有几个老人，坐在敞露的屋前，抽烟，瞧街景，断续的市声惊不动闲静的心。数不清的日子过去了，过客会亡化，王朝会崩塌，而市井生活的风味永在，这个简单的道理，早已被时间证明。还有一家，门前晾着细长的面条，宛如一片雪瀑，挂崖而下。几百年过去了，徐霞客所见"阛阓皆聚焉"的情景依旧。到了火把节，四乡八寨的老少相笑而来。骑手从群力门跃马过街，疾风般直冲南门外。不待蹄尘散尽，灿艳的烛炬便跟来了。目光把这颜色接了去，眸子就亮得欲燃。套用宋人的长短句，真是城中一夜，开遍红莲万蕊。

额题"花封瑞凤""蕊榜文龙"的进士坊，立在街心。想起文源亭、崇圣祠、尊经阁都存在的文庙，孙家巷、月华街上的南北社学，古城四隅的书院，始觉乾隆皇帝御封这座方正的南诏故都为"文献名邦"，可谓名下无虚。

从坊前行至老街尽处，星拱楼在焉，恰同拱辰楼南北对望。此楼比拱辰楼小巧而灵秀，气宇却不在其下。这是一座过街楼，石基托举双层亭阁，回廊、栏板、格子门，无一处不整丽。眺览，城东的文华山、城南的巍宝山、城北的点苍山、城西的阳瓜江，奔来眼底。王勃《临高台》"朱轮翠盖不胜春，叠榭层楹相对起"句，可做写照。通向四方的券洞，恰好显出建造上的妙处。洞壁皆以长条青石垒砌，耐得住风雨磨蚀。我在这十字街头，受着通道的风吹。山迢水遥，漫长的年光里，无数行走的角色和我一样经过这儿，肩着相异的使命，举步奔往各自的方向：云游的僧道想着寺观，仗剑的侠客想着鸟道，荷锄的农夫想着阡陌，运货的马帮想着茅店，撑篙的船家想着浪波，行吟的骚人想着天野，还有那赴任的流官，想着未卜的宦途。

徐霞客尝过身等觉寺，"税驾于寺北之冷泉庵，即妙乐师栖静处"。税驾，就是歇宿。杨升庵贬滇，两游蒙化，亦择此庵雅集。这处老井犹在的故迹，是值得看看的。我未得踏访，也就没能口尝甘洌香美的蒙城第一泉，遥忆连蹇中酬酢的风流，惜哉。

翌日晨起，上街。饭铺的伙计卸下门板，筋润的耙肉饵丝、软糯的青豆小糕，还少不了热油粉、一根面，盛碗入碟，趁热上桌，吃得满口香。

2016年3月15日

鸡足山记

寺前村里，有个叫"灵山一家"的饭店。"灵山"二字用得妙，犹见释祖拈花时的微笑。院子里，长着几棵板栗树，树身弯而多皱，少说也有三百年了。冬日枝枯，只见其树，未见其叶，仿佛满披皱皱的老者无声地站在那里，却不曾受着冷落。年月虽久心情在，僧人摘得板栗招待徐霞客的旧事，村上老少还能款款谈起。

这里借着邻舍的一点势。那个院子，白墙黑瓦水墨画，白族民居的样式，一望而知。几簇三角梅探出墙檐，垂下一片艳红，宛然诗中之画。这户人家心头的那份情，热如一团火，观者的眸子，因之明媚。

村口桥上，坐着几位头缠布帕的妇女，嘴角浮笑，陷在皱纹里的眼睛，泛出平静的光。有个汉子扯开嗓子，吆着一群羊过去，乱蹄搅来几块碎石，横在山路间，碍眼也绊脚。一位瘦背略驼的女人，从靠栏上起身，并不抬脚把那石子踢到一边，那样做，心里似觉得不恭，太轻佻了一些，就颤着手，弯腰捡起，丢在坡下。这一捡，似有敬山的意思在。桥旁的高处，有一幅彩色壁画，全山之景尽在上面绘出。右上角"灵山鸡足"四字题得分明。

几个钟头前，我出大理老城门，让洱海之波悠悠地在眼前浮映一番后，即奔宾川县而驰。刚入其境，便前迎大山，峦冈颠连，峰嶂耸拔，山势甚峻。或曰："前列三峰，后拖一岭，俨然鸡足。"纵目一望，饶有啼晓的雄鸡那般昂亢的姿态。望鸡足，此山则金顶最峻。矫首仰眺，更有白塔凌其上，遥插苍霄为异概。借用徐霞客的一句话摹状其势："雄杰之观，莫以逾此矣。”若是荡来一团浓云，塔影则隐不可见。山这样高，身抵它的绝巘，非得花一番蹑险以陟的力气才行，我倒暗自在心里打了一个颤。及至身临山前，这时的我，朝那突起在云影岚光里的金顶寺扫了一眼，心先飞上去。

天下名山，多被佛家以宗教的名义征用。山，尽为佛而存在。它的每一道深谷，每一道幽壑，每一道沃坳，每一道狭坞，敞开怀抱，迎纳三千世界，雄峻的山体，成了巨大的精神容器。不是佛临幸了它，而是它接引了佛。繁茂的山林海浪般翻涌，一片鲜绿中，梵刹的金色殿脊光彩飞闪，宛似一簇簇曼陀罗花在阳光下盛开，圣洁、妖娆、浪漫。东方古国的教谛，飘溢着阵阵神秘的清馨，使那崖嶂深处，弥散着天香的气味。漫过幽旷空谷的山风，柔软地吹拂，第一次把僧伽罗摩的晨钟与暮鼓的声音，在危岩盘耸的野岭上震响，悠远地回荡。佛寺是清众用信仰砌筑的舞台，世代上演着传衣弘法的精彩情节。

禅曰：“清净本性，无有凡圣。”话虽这么说，我自知身份的高低，况且“先须识道，后乃居山”的禅语也像是浅知，就怕腿脚入了山，而心思还是在山外的。那样，尽管见着清寂的山，只因胸间无道，“山中乃喧也”。故而进山之前，我照着老禅师“歇却狂心”的话，把康熙年间《鸡足山志》中所刊的一幅《鸡足山图》端详了半晌，悉檀寺正在崖麓之间。我此行是想进到徐霞客住过半年时光的这座寺，体味他和弘辨等四大长老的交谊，更可寻索他应丽江土知府木增之请，纂修《鸡足山志》的往迹。陈函辉《徐霞客墓志铭》里记其事："霞客游轨既毕，还至滇南。一日，忽病足，不良于行。留修《鸡足山志》，三月而志成。丽江木守为饬舆从送归。"送归，是木增派人伴行徐霞客回江阴老家去。陈函辉为徐霞客故交，这篇《墓志铭》亦是应徐霞客所托而做，所记应极可信。参酌之文还不妨找来古人的那篇《徐霞客传略》，里面说："徐既葬静闻，爱鸡山之胜，遂止焉。丽江土知府木生白聘修《鸡山志》，创稿四卷，未几，以病辞归。"除开这一件，还能忆起徐悲鸿上山入寺，给亚晞长老畅心而做《雄鸡竹石图》条幅的旧事。

　　还得说说"徐既葬静闻"这句话，虽只寥寥五字，却道出徐霞客登临鸡足山，是含着一段因缘的。这在钱谦益的《徐霞客传》中记着一笔："丙子九月，辞家西迈。僧静闻愿登鸡足礼迦叶，请从焉。遇盗于湘江，静闻被创病死，函其骨，负之以行。……过丽江，憩点苍、鸡足，瘗静闻骨于迦叶道场，从宿愿也。"静闻，这位南京迎福寺僧人，刺血而书《法华经》，渴望供于迦叶之鸡足山，且嘱托霞客："我志不得达，死愿归骨于鸡足山。"徐霞客感念虔心，五千里长途上，携其血经与骨殖，杖屦间关至此山。供经于悉檀寺，埋骨于文笔峰，也算了却一桩心事。徐霞客吟诗哭静闻，有句曰："可怜濒死人先别，未必浮生我独还！"这像是自己的人生结局写照，不亦悲乎。

盗匪凶悍的眼神、刀剑冷厉的寒光，没有逼退徐霞客，他的游屐顽韧地向着前面的山川移行，他的生命版图从那座富庶的江南小镇朝广远的天地延扩，与其叠合的，是无垠的精神疆域。只说鸡足山，四百多年前落下过游圣独行的履迹，这座大山就融进一个伟大旅行家的生命。峰、岩、塦、坡、冈、洞、台、石、岭、壁、窟、梯、谷、峡、箐、坪、林、泉、瀑、潭、涧、溪、池、塘，皆刻下丰富的人文印迹。

"灵山一会"坊，亦在《鸡足山图》上标着。这座重檐飞翼的牌楼式杰构，古今无数朝山者都要从其前过身。只说我，仰观雕绘繁复的彩坊上的四字，心有契悟，想到的自是《五灯会元》里"世尊于灵山会上，拈花示众。是时众皆默然，唯迦叶尊者破颜微笑"这节文字。摩诃迦叶以鸡足山为守衣入定的道场，眼前之山，自然是这位禅宗头陀第一的天下。山巅那尊白塔，如一棵高大的精神之树，负载着巨大的象征意义。

鸡足山隆盛的寺景，只在昔年，大部还留着一个残址，择选几处，潜心修葺，敷设的数抹亮色，多少消减了岁月的沉重感。车子在山间转了不少弯，停在一座禅舍围拱的藏式白塔前。我推想这便是崇祯年间丽江土知府木靖与寺僧道源、道真勠力而造的尊圣塔院，看过《鸡足山图》后，知道它是山中的一处胜迹。悉檀寺就在它的西边，东边则是葬着静闻和尚的文笔峰。

此座喇嘛塔，须弥座塔基、圆形塔身、锥状相轮，连带伞盖与宝刹，皆为新修，覆钵式，又跟北京妙应寺的白塔同一形制。须弥座上环塑佛像，身量稍小。东侧四尊护法天神像，比较着瞧去，倒是大一些。东方持国天王、南方增长天王、西方广目天王、北方多闻天王，各执琵琶、宝剑、赤龙、伞盖诸法器，再配上一身铠甲，峨冠下的眉目更为发凶。金刚怒目的意思，又来一番领略。通常我是迈进庙门，在天王殿里遇着这四位的，眼下可倒好，都跑到殿外晒在太阳下了。

东面盖起一座双层的殿堂，匾题五字：传闻念佛堂。几位尼师轻步出入，随身摆动的，是栗色的衲衣。

这座得着"尊圣塔"之名的窣堵波，和金顶寺的楞严塔上下相望。楞严塔，前文所说"更有白塔凌其上，遥插苍霄为异概"，便是它。此座密檐式方塔，凭着天柱峰的高势，雄刺天穹，独领一段气韵。山间一切楼台，尽于其下，连那"一削万仞，横拓甚阔"的华首门（迦叶以定持身，修习而待弥勒的地方就在这里。一望之际，就不能不想起嵩山五乳峰上达摩面壁的石洞），也要俯屈身段。

悬削的山路，算来只登了半程，容不得缓一下脚力，便惦着进到迦叶寺，不跪蒲团，也要向这位孜孜苦修的尊者致一个礼。照着禅宗西天的谱系，把摩诃迦叶奉为二十八祖的第一代祖师。中土的禅史在统系上则有了分异，认菩提达摩为初祖。这里不去管它。假定时间宽裕心也闲，倒无妨学一学当年的徐霞客，"坐楼前池上征迦叶事，取《藏经》中与鸡山相涉者，摘一二段录之"。浮想着那一刻，幽暗的山上，月影泻落一片淡白的光，照进古寺的曲廊，也映上徐氏清癯的脸庞。他安静地倚着矮栏，刻在双颊上的褶皱贴紧微凸的颧骨垂下，在带着棱角的唇边收束，从眼眸中透出的神情，流露出难掩的疲惫，然而也有冷峻。身后的山河转化成长途上的记忆，画片似的浮闪，纠缠着他的心。春草初绿时，他辞乡远行：山脉的走向延展着行走的经纬，江河的源流标示着寻溯的纵横；荒村野寺中，昏黄的油灯伴他记录地理、水文、植物的考察心得，残壁枯树下，灿红的篝火驱散深夜的寒气，送他入梦。秋叶泛黄时，他回到母亲膝下，献上鲜花香草、碧藕雪桃，让那篱豆瓜蔬的乡味，添入一份游子挚情。思绪缠绵之时，迦叶的面影浮上来了，满是专注和坚执的神色，足以断除所有妄念。一种来自灵魂的力量统御着徐霞客，让困厄折磨得忧悒的心，犹如迎向一抹理想的光芒，瞬间就被照亮。他的头脑倏地变得异常明纯，青春的意气充盈全身。"自宁海出西门，云散日朗，人意山光，俱有喜态。"初登旅途的豪壮心情重新在内心燃烧，身体内再次蓄满胆气。他扑近桌案，握紧笔，蘸满墨汁，继续在纸上挥写，完成那部伟大的著作。伤痕累累的行途上，开出文字的花。他把印下自己履迹的山川形胜，作为浸着血汗的财富，恒久地留给时间。这一导引先路的壮举，有资格定义为杰出的历史事件和文化行为。

　　浸入遐思中的我，心有陶陶焉，却未能如愿，被车子载着，如一片风中之叶，飘向金顶寺。

弯折于陡崖上的山径，一忽儿宽，一忽儿窄，导引着离了车的我们朝上登，又捉弄人似的，倏地显出前去无路的样子。山行的经验暗示我，这盘曲的叠磴是不会断的，遇着一蓬乱枝或者一块斜岩，蓦地一个掉转，脚前就又是路了。苍山远上，朝金顶寺盘去的游道，方向倒是不改的。午后的太阳正用灼亮的光线征服群山，且在金殿的雕甍上耀出一团炫目的光，乱斑进闪。此寺全赖择势的绝险，以及楞严塔远屹岭脊的峭姿，而成为山中第一胜；况且大雄宝殿里的释祖，默览风云的眸光犹从天间落下来，幻作曼妙的花雨。有这等奇美朦胧的圣境，似将山中的景物笼入梦里。我踏在崖阶上的双脚，因海拔的高而发沉，接近圣境心却是那么的轻。

金顶寺门前，睹光台在焉。群山之巅，地势本极局促，竟筑起这般平阔的石台以供眺景，与山川对语，古人览胜的高致，真没有辜负眼底烟霞。这个台子，是满足视感的理想设计，没有什么能够阻挡眼光的飞落。我扶着石栏放出目光，视线刚越过一重山，另外一重山还在等待你的眼神的抚触。云贵高原雄奇的峰岭，总也望不断。

我听人家讲，在这山顶，"四观"算是不错的眼福，当然先要跟风光有缘契。东南西北地望去，旭日和祥云那是不消说了，更有苍洱夕烟、玉龙雪色，要叫观者销魂。但这究竟还是俗世的欢愉，入了佛眼，景物的意味便相异了，它们与心圆融，成为禅意的风景。"万古长空，一朝风月"（《五灯会元》卷二），"云散水流去，寂然天地空"（《五灯会元》卷六），"孤岩倚石坐，不下白云心"（《五灯会元》卷六），"风送水声，月移山影"（《五灯会元》卷八），"闲云抱幽石，雨露滴岩丛"（《五灯会元》卷十八），"青山原不动，浮云飞去来"（《景德传灯录》卷十一）……清修之道皆可在景致里默悟，禅师那些脱胎于心的语录，化在其间了。

窈窕青莲宇，到了白族工匠手里，更见出一番工致。只说那寺门，三道高翘的檐翼，若奋翮冲霄。斗拱累迭，层层向外挑出，又在敷色上添入明蓝，涌动起韵律的波浪。用意亦甚明了，对佛的虔敬，凭借叠错繁复的装饰做出建筑上的表达。公输天巧，想必一山楼台多出自他们的手。风吹山不动，依托壮岳的檀林，一卯一榫，连接着坚硬的岩体，顽健的生命力支撑着它们的身躯。

金顶寺的得名，大约是和院里矗着一座金殿相关。金殿，我像是在哪里见过。对，在武当山。武当山也有天柱峰，同样少不了金殿。鸡足山是把它学了过来。国人将最富贵的颜色给了山峰和其上的庙宇，筑造出堂皇的极巅景观。国人也调用最炫耀的词语为大山命名，给佛祖至尊的存在形式。一旦接受了神圣的赋名，自然之山就变作宗教精神的圣地。

金殿，实为铜筑，灿黄的光发出来，蓝天底下一片明亮。龙吻和螭吻守在正脊与垂脊之上，等待落霞的来临。门扇敞开，殿里的供像不是武当山的真武帝君，却像一尊观音，头戴香宝冠，身体两侧伸出多条臂膀，手执戟、叉、铃、壶诸法器，端坐彩花间，温婉的脸让花色一映，泛出红来；弯眉，眼窝微陷，一对细目朝下低着，双唇饱满，嘴角抿得紧。斜格长窗、石砌栏阶，比起后面的饮光殿，具体而微却别显精致。山风一吹，翼角鸣铎，音清而韵雅。据传殿后长着一株山茶，明代栽植的。春来花开，极红艳。徐霞客曾赞滇茶"花大如碗"，惜我未留心。

照着罗哲文先生的看法，登高眺览为中国古塔的一种用途，产生的审美功能是对印度窣堵波的超越。先前还曾遥瞻这远峰极处的佛塔，一晃竟到了它的近前。凌塔如登楼阁，假定我能进入这座十三层高的砖塔，顺着旋梯上到顶端，迎送滇西北风光，畅怀兼动情，只说一时的心境，以诗状之，可引李太白的这一联："腾身转觉三天近，举足回看万岭低。"用这样的眼光来看雄踞绝顶的楞严塔，愈觉出姿态的不凡。灰白的塔身，一派素洁，和那金殿闪出的光泽相配，很为谐适。艺匠们塑形施彩上的巧妙，可堪吟赞。

迦叶尊者也叫饮光佛。听此一说，饮光殿的得名，来由自然明白。殿已古旧，其所供奉，是迦叶的香樟木雕像。迦叶尊者为开山祖师，天柱峰半山之东那座迦叶寺，呼为山中诸寺之祖庭，比起饮光殿，气象自会大得多。

大雄宝殿是天下法门的通制。金顶寺上的这一座，并不因海拔的高而缩其尺寸，从外看去，重檐、飞甍、雕栏，一派宏敞崇阔。进到里面，全是闪闪的光焰，仿佛皆从释祖身上发出来。顺着红底金花的背光看去，肉髻、螺发、白毫、隆准、薄唇，释祖脸上透露的神情，那么和静温婉。衲衣垂拂，漾动着水波般的衣纹，宽博的袖口下，光滑的手掌微拢，禅定的印相意味着教义的玄远和神妙。身下的莲花座，莲瓣、华盘云似的托举着跏趺的释祖。两侧，依壁构设长长的木龛，供诸弟子雕像。灵鹫会上以心印心的旧景，宛然映目。佛国的空间，尽为珍丽之饰，绮艳华美，烛光摇起暖红，花枝飘散馨香，贴着粗大殿柱悬垂的布幔，缀满繁密的经文，把释祖头上宽大的匾额也半掩了。设若唱偈声从僧尼口中响起，倚岚傍雾的我们，真入了缥缈之境。瞬间，隐隐约约的挂虑都消尽了，翩跹的神思被流霞载着，向远方飞飚。

下到半山，顺道去看祝圣寺。此时，夕阳快要斜到山岭那边了。迈过盈着一汪浅水的放生池和那座八角的敷彩桥亭，快步进出了一回正殿，便是我游访此寺的全部。留不下很深的印象，有些枉对了这座山中的主寺。

记住了横在正殿左右的两块匾。一块是孙中山题的，是"饮光俨然"四个字；另一块题着"灵岳重辉"，写下它的，是梁启超。

2016年2月16日

喜　洲

　　老舍是个深情的人，某年初秋，应梅贻琦之邀，同老友罗常培从重庆飞抵昆明。云南的气候好，多位旧相识又在西南联大，对这半是调养病体、半是看风景的安排，他还是乐意的。

　　一脚踏进喜洲，老舍的心头就挂上了这地方。他在《滇行短记》里这么写："喜洲镇却是个奇迹。我想不起，在国内什么偏僻的地方，见过这么体面的市镇……进到镇里，仿佛是到了英国的剑桥，街旁到处流着活水……不到一里，便是洱海。不到五六里便是高山。山水之间有这样一个镇市，真是世外桃源啊！"齐整的街道上，商店、图书馆、贴金的大理石牌坊、王宫似的宅院联翩入眼，让他想到"体面"这个夸赞的词。这节文字，用墨笔竖抄在宝成府院门外的白墙上。院子残旧了，起尖的门楼上，刻绘的图饰一点不见，就算色调依然，在我眼里，也抵不过这段语句的光彩。

　　老舍下笔，通俗如叙家常，写在七十多年前的文字，拉近了我跟喜洲的距离。石头巷子的两边，尽是摊铺，墙上挂满扎染布料，尺寸、形状、图案多了去啦！蓝底白花自然为其传统，红、黄、绿做底色的，也很有一些，把墙面弄得全是彩。周城的民族扎染厂远近有名，我在里面见识了刻图、上浆、扎花、浸染、拆线、漂洗、脱水、熨烫一套活儿。手捏针线，在胸前的"疙瘩布"上缝扎的老年女人，手是那么巧，心是那么细，神情又格外沉静而专注。她抿嘴一笑，花开在脸上。

街上，彩篷马车拉着游人逛，这光景，像是比坐上三轮儿游什刹海更自在些。镇上百姓，安心做着生意，把一个个充溢生命力的日子过得有滋有味。饭菜之香飘在空气里，酸辣鱼、黄焖鸡、炒饵丝、烤乳扇、炸洋芋、豌豆粉、米凉虾，写在招牌上，馋在人口里。还是破酥粑粑好吃。有家店铺，女人在面案前揉制圆饼，匀撒糖盐，分出口味的甜咸。一个胖汉接过饼，入铛烙。铛底的铁盆填足了炭火，红红地闪。一铛能烙六七个，他用铲子给粑粑翻个儿，刷油，烙熟了，哗，往笸箩里一折。早有人等不及了，掏钱，这一铛，全要了。趁热掰开，嚼几口，皮酥瓤软，真香！比北京的火烧好吃多了。

顺街走，绕几个弯，到了四方街。街心立着白石牌楼，额镌三字：题名坊。方柱上撰着的名字，找来本地近现代名人和商帮商号的簿籍档册，皆可见到。

人们都跑到四方街上闹腾，庭阶之前反倒清净。严家大院就是这样，厚实的围墙把市声隔远了。进到这个廊院式的宅子，未及在茶室品香茗，画堂赏水墨，心中先自一片清凉。

此院旧主严子珍，早年靠马帮贩运烟草、茶叶、洋纱、生丝起家，继后创设商号"永昌祥"，名播川滇，声扬海外。一个遗腹子长成民国的大儒商，乡梓引为傲。一间屋子的墙上，挂着严子珍的遗照，面清癯而神蔼然，平和的眼光透过镜片扫向看他的人，也给故宅带来温度。我好像听见老人内心的声音。他的私人史是值得研究的。

堂联斋匾，楹楣之间多有布置，刀刻填色，光影灼灼，显扬着富庶门户的荣耀。

这个院子的厅堂、楼阁、天井之间，皆以曲折楼廊连通上下，目光所触的砖、石、木，无一处不着刀，弄得处处锦纹。雕花的门窗、栏板，朱髹金饰，极尽繁艳、华焕、绚赫。大红的灯笼悬吊檐下，“严宅”两个黑字写在上面，恰跟白色照壁上的“福”字互映。诸物过眼，这琢工，这着色，似有炫示富贵，且以绮丽胜人的意思在。若照李笠翁的识见，无论王公大人，还是庶民之家，皆当以简朴为尚。至于窗栏，“但取其简者、坚者、自然者变之，事事以雕镂为戒”。总之：“盖居室之制，贵精不贵丽，贵新奇大雅，不贵纤巧烂漫。”不然，则如素颜添浓脂，反失其宜。我借古人言语这么评说，恐怕枉对苍逸老人心胸一片。此座栋宇，因其营造上的讲究而成为景，立门开窗，安廊置阁，一榱一桷之所出，必能见着严氏手眼。身伫资财峰巅的他，在一角空间塑造着家族的盛誉。

正常的商业逻辑下，财富的增加是和精力的耗损成正比的。人们能够积聚资产的厚度，却无力把持生命的长度，那恋世的最后一眼，也不一定看透物质的真实意义。这样的道理，闯荡一生的严子珍，当然明白。

后院，立着一座气派的小洋楼。楼体灰白，暗紫色的百叶窗掩去里面的摆设。清阴下，几株桂花、数朵山茶，红红绿绿，影子映上粉墙，凝着不摇，真静呀！若来形容它的好，省不得"锦笺"二字。这座楼迎送过不少人，徐悲鸿、老舍便曾出入。晨光暮霞，在楼前的阶径上闲步，瞅几眼墙面上漫漶的浮雕，几只祥瑞的灵兽在石头上残存着形姿，叫人轻触风雨留下的印迹。花香浮动，送过的尽是清风出袖、明月入怀的喜人感受。

游伴去喝茶，我就看小楼。

喜洲镇上，营商之风在白族人家中代代承传。《大理县志稿》云："至于商务思想，唯喜洲一地人物为最优胜之资格。"在滇西，若论商帮名气，不离喜洲、鹤庆、腾冲三家。本镇人杨品相、董澄农，都是严子珍那样的市贾才俊。家财雄富，舍得往庐庑上堆金铺银。寻其旧院，可觅往迹。

杨品相屋宅，在镇北的乡路边。拐入一条深巷，门楼、照壁、连廊、花台、瓦房，美而幽。进此院、入此室者，如临阆苑缥缈之境，静得只能听见天上的风。木雕、石刻、佛塑，各占着门边墙旁，一瞥之间，种种妙姿撩惹你的眼眸。卷轴、挂屏、翘案，又添一段兰芷之室的古雅。观院景可揣主人情致，一对美国夫妇把这里办成了文化客栈，又给它取了"喜林苑"

的名字。

后院一段垩粉的矮垣，垂着一束束修剪秀妍的花叶。顺着墙头望出去，平展的垄亩从四面围过来，尚不到丰腴季节，大蒜的长势却好，成片地绿着苗。庭园与农畴，无分彼此，天然图景也。

啪，身后一响，两个穿白色T恤的洋小伙儿一撩竹帘，从屋里出来，手里攥着可乐罐，相与谈笑，往街镇那边去。

董澄农的庐落，不知哪年有了一个"董苑"的新名。不消说那房舍的讲究，一院叠石傍以盈盈流泉，犹似数簇画里的峰峦。有个池塘，水心昂屹一座中和阁，浅灰的檐影拖着丛竹的翠色晃入清漪间。雕窗前筑起石栏轩榭，曲桥枕波，游廊环绕，处处皆仿名园。此时，日头偏西，池苑迎着斜射的光线，明于此而暗于彼，饶得静秀之美。做一回这里的主人，是多大的福分呀！

登上一道高坡，镇上的鳞鳞屋瓦在柔和的夕光下漾动，波纹似的朝着飞泻的艳霞涌去。暮风拂枝，乱花轻飏，我的意识也在这片明洁的飘彩中翩然起落。心沉下来的一刻，去想些土木背后的东西。

大地上的一切建筑，当它们的物质空间形成时，建筑师也创造出伴生的情感空间。这种二重结构支撑着建筑体的生命形式。然而，物质空间的脆弱性使其丧失了恒久存在的可能——时间之轴无限延长，坚硬的木石骨架终究抵不住寸阴的蚀化。

　　庆幸的是，情感空间却赢得了永生的资格，这里弹动着鲜软的肌肉，流淌着滚烫的血液，户主遥远的身影依旧在门前进出，读书声、低语声、朗笑声、暗泣声一一入耳，聊可体味昔年的田舍家风。老宅院储藏了丰足的记忆，告诉后人许多过去的故事。

　　一种来自灵魂的力量，在无数感性的心间搭设起不圮的楼台。谓予不信，我且这样答他：世上已无广陵邑，心中犹萦《芜城赋》。

2016年3月17日

赤水那边

黔北和蜀南连壤的山间，那条从滇东北一个叫镇雄的县份奔来的长河，东流而北折，在狭仄岩壑中勾成一条线。出贵阳，傍大娄山脉而行，那抹青青的山影就没断过。荒草野树，蓊郁其上，其下为河谷。"聊浮游以逍遥"的我，像是远效屈子"忽吾行此流沙兮，遵赤水而容与"了。

车子一忽进了四川，一忽又转回贵州，出入之频，颇像阴晴无定的天气。若不是当地人特意说，哪里分得出什么省界呀！川黔风俗之异，怕会瞒过我的眼睛。刚拐进这边镇子的路口，还来不及看清有几家杂货铺、几棵黄桷树，就离了石板街路，轮子溅起几点泥，顺着老桥越到河的另一端，迎着又一片旧宅和那檐下人家陌生的脸了。桥到底老了，隐隐感到桥桩颤了几下，是对过客发出低怨吗？隔水而望彼岸的邻省，真是别有心情。沿河一走，也便记下几处地方的名字，是这样叫的：草子坝、核桃湾、二郎滩、太平渡、元厚场、风溪口……

我来的日子，时节虽已近寒食，河水还是清澄的，波纹细如绡纱，倒还谈不上枯。只恨水太瘦，到不了漫上滩岸的地步。雨却下得绵，雾霭也聚得浓，总散不开似的，阳光就给它遮去大半，好像一钵乳白的颜料在雨中化开，四围景物都被洇成湿湿的一团。山仿佛也退远了，深绿、浅绿以至于灰，分层横在天底，最后一抹唯余淡淡的痕。山崖上咬作一团的乱石，藏起了身。有一所宅子，建在临溪的幽壑边，十几米高矮，一溜石级斜着伸上去。洄水的地方静泊一只尖细舟子。坡垄前后，几点松竹，花开乱红一片。这又是中国旧诗家喜吟的风景。古人有云："江上人家桃树枝，春寒细雨出疏篱。"设若叫擅绘者在这里蹲上半日，调彩写生，世间会多一幅丹青。这户人家把自己放进画里了。

烟波与云天遥接，如海。这一点雨，还没有力量让河壁上的赭石颜色把水面尽染。染不透，长在河边的树却叫红花开满枝头，且一朵一朵映入缕缕明漪，飞霞般荡漾的彩光，真叫一个艳！这花在本地人嘴上呼为木棉，比那河谷山麓间盛放的桃花，其娇媚，其热烈，毫不相差。张岱谓滇茶"然所遗落枝头，犹自燔山熠谷焉"，便是此种气象吧。

过了端午，雨水渐勤，两岸泥沙被卷进河里，颜色就一红，惊得人没有一句话。红色之河逶迤而北，到了元厚镇，忽然耸起佛光岩那样的丹霞山。一个惊叹号送给了天。赤水，只就它的名字说起来，大约正由此而来。

　　赤水在茅台镇兜了个弯，径向北去。镇子建在河东高坡上大约是很古的事了。黔北民宅引起我特别的注意，不在它的两坡水黑房顶，却在色彩的对比上。板壁涂作平静的白，窗框漆成热烈的红，不开窗子的地方，也勾出同样颜色的线条，横平竖直，远远望去，一片方格子，装饰意味不淡，在群山和流水的世界中极惹眼。我不知道此番色调配置沿袭了多少日月，却感到一种原始的意味。建筑风格与地域的关系，总也有一些吧。看到如此民居，就知道，这是黔北！这样的宅子，是自家住的，也是给外人看的。

　　街路弯弯。门脸相属，差不多都是卖酒的，文君当垆的旧典也叫我记起了。从沿街大小店铺招牌上，皆能瞅见一个"酒"字在那里闪，说这是一条酒街也颇得当。河在低处，一条弯路朝下斜伸，绕过去，忽见货摊、门店占满河岸，又是一番街市！片片楼屋顺山势朝高处层层排开，中间的一道道石阶好似悬垂的带子，上面走着挑担人，半空下来一般。赤水两岸山，跟水偎得紧，挤不出平阔的场子。地势不济，故通向河谷的坡道凿得陡。那年我过习酒镇，也转过一样的坡，也见过一样的集市。二郎滩涨着水，赶圩人毫不为意。外来客因之惊佩，恍如看到川盐入黔故道上先民苦涉的遗痕。

　　隔岸山上，立着纪念塔。临水有纪念碑。赤水的多个渡口，都有这样的建筑。镇上人，抬眼望碑，眼睛放出光芒，就想起当年过茅台的红军，那些工农的英勇儿女们。日子水一样地流去了，成义、荣和、恒兴三家烧房的后辈，没忘祖上的叮咛。碑在心里。

天上飘着酒香。吸一下，又吸一下，人在云里了。春山载酒之乐也仿若得尝。这种香气是从哪里来的呢？我问河边的一位老汉，他说没闻到。怎么会呢？一个初来这个古镇上的人，只消耸动鼻子，便会觉得异样，确感到换了一种空气。这里有使人微醺的气味。不过，长年在这个地方，或许一丝也嗅不出了，何种醇美的滋味，也不再新鲜。

酒气是从河滨的酒坊、酒窖飞散出来的。"冲天香阵透长安"是黄巢《赋菊》诗里的句子，茅台酒的味道，也溢透了老镇的角落。走上一遭，酒香沾襟袖，撩动浪漫的快意，每位的脸上怕是都红了。

制酒车间濒水排开，瓦顶一片蓝，猛地看去，有些阴阳之爻的意味。屋内敞阔。贴墙一溜窖坑，三四米深，边壁甃以砖石。摆了几口酒甑。酒甑，像一个大锅，不锈钢的，一人来高，沸煮、蒸馏都要靠它。把酿酒的作坊叫"烧锅"，大概本此。《儿女英雄传》便这样写："只见两旁烧锅、当铺、客店、栈房，不计其数。"瞧，酿器的种种好，不妨从前人的文字里意会了。

酒醅堆成一个圆，上头攒了尖，里面搅拌一些谷壳，我轻攥一把，微热，闻着香。香，靠的是原料讲究。赤水这里产一种高粱，米粒细小如沙，皮厚，耐蒸，糯性好。听懂行的人说，做茅台酒，高粱要多次熬煮，用它，恰好，换了北方高粱，在甑里来回咕嘟，早就烂成一锅粥，还造什么酒！这种高粱有个动听的名字：红缨子。仁怀、习水、金沙诸地土壤肥力足，红缨子连成了片。二合镇农业服务中心的专家讲，"红缨子"这三个字，就是他们琢磨出的。眼下，春分到了，大伙儿正准备育苗，过些日子就下种。这和"清明前后，点瓜种豆"这句农谚恰能近似。青苗过尺高，移栽到大田里。入秋，高粱熟了，穗子在风中摆，如腾焰，如飞浪，如舞纛。那可是几十万亩高粱呀，映红赤水的天。这样的色彩是滚烫的。

两个师傅紧忙活，赤着脚。一个用四齿挠钩往畚箕里拨拉酒醅，满了，另一个端起来往冒着白色热气的酒甑里撒，他的手劲很好，一层一层铺得极匀实。这叫"上甑"，装满一甑，酒醅得上千斤。这是技术活儿，也是力气活儿，师傅的身板却极精瘦。从前我在北方乡下扬场，太阳底下，木锨飞出的麦粒荡起一片金雾，真好看。上甑师傅的一招一式，是同样的劳动之美。他们的情分，酿进酒里了，久储于世。不必开坛启瓮，犹能嗅到沁心的芳冽。"让月光带着花影浸入杯底"这一句牵情的话，是从谁的文章里来的呢？恍兮惚兮，我对于前人"行歌早已觉春梦，饮酒犹能回少年"这两句诗，默品了好久。当年，"成义""荣和""恒兴"的掌门华问渠、王丙乾、赖永初，也是如此辛劳吧。华茅、王茅、赖茅的名气，天下传。在国酒文化城，这三位的像和本省名人郑珍、洪亮吉并塑一处，可知其斤两。假定设酼雅集，还不妨邀来借醑抚愁怀的王阳明、囊羞思糟浆的徐弘祖、曼咏寄玉醴的汤显祖，聚饮流霞，笑浮一大白。

据茅台的酿法，要取酒七次，谓之"回沙"。这种工艺很有名。"七次取酒，八次发酵，九次蒸煮"成了茅台人的口头禅。我盯着那根出酒的细管。酒流下来了，真清呀，又有些烫，欢乐的轻响犹似山溪的歌唱。洵如醉翁那句话："酿泉为酒，泉香而酒冽。"头轮酒要到腊月才取，我看的是第几轮呢？

或曰，茅台镇酿酒起于东汉。史久，可知的不多，眼见的上甑、煮料、和曲、纳窖这套活儿，相沿几百年总还是有的。我如不来，实在猜不出它的底细，在这里却可以端详得分明。盖酿酒之理，精妙若此。

出门，车间外一条砖路。北边两株铁树，叶色绿得鲜。

茅台酒在这世上已播满了它的名声。紫色砂页岩中渗出好水，这是地利；还要仰赖头上一片天——空气中的微生物群。此种小气候为他处所无。离了茅台镇，酒就不是那个味了。得一方水土之佑，实乃天产。国酒文化城有一幅彩画，配了四句诗："苍天无首尾，大地无上下。天君赏美酒，地王赐佳肴。"再一想"钟秀""毓灵"之词，那么，天赐壶觞这话便对了。

走赤水，多知良酤。习酒、郎酒提精汲粹的酿技，各臻其妙。我一个行客，虽不近春醪，也知黔酒之优矣，盖赤水之质佳，得清、软、滑、甘四美。不尝苦硬的京城之水，便觉不出它的好。换作他水，本味恐失。把这条河叫作"美酒河"，贴切。追史，搓磨发酵蒸馏之术的黔人，操持烧酒业用心之深，和明中后期嗜饮之风的炽盛相表里。

赤水市的东门码头我是到过的。日暮时分的河面，细浪若琴弦，我的思绪化成抚琴的手指，轻弹着。我同这条曾经浮闪于梦中的河在夕晖下相逢，粼粼的波澜，是它对我绽放的特别的笑容。这一刻，所有的感情都幸福地荡漾着，融入水色微茫的河身。巴蜀井盐就是从这里运往多山的黔中腹地呀！赤水千里，"大牯牛""中元棒""黄瓜皮""麻叶楸"这些清代运送川盐的十来尺宽货船，溯流而上。纤夫的腰身弯成一张弓，竹条纤藤、青麻拉绳勒进阳光镀亮的肩胛。风雨伴他们闯过岩湾、陡坡、高石、堡坎、裸滩、急湍，汗水渍黄了布满皱襞的褡帕，低闷的号子飘响在长长的傍河纤道上。狂浪冲湮不去乱崖间奔滩者留下的斑驳沟痕。赤水博物馆里挂一张民国时期川盐盐号及川盐运销趸售站分布图，遍是旧时风烟。"赤水河边造木船，仁岸盐运扬白帆。砍根楠竹做篙杆，复兴上头叫丙滩。葫芦垴后石梅滩，元厚转载搬土城。二郎盘驳马桑坪，关刀船行茅台村。"船工号子中的这一段，道出沿河渡头的大略，差不多又都为我所经过。凝着血汗的盐巴盛在垭口坡路上背夫的篾篓里，盛在古道上马帮驼队的货囊间。野性的号子，迎着河风飞响。大地之诗，骨一般硬。

河运业勃兴，盐号、糟房、油坊、碾场、商堂、酒铺、茶舍、会馆、宫寺遍黔北。坐贾行商，往来互市，蔚成河岸盛景。嗜饮贪杯之徒，行宴传觞，对清酌而微笑，满心快乐地发颤，觉得天上的雨，落下来也是酒，双眸便放出光来。奔劳而多苦的船家与脚夫，哪里会有花间吃酒的闲逸做派？上追明末，平播之役罢兵，移民屯田戍守于遵义、平越二府，史家谓之"改土归流"。昔年我过娄山关，远眺南面一片山，叛离明廷的杨应龙凭险据守的海龙囤便在那上面，就遥想歇马台下的苦战，飞虎关前的击杀。心浸血光之境，筵娱场中的酡颜醉乐，更是别有一番情调。

顺流而下，我的眼前涌来青草和绿树的光色。河谷中的石滩、堤岸上的榛莽、屏列的峰峦、丛杂的草木，尽让霏微的烟雨罩着了。翠林赭岩，云萦岚绕，总也看不透，故极似远处的水墨。长长的河流像文明一样古老，而它缓慢的流速，默示着岁月的长度，又像历史一样从容。因建造城市而骄傲的人类，在山水面前低下了自矜的头颅。不必寻觅与发现，长河上下，如歌的滩声会告诉我已有的一切。前代人在他们的时间里创造的劳绩，与波流同在。生活的理想，太阳般燃烧。

见到一张杨柳湾古井的照片。红高粱加入井里的水，世人尝到了最早的茅台酒。不待汲饮，似已品得那淡淡的甜，带了烈性的乡村味道让心发热。这里有过一家大和酒坊，已是嘉庆年间的事了。杨柳湾，真想去看看。下次吧。

2013年4月21日

魂兮归来

"朕幼清以廉洁兮，身服义而未沫。主此盛德兮，牵于俗而芜秽。上无所考此盛德兮，长离殃而愁苦。"屈子行吟，千古的冤苦仿佛早由他申恨。遗散在旧史里的种种，一天一天地邈远起来，烟雾似的迷蒙了。忽然被什么偶触，才在追怀中回到古人的岁月，去寻斑驳的影迹。

朱由检以寸磔之刑冤斩袁崇焕，施戮的地方就在北京西四牌楼下。我家门口的这四座牌楼，早拆了，冲天的样子一点也记不起来。（按：我在鲁迅文学院读书时的老师王彬对我说，是1954年12月因便利人车通行之故而拆除。其时我刚来到这世上三个月。）城南东花市斜街有袁崇焕祠墓，佘家人在那里守了几百年，世世活在他的影子里。

袁崇焕是东莞石碣镇水南村守义坊人，诗才好。我读他的"水国芙蓉低睡月，江湄杨柳软维舟"一联，以为是送别的佳句。一个少沐儒风的书生，假定顺着诗文的路子走，或可成为屈大均那样的岭南诗叟，却喜论塞上事，以"边才"自命，"平台召对"终究使他以蓟辽督师之职远赴边荒击杀胡虏去了。袁崇焕在文才上可说是一位唱着清婉词调的南方式诗人，而在武艺上却是一位舞着冷峭刀剑的北方式勇将。离枝的越鸟迎着朔风远远飞去，功高被斩，也在这件事情上面，比之文章憎命一类，其苦似更深重。封建帝制宏严威厉的外表，掩匿着巨大的悖谬性。在历史的舛错和人治的偏误中，久处尊位、长执重势的袁崇焕也枉罹祸患，以罪囚之身屈辱地倒下。血光迸闪，受难的灵魂哀楚地呻吟，是他给17世纪的中国留下的声音。苍凉的眼神里，不灭的是最后的悲怨。"时百姓怨恨，争啖其肉，皮骨已尽，心肺之间叫声不绝，半日而止"，"将银钱买肉一块，如手指大，啖之，食时必骂一声，须臾，崇焕肉悉卖尽"，都是旧籍上的惊心文字。酷刑祖现了街市上最为骇异的图景，苦难感何等的深，血泪感何等的痛！他的失去尊严的死，证明着肢裂的狠暴和酷虐，证明着毒谋的狡狯与险诈。丑恶的堆积，污染了关于文明的记忆，直接伤害着对于权威的崇信。阴苍苍的世间，只有夜一般的沉黑，死一般的惨恶。

　　时代的苦难总由悲剧人物担承。旧京西市的杀剐不忍再想，点点的血渍也被时间的水洗尽，远去的风云里似还萦响着泣声。"招具该备，永啸呼些。魂兮归来，反故居些。"我又把屈骚中的词句在心里默诵了一回。慢慢地换了多少年头，故乡人将袁崇焕的亡魂请回家。砌筑，雕凿，刻绘，用建筑语言深寄绵绵的恩情。故宅前后修成一片园林，傍一条深碧的东江，迎一座葱翠的罗浮。边关的烽火，这里没有；宫廷的仇

阅，这里没有，一派清风明月抚慰蒙冤的心。又叫作袁屋墩的
这一处所在，建筑虽则是新的，但园址是旧的，犹存当年真意
味。盘桓石碣，一步迈进崇焕故居的门槛，丝丝的凉雨偏也落
下来，虽逢岭南的溽热天气，魂是这样的冤，情是这样的悲，
雨又来添愁，漫天响着的雨声仿佛历史的寓示，怎不凄冷得可
叹？在哀他、怀他、吊他的人那里，又是无泪不洒了。听雨
亭、月楼与日楼叫雨丝缠紧了，檐头也遮满低湿的云，想象由
此撩得朝无际处飘。小院空得不见一个人影，静旷中似觉有什
么从四围隐隐地笼过来，压着凝缩的心，久也化不开，令人难
以喘息。院门前袁崇焕和罗浮道长对谈的雕像，是以"元素樵
居"为题的，恰好把小院幽处的韵味补足。

园圃那边僻静的一角，池塘映着衣冠冢的影，摇在风里的
绿柳，碧条翠缕，垂丝轻扬，和水面碎皱的波漪形成呼应，轻
柔得连那粼粼的漾动都像是静态的，不载一点岁月的沉重。临
风凝想，幽逸的兴致难以落在胸间，怎样看，写意水墨的意趣
也无，浅浅的乱纹仿似烙在心上的痕。

祭扫的身影，在墓墟前疏落地闪过，雨色使周遭愈显空
蒙。湿亮的石阶泛起一层银白的光，几丛翠树、几片碧草映在
近旁，一色的青绿中还飘溢着花与叶的香气，荒旷的意味半丝
也领略不到，正适于安静的低回。"有明袁大将军墓"这一行
字刻在碑上，北京的袁督师祠墓我虽未曾去，却见过画片，两
地墓碑上的所镌正是一样。这栖神之域哟，清、静、冷的三味

特别来得深。佘家小院建在墓后数步远的地方，青砖砌筑的矮墙绕着三面，中庭的地面墁过了，两片高不盈尺的福建茶绿了屋前两边，倚墙立着一簇凤尾竹，干细瘦，叶薄软，像是新栽的。三间正房放些桌椅，素朴而清静，窗外摇影的丹桂、檐下如诉的雨声，相衬得恰好。涣涣池水、涟涟微波闪映在院前，养润着园畦中的香蕙馨兰，守墓人的寂寞未必就是一种苦。"平安门第，富贵莺花"的门联，应该是为佘义士"夜窃督师尸，葬北京广渠门内、广东旧义园"之举的祝颂。家风下传，代承祖志，岁岁守墓不去，佘氏之忠足可感天地。屋前的几块壁记固可观瞻，草木关情，含咀世味的我，一边让花树的绿影映亮眼目，一边想到普通而不凡的佘家，更有何说？有这座小院在，亦如义士亲族长伴袁墓之侧了。

三界庙的一面壁上嵌着袁崇焕任邵武知县时题的大字："聚奎塔"，气雄势稳。睹字如晤面。北京左安门内龙潭湖岸边袁督师庙有他的石刻像，体瘦而貌癯，写出这样的字，胸襟的阔大尽可让我们推想。袁崇焕遭冤杀后的十余年，乡人陈日昌在庙后悬待漏图悼之，以"天、地、人"为尊的这座庙宇，成了乡人敬祭袁公的祠堂。石狮分踞山门左右，不待领略里面的气象，威势已先夺去一半的魂魄。古铜漆色是楼台的主调，略略地有些压抑。天色是这样的阴沉，又逢时停时续的雨，迈入历史的门槛而感受着昨天的沉重，在我，成了一桩无从拒绝的事。廊下的浮雕，如一篇事略，袁公命运的周折，尽在上面。个人史提供了往事的传奇性和远逝王朝的侧影。

　　正殿中央的坐像，峨冠博带，宽大的袍服罩住了瘦小的躯体，而严威的身形塑在高设的石台上，依旧军帐统将甲兵的龙骧虎视，依旧龙沙突骑驰战的宝马雕弓，骛敌望而生惧也是可想的。在时间另一端远观的我，不能尽述其功，也难以领受他内蕴的深心，却向一个碑碣式的人物靠近。

　　明朝时光，我没有经历，也就不存一点记忆，有的，是前人用文字拼写的材料，我能从细密排列且负载着古老信息的文字间看出洇着的血的污痕，也可感往昔的悲怆。明崇祯三年那个死亡降临的时段，事件的含义被荒唐的过程消解了，隐衷需要时间来认识。冤磔的实情直到清乾隆年间才得明证。弘历《上谕》："昨披阅明史，袁崇焕督师蓟辽，虽与我朝为难，但尚能忠于所事。彼时主暗政昏，不能罄其忱悃，以致身罹重辟，深可悯恻。"天戕忠良，袁崇焕忍辱扑倒的一瞬，在无度的皇权下屈死的于谦会朝他苦叹，在横施的淫威下丧命的李贽会朝他忧泣。临着生命的最后段落，他们都是遭诬系狱，在同一逻辑惯性下饮终天之恨而去，演示着封建制度下的悲剧性政治景观。年代的境遇相异，我无法和先贤的运命融为一体，我和他们是两个世界的人。消逝的背影也是追不到的，我只能朝历史的彼岸望一点淡淡的遗踪，寄一缕浅浅的愁怀，也不管岁月的烟云飘拂，也不管远去的前尘无踪。明清的改革翻覆，农耕帝国的衰亡与游牧政权的兴盛，固然是史官书写的材料，足可拼构成永恒的历史视像；被小说家用了去，或可进行宏大的叙事，或可进行细节的再现，表现出演义的手段也是自然。剖开历史磐石般坚硬的外壳，我所注目的是曾经活在里面的人，他们创造了史实中最有血肉、最为柔软的部分。我更适于以这种方式进入思考的过程，回叙过往的一切。

灰白的云缕在雾茫茫的空中流泻沉郁与悲凉，层层石阶通往的尽头，身披甲胄的袁崇焕登高台而昂对丹霄，似朝着遥远的辽东吟啸狂歌，声声撼动南北的晨昏。虽是一尊石像，犹显飞矗映衬的雄姿，豪气勃勃，仍是盛不可当。场景的仪式感如锋，如刃，穿透光阴之障，直抵内心。我蹙额凝眸，也感慕他戍边的勋劳，也钦仰他忠烈的英风。只待月照东江水岸的夜半，独上楼台，以盈睫之泪哀祀他的素心丹魄。

笔回前述，我对胡同口那座拆毁的牌坊留不下半点印象，也罢，只因想来就要泫然涕零，就要仰发苍天之问。

2006年11月7日

飞之殇

一生低头而不习惯仰观的人，注定不会理解冯如对于天空的感情；心灵没有插上翅膀而无高远志向的人，注定不会像冯如那般骄傲地向前飞翔。比起相隔的年月，灵魂的距离更为辽远。

天才降生于世间的某个角落。自从在广州城白云山麓的黄花岗看过冯如的墓冢，我的心便飞向这个角落——恩平市牛江镇杏圃村，那里的一条窄巷里，留有冯如的故家。

粤西南的地气极旺，近处的田亩、远方的坡岭，都被泛黄的水稻、鲜翠的树色遮覆。桉树像是栽植得多些，枝丫已够繁密的了，竟挂不住过浓的绿意，任它涌浪般漫溢。

在云雾弥漫的金色的季节里，赶路的我，瞧见在尘土中行走的乡民，瞧见在田塍间割稻的农人，顺着一道土路拐进村中的时候，还瞧见村口的那个池塘，汪着莹澈的水，波纹的闪光让纤云的清影含上了笑，闲缓地流泻。很细的柔漪叫太阳晒得倦了，懒懒地漾。若逢星前月下，我倒乐意把这里认作一个清静的所在。村中男女，临池闲话，农事、年景和家常，聊不尽。场圃上摊晾的稻谷、箩筐里带秧的花生、沾着泥土的豆荚，散发出微甜的清香。丰满的金黄色浮影般荡开，我嗅到了庄稼成熟的味道。快到正午了，闷热的天气里，几个老人撂下手里的活儿，把木耙和扫帚往墙头斜着一放，就坐在房檐的阴影下，守着汗珠子换来的收成，眼角堆满笑纹。这是极有光彩的笑纹。他们明白，这片热土上，生长饱粒的稻米，生长圆鼓的花生，也生长飞天的梦想。

村里的宅子，有矮旧的砖屋，也有新葺的小楼，门户相依得紧。瞅那样子，恰可用得上"望衡对宇"这四字。一条狭长的巷子，从两侧的院墙间挤过去，阳光泻不进来，墙面生了绿茸茸的苔藓，地面和墙根常常返潮。

冯如的旧宅，离巷口没几步，青色砖壁光滑的表面早被时间刻上细密的褶痕，披覆的尽是百年老屋的沧桑。山墙开了一个方窗。顺着望上去，檐下有灰塑浅浮雕彩色卷草纹，装饰出的旧意味颇可含咀，很像是给一件古董镶嵌上清美的花痕。硬山顶两边的坡面，灰色的鳞瓦还是当年的吗？屋脊向外略翘，两端的陶制鳌鱼，很似北方的鸱吻，岭南民居常用的龙船脊，大约就是它了。院门像是新漆过，在巷中诸户中，特别显出它的一点红。阶前还设一道屏风那样的栏板，用处推想也在隔挡上面，颜色同样是红的。

两廊一厅，是这个老宅的格局。室内昏黝，若不是小小天井露出一块蓝蓝天空，叫灿亮的阳光直落下来，且把饰在墙上的彩色砖雕图案映得分明，我的心境真有些黯然了。屋里一个人也没住，发不出一点清细的声音，我放轻了脚步。屋室中的一切都安详地沉睡着。几件老家具立在暗影里，像是堆集的枯瘦躯骨，灰尘也蒙了上去，在长年湿闷的天气里，断不了散出一种陈旧的气息。架子床、八仙桌、靠背椅、石磨、灶台，抹不去昔年的痕迹，未曾湮灭的记忆的影子静静地印在上面，普通乡村农户的清俭家风也能约略看出。屋角放着一对木盆，据说是冯如幼时洗澡用过的。盆中清亮的水，带给他身体的洁净。

冯如的心灵也是洁净的。他觉得天空比大地清朗，没有障蔽遮断纵意的眺望，也没有缰索羁勒浪漫的憧憬。对天空的渴望，让这个孩子过早地把飞行的理想接纳到身上。心极灵，手极巧，因此冯如从小就令人喜欢。一番摆弄，出手的东西就是不同。他做出的风筝，能挂上两只木桶升到百米高的空中，带远了一颗自豪的心。他对人生充满向往，眼前全是舒卷的白云，全是欢舞的霞光。"少年之才，在于发明"这八字，是乔纳森·斯威夫特讲出的。对于新知的敏觉，对于来日的想象，以及宏远的志愿、风发的意气，在冯如那里都有特别的显现。一双充溢青春意气的明眸，望到了岭南天野上游动的云浪，望到了寥廓夜空中闪烁的星辰，他的目光偏爱追寻鸟翼的飞行轨迹，心也摆脱大地上的所有桎梏，翩翩远翔。上苍把飞翔的禀赋给了这个乡村少年，仿佛也对他的命运做了刻意的安排。清廷在甲午战争中败北的那一年，他真就飞离了故乡——怀着淘金梦的亲戚，把年少的冯如带到了大洋彼岸的旧金山。

他的心仍在飞。创办"广东制造机器厂"的时候，冯如从旅美华侨的眼神里，看到了振兴实业的鸿志。研制飞机，他抱定这个念头，完全是受到一种愿心的感召，这种愿心就是"壮国体，挽利权"。

我怎能知道当年的冯如，心里是否装着佩特瑞克·亨利的那段名言："指引我前进步伐的明灯只有一盏，那便是经验之灯。帮助我判断未来的方法只有一件，那便是过去的事。"走在创制路上的冯如，借镜观形，异邦的机型设计和工艺流程，进入他的视野。这让我相信，他从同行的得失中学会了别人所没有学到的东西。美国人莱特兄弟首创的动力载人飞机，展翼冲向长天。这消息，抓住了冯如的想象力，激发起创造的潜质。在审视他人的成果时，冯如更清楚独立创造的意义，且勇敢地喊出了自励的话："苟无成，毋宁死！"他的精力在光阴中消耗，孜孜矻矻，中国人自己设计与制造的第一架飞机，在他的手中诞生。这架飞机打上了鲜明的个人印记——冯如一号。双翼带着啸声升上高空，是多么奇异的一刻！引擎的巨大轰响在透明的空气中振荡，恍若心底发出的欢呼：这是天才的胜利，这是无上的褒赏！这飞，不是啁啾枝头的燕雀之飞，不是低掠蓬蒿的学鸠之飞，不是扑棱水面的野鸭之飞；飞就要飞出苍鹰的雄健、鲲鹏的狂厉、海燕的高傲。云罅间的阳光，照亮冯如激动的脸膛。无数视线跟随着他瞥望机身清晰的轮廓在耀眼的晴光中翔舞，那是世间最美妙的注视。成功的喜悦是无比珍贵的酬报、欢笑和泪水，飞向蓝天上盛开的花朵。

令当世讶异的奇迹，叫时人称颂的壮举，这位"东方的莱特"惊骇当世。世界航空史上，"冯如"二字开始接续威尔伯·莱特、奥维尔·莱特、格伦·哈蒙德·寇蒂斯的名字。首飞的告捷，让冯如的内心一派光明，他沉浸在美妙的享受中，情绪跃至欢乐的极巅。飞翔提供了人生的高台，他能够站在上面俯览大地万象。机身前展开的远景，也许叫他想起美国超验主义哲学家爱默生的话："继续不断地努力使自己超越自己，努力在自己的最高峰更造一高峰。"人生在飞翼上负载，意念在翱翔中确立。大胆的思想和行动，统摄着他的周身。带着活力、激情与希冀而鼓翼朝着云端飞去的灵魂，风挡不住，云遮不住。

人类在试验中向前每走一步，都会陷于危险中，这简直成为铁一样的律则。没有谁可以预知哪次试验能免于灾难。在英雄那里，充满内心的不是战栗，却是昂奋。这种超凡的气质，流注到每一位先驱的魂魄中。既然命运把这位叫冯如的飞行家送到了世上，已将生命交给天空的他，心灵的羽翼如同迎风的旌麾，定要喷卷炽盛的彩焰，在浩茫苍宇射出新的光。成功的欢欣很快变为个人生命史中的段落，新的冲动好似飞涌的激流，在伟大的行动者内心摇荡。冯如从没怀疑过自己的未来，信念之树依然在心中生长。他决心再试锋芒，创制国家所期待的新东西。他要热情拥抱飞行的第二个开端，在汗水中产生惊人的拓展。

研造就这样继续着。功率更大的机型——冯如二号终于在挫折中临世。又一个巨大的希望迎向众人滚烫的目光。冯如登上机身，开始了又一次试飞。阳光最先落在平展的机翼上，在他的眼睛里，闪过奥克兰寒冬的郊野，闪过旧金山宁寂的海湾……他要这高！他要这远！那在蓝天上飘荡的云絮，那在冷风中浮闪的流霞，向他透出谜一样的微笑。一道欢乐之光映上他的面颊。簇新的飞机轻旋着，飞鸟一般在青色的天空下欢悦地拍打翎羽，迎着艳阳温暖的光芒、海面灰白的浪花，一程一程地飞，那翩跹的姿影宛如曼妙的舞蹈，天风吹得双翼猎猎颤响，荡出一阵生命的节奏。霎时，陆地和海洋都驯顺地匍匐了。异国的穹苍下，腾跃着添了飞翅的中国龙。

那时的冯如，《马关条约》令他忧懑，日俄战争令他激愤。他的瞳眸深处燃烧着热焰，发誓要把凌霄的翅膀插给自己的国家。"中国之强，必空中全用飞机，如水路全用轮船。"航空救国的理念犹若灼灼燃烧的火炬，导引他的前路。热诚之心是伟大事业的动力源。先天的才能与后天的品格，成就完美的人。冯如的心在发烫，责任，一个中国人的责任，控御了他的意识。思想的飞跃让他更愿倾听这样的谇言："一个人不知道他正走向何处时，他永远不会升得太高。"（克伦威尔语）

他要效命祖国，在那里，他才能攀上事业的峰峦。信仰之翅让他离太阳更近，也离理想社会更近。

冯如携带飞机零件回到广州，在燕塘的一座砖木平房里完成组装。他盼着在故国的天宇高飞。革命党人发动的黄花岗起义，引来清政府对冯如的疑惧，原定的飞行表演取消了。沉重的政治空气压来，他陷入深度的彷徨，被围在忧悒之中。他无法忍受强国意识的荒芜，在那段痛楚的时间里，理念全靠飞翔之梦支撑。所幸在他归国不久，中国爆发了辛亥革命，划分开君主专制与民主共和两个迥异的时代，也向在焦愁中求索的有志之士打开了通往真理的道路。奔腾的洪流激旋在冯如心上，航空救国的希望他看到了，个人的前途他也看到了。他成了这场革命的参加者。广东革命军飞机长的职衔，标示着冯如新的政治身份。比起"中国飞行之父""中国始创飞行大家""中国第一位飞机设计师"这样的赞誉，它的现实色彩更能唤起一种庄严感。热爱自身的使命，尊重自身的事业，使冯如的奋勉饱含着一种神圣的气韵。在风云激荡的人生戏剧中，他始终作为主角处于舞台中心，吸引世界的关注。

这样有作为的一个人，他的生命不是被时间结束的，竟是在一次飞行表演中遭逢了意外。一位老人还记得冯如出事前的样子："头戴箕帽，身穿黑西装，脚穿长筒马靴。"我见过一份《申报》影印件，述其况较详："冯如在燕塘演示飞行，观者过万。甫飞至数丈，骤然失速，竟从空中斜跌而下，为竹林所挡，全机粉碎。冯如掷地，被铁枝插穿数处，即抬往北校场军医院，因伤重身死……"顷刻，一种沉痛的惊愕凝成共同的表情，僵在众人面庞上。死神的魔影狞厉地逼近，攫住了冯如，阻止了他迈向崭新远景的步伐。理想和追求、恒心和抱负、热望和眷恋仍未在心中断灭，依然寄托于翼展宽平的机身上。他用尽最后的力气，对助手留下勉励的叮嘱："勿因吾毙而阻其进取心，须知此为必有之阶段。"这心音的激响，这伟大的遗言！弥留的一刹那，他的心还是这样。

凶讯传布的痛苦现实，刺疼了一颗颗碎裂的心：他的才智还没有用完，还有太长的路要走，走向明天的中国。然而，冯如短暂的年华虽似彗星般迅忽，创造之功却给他的名字罩上一层荣耀的光环。我们的民族，自古就有不畏苦、不畏险、不畏死的人，由此而成就了不凡的勋业、不朽的生命。"人既发扬踔厉矣，则邦国亦以兴起。"鲁迅的这话，放到近代中国的历史中来温习，当能再获相当的认可。

罕见的智力、才情、技能与毅力，蕴蓄于冯如的灵魂。他几乎完全将其表现在飞行事业中，不向失败甚至危难流露蒽怯的情绪。科技试验的不可确定性，意味着每一次进步都可能以生命的冒险为代价。过高的代价对于个人是巨大的悲剧，悲剧迸发的力量却能震撼万千心灵，也震撼历史。这颗陨落的生命之星，为航空科技筑基，使其奋翮高翔。

在我的幻觉世界里，澄清的碧空中，冯如的身体飘升着，升往另一个空间，遥远的天国接纳他矫健的飞姿，天际充满光辉。他也在影像中留下一个惨烈的瞬间，显示着他带着何等气概去迎接死亡。在冯如故居，我看到了他驾机失事的老照片：失速的飞机急遽下坠，坠向绝命深谷。我感觉得到机身的颤动与痉挛，好像骤然袭来一阵风暴，裹曳着一切，天空陷入窒息。机尾拖起的黑烟犹如一串挽歌的音符，撕裂多少人的心。这肉身的沉堕，这灵魂的轻扬！黑暗吞噬了现实，人间景象倏忽在他眼前消失。苍天如海，生命的风帆就这样飘逝了。他恍若听见希腊之神伊卡洛斯遥远的召唤，奔向太阳。

猝然的沉落不能使冯如倒下，他在精神上永远昂然挺立，与天空站在一起。凝目广宇，我追寻飞在天上的英魂。我被带入历史现场，穿越流年的间隔，缅想关于他的一切。冯如飞行的真实场景，我永远无法亲睹。我只能凭借悠远而零碎的记忆，用无形的思想和情绪同他交流，在灵魂共鸣中感应一缕亲切的气息。老屋的墙头，挂着冯如的照片——越过生死界限的他，以这种形式归来了。照片上这张年轻的脸庞，不染风刀霜剑刻下的皱痕，晶澈的黑眼睛在沉思，奕奕的目光静默地闪动，温和地看着我。隔着岁月的烟云，我和他灼亮的双眸相遇，不同方向涌来的心绪，脉脉地交融了。从他清俊的面容，从他沉静的神色，从他瘦削的身影，我领受着勇毅的气质、坚韧的性格、耐苦的意志。

冯如裹着苍白的殓布，躺入冰冷的棺木。他被安葬于一个英雄群体的长眠地——黄花岗。悄寂的墓园上，湿云聚得紧，聚得厚，一团灰，一团白，像是永无尽头的浪涛，变幻着神秘的天象。若有雷鸣，若有雨倾，则为他一诉殇情了。

升腾和坠落，在日月中划出人生的抛物线。生命的开始都是相同的，生命的停止各有各的不同，并且显示着迥异的意义。泥土下的冯如，在孤独与静寂中挣脱死亡的控制，仍然以创造的遗产，延续生命的壮丽和卓越，并在新的时光中，与历史一道前进。

从产生《山海经》的远古开始，飞行成为代代相传的幻想。冯如让我们懂得：飞机是一种有理性的机器，它使人类的想望从宇宙的圆心扩向无限远，沉寂的天空因之迸射精神的光焰，像旭日一样明亮。

2016年7月24日

长　泾

长泾是江阴的一个老镇。

镇北面是长江，南面是太湖。

镇子里有河，曰泾水河。河的南北各有老街，瘦得像带子。地面用金山产的山麻石铺砌，踩上去不软不硬，脚底下得劲。街面尽是双层小木楼：米店、布行、客栈、书场、茶馆、杂货铺、裁缝店，无一处闲着。店家挨得密，风一来，挂出来的幌子窗下飘。北街的铺子像是比南街的多出不少，这些店铺的后面就是住人的厅堂。天井种花草，客厅挂字画，外头的声响惊不着里面的生活。

河上有几座桥，弓似的拱着。水静的时候，半圆的桥洞就跟河里的那一半合成整圆了。两岸人家也给连在一起，就像融作一团的天和水。

我刚到镇上，便瞧见有个中年女人从屋子里出来，踏阶转到后墙水边，放下抱着的一盆花衣裳，蹲下身子，在河埠头轻快搓洗起来。

这个普通妇女叫我想起上官云珠。上官云珠是这个镇上的人。这个原名叫韦均荦的小姑娘，为避战祸到了上海滩，一来二去，演起了电影，人灵秀，浑身都是戏，红了。她的电影，带些小镇上的水汽。上官云珠的片子，多了去啦。我这个年纪的人，印象深的很有几部。《早春二月》里的文嫂，就是她演的。那是一个受欺凌的女人。上官云珠的命也这般苦。想不到那么文弱的一个人，性子竟很烈，在一个凌晨含恨跳了楼。她早年演过一部《天堂春梦》，天堂里会有春梦吗？

上官云珠的旧居，前些年修成了纪念馆。阳光透过花格排窗满屋流泻，照暖了书房、卧室里颜色沉黯的旧家具。到处都是跟她相关的老照片、老海报、老物件。我顺次看了看。我把步子踏得很轻，楼板还是吱吱地发着声响。那个倾轧的旧时代，在十丈红尘中闯出一番名气，断不是件容易的事。片场上早已滴满红粉泪痕。从前，电影院里挂出十大女影星的头像，有她。这也是长泾人还在喜爱她的理由。

千米长的小街，不是一下子就逛得尽的。东林党人缪昌期后代筹资兴建、以赈济贫苦为宗义的缪氏义庄，永志妇德的汪家石牌坊，老字号酱园兼南货店万隆泰，架起七星灶和老虎灶的龙园茶馆，这些明清和民国时期的老建筑，这儿瞥两眼，那儿瞄两眼，时间就过去了。在街的东口，有一排矮屋，黑色瓦檐下开着一扇门，门额上横着"新华书店"的牌子。朝里扫几眼，架间插书，墙面挂画。迎门的橱柜里，摆些杂货。我一眼瞧见门边牌子上"韦氏故居"四字，再读下面的几行小字，敢情上官云珠是在这间屋子里出生的。她本姓韦，这就对了！屋里坐着个穿花格衬衫的小伙子，闷头摆弄什么，我进来转，他抬抬眼皮，没搭话。这家铺子离街口桥面不远，路过的人多，生意应该挺好。

出了正街，又往东走几步，进到一个安静的大院子。八十多年前，本镇人宋楚英、宋楚材兄弟建造的大福蚕种场正在这里。现今，蚕室、簇室、冷库、储桑室已空，腾出来的屋子，摆上箩筐、竹匾、蚕座，外加图片和模型，成了纺织纪念馆。回廊里静得不出一点响动，高大的围墙把外面的市声挡住了。

养蚕、缫丝，曾是中国民族工业的一种。茅盾的《春蚕》，是现代小说的名篇。在这里转悠，那个叫老通宝的蚕农形象跑进我的脑子中了。别看场子现在静了，催青、孵化、收蚁，早先也热闹过哩！繁育的优质蚕种从门前码头装上船，走泾水河运出去。河岸两边，桑树一片绿，稻田一片黄，也是江南好光景。蚕农的日子，当是极有故事的。可惜我一个北方人，对南方农事全不熟悉。写到此处，便成了老通宝，"背脊上热烘烘地，像背着一盆火"，心里不免着慌。我只在浙北桐乡那边端详过蚕农家墙上挂的圆匾，还不知道跟老通宝手里的蚕箪是不是一样的家什。

从深院往外走，大门近处有一个偏院，像是住着人。窗前长着两棵香樟，活过了百年。

踏过兴寿桥，来到河的南岸贴水走。河房的影子全泻到水里了，没有一丝遮藏。粉墙、黑窗、瓦檐，让粼粼的波纹一抖，倒比岸上的好看。这里不像周庄、甪直那边，市河里总有载客的游船往来。河里是宁静的。隔水对望的枕河人家，抬高嗓音说话，听得到。又朝北岸凝了一会儿神。刚才路过的龙园茶馆，瓦脊在太阳底下鳞片似的闪出光来。从前，这个茶馆出过一桩命案。死者是本镇张家的公子，叫张大烈。他入上海美专学过西洋画，又留法研攻雕塑。学成，带着妻子转道苏联回乡。他的妻子叫司爱伦，是个波兰人。听说行前，旅法的何香凝亲画梅花和猛虎相赠。大烈亦能词，所做《南歌子·蛾眉羞自画》有"心去随流水，花开独掩门"句，多旧式才子之风。日本人打进来，张大烈捐卖田产，修了被毁的长泾中学校舍，当起校长。他的骨头硬，坚拒利诱不开设日语课。这个抗日青年，不到三十岁就死了。杀他的人，是镇上一个叫包汉生的，此人在苏南的澄锡虞，也就是江阴、无锡、常熟一带很有势力，扯起忠义救国军的旗号，混成了特派员。姓包的恨上了张大烈，一个晚上，派人下了手，行刺的地方就是龙园茶馆。

长泾人对张家是有感情的，除了因为张大烈的事略，还因为张氏子弟多俊贤，因此才会对他的旧居殷勤守护。七转八拐，我跟人进了南巷门的张宅。

张家住着镇上的好房子，是咸丰末年造的大宅院。本镇人呼其为"黄石山墙"，因为正房四周筑起很高的风火墙，墙的下半截悉以黄石砌成，故特坚牢。风火墙上叠垒马头墙，形如垛堞，在小镇的方圆之内，就望之俨然了。

　　南人造屋，心思巧，手段多，庭院里面，厅室杂错，有正屋，有辅房，有客堂，有侧厢，有天井，有备弄，大院套小院，曲里拐弯，倒是勾连得紧。高低、宽窄、明暗的种种名堂，叫我不得要领。好在我也无心细看。张家老宅，推开石库门，正厅房五进四院，北偏房二进二院，南偏房环着一个大庭院而建，穿过西南角的腰门，还有个曲尺形的院子。这里像个后花园。微云淡月的良辰，爱画的张大烈，会携着司爱伦花下流连吗？"庭前花木满，院外小径芳。四时常相往，晴日共剪窗"这首小诗，是今天的年轻人写的，调子婉约，亦极清美。昔日的青年，何尝不是此种心怀？

　　满院全是平房，着色不浓，很素淡。室内，原木立柱，青砖单壁；屋外，黑瓦作脊，白灰刷墙。墙面的大半，倒给落地长窗和木格花窗占去了。短墙大窗，看上去敞亮。里面的陈设仿佛还是当年的样子。老宅的旧日主人，在镜框里安静地用目光迎送来客。呼吸着今日空气的人，站在故人的视线里，暂时回到了昨天。

　　韦家和张家沾亲。上官云珠去苏州念中学，跟教美术的二少爷张大炎相熟，嫁给他，自己也成了张大烈的弟媳。

　　黄石山墙在镇上算是大的。可是有一样儿，要是拿它去跟山西财主盖的那些大院比，我只能说：等而下之。

2015年3月3日

水绘园

这座园子，是水做的，便占了清和柔两个字。

清，眼可见。这清，全在洗钵池。南人造园，偏爱养起一汪水，园主冒辟疆循了这个例。洗钵池的水是从北面的小浯溪流过来的，水虽瘦了些，倒还活泛，日子一长，潴了一片。晴日里，阳光落进池水，就散了，金子似的闪。寒碧堂的檐脊、水明楼的雕窗在波漪间轻漾，再收来数峰妙叠的湖石、几抹天上的飘云，不着笔墨也是画。若逢天阴了，又是雨丝又是雾，凝成一团愁，清朗的光景也叫它遮去大半。莫说卧花眠柳之辈，换了我们这等心思粗些的，陷在里面，也算得了闲情三昧，心里哪会少了诗？

柔，心可味。这柔，全在水明楼。游过园子，我记住了这个楼。楼是本地一个盐商造起的，此君有深意，选了一个月夜，请来县令登楼，倚栏望月，这位县令动了情，更有杜甫"四更山吐月，残夜水明楼"给了他灵感，遂把"水明楼"三字题上匾。那年，董小宛已经死了百年，冒辟疆离世也过了一个甲子。在水绘园残址上敬筑新楼，可算聊寄追怀之意的雅

举。就为这，也要记住如皋盐商和县令的名字，一个叫汪之
珩，一个叫何廷模。

水明楼临着洗钵池，楼影在水波间漾得美，真如绘出一
般。柳色正绿得鲜，夏日里风也弱，枝叶柔得失去力量，更衬
出这所楼舍的幽静。董小宛那样的多情玉女，依水住下来，凭
楼凝睇，是何情状，悠然可想。冷韵幽香弥漫曲房斗室中，身
为姬妾的她，轻曳裙裾，宛转游于水岸莲塘、书阁画苑间，看
阳光在池子里笑，也嗅水的味道，一个个日子都是湿漉漉的，
自此不再迷醉秦楼楚馆的花酒，不再贪赏曲院勾栏的弦歌。

冒辟疆恋慕董小宛，一在貌美。在他看，小宛清姿融于
花，"人在菊中，菊与人俱在影中"。这菊，是她最爱的剪桃
红吗？俏媚花姿衬着妙丽人影，真是淡秀如画！融于月，清
辉下倚窗而诵唐人流萤纨扇诗，真是"人以身入波烟玉世界之
下"！二在才绝。冒氏纂集唐诗，"姬终日佐余稽查抄写，细
心商订，永日终夜，相对忘言"。在他看，小宛阅诗无所不
通，而又出慧解以解之，尤好熟读楚辞、少陵、义山、王建、
花蕊夫人、王珪三家宫词，且又擅画、喜茗、耽香、爱花，极
多雅趣，冒氏竟觉得"我两人如在蕊珠众香深处"。三在德
高。"姬不私铢两，不爱积蓄，不制一宝粟钗钿"，尽以姬妾
之身照理冒氏及家眷而无幽怨，乱世颠沛，劳累病苦，过花
信年华未久，先于冒氏而殁。屋檐之下，犹萦她的勤谨敬顺
之风。

董小宛的琴台平放在楼里，颜色浅灰，像一块大砖。上刻卷云纹，透着心思的巧。不见柔指拨弄过的古琴，台面空得落寞。人说董小宛天资巧慧，能咏诗弹琴，她的《绿窗偶成》有句："病眼看花愁思深，幽窗独坐抚瑶琴。"闭目，清雅意态画似的浮上来。临水翠柳间的黄鹂好音是琴声惹响的，一声声轻啼里有董小宛的心曲。洗钵池面的碧漪比琴声荡得还远。

水明楼的中轩，窄了些，却也放得下欹身的木榻，上面摆了一张炕桌，清夜剪烛的微温仿佛不散。榻前打了一个半隔断，顺着顶棚和两侧弯下来，只遮住轩壁的边角。雕工在红木上镂刻的图案是竹子，刀子下得硬，下得实，劲健的竹枝、纷披的竹叶，均见风神，"竹照"的名字也便叫了出来。这些竹子在时间中活着，我听得见生长的声音。风流公子和温婉女郎，品竹弹丝，心底一片宫商。其上有匾，转眼瞥见的是"宴月"二字，宛如听见含愁的琴声，连那弦索上滑过的柔软纤指也光似的一闪。虽则那清婉的曲辞不绕在耳边，我也能懂得她的幽趣。"幻境之妙，十倍于真"，神意之美，全因李笠翁这八个字。妩媚多端的女眷，月下推窗，隐玉斋侧的古桧、雨香庵前的黄杨、瞻古厅后的苍松、霞山桥边疏枝细梗的草树，更有那微茫水光映着的廊榭亭台，映到眸子里，聊做梦中图画，叫人心意宽畅。便是那些性子傲些的，不待歌咏，心神先已恍惚了。

转到一个敞厅，正面悬着"瞻古"漆板金书，查士标笔也。中堂有一幅好画：李鱓的《苍松翠竹老梅图》。配在左右的张謇所题对联还没细品，扭过脸，就瞅见厅壁上挂的画，粗看了两幅，画的都是水绘园。一幅署"三白沈复"，就是写《浮生六记》的那一位。另一幅是吴湖帆画的。遥忆他二人，看景兼咏堂联斋匾，襟袖飘飘，怕会"低回留之不能去者"吧！

得全堂正中间，挂着的正是冒辟疆、董小宛绘像。用笔清细，施彩雅淡，望之栩栩如生。"面为一身之主，目又为一面之主。"照着李笠翁的这话，我是借着泛黄的画像而推知此园旧主的形容了。冒的面相老，尖颏垂髯，真是一个白发雅士。董的眉目细秀，笼烟眉，含情目，真是一个绿鬓女史。这等仪容娟妍、神姿娴雅的标致人，素香淡影，浅笑微颦，和那葬花的林黛玉放在一处比，似也差别不多，双靥却未挂愁。二人凝着神，温和地看着眼前的青花瓷瓶、红木桌椅，还是当年意味，而那门栏边，难有珠帘闲卷。

性情之柔，只是一面。本是以弱为美的丹青女子，又是闺阁诗人的董小宛，十五岁即画出《彩蝶图》，另有《孤山感逝图》《玉肌冰清图》传世。我游园，见过她的水墨纸本立轴《桃花双燕图》。小宛书法亦极秀媚。这么一个生而端慧、容止淑静的才女，一片娇娆之外，身上竟也带些革除弊政的勇气。冒、董相依的九年，正逢明清易代之秋。冒氏矜名节，羞折腰，归隐皋邑，坚辞清政府博学鸿儒科，以不仕之意昭天下，这里面，哪能缺了亲眷的砥砺？董小宛是石头性子，比冒辟疆的骨头硬。她秉守气节，规谏夫君不可叛离附逆，与手帕姊妹柳如是劝诫钱谦益颇相近似，而冒氏更比觍颜迎降的钱氏来得磊落。

板荡艰危中，两心相印是有精神根底的。从往来金陵姑苏之间的名姝到雅趣清欢中的良家贤妾，董小宛已将灵魂从风尘中拔了出来。甲申三月十九日之变发生，清兵南下，冒家遭劫而奔逃。"自此百日，皆辗转深林僻路、茅屋渔艇。或一月徙，或一日徙，或一日数徙，饥寒风雨，苦不具述。"江南大地上，扬州十日、嘉定三屠、江阴大辟、嘉兴剃发等惨状自有听闻。姣花软玉般的她，对冒氏体贴眷爱，在战乱流离中舍命相随，终"以劳瘁病卒"。冒辟疆心恸而泣："姬之生死为余缠绵如此，痛哉痛哉！"语多哀声怨响，又汪汪地垂下泪来。长相忆，满心里该有许多话，"当以血泪和隃麋也"，便有了逾万言的哀辞——《影梅庵忆语》。这篇诉尽两情悲欢的私语，我读过数遍，前文中所引述者，多从此出。

主人刚直，园子也有了同样性情。一班不肯屈意于朝政的复社文人，常来水绘园的一个地方酬唱，这个地方就是壹默斋。我进到里面，已无旧日的声息气味，留下一个翘头条案，几张八仙桌，数把雕花嵌大理石靠背椅。空气也就沉寂了。眼前对联或可道出其间况味："遗民老似孤花在，陈迹闲随旧燕寻。"钱谦益撰的这十几字，本是镌在他的墓前亭柱上的，我数次过常熟虞山，无缘临尚湖北岸瞧这一景。做了东林党领袖的钱氏，他的妙论精言，对于志在赓嗣东林传统的复社之士，自能感心动耳。况且冒公子从香火兄弟方以智口中知道寄身苏州半塘欢场的绣庄奇女董小宛，催舟寻来，为她赎身且永结凤缘，是得了钱谦益和柳如是调排的。年长的钱氏受到钦敬，当然成了水绘园的常客。阮大铖加害复社，冒辟疆居此求遁，"壹默斋"三字，缄口以慎、静观世变的态度，表露得再明白也没有。把这副联语题在斋中，调子固然低了些，倒也未必是颓废。潜迹之日，冒氏交会远近诸公，彼此通其消息，更爱凭窗倚栏，浅斟低唱，还不是照样对当朝发出讽刺之声，且把一腔忧愤吐到天上？东林起于无锡，复社起于苏州，东林遭陷于魏忠贤，复社受诬于阮大铖，中间虽隔着一些时日，观史，是能够从政治逻辑上揣出一些因由的。

斋的后面，是一个宽平的石台，望景也颇敞畅。黄石堆砌的悬雷峰上，湘中阁尤饶轩昂之势，镜阁、碧落庐、枕烟阁、波烟玉亭……争先朝我奔来。一处石渠飞泉的所在，名曰涩浪坡；一处茅舍点缀的所在，呼为匿峰庐；一处竹溪交映的所在，唤作妙隐香林；一处绿荫绕廊的所在，耸出因树楼；一处芦摇鹤舞的所在，筑起小三吾亭……不消说建筑，光是这些名字，听上去就美，当中大有平仄，像是从词家那里来。

复社的青年士子缠绵于秦淮风月，不尽是狎昵放浪，不全为追欢逐笑，得来的也有一段真情。冒公子和自己的如夫人，形影交俪，"越九年，与荆人无一言枘凿"，殊非寻常，也算没白认得她。冒氏在这世上竟活过了八十岁，可谓乔松之寿。但他想起早殒的董小宛，不禁三叹湿襟。

小宛香魂何归？犹在影梅庵侧。我今春过如皋，没见到这个庵。浮想中，那个清旷幽寂的地方，微风吹宿草，低回片时，若为它默念起"埋香冢飞燕泣残红"的句子，当会凄而多梦吧。

2014年11月22日

江水之南

澄江镇：刘半农的根在这里

　　行抵江阴的头一天，我在华西村住下。窗子外面，流着大运河。运河跟岸边的村庄差不多是平齐的，我没有看见墙垛子一样的河堤。有一只宽头船，吃水很深，水快要漫上船帮了。船身很沉地压在水上，如一块石头，又像负重的老马，喘着粗气，走得很慢，很累。满舱货物，够分量！

　　从前，本地人刘半农谈山水，引过一位老伯的妙论，那话这样说："画山水，最重要的是要有水。有水无山，也可以凑成一幅。有山无水，无论怎样画，总是死板板的，令人透气不得。因为水是表显聪明和秀媚的。画中一有水，就可以使人神意悠远了。"我是赞成这个说法的。这么一看，河里当然也要有船走，船身激出粼粼细波，一条水就活起来，也会"使人神意悠远了"。

　　午后的太阳照到水面，闪出一片浅红色的光，极柔和。这

是叫人感动的颜色。这一景，我可以看上好半天。看河，双眼
应该是眯着缝的。不是看，是品。目光过到河那岸，心还是留
在这边的。初夏的风里，水光漾动，我的心很安静。我是在北
疆打过鱼的，浮家泛宅的日子那是太熟悉了。运河上的船夫心
里想些什么，我这个过来人也能猜出个大概。每天一睁眼，四
面都是水，吃喝拉撒全在船上，运河就是他们的家。他们的心
整年泡在水里，水成了生命的一部分。一个接一个的日子平淡
地流过去了，他们活得有滋有味。河上流金，情绪黯淡的人，
只消望上片时，内心兴许会泛起微微的光。

　　我从苦雨斋的文章里知道，以往的日子里，刘半农从船夫
口里写下二十篇歌谣，编为《江阴船歌》。可惜这是我所不曾
见到的，假定捧在手，从这一册东西里，亦可约略知晓那个时
代的民众心情，以及这一带的习俗风物。中国南方水泽的清灵
情调，比起北方乡间的朴笃韵致，该是怎样的呢？

　　雨在村上落了一整夜，愈加添浓了水的味道。睡不着，就
多思——梅雨之季不是刚刚过去吗，雨怎么还来得这样勤？捉
摸不透的江南！

　　一大早，窗外透了亮。天上堆满云。运河的水色变得很
暗，发灰，昨天下午那么一种明艳的红色，消失了。浮着薄雾
的河面，还没有从夜梦里醒来，连流动也看不出，凝成一条
带子似的。大运河或许永远是平静的，就算有风来，它也不会
暴怒。苏锡常一带的人，说话很软，唱歌一般，大约是和这条

河的性格有一点关系的。运河在这里优雅地盘出几道弯。弯是美的弧线，在这线的边上站着的，是塔形的楼厦、红瓦顶的屋舍、直伸的公路、长的桥……鲜绿色的稻田、格子似的水塘、丰茂的林野、水里露出半个头的牛，倒是看不见了。我的恋慕的心上，失掉了乡村岁月的影子。对江南，那抹水汪汪的记忆，瞬间从感觉中滑失了。

苏南乡下的风味到底是淡去了，却仿佛能够从历史中去听船夫的歌。所唱的词意，应该也本极简单吧。

澄江镇是江阴城关，市里有条西横街，刘半农的家排在街上的49号。刘家老屋，很是引我神往，但我想象不出它是什么样子。这个二进六间三庭院的宅子，坐西朝东。前院，天竺两棵，一南一北，添些花树气息。太阳底下，叶影一晃，院景就活了。

前后宅舍，好像都是三开间。序厅是一个开敞的堂屋。堂屋正对着院子大门，中间没有影壁，坐在屋里，直冲着街上的一切。这种房子，我没有住过，不知道是什么感觉，但是在印象里，它应该是安静的，虽然临街，关上门，也不吵闹。

东屋是刘半农的父母刘宝珊和蒋氏的卧室。刘宝珊是光绪年间的秀才，在家设塾授徒。半农六岁入塾，已能吟诵。西边的这间屋里，课桌、木椅摆了几溜儿，照着当年的样子，以意为之。墙上那幅《先师孔子行教图》，大概是天下私塾里必挂的。几张长桌的桌角，都摆了砚台。眼瞧，石质下等，手摸，

江水之南 / 187

必也很糙。无所谓，小学生练字，用不着太好的。守屋的一个老妇人见我瞅得细，凑近说："你这个年岁的人，应该知道它的好赖。"这我不懂，只因我素不集砚，也少用砚，更不识货。便是如此，扫一眼，也能瞧出就是平常石头做的，研墨，不润，损毫那是一定的，又无祥龙瑞凤、琪花瑶草刻其上，也就不好以美砚视之。假定其上遗有刘氏手泽，就名贵了，亦会生出集藏的念头，竟至比那从端、歙名坑出来的蕉叶白、鱼脑冻、金星、眉子诸石品，更有轻抚和赏玩的价值。

这几方普通砚台，就是摆个样子，不这样，好像缺点什么。

隔一扇板壁，是书房。十来个浅蓝色的封套，照着旧时的样子摆着。装在里面的，多是不离身的看家书，《论语》《楚辞》《千家诗》《唐诗三百首》《宋词三百首》《颜氏家训》《韩非子》之类，自然少不了。线装，有古雅之气。熟读四书五经的刘宝珊，教出了刘半农哥儿仨。

书房开一个侧门，通着后厅，也对着老三刘北茂的卧室。这里有一张刘氏家族年表，以刘氏兄弟辈排称，大致一看，粗知刘家事略。两侧板壁上，挂着油画，不知道谁画的。南边的这一幅，是刘半农的画像，圆胖脸，灰色衣衫，很结实的一个人。细些看，黑发软软地贴在头上，遮不住宽大的前额，戴一副圆框眼镜，透出的目光平静而柔和，嘴角漾起笑意。画家在他的脸上画出了一缕温情。张中行先生说刘半农"方头，两眼亮而有神"。我以前在张先生的文章里读到这话，没往心里去，现在，记起来了。30年代初，张先生听过一年刘半农"古声律学"的选修课，对自己的这位老师，敬而思，叹道："日往月来，半农先生离我越来越远了。"我们这更晚的一辈，先人音容就愈加渺然了。

新文化运动发生，鲁迅志在铸造国民的新灵魂，刘半农志在建设读写的新形式。一个缔构精神，一个创建工具；一个是道，一个是器。五四以降的许多人，接受了鲁迅，心灵气象为之大变；接受了刘半农，思想表达实在产生了自由的跃进。鲁迅的"呐喊"，刘半农的"瓦釜"，皆表现着峻急，表现着热切。英勇的战绩，是激响于旧时代沉寂天空的雷霆之音，足以震落灰暗的星辰；理想的光芒，是长夜里一道骇世的亮闪，那裂天的一劈，黎明的微光下有望诞生新美如春的乾坤。这一代叛逆的猛士，"洞见一切已改和现有的废墟和荒坟，记得一切深广和久远的苦痛，正视一切重叠淤积的凝血"，高唱豪壮的战歌，在世间的荆棘中勇进，奋争人类的血路，去求那死灭中的苏生。这是鲁迅的话。

过去的生命，能够表现出当时的情意。还是说刘半农。他以江南民间的山歌俗唱为滋养，拿来新兴口语做试验性质的诗，先求像个"样子"，技巧暂还谈不上，但是对于中国语言和文学上的传统而言，显示出独创的勇气；为人的"喜幽默，多风趣"，外加音乐和摄影的癖好，是他治学与写作之余的一面。刘氏于白话文学创作有功，新式标点符号的创设也要说到他。五四运动爆发前夕，他和马裕藻、周作人、朱希祖、钱玄同、胡适向北洋政府教育部提出《请颁行新式标点符号议案》，次年公布。标点符号系统和文字符号系统，支撑了现代书面语言的结构。

现代文学历程上的种种人和事，不会在记忆中死去。追史，话就长了。总之是，少了他们这代人的作为，我们或许还要写"文言"而非"白话"，用"句读"而非"新式标点"，读"竖行书"而非"横排书"。我和半农先生，本不是一个年代的人，因为读过一点他的东西，再加上这些，彼此之间，就像是少隔或说不隔什么了。

中院天井的左右，立着两株桂花，一棵金桂，一棵银桂，为今人补栽。原来的，昔年直奉军阀交战，一棵遭炮毁，剩下的一棵，后来给日本兵戕伐了。立在这里的一对，长得一房多高，树身不粗，弯曲着伸过瓦檐，细瘦的枝头挂着鲜绿的叶片，风里摇。八月花开，院墙里外都是香的吧。我来得不是时候，早了些，只能空瞅着枝叶痴想一阵了。

靠树根的地方，围砌起几寸高的灰色石台，蓬茸的细草从泥里逸出来，生得嫩，也绿得娇，养眼风光像是叫它多占去了几分。刘半农的白话诗，摇颤在桂花的叶片上，那句子是从北京大学的深院里响出的：

半夜里起了暴风雨，我从梦中惊醒，

便想到我那个小院子里，有一棵正在开花的

桂树。

它正开着金黄色的花，我为它牵记得好苦，

但是辗转思量，终于没法儿处理。

明天起来，雨还没住……

这段文字，分开看是诗歌，连起读是散文。不管是什么，都能在心里化开。半农先生这样写，是向旧体诗表明一种新的创作姿态。

北京大学一院（文学院）的校舍，在紫禁城之东的沙滩，是一座民国初年建起的四层红色砖楼。我想象半农先生隔窗默望着檐角斜挑的星辰，静听残雨的滴沥，精神在苍茫的夜色里飞奔；想象他迎着晓风漫踱于北大河的岸边，在透明的水光里凝视杨柳轻摆的姿影。

桂花散出一片淡影子，遮着长形的花格窗扇。窗子敞着，屋里没有一点动静——是刘半农、刘天华的卧室。两个卧室的中间，有个思夏堂，这是客堂，自然不住人。刘半农头顶法国国家文学博士学位归乡，对做了北京大学音乐教授的刘天华和在燕京大学读书的刘北茂说门户之兴，莫忘重振家业的祖母夏氏。遂有了这个堂名。兄弟三人的内心，永远闪动老人亲厚的暖色。思夏堂，这是很带感情的三个字。慎终追远，半农先生之德，厚矣！

　　挂着一幅中堂，是《朱子治家格言》。这篇五百多字的家训，用楷书工整地抄录。刘氏家风的根基，还在修齐治平这四字上面。配了一副对子，立轴。上联"仙露凝珠滋翰墨"，下联"卿云流彩焕文章"。字很端秀，题在大红纸上，衬着青色绫子，裱好张悬，满堂书香！这里虽然不是我的家，也爱坐下留个影，算是来过这个地方。前些年，在皖南绩溪上庄的胡适家里，我也曾这样——总是有一点兴味吧。

　　宣统二年，蒋氏染沉疴，依江南旧俗，为冲喜，刘半农中断念书，从常州府中学堂赶回来，娶了朱蕙英，完婚后的卧室就是靠南这一间。探身朝里头瞧，光线幽幽的，梳妆台、睡床，半隐半露。妆镜擦得很亮，床是雕了花纹的，铺了素色被褥，很软。蚊帐斜垂，故家微温犹在。"眉翠薄，鬓云残，夜长衾枕寒。"唐人词意，丝丝缕缕，萦绕梁上。临窗的树掩着老屋，透过窗棂，斜斜地映上栗色的书桌、书柜，晃起很多影子，花花搭搭，谜一样的图案。桌上不摆东西，柜子也是空的。这些旧物是半农先生在北京教书时用过的。贴墙有一个手提书箱，摞着一个考篮，漆面减了色，先生手上的余温，似还留在上面。墙上，嵌在镜框里的照片已是很旧了，那上面的老少人物，不改往日神态。阖家之情未曾褪去，照片上久久充盈着美丽的光感。照片虽老，却也使我感到温暖。

　　对面那间屋，住过刘天华。刘天华是大音乐家。我早年在

兴凯湖打鱼，渔点的一个上海知青在船上拉二胡，曲子就是
《良宵》和《光明行》，都是刘天华做的。这两首曲子，我
最初就是在水边听到的。胡琴一响，我就什么也不做，躺着
听。还会看天上的云，心在动。常听的还有华彦钧的《二泉映
月》。华彦钧，小名阿炳，流浪艺人。我的记忆有湖水的味
道。一下雨，水天就忧郁了，像阿炳的曲调。华彦钧跟刘天华
全是无锡这一带的人。太湖边出音乐家！

　　天华的卧室，也是他结婚时用的。妻子是刘宝珊同窗殷可
久的女儿，原名阿大，刘半农给这位弟媳改了名字，叫殷尚
真。屋里没有什么特别的摆设，桌、椅、床、柜，跟长兄刘半
农的差不多。这些器物，有年头了，大概经常擦拭，不见细细
的灰尘。看门的那个老妇人，虽然嘴上话多，却是勤快的。

　　左手一间屋里，靠墙放着一台土制织布机，跟它做伴的是
一架老式纺车，欢快地转动也只在昔日。夏氏持家节俭，自己
动手织造，一大家子的穿衣，靠她了。夏氏是一个忙人，好像
没有歇着的时候。这些物件在她手里闲不住。老太太一走，来
这个屋子里巧手弄机杼的，是蒋氏。老三刘北茂，自小就听母
亲唱儿歌，他的卧房的板壁上有一幅油画，北茂操琴，旁边
站着的那位，穿豆绿旗袍，抱一册书，容止淑静，有闺秀气，
应当是蒋氏吧。老屋空留旧物，人已邈，它们也累了，该闲下
来了。

　　这个纺织间，挨着半农卧室。西边开一扇门，通着后院。

刘家的厨房在后院的北面，长格扇窗敞开。没人做饭了，灶台、炊具剩在一片暗影里。矮桌上放两个陶罐，一淡青一浓紫。房梁夺拉一根细绳，带钩，吊着一个竹篮，空的。默对，不禁有灶冷人疏之感。

刘半农是被鲁迅称作"战士"的，只因曾有"先前的光荣"。厨房的窗下，横着一块厚石板，疙疙瘩瘩，已是很斑驳了。这是干什么用的呢？我一个北方人，有点犯愣。旁边一块字牌：晒酱台。这个台子，刘半农躺过。辛亥年，武昌首义，他得了信儿，年少志大，要突破社会因袭的藩篱，幻想用一己的热情把世界点燃。他要当革命党，家人不赞成。铁一样的意志，谁也夺不去。为遂所愿，他不进食，不回卧房，夜里就躺在这上面，表示抗争的态度。父亲拗不过，应允了。这年冬天，刘半农离开这个小石台，去苏北清江投了革命军。清江就是今天的淮安，晨昏为洪泽湖烟水轻笼。这一走，他的生命史上，有了当兵一年的记录。他确曾是个"战士"。我本燕赵之士，往常听苏南人说话，觉得性子软。错了，这方水土养的人，心胸放得开，刚硬起来，慷慨悲歌！

我又瞅一眼这个台子，没多宽，用两摞砖头垫高，快齐到窗台了。一个大小伙子，躺得下吗？

墙角的老井还在。石井栏，圆圆的。井壁生出几根绿草，幽幽的水光泛上来。清清之水，养润了刘家人。半农幼时爱看井。水里看世界，一片光，云朵从明蓝的天上落在里头，化作粉黛，飘。自己的身子似在一切色彩、一切响动中。一幅人间好画！这是小孩子的世界。他记得云的笑，留学的日子里，吟诵怀乡之曲：

> 阿彭快来，
> 你又在看井了！
> 这是母亲的声音。
> 分明是眼前的事，
> 可已过去二十五年了。

诗情如水，剪不断。

井台边一个石鼓墩。夏夜，凉月如水，刘天华坐在石上拉二胡。一天好月，清风拂着面，美丽的乐符飞入梦似的心。音乐的精灵在舞蹈，《月夜》这首名曲，是一抹透明的月光。此番意境，可用天华题写的八字状之："抱朴含真，陶然自乐。" 大异于旧时代民间艺人"讨饭胡琴，卖唱琵琶"的苦况。国乐之兴的担子，在他的肩上负着。

江浙人家的富户，爱在宅子后面种些花花草草。得闲坐歇，绿色入眼，就算身处朝市，心也犹在山林了。对于儿童，后花园常常是生活中最亮的地方。天真的幻想、无忧的时光，离不了这片小小天地。鲁迅的百草园便这样。刘家也是。

宅院后面原来种了一片竹。杜甫诗："绿垂风折笋，红绽

雨肥梅。"多水的江南，情味的一大半便在几蓬竹子上。年幼
的刘家兄弟，在翠影下捕蝉，逮蟋蟀，捉泥土里的虫，听乱枝
上的鸟。夜半的月下，丛竹抖几片疏影，在天真的心里，写一
个梦字。

> 我到北地已半年，
> 半夜醒来一宵雨。
> 若移此雨到江南，
> 故园新笋添几许。

在《听雨》里，远在北京教书的刘半农，多想他的竹园
呀！那种美，在心里，眼睛是看不来的。赵元任给这首诗歌谱
了曲。

墙的一角，栽了几根竹，细而嫩，长得挺旺，快高过屋
檐了。

这个竹园在刘家人心中是有位置的，没受冷落。青砖墁
地，铺做人字形，讲究的人家，才这样。地面返着潮气。墙根
砖缝间，伏着一丛鱼腥草，贵州人那里叫作折耳根。我头一回
尝它，是在贵阳，凉拌，腥气特冲，吃不惯。鱼腥草，扁平，
叶脉灰白，它原来是这个样子呀！

刘家老宅在一个路口的中间，像是三岔路口。一条正街到
这里忽然分开，很谦恭地贴着白色院墙两边绕过去，生怕搅扰

了里边的静。四围楼房的样式差不多全是新的，留出的这所旧宅子，乌檐粉垣，倒不一般了。

这里离文庙和兴国寺好像都不远。站在院子里，抬眼就能望见兴国寺的塔。塔尖缺了一大块，成了一个斜面。残塔之下，闲坐的老人常谈起民国十四年奉军在要塞架起大炮轰塔的往事。这座北宋古塔，可惜了，这么多年过去，没修过。

当地人爱拿本城文庙去和南京夫子庙相比。不祭孔的日子里，这里成了一个集市，"致天下之民，聚天下之货"，热热闹闹。我转了一圈，棂星门、泮池、大成殿还真有几分夫子庙的意思，聊可比较着来看。不过是具体而微罢了。大成殿里，雍正、乾隆的御书对联有正大气象，高供着孔子，冕旒、服章、执圭，四配、十二哲分列两旁，亦极不凡。难以等而观之的是，旁边没有流着一条秦淮河。

守着一庙一塔，刘家不孤。

从前有人批评刘半农的"浅"。鲁迅不这样看："但他的浅，却如一条清溪，澄澈见底，纵有多少沉渣和腐草，也不掩其大体的清。"这清，是为人的真。

半农先生，人不在了，留下的旧迹，够我受用的了。我朝他住过的地方，投出一个温暖的注视。

南旸岐村：徐霞客从这里出游

江阴的同志送我一套《徐霞客游记全译》，四册，装在一个长方的硬盒里。我手边有几种《徐霞客游记》，这应该是最全的一种，足本。

徐霞客的书，素为江阴人所重，是当地一宝。因为徐霞客是这里的人。

徐霞客的出名，和丁文江有一些关系。丁文江是地质科学家，泰兴人，宽一点说，和徐霞客似能沾上一点乡谊。丁在江之北，徐在江之南，前后又隔了差不多三百年光景，或许有人会说我太勉强。二人的心志却实在有许多相近。丁文江从英国得了动物学、地质学双学位回国后，在滇黔诸省搞地质调查。胡适给他作传，里面这样说：

> 他最佩服徐霞客，最爱读他的游记，他这一次去西南，当然带了《徐霞客游记》去做参考。他后来（民国十年）在北京的"文友会"用英文讲演徐霞客，特别表彰他是中国发现金沙江是扬子江上游的第一个人。在民国十五年，他在《小说月报》（第十七卷号外）上又特别表彰这部空前的游记。他对于这位十七世纪的奇士，费了很多的功夫，整理他的《游记》，给《游记》做了一册新地图，又做了一篇很详

细的"徐霞客年谱"，民国十七年由商务印书馆印行。（"年谱"又附印在商务印书馆的《国学基本丛书》的《徐霞客游记》的后面。）

若缺了丁文江的这番辛劳，徐霞客于后世的影响或许不会如此大。这两个人，生不同代，心意所向竟是一样的。在学术建立上，他俩都是有光彩的大人物，是值得国人纪念的。

徐霞客在我心里，是有一幅画的：长衣、芒履，挂杖；腰间勒一根布带，肩背行囊，不衫不履——荒山野水间行走，穿戴不会那么整洁；人很瘦，头戴远游冠——那是母亲针针缝出的；满身风尘，那是高山和深谷的馈赠，眼光却是亮的。这是中年的徐霞客。

年轻时的他，不是这个样子，身上盈着朝气，青春如花。当时的中国，为什么出了徐霞客？这是历史出给我的一个题目。思维的触须伸向苏南乡野，伸向太湖流域。推究起来，根由总是在骤转时代上面的。我引几个理由来旁证这看法。

第一，人口之变。有明一代，土地兼并之风日盛，大量失去田亩的农民流向城市，成为新市民；江浙一带人，调往云贵边地驻戍（我在贵州安顺看过明代军屯旧迹，那里的老少——屯堡人，有的还能讲一口明代官话，是六百年前的南京腔，言谈间仍然放不下过去）。偏远的乡村变了，城乡民众的社会角色发生转换。

第二，心态之变。明中叶之后的社会，透过制度岩石出现的裂罅，人们能够呼吸到自由的空气了。封建枷锁开始弛懈，禁锢变为流动。人们不甘以一隅自限，要探知外面的世界，要了解陌生的一切，民众出游成为普遍风气。风气的倡举者，是士大夫阶层：求自适，以性灵游；苦心志，以躯命游；道里，可以不问；程期，可以不计。新兴的旅行家群体（徐霞客是这班远见的人里面特有作为的一个），奉行的便是这样的信条。

第三，观念之变。新的人生选择，直接颠覆了传统认知。个性上，不矫情、不逆性、不昧心、不抑志的立场，张扬了自我志趣，自由的曙光照进心灵；商业文明开始影响农耕文明，公正、平等的交换原则，从贸易场合渗透到精神领域，民主意识进入普通人的思考。

第四，文学之变。嘉靖、万历两朝，刻书之风极盛，多刊印描写市民生活的小说和戏曲，其势胜过正统散文与诗歌。小说、戏曲的创作同现实的距离近，贴着底层生活写，表现城乡工商业发展更直接，反映个人命运与社会现实的关系更紧密，又是彩色套印，看上去漂亮。这些民间的、通俗的作品，印量大，自然夺了旧式诗文的市场，也促成它的变革，始有公安、竟陵，以抒写性灵与前后七子的拟古之风相抗。

第五，教育之变。重"实学"、轻"科举"的人生方向，狂飙般冲荡着帝制古国的旧有秩序。天降大任的有志者，摆脱精神羁绊，取"遨游"而舍"举业"，放开双腿，从狭小书斋和科场走向广远江河与山岭，以"自然之书"取代"四书五经"，更以山水的"天下"对峙朝廷的"天下"（徐霞客去世三年后，朱明王朝就灰飞烟灭），遂觉眼界一新、生命一新。

这个背景下的徐霞客，为时势所趋，选择这样的人生方向，是反了常道的。他心向的山水，是最壮阔的生命场域。他的大地行走，远超文人的感性视角，而以理性精神审视天地；他无意诠解客观物象与自我主体的对应结构，而要探究人类和自然的深刻关系。江、浙、皖、闽、赣、粤、桂、黔、滇、川、湘、鄂、豫、陕、晋、冀、鲁诸省，他无所不到，尤能倾情考察僻远之域的地理、地貌、水文、地质、植物等科学成因。深一步，家住长江边的他，对于这条大江从哪里来，连同山经地志认定"江源短而河源长"的不刊之论，久蓄探究之志。离邑初游，首选太湖洞庭西山林屋古洞，兴致不在领受天下第九洞天的仙趣，也不在踏寻春秋之时那位灵威丈人的遗踪，却在洞藏的夏禹治水的三卷《素书》上面。在那书中，有他精究详诘的端绪，他要用此书核验图经志籍的是非。"自万历丁未，始泛舟太湖，登眺东、西洞庭两山，访灵威丈人遗迹。"这几句是徐霞客与友人灯下夜话时讲出的。大胆怀疑的立场，促他穷尽九州，探微测幽，还山川一个真面目。他的事业由此发端。心知长江的流向，他的游迹大体是逆水而上的。一个人，一条江，在那段岁月，相向而行。溯江探源的实践，让他敢于断定长江上源是金沙江，而非岷江。他的江源说，一改《尚书·禹贡》"导河积石""岷山导江"的千百年之论。这在中国地理史上，大有地位。《荀子·子道》"昔者江出于岷山，其始出也，其源可以滥觞"的话，亦可成疑。

徐霞客也许是读过王安石《游褒禅山记》的，因为我从他的游历中同样看到了这样的心志："夫夷以近，则游者众；险以远，则至者少。而世之奇伟瑰怪非常之观，常在于险远，而人之所罕至焉。"他的灵魂是开放的，能够反映那个年代的知识分子的精神特征。他是一个旅行家，怀着寄情山水的魂魄；他是一个地理学家，有冷静的科学眼光；他更是一个从富庶家庭走出的读书人，调查于田野，访求于民间，培养起浓厚的人文情怀，欣赏清奇的峰峦岩岭，探寻山脉河流、溶洞泉瀑、水文气象、奇珍异物、风情土俗，体味底层的生存实状。他的述游，以游踪为结构，全凭耳目所亲，殊无雕凿，人情物象的实态，历历如在目前；虽用了文学笔墨，却不染义瘠辞肥、晦涩艰深之病。揣摩其语气，体贴其内心，似见汉晋唐宋的纪游风味，而又是他个人的笔调。旅行日记能精详而又清逸若此，实不多见，所具价值，大概为宦游士和游方僧笔下所无。他不慕科场，芸窗奋志的历练一定还是经过的，不然，手里怎会有一笔好文字？胸中志向，促他前行；身上气力，让他破阻；心间光明，使他不惑。由此，内无愧悔，外无讥讽。这是旅游的理想状态。徐霞客勇毅的行姿，成了旅游史上清晰的画面。他每向前一步，装在心里的世界，就延展了几分，乃至推动着人类文明的进步。被胡适赞为"我们这个新时代的徐霞客"的丁文江，于徐氏的成就最有心得。他在《徐霞客年谱》里说：

> 然则先生之游，非徒游也，欲穷江河之渊源，山脉之经络也。此种"求知"之精神，乃近百年来欧美人之特色，而不谓先生已得之于二百八十年前。

胡适亦抱有近似的态度：

> 徐霞客在三百年前，为探奇而远游，为求知而远游，其精神确是中国近代史上最难得，最可佩的。

他的"最后之游"，给世人的印象尤其深。以半百之岁，偕一僧一仆，足涉西南边荒，遇盗、绝粮、染疾，尽受常人不堪之苦，历四年而东归，亦将沿途考察的资料带回江阴。这一刻，奔劳旅痕、辗转游迹，化为片片心影，碑石似的矗立于生命史上。

游访徐霞客故居，是我久有的想法。多少年过去了，未曾断念，却等不到一个触机。这回，借了纪念"中国旅游日"的契因，总算夙愿得偿。

徐家堂舍，颇清整。我是来"串门"的，对老屋的感情，不像徐家人怀得那么深。房子修得细，檐头的瓦也像是新的，刚好下了一阵雨，不但黑，而且隐隐地亮，鳞片似的。旧日的痕迹修没了，格局应该还是当年的。一看大小几进的规模，在镇上，也算坐拥恒产的富户。有人说，家产极盛时，田产达万亩。家道衰落，田租也很可观。徐母手巧，靠着家里几台织机，织布卖钱，别有进项。徐霞客远游路上的花销，要靠家财的接济。一间偏屋里，就有一件雕塑：一架织机，一个妇人坐在那里织布。旁边站着一个汉子，比画着说些什么。这两人应该是徐的双亲吧。有一道门，门楣上刻四个字，是《诗经·大雅·下武》里的一句：绳其祖武。在徐的父母看，世传的荣业，不在物质，而在精神，便是徐霞客无力耕织，能够游而有得，即可说"克绍箕裘"了。

果然，《徐霞客游记》出来，足可上比北魏的《水经注》。徐家有幸！

前院东侧，有古松，罗汉松，皴皮皱理，傲然直上，仰不见木杪，盖数百年物也。它是"见"过徐霞客的。老树犹发新枝，一身都是沧桑。徐的父亲徐有勉从京城把树苗带回家，徐母为砥砺儿子周游的"奇癖"，栽在窗前。植树和励志有什么关系呢？"十年树木，百年树人"的古训，徐母心里是有的。天下父母之心，自古皆然。陈继儒最知徐母甘苦，以为"弘祖之奇，孺人成之"。一句话，几成千古定评。陈继儒应该是徐霞客的知交，"霞客"这个号，听说就是他给起的。在我的推想里，这位陈眉公可能是见过徐母在屋子里纺纱织布的。这位名叫王孺人的江南女子，对徐霞客的行旅，是产生了重要作用的。一个家庭妇女，眼界却不窄。丈夫不事稼穑，儿子又要远足，她靠着一双勤劳的手，撑起门户。那个年月，她是破了一些妇人之常的。后人对徐霞客的景仰之情中，含着对她的才德、胸襟的钦敬。她是一个具有新思想的开明的人，可说是徐霞客的第一个老师。徐父高隐好义，志行纯洁。董其昌云："盖公性喜萧散，而益厌冠盖征逐之交。"徐母贤淑明理，勤勉达观。李维桢云："代夫以父其子，代妇以子其孙，代子以克其家。"语多感动。据说有勉、孺人是合葬的，在他人眼中，二人"尤为无双佳偶，而霞客先生之空前高行，由是胎焉"。徐霞客感念母亲的劬劳，罢游归乡，总会捎些吃食让母亲尝鲜。材料上提到两样：碧藕和雪桃。只读字面，果色甚艳。雪桃，滇西北玉龙雪山下所产最为有名，徐霞客《丽江日记》还说到大把事所馈的白葡萄、龙眼、荔枝诸贵品，酥饼油线、发糖诸奇点，其味亦馨游子齿颊吧。谈山水，讲风情，述异俗，也是徐霞客在母亲膝前要做的事情。

院子里最有气派的，是崇礼堂。崇礼堂有些像徐氏的一个堂号（江阴、武进、常州一带，多有崇雅堂）。堂门南启，一看匾题的这三个字，我也如侧立于徐氏宗亲的一旁，沿袭称郡望的老例，也能领略一门的操守功业、嘉德懿行了。屏壁上悬着中堂，是一幅山水画。配了对子，临董其昌的字，可说神似。我还记得那联语："奇石似人花下立，仙云如鹤竹间来。"幽淡清远。

崇礼堂这边的院子，大概是徐家内宅。这个家，已经不是用来"住"的，是给人"看"的，看徐家留下的生活痕迹。一座正厅、几间闲房，更有鳞状的檐瓦、砖雕的门饰、栽种的花树，我静静地瞧着。凝眸院中景物，徐氏后人，心得尤深矣。

徐霞客游不忘孝，走到天边，心也是系着家的。母亲八十岁那年，为祝寿，他建起一座晴山堂。晴山堂在崇礼堂的对面，一砖一瓦总关情，最为他所刻意。

这个院子，青瓦粉垣。门扉故低小，而院室甚幽弯。新葺过，门楣上"晴山堂"砖额，楷书，字是顾廷龙写的，涂成青绿色，在灰底的砖面上，很打眼。天气略阴着，雨点滴落檐瓦发出的细响，棕榈、桂花散溢的清芬，愈使人恍惚了。我的步子迈得极轻，怕扰了一院的静。

堂中一尊徐母教子塑像。隐约的天光从苍灰的湿云中挤出来，透过隔扇花窗，落在上面。徐母的脸侧垂着，瞧着怀里的孩子，神容温婉。望儿，天下母亲都应是这种表情。这是爱！壁上不空，晴山堂石刻，洋洋乎大哉。崇祯三年，母逝，徐霞客遂将集藏的褒誉祖上的诗文、祝颂母亲的墨迹，摹勒上石，砌嵌于家宅内壁，敬悼先妣。霞客尽孝，亦不俗。

读壁，元末及明朝三百年文人书迹，一惊眼目。倪瓒、宋濂、祝允明、顾鼎臣、高攀龙、李东阳、文徵明、米万钟、黄道周、高攀龙、文震孟，历数下来，皆为史上享大名的人物。

尽心题咏，徐家之望不浅矣。乡人常说到的陈继儒《寿江阴徐太君王孺人八十叙》《豫庵徐公配王孺人传》，董其昌《明故徐豫庵公隐君暨配王孺人合葬墓志铭》，王思任《徐氏三可传》，张苓石《秋圃晨机图》，张大复《秋圃晨机图记》，李维桢《秋圃晨机图引》，夏树芳《秋圃晨机图赋》，悉有刻存。在我看，诗书都是一流。可比快雪堂、三希堂法帖吗？

往西走，就是徐霞客的墓，隐在院墙前一片清樾中，踏堂后一段甃石短径可达于前。墓本不在这里，三十多年前从几里外的前马桥移过来的，徐家祖坟在那边。为什么要移呢？

墓不高大，圆形，青石围砌。封土微微鼓起。落了一地黄叶，说不清是哪年的，踩上去，脚下轻细地响。钻出几簇草，草色鲜碧秀润。花岗石墓碑据说是清代的，比两旁翠枝交覆的松柏，经了更多春秋。有人走过来，绕着瞅几眼。墓中人和这个世界的联系从来没有断过。四围一片安静。走了一辈子山水，徐霞客也该歇歇了，永远。

徐霞客素与临海人陈函辉交好。陈函辉为游圣做过墓志铭，把徐霞客写活了。

晴山堂先前不像如今这样大。扩辟其地，大加充拓，广可若干亩，亦在近年。添凿清池，引流贮水，聚石艺竹，结篱围栏，筑轩阁于环岸，造廊桥于水面，颇惬观赏，殆非寻常笔墨能到。南人造园，借景写意，当属大学问。他们有自己的营造法式。

这个院落的北门，匾上的篆字是"仰圣园"。后人尊徐霞客为"圣"，游圣。

仰圣园胎于晴山堂。

常年汪着一片水，水上的空气是清凉的。穿云的雨丝射下来，清光万点，饶有意色。雨打荷叶，声细如闲花落地。惠风水月的光景，最宜雅人仁而放眺，醉享一目千里之感，神亦静远。独临池台，隔水望去，思霞厅翼然覆波流上。身在此刻，心念彼时，忆弘祖旧事，游圣宛在水中央了。更有一只泊岸的木船，长橹的一半拖在水里，矮篷被细雨打湿，泛出乌亮的光。这只船不是无意义的摆饰，它使许多人神飞意遐：一个薄雾的早上，水天明洁，花影娟丽，柔风若丝竹摇荡，空气中飘着杂树和野草的芳香，解缆，摇橹，清漪荡漾，水面的静影乱了。徐霞客站在船头，衣袂飘举。很远的那个秋天，他赴虞山拂水岩访钱谦益，在村前河浜登上的就是这样的船吗？自埠头东折而南，一路平田远水，林峦丛秀，何等闲旷！此般风神，又适于园外的天地了。游廊蟠屈池面，与拱桥相接，弯折作九曲状。人走廊上，每一趔转，轩窗那边，新景片片映出。畅观，叫人一发清吟，是刘禹锡的《杨柳枝词》："迎得春光先到来，浅黄轻绿映楼台。"清斋禅诵之士、性乐疏散之叟，难经大风雨，低回此境，闻竹风萧萧，赏柳丝袅袅，呼云醉月的情致恐先得之。若再雅聚而撰赋品题，比那溯流祓禊的俗尚，总有别一番兴会吧。

徐霞客不恋慕这些。堂东一片水，卧着桥，胜水桥。这座麻石单孔石板桥，样子平常。据传，徐霞客就是从这儿开始了奇壮的远征，徐母相送到桥头。母子会在水边牵衣而泣吗？晨送行舟，静闻游子唱离歌，遥望烟涛微茫的途程，连眼睛都是湿的。波光、烟柳、荷影，颇涉浮想。这年，他刚二十八岁，意气飞扬！

他的出游，要比《徐霞客游记》的开笔早好些年。最初是在家乡四近：苏州洞庭东西二山，无锡惠山、太湖、斗山，游到了；陪我的司机是江阴人，对徐霞客深怀同乡之谊，他说这些名胜徐霞客也记过，可惜找不到了。唉！丁文江的慨叹发得更早些，"他最惋惜徐霞客的《金沙江游记》散失了，使我们不能知他在三百年前'对于金沙江的直接观察'"（胡适《丁文江传》）。史上多少有价值的材料，亡佚了，连残文也无，殊为可惜。历史是由人的无数具体行为构成的，种种可珍的东西多给时光湮灭了。只说徐霞客的交谊，松江佘山访陈继儒，句容茅山访黄道周，常熟虞山访钱谦益，都含着有意趣的细节。好在尚有文士记其雅游，今人纵使无缘亲睹，粗得梗概亦聊可补憾。

《徐霞客游记》以《游天台山日记》为首篇。他的头一脚，迈进了浙江："癸丑之三月晦，自宁海出西门。云散日朗，人意山光，俱有喜态。"这个"喜"字，用得好！一片春景，养眼、娱心、怡神。鲁迅年轻时给《徐霞客游记》下过四个字，像是从司空图的《诗品》里来的：独鹤与飞。我喜欢把前面三句合起来念：

> 素处以默，妙机其微，
> 饮之太和，独鹤与飞。

我的气质，大概也适合独往孤行，这和徐霞客有一些相近。行走是要有一点"独"的。一个远途上的放游者，纵意于云天之外，朝碧海而暮苍梧，独飞的仙鹤一般，意态逍遥，杖底烟霞，折映着无尽的瑰丽。这种境界，成了我欣羡徐霞客的地方。徐霞客的游历，主要靠走，最原始，也最苦累。他的《游记》是"走"出来的。徐霞客又是多远的路也敢走的，这一走，就收不住脚，前后三十多载，志向常在荒寒多苦的边野。这一点，我学他。我这几十年，汗漫而游，虽则踪迹不尽同于他，却也爱深入不毛，毫不畏难，这大概是受了他的影响。并且徐氏所游的地方，有些我也是到过的，其间却隔去了数百春秋。钱谦益称徐霞客手中有"奇文字"，记江郎山的一段，就是。我登此山，入霞客亭，仰观危峰，叹服他这么写山："若断而复连者，移步换形与云同幻矣！"文字真是奇！山水召唤他的心灵，他又把心灵托付给山水。

徐霞客一生之功，全在六十万言奇书中，虽说不好全当做文学书来读，亦堪与千百年游记争短长。那个时代，奔行于阔远山川的还会有别的人，为数漫不可考矣，没能写出过这样一本书，其名也就不彰。崇礼堂的书橱里，摆着几种《徐霞客游记》，都是老版本。书皮的纸又黄又薄，翻旧了。仰圣园一进门的右边，一溜碑廊，选霞客之书的段落刻上去。有些选得是很好的，传达出徐氏文句的神韵，语词与刻工，皆美。我上下读过数行，领受其文气，体味其笔势，观止矣。徐霞客行文，有他的内在节奏，顿挫感强，一些句子很上口，是适于诵读的。比方这几句："四望白云迷漫一色，平铺峰下。诸峰朵朵，仅露一顶，日光映之，如冰壶瑶界，不辨海陆。然海中玉环一抹，若可俯而拾也。"（《游雁荡山日记》）郁达夫的游记，有些语段略带霞客笔意。两位异代的远游人，屐齿印天下，连那山行的曳杖之音，也仿佛相近。

申港镇：季札在这里长眠

季札墓建在一片高大的台基之上，抬眼望，四近的地势像是低下去。台基用青色条石层层铺砌。石阶正中，巨石雕出蟠龙翔凤，朝天斜仰，望之巍然。我恍似抵近紫禁城太和殿的石陛前。

墓园深阔，栋宇峻起，很像一座大庙。没有见过它的人，只要到过曲阜，闭目想想孔庙的样子，就行了。我这样比，或许不贴切，但是这座墓给我的印象，宏伟气势真有一些相近。我忽然觉得，把它称作祠墓才合适。我的这个感觉应该是对的。

覆在殿顶的青瓦、跟雀替相接的檐柱，全是新的。漆色也很新，空气中飘着一股油漆味。这气味是香的。油漆的颜色比赭石色还要重一些，接近于黑。把梁枋椽檩漆成这样的色彩，会显得凝重，用在墓地，是合适的。

正门不设厚重之扉，自添开敞的气度。一对门柱撑在两侧，不觉得缺什么。单檐庑殿顶，瓦片如鳞。正脊两端，鸱吻向天。出檐很大，移动的暗影把蓝底金字的"季子祠"竖额遮去一半。这样面阔的祠门，沉沉地压下来，简直有些叫人"折腰"了。

迎门的地方，立着一块碑。这块碑，浅黄色，石质略粗，字痕依稀，形制大约是从原碑来的，能得其仿佛吗？仿刻孔子之撰："呜呼有吴延陵君子之墓。"季札之德，感动了孔圣人。照此看，史上所载的十字碑，就是这个样子了。我眼拙，辨不清刊于石上的古篆字痕，在岁久之物前不能少的慨叹还是有的。墓碣零落莫知年，能端详出一点滋味吗？

门接游廊，廊槛顺两边往里面伸去，折几个弯，把整个墓园连起来了。君子殿前一块平地，地是青砖铺的，颜色素净，甚至有点冷。当中照着一块阳光。摆了香鼎，不逢什么日子，没人烧香。君子殿为重檐歇山顶，垂脊斜坠，戗脊轩翔，直向云中去。真是"如翚之飞而矫其翼也"（朱熹评注《诗经·小雅·斯干》"如鸟斯革，如翚斯飞"句，尽传其神。这是再创作）。殿堂之美，瞧一下，满眼都是光。

这座大殿，可说是一祠之主。君子，为孔子所看重。圣人大善，贤者大智，君子大德，季札配得上"君子"之谓。做官者获利，坐上王位，其利就更大。勾吴王朝，自太伯至寿梦，已为十九世。寿梦病笃，膝下四子，谁来接掌权印呢？他大概是费了心思的——想到血亲，也想到贤能，到底相中了排行最小的季札。季札竟拂父意，不登位，且前后"三让"，断不与兄长争。抛舍如此大利，至难，深可嘉尚。我推想，那个年代，也会有许多人不懂季札的这个做法，以为"脑子有了病似的"。放眼历史，凡人无此机缘，假定有，心神颠倒，也办不到，因而季札是"君子"。他习惯按照自己的设计安排一切，决意走一条跟父兄完全不同的道路。辞让之先，成为一个怎样的人，他应该也是思考过的。择取是做"道德的人"，不做"权欲的人"。季札在他的世界里，精神是有一种自足的。做这一切，不为惹人敬服，也无须再要表白什么，恰如扪心的自剖一样。高风未必能够下传，季札的两个亲侄——姬僚、姬光虽然各享了一段称王的风光，懿德却是没有的。宫廷谋杀的血光无情地飞闪，染红吴国编年史。"鱼腹藏剑"这则典故，是我自小就熟读过的。纸上春秋。

殿里供着季札铜像，颇有仙姿。他坐在帘帐中，长发绾束起来，头上的那顶羽扇形峨冠，很像一顶道士帽，这种冠应该叫什么呢？光线不暗，能看清他的长相：额头阔亮，颧骨稍凸，蓄着长髯，脸有些清瘦。左手执一卷书，右手微悬，食指竖着，犹如佛家的手印，不知道表示一种怎样的意思。穿得像是一件道袍，袍子不肥大，有点箍身。说这身打扮有"戴华阳巾，衣鹤氅"的做派，也成。不知谁给他披了一块黄色绸子，身上就焕出彩来。当世之人，谁也没有见过他，说不出像不像。造像的工匠一般都是照着君王的模样来的，这才不会辱没了他，才是敬。至于亲，倒还谈不上。年代离得远了，一个古人，隔着光阴的墙，总觉得不那么可近。铸出的铜像，是供人祭拜的，故而要有一些神圣感、庄严感。《论语·八佾》："祭如在，祭神如神在。"面对神灵，人总会忽然变得老实起来，平素逆拗的人，也要暂时把狂气收敛，世间毕竟还有值得当回事的东西。

左右壁上悬挂多幅彩画，用色鲜明。这是一组述事迹、颂功德的连环画。画中所表现的片段，都是从季札的生平中选择出来的，可算一种形象的个人史的记录。出使列国、三让王位、嬴博葬子、逊耕延陵、徐墓挂剑、观乐议政等民间熟知的旧典，都可以在上面看见。这些画，延续着古典道德的记忆传承。让国是知礼，挂剑是重诺，观乐是通艺，在这三件事上，季札显足了贤良本色。熠彩的画影，建立起一个贤者的形象。他的生命长度，在无尽的时间中延伸，消弭了古今的距离。相隔再远的人，也能够想起他的名字，并且在内心交谈。真如头上那块匾所题："让德光前"。这是康熙帝的四个字，恰能对应乾隆帝题在殿檐的横匾："三让高踪"。此番称扬，捧着他上天。在这八个字里，我忖度到另一种评量与估价。两位清帝写匾的那一刻，会怎么想呢？帝王之心难测矣。

语曰："君子之爱人也以德。"儒家的伦理观对国人的影响是深久的。季札以德行孚众望。智烧竹简、枣树挂钱，是两则季札恤民的故事。其先一段，出自本镇豆腐店，其后一段，出自周游途中。这两回具有道德意义的事，是真是发生过的吗？不好讲。当作传说听还是值得的，因为它包含了朴素的民本观念。君子之于人，善行如春，所谓"泽如凯风，惠如时雨"（曹植《矫志诗》）是也。从他的常人之心上，孔子看到的是"仁"，百姓看到的是"爱"。这是"德"的至境，是理想的生命情态。

抬眼的这一瞧，不光知晓季札的那些经历，还有对古老生命的理解。若此，意义才完全。我，一个今世之人，绕殿一走，感到钦敬，或说受了一点教化，还在他的立德上。我更看见许多陌生面孔、陌生表情，他们在各个历史位置中发出独自的声响，映现春秋时期社会环境的部分真实。

后面的至德殿，高矮差不到哪去。殿名是跟着"君子"来的。这德，不是小德，关乎江山社稷，是大德。季札影响于后来的世道人心，力量是不小的，或者更在一般道学家的说教之上。追史，逊位让国的举动，从先祖太伯、仲雍那里就开了头。古公亶父的这两个儿子，心知父王看上了三弟季历的儿子姬昌，无心去争辩"长子为裔"的周人礼制，更不贪恋权位，从渭水之滨而适太湖之畔。苏南一带，自太伯、仲雍兄弟始，千古吴氏春秋！太史公一篇《吴太伯世家》也难穷尽。我很想踏进无锡鸿山南麓去看太伯墓，久未如愿。常熟虞山东麓的仲雍墓却是访过的。

再远追，一切皆由禅让帝位这件事情上来。陶唐氏、有虞氏、夏后氏的"传贤不传子"，是原始的，也是民主的。启继禹位，开了"以父传子"的先例，禅让制的本义也就一变。尧舜禹（传禹晚年曾想授位给东夷族的伯益）的外禅也好，夏商周的内禅也罢，总之是原始的民主之制异化成世袭之制。大道既隐，天下为家，几千年的中国，君位家传，很多朝代是这么干的。流年似水，代际传承的单调秩序，已经定型为一种刻板公式。这种嗣续的法则，似乎没有人怀疑。集体沉默表示了对于制度的认同，也就失去寻找合理解释与价值判断的意愿。江山是可以这样相让的吗？《庄子·秋水》："帝王殊禅，三代殊继。差其时，逆其俗者，谓之篡夫；当其时，顺其俗者，谓之义徒。"呜呼，以天下为私家之物而交诸子孙，反倒成了定例，谁来评断这天下的是非！

至德殿，门窗紧闭。我只好过而不入。据称里面摆着吴太伯世家的牌位。供奉者用尽心神，撑住场面。由这意思可知，是要把古昔的良言善行，延存到现时来的。

　　季札的一世，就这么度尽了。他靠着一堆泥土默默长存。后园立着那座圆形的坟。坟壁，青石砌筑。坟墩不矮，数米高。农历四月十三日这天，为季札祭日，申浦河两岸百姓撮土敬祀，坟墩日隆。坟前横着白石翘头条案，空的。应该摆上香炉、烛台、花觚，才算"五供"齐全，才像一个祭台。爵瓒分列左右，这是传统的庙堂之制。小孩子怕见死人，也怕埋着死人的坟。我没有例外，并且觉得坟地总有一种说不出的异味，别的地方闻不到。长大了，站在坟前，不知道为什么，反倒不慊了。墓穴封闭，像一个人的内心，幽秘、深邃、拒绝任何东西进入。我只能站在外边，想象它所呈示的私人图影和社会剖面。这个时候，历史上的一些人物、一些场景、一些色彩、一些响动、一些细节，影影绰绰地浮上心头。

　　眼前这个坟，大概是旧的，顶上的草色却极鲜翠，是未死的灵魂绽射的异彩，风烟障蔽不住它。坟旁也有细茎的草，很密实，高过了膝。草尖开着小花，白的、黄的，阳光照得闪出光来。这些花花草草在坟边长了一圈，给冷寂之地添了精神。很静，听不到一点声息。这个上古之人，离我们真是太远了。他把许多故事带进坟中。感知不到世间的纷扰，他在里头放心睡去，安安稳稳。这一觉，真长久！怎么记住他的作为呢？用文字，用画。还可以用香烛。坟前支个铁架子，足能插几十根蜡烛。燃尽了，残留点点蜡痕，"香烛销成泪"的景况即是它吧。早先读《诗经》，记得"夜未央，庭燎之光"的句子，这么多蜡烛点起来，同此光景。多美呀！

从两侧包过来的游廊，在坟前止住，尽处分筑攒尖廊亭，檐角斜翘，像要飞上去。配给亭额的词，颇清美，一边是"松风"，一边是"桂月"。字面的意境，嘴上一时说不出，心里却像是明白的，只觉得雅。题撰者，大概读过"竹雨松风桂月，茶烟琴韵书声"这副旧联，方能有所取意。

廊壁上，嵌着多块碑，均为新刻，以历代重修这座墓的"记"为大宗。引出这些碑记来的，是涂工梓匠的累世之劳。这墓以前重修了多少回，我不能确知，大概是每修一次，文字之徒至少要来做一篇。想明晓墓的来历，这些"记"还是有赏阅价值的。元代有一个叫瞿如忠的，写过"记"，题作"季子庙"。明代的李东阳，是茶陵诗派的领军人物，大概也是吊过这座墓的，留"记"，也以"庙"相称。安置在显眼处的碑石，就是瞿如忠和李东阳的这两块。我读过头几行，后面的大半略去了。

唐宋以降的诗歌也不少。诗碑是有声音的。一些古风，一些律诗，一些绝句，句型整炼，拍式、用韵又极讲究，口读心诵，皆有音乐美，是献给那位吴国公子的赞词。道德力量赢取优雅的诗情。我的感觉里，黄土之下的魂灵隐隐地浮了上来。就是说，那些古时的人，忽然活了，聚首酬唱，你一首，我一首，念给季札听。李白吟道："延陵有宝剑，价重千黄金。观风历上国，暗许故人深。归来挂坟松，万古知其心。"沈周歌曰："有鸟啼红树，无人问白云。遥瞻季子祠，父老祭纷纷。"听得吴王的四公子掀髯而笑。这是雅集！比起当年观赏鲁国乐工为他表演《风》《雅》《颂》和宫室之舞，意兴如何呢？周王室的荣光，邈矣。

我也想从旁凑热闹，只是我对季札的了解，差不多全是从看旧书得来的，有限的阅读经验，并不能告诉我一个完整的他，况且我对先秦时期的具体事实少有所知，嘴上便一句平仄也没有。

太阳底下，墓园泛着亮光。我想着历史上的事情，季札，这个立在远处的人物也亮起来。为避王位，他弃其室而耕于申港东南的舜过山下。山在哪里呢？

这里平时不大有人来。逢着有意味的日子，香火可能挺旺。四乡男女，对这位"年弥高而德弥劭"的古人，犹抱感情。水上岸边，芜陌野径，老幼相携，络绎于途。这是一幅画，很有色彩，早就入了唐人司空曙的诗："古道松声暮，荒阡草色寒。延陵今葬子，空使鲁人观。"延陵，公子札的封邑，今江阴、常州一带，是其故地。

2012年8月19日

骆宾王墓

　　我从徐霞客的钓游旧地过到长江之北，屐痕所到的狼山，正有一片好景在热天里待看。

　　我从记事的时候起，对墓地就是很怕的，觉得断不了的黑影子从暗处飘出来，往心里乱钻，乱撞，乱闪，比鲁迅从长妈妈口里听来的那个人首蛇身的怪物还要吓人，瘆出一身鸡皮疙瘩也会的，自然不敢靠前。孤坟鬼唱，连空气也是死的，一股发朽的坟圈子味儿。及老，不再怕。人到了岁数，终归离它也近了。

　　若把山中的墓也当景观看，我的情思确叫它给抓牢了。我只顾四下寻着。

　　这个墓，是骆宾王的。

　　骆宾王在我这里，并不占特别的位置。早年听老师讲唐代文学，王杨卢骆仿佛只是用来开场的话，大头儿还在李杜。只因他在初唐四杰里还占着末位，诗史上就躲不开。自然那时的我，也曾把《在狱咏蝉》的五言八句记诵过了。

　　骆宾王是义乌人。愤怒出诗人，愤怒也要了诗人的命。骆宾王给以讨逆为帜的徐敬业写了檄书，满纸意气。我过去在《古文观止》上读过他的这篇檄，说什么"伪临朝武氏者，性非和顺，地实寒微"，起笔就这般狠。记得用来收尾的一句是："请看今日之域中，竟是谁家之天下。"好狂傲，气势抵得十万兵！这篇近五百言的文章，惹恼了武则天。反周之事未能如愿，骆宾王兵败崇川，逃匿于"邗之白水荡"。白水荡在启东吕四一带（吕四是个古镇，旧称东灶，吕洞宾来过四次，就更了名）。一个能诗文、又举兵的才子，自此失矣，或曰被诛杀，或曰入了佛门。忽而鬼，忽而僧，这个人就成了谜。

狼山在南通，可说是一处名胜。墓在山麓，南对浩浩西来的长江入海的地方，一片草荡沙洲，茫无际涯。狼山成了一个公园，游道上走着赏景的人，道旁立着浅黄色的麻石坊，两边筑起开着黑色花窗的粉垣。侧目就能瞧见那几尺高的坟土，坟壁也用浅黄色麻石砌出，和那石坊一样，都是宜被夕阳的红光映射，而能喷吐一种特别的静穆感。江南天气好，春色还在梢头染着八九分。左右包拢过来的树，叶子长得极茂，枝条撑持不住，无力朝天上伸，只好顺贴地低弯。垂下的叶片闪着鲜绿的光，一心护着坟。白日里，这儿少了应有的安静。一边是心无所忧的游山男女，一边是永寐的古诗人，我站的这个地方，可说离生命近，离坟墓亦不远。是的，骆宾王仿佛头着了枕，沉睡过去，脑中已无诗。待到游人断了的时候，无边的冷寂便来了。一抔坟土，顽强地与时间僵持，不让世间的喧声惊扰诗人的眠梦。

泉壤之下，或许有他的几根枯骨，或许就是一堆衣冠亦说不准。长胡子的人怕也未能断定。这倒是无关的。就算有谁不信这话，甚或摆出一副夷然不屑的神情，又能有什么本事证明泥土之下没沉埋着他的骨殖呢？

在一个诗人的想象里，骆宾王是会从墓中出来的。揉揉眼睛，打量暌隔已久的这个世界，朝代也换了几茬，他不敢认了。走在路上，听见学堂里的孩子还在放开喉咙念他的诗，觉得自己又活了，重回人间。其实，他一直活在诗里。

骆宾王的死状应当颇惨。伏诛是一种什么感觉呢？只有颈在刀下的人心里知道，可怜他来不及张嘴了。

在地下陪着骆宾王的，还有一位，是赣人金应，只听说他当过文天祥的随从，别的我就不知道了。骆墓本不在这儿，有一年来了一个叫刘名芳的人，大概对骆宾王很是敬重，便把他的墓从别处给迁过来了。在移葬、整修骆宾王和金应的墓冢上，刘名芳尽了不少力，死后也葬在一处，不知道是不是遂了生前之愿。骆是唐代人，金是南宋人，刘是清代人，不同代而能共处狼山林麓，也算一种身后之缘。墓旁一块黑石上刻着这样几句："明人邵潜《州乘资》记载：骆墓原在南通城东黄泥口。清乾隆十三年，寓居南通的福建人刘名芳请命于董姓太守，将墓移至狼山南麓。"刘名芳死在如皋的雨香庵，这所房子在冒辟疆和董小宛住过的水绘园里。

再要说下去，黄泥口这个地方，就在濠河边上，是值得看一看的。

埋骨山头下，三人便与大山同寿。看他们仨并葬的格局，不可说不是地位相近了。这三位的后人在哪里？谁知道。清明前后，有人上坟吗？他们的生命状态是超时空的，从肉身过渡到灵魂，以记忆作为生命存在的介质和生长的暖床。这么悠悠地想着，我和陌生的逝者产生了一丝心灵反射。

我在前面说过狼山的形胜。骆宾王若真能从千年的闲适光阴中醒来，睁眼看，支云塔的峭影连向寥廓江天，侧耳听，广教寺的钟磬惊破寂寞晨昏，种种不可言的兴味，最妙不过！

2015年1月8日

启东，向海而飞

一

　　骆宾王埋骨的狼山，是一处临江的胜迹。东逝的长江到了山前，不忍惊扰墓中人的沉梦，把流速放缓一些，悄寂地拐过身，入了海。海是两个，北边的为黄海，南边的为东海。长江口北岸的启东，很似一个尖岬。经年的水浪，推送沙洲向海里延展，塑造出这样的冲积平原。"启吾东疆"这话，我不知道是一个什么人说的，却觉出它的气魄。"启东"之名，大概亦由此出。

　　骆宾王随徐敬业反武则天落败，遭追杀，遁迹于一个叫白水荡的地方。这个临着黄海的老镇，据称吕洞宾来过四次，"吕四"，启东百姓便这么唤它了。当时的人为什么那样看重纯阳子呢？明朝嘉靖年间，在这里筑城，防的当然是倭寇，因之也得了"鹤城"的名字。我这次来，没有看见城墙，鹤城公园里的依水亭台、供神殿堂，却让我领受一点古韵。

公园的墙外，是一条河道，站在跨河的桥头，目光一低，瞅定泊在港湾里的船，我的心动了。我是打过鱼的，虽然不是出江入海，在兴凯湖的风涛中舞棹弄船，到底也差不到哪儿去。日日默望湖海的渔人，心里装得下天。这种襟魄，活在岸上的男女，较难体味。许多船还在远海捕鱼，几艘船拖起水浪，朝闸门疾驶，到了近前，灰色的船闸向两侧高高仰翘，船突突地开过去，顺着平直的水道奔往大海。这一走，少说也得十天半月。从早到晚枯对海面，未免单调。水上的日子一长，就惦念全家老小。等到载着满舱鲜鱼一靠岸（我们那里叫船坞），心里说：到家了！

歇在坞里的船总是少的，却把水湾占去多半。当年足可称大的吕四港，显得小了，更显得老了。船逐年增多，挤不下，解决的办法，只有扩建。启东素享"建筑之乡"的美誉，在营造上特具手眼。南京中山陵、广州中山纪念堂、上海国际饭店，都和本镇人陶桂林的名字连在一起。吕四话和吴语是有一些因缘的，在筑造技艺上，他会不会也受到苏州香山帮匠师的影响呢？传统既这样久远，在后辈眼里，家乡的工程，不在话下。万亩水陆上，新的渔港正在动工，气象自然不凡，是照着经济开发区的格局来建造的。临港产业集群中，不光有锚泊渔船的码头，水产品交易区、水产品深加工区、渔船修造区、休闲娱乐区和海鲜特色街等功能区，依次排布。这种全新的空间经济组织模式，代表了现代创业人的心志所向。总体规划图的展板，像一个巨型屏幕，立在水畔。我往东眺去，开阔的工地上，塔吊傲迎海风沉重地摆动，一些建筑已经显出大致模样，丰富了岸线的情调。重型机械暂未开进西边的旷野，片片滩草摇荡，残留着最后的原始光景。草中呆呆地站着一头老牛，午后的日影在黝黑的背上泛出光。

初来吕四的人，总想瞧瞧老渔港的样子，生怕过不了多久，就映不进眼睛里了。我们倒有这个眼福，拥簇桥头的舟楫和矮舱里外响着的谈笑，恰是历史留下的老景观。

此刻的湿云越聚越浓，低低地堕下来，压住沉郁的海面，波涛失去挣扎的力量，闷声喘息。水天染上浓稠的铅灰色，逃脱不了无边的浑茫。从浅滩伸向深海的栈桥，隐映在雾霭里，远远地横浮。栈桥尽头，那艘卸煤的货轮，悄寂地凝定，隐约得只剩了一个剪影般的轮廓。风力发电机的巨型叶片，循着海风设定的节奏，沉缓地旋动，每逢太阳透过云层露出几道光线，便闪熠数抹银白的光亮，仿若刚硬的机翼划破雾障的封锁。环抱式港区工程那一端，围垦海涂的作业声随风传响，绞吸式挖泥船连接长长的吹沙管道，泥沙从粗大的管道口喷射出来，灌入堤内的填方区。此番吹沙造陆的景象，我是初识。心下暗忖，东海三为桑田，想来总非妄语了。

这片港区建成后，将吸纳以船舶和海洋工程装备、工程机械装备、新能源装备、重大冶金装备、石油化工装备为主的制造产业，将迎来以散货与杂货输转、仓储及能源储运为主的港口物流产业。富含智力价值的产业种子，播撒在这块热土上，生长着希望。

灰绿色的盐蒿在宽展的泥滩上轻轻摇动，仰向微笑的太阳。缕缕鳞波恍如撒落的万点碎金，荡漾着，荡颤着，幻出无数奇妙的图案。几只水鸟平舒亮白的羽翼，啄起浪花，掠过去，留下声声尖细的鸣啭。空气中飘溢阵阵咸腥气味，一闻，殊觉亲切，因为我是熟悉它的。熟悉的还有岸旁的景象。我的脚步轻缓下来，好像退回过去的时光。我的这份心情，当然没能留在圆陀角那边，恋恋于潮水退去时分，赶海人躬腰捡拾泥螺、文蛤的那一幕，而是贴向更暖心的地方。近水一处稍宽敞的地方，几个渔妇正在低头补网，闪亮的眼眸配着灵巧的手指，让缠线的梭子在方正的网格间飞快地舞动，活像欢实的鱼。这套活儿，我当初也会。渔网的丝线发脆，大概是胶丝的，这逃不过我的眼睛。跟她们一说这些，口气是骄傲的。接过梭子试了两下，没承想，久疏此业，心到，手却笨得跟不上了。一个渔妇摘下围巾，靠着蛇一样摊开的网绳，轻捋额边的发丝，扬起黑红的脸，咧嘴哧哧地笑。我并无受嘲的尴尬，只在心里叹气——唉，那个在北方湖中打鱼的知识青年，属于过去的年月。

从个人的成长经验看这座东方大港，视野或许偏了些，窄了些。那就乞援于伟人。近百年前，孙中山先生在《建国方略》中曾有一种构想："吕四港者，将夹于扬子江北端处，建立渔港也。"创拓社会建设新局面的宏远志向，含蕴于雄大的实业计划里。在这位英雄先驱的内心，民主革命成功后，继之以实现种种建设宏模，"则必能乘时一跃而登中国于富强之域，跻斯民于安乐之天也"。纸上学说，付诸施行，威力不能屈，困苦不能挠，世代子孙尽萃于斯，初心终致成真。

我的目光朝东南方向扫去，思绪飘往昨天到过的寅阳镇。在长江入海口的北岸，飙风吹荡，很凉很硬，像愤怒的鞭子抽打在身上。海洋工程装备制造业的壮观图景却令我惊骇，心头蓦地燃起腾腾热焰。高耸的井架、舒展的塔翼、层叠的楼台，巍然昂屹，迎着跃出海面的第一缕阳光。欣喜的我呀，几乎要喊出声音。容我一一道出这些形巨如山的重工机械的名称：超深水海洋钻探储油工作平台、圆筒型超深水海洋钻井平台、自升式海洋钻井平台、半潜式海洋生活服务平台、浮式生产储油船、海上风电安装船、深水铺管重吊船……中国工业的鸿猷，在黄海之滨推进。系列海工产品的科研开发、技术设计、建造工法和质量检测，赢得了世界性声誉。创造的实绩，孕育美丽的新梦，实现梦中的怀想。长三角虽然人烟稠密，虽然城镇云集，虽然水网广布，天地犹嫌太小，但弘毅之士的壮心，远翱寰宇。

二

清咸丰三年，海门常乐镇一个农商之家，出了张謇。他的降生，意味着海门将出现一位脊梁式的人物。

吕四至秦潭一带的海堤，是我行经时注意到的。在一处旧称蓼角口的空旷岸滩，立着张謇的白石胸像，宛似一棵精神之树，恒久地生长。隔出不远，由他倡筑的挡浪长墙，挺耸于水畔。坚石磊磊，如骨骼，如臂膀，抗御肆虐的怒潮，防止堤坝的坍毁。弭除了自然祸患，江海平原上的围垦开发，得以平顺。蓄淡排卤，种青疏土，盐碱化的滩地被改造成可供耕耘的良田。这个被当地人呼为"张公水堰"的设施，耐得百年光阴，十丈狂涛也奈何它不得。再细细端详那尊石像，脸部透露的神情，坚毅而持重，黑色的巨浪山一般坠压下来的瞬间，他的眉峰倏忽竖起，刺向苍茫的海天，心底发出征服者的呼啸。凝视的一刻，我的心绪竟越流年而上，溯及护佑川西沃野的都江堰。在我们这个农业古国，伏波安澜的梦想，从李冰传到了张謇。

挡浪墙这处遗迹，承载着张謇倾注一生心血的垦牧理想。《张謇年表》载录，年少在家授读时，"謇兄弟三人自任洒扫粪除，六月，奉父命随雇工锄棉田草"。从农家门户走出的他，不忘源于根祖的身份，忠谨和诚朴的秉性，是厚道的土地做出的慷慨馈赠。"张謇亦农家子，亦尝治农家书，以为凡滨海荒废之滩，宜尽堤而辟之为田，增长人民生计，蓄此志久矣"这节话，是张謇在垦牧乡高等小学开学典礼上讲出的。在我看来，他创设通海垦牧公司的初愿，本此。

在这一公司起家的海复镇，启东人设立一座教育纪念馆，除去论人、讲史，展陈的稼穑渔盐之具，亦醒观览者眼目。泥络、泥夹、绳钩、钉耙、担绳、凹勺、牛耙、渔网、竹毛条、盐竹篮、晒盐板、塘泥捕、铁板锹、独轮车、刮盐刨子……我虽熟知渔农之事，却多为北方乡间的那一套，到了多水的江南，有些便不认得。比方捉蟛蜞的工具，瞅着眼生。蟛蜞是什么？赶紧翻词典，敢情就是一种小螃蟹！张謇逢知命之年，请江宁画家单林绘《东海牧夫长五十小像》，和另一幅《张季子荷锄图》一样，旨在表露心迹，寄寓建设苏北沿海乡村的宏志。

张謇曾入科考之场，拔了殿试的头筹，一张状元捷报上写得分明：殿试一甲第一名，赐进士及第，钦点翰林院修撰。其子张孝若在《南通张季直先生传记》中忆及他的场屋之辛，感叹道："时间不可算不长，而苦工也用得着实不少。"大魁天下的张謇，对于教育的认知，尤深于常人。翌年，他赴翰林院履职未久，中日甲午之役起，战局危殆，北洋军落败。这位末代状元，心忧国是，满腹焦愁，殇思在胸中痛楚地萦纡。兴实业、倡文教，成了他尽心的两桩大事。效命多难的民族与国家，意义远胜一己功名的求取。

郑振铎纂修《晚清文选》，辑入张謇那篇两万余言的《变法平议》。通篇看去，张謇主张渐进式变法，和康有为、梁启超力推的激进式变政保持距离，而态度又颇温和，不像康梁的维新，腾荡着昂扬的勇魄。《变法平议》所提内容"散见于六部者，四十二篇"，其论荦荦，繁博可思也。所涉六部，乃吏、户、礼、兵、刑、工。在《凡户部之事十二》中，他建议集公司而兴农业，聚众力经营山野之旷地，江海之荒滩，"毋许有不林之山，不谷不牧之地。庶地无旷土，野无游民，国收其大效矣"。在《凡礼部之事八》中，他建议普兴学校、酌变科举。放眼东西各国，学校如林，故此疾呼"国待人而治，人待学而成。必无人不学，而后有可用之人。必无学不专，而后有可用之学"。归乡度岁的他，抱定"以实业与教育迭相为用之思"，将通海二州当成变法的试验场。

做《变法平议》前一年，张謇即筹建通海垦牧公司。以《变法平议》亮明改革观点的同年初冬，公司就兴工了。开垦荒滩，广植棉产，也为他刚创办的大生纱厂供给原料。"一片荒滩，弥亘极望，仰唯苍天白云，俯有海潮往来。"这是从他的内心传出的声音。他面色凝重、冷峻，难掩的彷徨与孤独，甚至落寞，被两道目光带了出来。微茫的水面、浮荡的帆樯、流泻的云霭、振翅的海鸥，他的双眸又闪闪地亮了。雨涝、盐碱、风潮，阻遏不了开发的雄心，他在实业上抱持的"棉铁主义"，便从脚下这片泥滩上开步践行。这个意气炽旺的中年人，站成一尊傲视海空的礁岩。

壮阔的垦荒气象，惊醒了空茫的海滩。通州、海门、启东一带，被新精神唤起的乡农，筑堰垒圩，治水造田，规整的区堤形成千年未有的场面。浩大的农田水利工程，又向着如东、盐城、大丰的沿海滩涂推展，开挖河渠、修造涵闸、架设桥梁……胼肩茧足的先民，用心智和血汗把春色无边的江南留给百年之后的我们。今人只能从模糊的老照片上，领受昔年的景况。

南起吕四场，北至陈家港的海涂滩地，延袤数百里，为中国提供了丰富的资源。张謇的心又扑向盐垦，且冲开启海的界域，扩及淮南地区。嵊泗列岛的渔业，也在机械化的改造中告别祖上的旧式捕捞法。

通海垦牧公司、同仁泰盐业公司、江浙渔业股份有限公司，标示农、盐、渔三业在黄海的水浪中开出成功的花，亦如绚美的徽记，让张謇的人生发光。

甲午状元张謇，部分生命光阴是用在"谨庠序之教"上的。赣榆选青书院、太仓娄江书院、崇明瀛洲书院、江宁文正书院、安庆经古书院，都留下他主持的印迹，成为可羡的履历。缥囊缃帙，诗书皆供披览；飞文染翰，襟袖尽飘墨香。这位承理院务的山长，可说一身清雅。

"父教育母实业"是张謇所执的信条。在他看，教育和实业，如同车之两轮，又似劲健的双翼，承载启海地区，乘着呼啸的天风飞升。办学，谨以适用为旨。实业所强，须凭人才；人才所生，须凭教育；教育所兴，须凭老师。他还有更高远的立意："要解决中国的穷，首先要解决中国的愚；要解决中国的愚，必须普及国民教育；要普及国民教育，必须首先要办好师范学校。"故此，他不畏某些官员的反对，决定用办纱厂的积蓄创设中国第一所培养师资的学校：通州民立师范学校。他把校长的职权握在手上，更把校务挂在心上，事无巨细。张绪武在一篇回忆自己祖父的文章里，写了这样的细节："开学的前一天晚上，在烛光下，祖父和庶务宋先生，拿着锤子，将学生的名牌一一钉在宿舍的房门上，直至下半夜。又亲自检查厨房和厕所。他说：'办学堂，要注意这两处的清洁；看学堂，先要看这两处是不是能清洁。'"历史眼光、家国情怀、事业担当，坚牢地支撑着张謇的意念。"师范乃鄙人血汗经营之地""家可毁，不可败师范"，是迸响于他胸间的铮铮之言。这座建在南通城南门外千佛寺里的师范学校，我只从昔日影像上默睹它的旧貌。想到20世纪初年，它的实践开了全国的先河，后世之人，乃知中国之师范自通州始，就被参谒圣地的感觉攫紧周身。张謇的那篇《中国师范学校平议》我暂未读到，却见过他为通州师范亲题的校训、亲做的校歌。转过年，通州女子师范学校也在柳家巷内建成。

以堤划区，百姓分属于独立的生活与居住空间。创设堤校，犹能显示垦牧教育的树人之功。张謇以为"立学校须从小学始"。通海垦牧公司在七个堤内各设一所初级小学。海复初级小学，成为第一堤校。国文、算术、常识、写字、音乐、体育、美术诸课，让"体德智三育并行"的教育理念，深种于少年的心。恰如谣谚所诵："新世界，垦牧乡。新少年，小学生。"张謇时常挂念孩子们，每次来垦区巡查田务和堤况，都要来堤校看看学生，见见教书先生。我在一本书里瞧过几张旧照片，是辛亥革命后，堤校统一使用的民国课本。《新国文》的封皮上署：商务印书馆发行。是庄俞、沈颐编选的那一种吗？此后，同是在海复镇，慕畴女子初级小学也在中心桥西边的唯素园里开了课。

学前教育和高等教育、普通教育和职业教育、一般教育和特殊教育互为表里，为张謇梦中所求。矻矻经年，近代国民教育体系在南通地区得以构架，可谓功不唐捐。张謇爱题训：家训、校训；喜做歌：乡歌、校歌。《垦牧乡歌》所唱"我有子弟，亦耒亦耜，而冠而裳"，情调像是来自遥远的上古，深寄一位颇具儒风的实业家对于理想国的憧憬。他当然不会忘记贤良之士的襄助，在实现理想教育的途程上，张之洞、刘坤一、罗振玉、梁启超、章太炎、于右任、黄炎培、王国维、陈师曾、陶行知……曾和他在精神上同行。我的情思忽然飞起来，飞向经亨颐在上虞白马湖办的春晖中学、陶行知在合川古圣寺办的育才学校……苦难年代，教育提升着莘莘学子的思维、感觉、意志、品性，把无数生命引上解放的路，送往理想的彼岸。

　　海复镇城南，垦牧乡高等小学的白色校门映入一泓碧水中，启秀桥安静地拱卧在粼粼柔波上，岸边的花草正跟晃荡的绿漪争俏。烽火岁月中，这座四合院迎来通州师范学校（通师侨校）的师生，迎来抗日军政大学第九分校的师生，迎来东南中学的师生。他们坚持抗日民主教育和敌后游击教育，拳拳赤子心襟在这八字上：学习战争，血战敌人。莽莽青纱帐深处，飞舞着战地红缨。一间纪念室内，淡绿色的窗帘半遮天光，愈显出肃静与宁谧。窗外，几株高过屋檐的银杏和梧桐，投下片片浓荫。一件件从战火中保存下来的实物，复现了往日的工作情境：挂在沙灰墙上的蓑衣、斗笠、背包、手枪，放在木头桌上的油灯、电话、砚台、地图，遗存着时间的残迹。清瘦的背影、稳健的举止、睿智的眼神、沉毅的性格，思想的波澜在心底掀涌，神色依然平静——粟裕校长以一种强大的气场影响着周围的人。书架上的著作牵住我的视线：《俄国资本主义发展》《文艺学引论》《高尔基选集·短篇小说集》……阅读者的目光曾经缓缓移过整齐的字句，心灵也被点燃。青春的意气勃发着、激扬着、飞荡着，沈亚威、沈西蒙、胡石言、涂克……从抗大九分校走出的艺术家，是和充满战斗气概的歌曲、电影、小说、绘画紧紧相系的。那年去延安，我的屦痕也曾轻轻地印上抗大总校的门阶。不论是那里，还是这边，我呼吸的是同一种空气：团结、紧张、严肃、活泼。

　　"兴教育必资于实业。"张謇用企业的利润反哺教育，兼及文化和公益事业。他的奋斗，他的劬劳，皆为着抱定的社会理想。大生纱厂衰落时，他也入了人生的老境。为了维系那么多企业，那么多学校，那么多公益机构的运转与延存，财力原本雄富的大生集团，几乎要让累积的债务压垮，无力应对庞杂的开支。好似一个壮健的人，他那流淌在肌体里的鲜红血液正被一点点抽去，面色逐日地苍白。困境中的张謇竟用书法来挣钱：报端登出他的卖字启事，街头闪过他的卖字身影。那花白的头发，那蹒跚的步履，绝非意味着失败——他是那个失败时代的成功者，是近代中国史上一位果敢开新的英杰。他印在人寰的不是一个过客的匆遽姿影，而像一颗灿耀的星辰，镶嵌在深邃的历史天空，后世瞩望着它，越来越遥远，也越来越亲近。

"他们的伟大固然来自坚强的毅力，同时也来自所经历的忧患。"一个叫罗曼·罗兰的法国作家曾经这样说。我的意绪翩翩驰翔：教育和实业是张謇心中的并蒂之花，他在荒旷的海涂上躬身培植着，年华老去，如电的眸光照旧穿透晨昏的流云与飞雾。在社会和自然的风涛中保持平衡的纯洁心灵，朝着悠远的清穹升飐，仿佛一座奇崛的峻峰，俯览坦阔的生命原野。

2016年6月5日

飞云之上

人类睁开眼睛，山水的秩序已经安顿好了。每块石头怎样放置，每道泉溪怎样流动，早就定下。天柱山的石头也是那时就摆好姿态了，奇峭不可拟。壮士的肌肉隆起，很似这等样子，铁一般硬。层石委积，磊磊相摩，皱出岁月的斑痕。皖南大地升起一座石头的宫殿。

山上的石头都很大，没有一块小的。小石头无颜在这里活，它们吃不住大气势，反把雄阔的山容毁了。有本事搬移、堆垒这些巨石的，只有神。人，断无这样的膂力。

"造化钟神秀"，古今之人也是一样。无论帝王，也无论文士。刘彻是一个嗜爱祭祀天地的皇帝。有一年他上了泰山，行封禅仪礼。后来，东汉人马第伯写了一篇《封禅仪记》，记叙自己登泰山，看见天门那边还留着汉武帝祭天的圆形土台。台上设坛，"四维有距石，四面有阙"。烟云浮荡，这座祭台的气派应该不凡。

《史记·封禅书》载，汉武帝元封五年"登礼潜之天柱山"，仪检理应仿佛。祭典到底是个什么场面，我想不出来。潜山市黄梅戏剧团演了一场情景剧《汉武拜岳》。这个"岳"，大概不是"东岳"，而是当时号为"南岳"的天柱山。一个演员扮作武帝模样。穿戴讲究：玄色袍服，遍绣章纹，腰系金边赤绶；黑色冕冠，长方形冕板翘起，前后垂玉旒，应该是"十二旒"才对，才对得上汉武帝的身份。因为是祭祀山川，冕冠的形制应该不是祭天时佩戴的"大裘冕"，而是"毳冕"。演员端足了架势，徐步绕台走，袍袖飘摆，似拂着云，手眼身法，少不得要合旧时规矩。有个头戴礼冠的年轻司祝，把祭文朗朗地诵了起来。诵不是一般的念，声儿拔得高，调儿拖得长，响在空中，听上去腔韵悠悠："大汉天子，祷告上苍。适彼乐土，拓野开疆。朕封南岳，永世齐昌。黑虎之神，保境安康……"这位黑虎之神是谁？会是那个助武王伐纣的崇黑虎吗？姜子牙封神，他成了南岳衡山司天昭圣大帝，享庙祀之荣。古时生民，以为五岳四渎皆具神力。齐人仰拜泰山神；皖人尊奉的，或许是升为南岳神的崇黑虎。记着，此南岳非彼南岳。

前缀"唯心"二字的英雄史观，总把世界认作少数精英表演的舞台。"这些伟人的历史真正构成了全部世界历史的灵魂"，是英国哲学家托马斯·卡莱尔的观点，语锋很锐。在中国，梁启超也是这么看的："历史者英雄之舞台也，舍英雄几无历史。"硬话一摆，不肯伸缩，绝特而非常人所能语。历史的常识是：对社会的整体性贡献，唯靠民众的力量。

当今之世，英雄主宰沉浮的思想依旧影响着人的认知。身临山水，心中仍会立着几个大人物；充任天字第一号角色的，时常是帝王。英雄崇拜的一刻，历史怀疑是荡然消去的。其实，待到心静下来，细想片时，汉武帝对山而祭的文辞，未免枯燥，抖着威风的躯材，在天柱山前也要矮去一截。

给天柱山做出经典赋义的，应属文人篇章。山谷流泉，是隐在林麓间的一处摩崖胜迹。石上字，当然不是妙绝时人，却因年光久远而弥显珍贵。天柱山也懂得宗唐而法宋。唐时的李白、李翱是游过这山的。宋时的屐痕印得更稠，王安石、苏东坡、黄庭坚的遗踪也寻得到。这等身份的人，皆旷世逸才，平素被人敬着，哪个不是意气扬扬！踏进天柱山，却是不敢随便的，留题之所也选在山根，意态甚为谦恭，服帖得很，生怕得罪了头顶的天。造出的得意字句，记游、述事、遣怀、寄慨，不离这座山。有谁敢往高处摹刻呢？未见。文人临山，知趣的，总将身段放低，刻石记放游，也会收敛。行过诸峰，我见到的古时崖刻不多，这跟别处是不同的。名山可珍，文人生怕伤了它。佛道二家想必也抱此念，除去那座三祖寺，傍山而筑的梵宫仙馆像是不多。天柱山，人们没怎么动它。幸哉。

千几百年过去，诗文的力量不减。眼扫石上题刻，古今游观者目光总是盈盈的，辨晓其意，寻思也深。

天柱山的石头，多为花岗岩，形貌瑰奇，好像是从天上落下的，落在那里，便稳了，决不另寻去处。它们实在太大了，根本无法挪动分毫，力能扛鼎的猛汉也只能兴叹。这样的石头，造出的景状是卓异的。高如神殿的是它，广若仙窟的是它，狭似溪涧的是它，深近僻谷的是它。石面受着节理切割，散裂百状斑纹、千姿豁罅，像是浑古的物件，摆布于苍莽的山中，满是灵气、奇气、仙气。唯此，刘彻才来封禅，李白才来歌吟，王安石才来坐石听泉，苏东坡才来一寄所思……他们的灵魂栖居在精神的殿堂里。白昼，做丹霄之日下的翔舞；清夜，做东山之月下的静思。代代年年，沉默的大山摄取了丰富的语言。

通天谷和神秘谷连起的这段山径，石景最峭也最奇。侧削的苍崖，左右拢来，骈崎成峡。乱石偃仰，层岩叠构，宽宽窄窄，曲曲环环，比那"百步九折萦岩峦"的蜀道，毫不相差。刚从这个暗窟探出头脸，身子一折，又钻入那个深穴。无论是窟，也无论是穴，当然都有横压斜卧在入口的"门"——一块天外坠下的石梁，不偏不倚，恰好搭在两侧逼凑的崖头。下呈一口，对夹似居庐之门，窟穴里的一切，都叫它障住了。光线自然黯淡下去，也就更显得静与幽。徐霞客游滇，入一石洞，说："而洞门之上，有中垂之石，俨如龙首倒悬，宝络中挂。"这里的光景，亦如他所记。

循谷而北，曲峡通幽，更有高阶盘向峰头。举步，如攀高廊阁道。此处是有道家气的。近处壁立的一块大石，据称犹似皖公。皖公，春秋时人，皖国之君，安徽人历世供奉的先祖。默观石上皖公，须眉宛然。只怪烟霭缭转得太浓，遮了他的脸。

渡仙桥不是桥，我看像一处天然石景。条状平石凌谷而架数米长，只因略呈桥的外形，便得了名。观鉴自然景物的妙处，不是认定它"是什么"，而是端量它"像什么"。更于逼肖中增意趣，赏美之乐全在这上面。

渡仙桥在天池峰巅，平时游人大多登到这里，朝北望去，不等惊出声，天柱峰就收尽你的目光。激情奔荡是不免的，一时倒忘了脚下的险。

天柱峰的造型感太强烈了！"造型感"这个词，是我在照片上初次见到天柱峰时想起的，忽然从脑子里蹦出来，拦不住。这个词能够抓住天柱峰的形。山峰也是石，站立的石。峙立无辅，峻卓拔起，真是"连峰去天不盈尺"。这样的孤石，上接高穹，下连幽壤，很像一个旷世英雄，臂膊一振，撑住天。天柱山，这个古老的命名，实在算得一个伟大的创想！不知出自哪颗宽广的心。

从前的石匠，攀上峰壁，凿出四个大字：孤立擎霄。这样的榜书，配得上名山气派。泰山顶上的"五岳独尊"题刻，可相比方。

天池峰和天柱峰被一大片崖谷深深地隔着，其势甚开，雄异敞豁。山色弥望，绝目纵览的眸子因之发亮，满心畅朗。这个巨大的空间，此刻被填满了，也不知是浮岚，也不知是流霭。乳白的颜色在眼底来去，掀涌云雾的波浪。我仿佛行抵大地尽头，找寻汪洋中的神山，那么虚幻，那么缥缈，迷梦似的，丧失了现世所有的真实。

暂被浮云遮望眼，也好。天柱峰无妨悄悄退到一旁，给别的岩峦让让位。亿万斯年，一山的好处，尽叫它独自占了去，飞来峰、蓬莱峰、千丈崖、画眉岭、振衣岗、一线天、拜月台、搁笔台、叠翠亭、高隐亭，只怕会生怨呢！

神奇感是人对宇宙展开原始想象时产生的心理刺激，情绪上的亢昂也会伴生。这时，伫立绝巅的我呀，最盼天吹好风，让那浓聚的云雾快些散去，让那深隐的孤峰快些显出，哪怕先露出微茫的一角，宛似眺见怒海中摇荡的桅帆也好。

雾中驰思，是我此刻勉强能做的事。我浮想天下之山奔来眼底的壮景。隔着白茫茫的空谷，却只能枯望，只恨无力履前人之迹而上，一览众山。

东汉方士左慈炼丹的那座洞窟，我也游到了。正想于低回之际领受一点玄妙的道术，雾来得更浓了，把窟前的湖面锁了个严。雨也来凑趣，打下来，看得清近岸的水上泛起细密的涡儿，清漪也一圈圈荡去。远些的湖心，模糊了。

鸟音却稀。山太高，飞鸟也愁，干脆屏了啼啭，敛羽寻枝，歇栖去了。

下到山脚，也学李白回望终南山的样子，"却顾所来径"。哪里料得到，低昂诸峰仍叫雾气缠裹，紧得不透气。我是刚刚从那儿过来的呀！天石垒筑的宫殿，成了云上的仙阙。

灰白色的乳雾里，闪出点点红，挂着露，越发俏了。那是鲜媚的杜鹃花。

2019年6月2日

清溪一路踏花归

说起临川这个地方，能数出好几位名人。宋代的晏殊、明代的汤显祖，名气都大到天上。

古今临川，区划大概有异。晏殊故宅，在进贤县文港镇的乡下——沙河村，这个地方在南昌之南稍偏东，离现今的抚州市临川区还算近，却为南昌市所辖。五代十国，世局变乱，从山东来江西做官的晏墉，任满不能身返故土，在宜丰落了籍。晏墉是晏殊的高祖。到了晏殊的曾祖晏延昌这一辈，因梦择居，又把家迁至沙河村。这很像一个传说。

赣抚平原上，温煦的气息含在二月的风中。这个时节，我们那里还在殷殷待春，这边的花已开得极好了，红红粉粉，乱遍林间水畔。横在天底下的，是一抹青翠山影，抬眼望不断，连着远处的香楠峰吗？香楠峰的出名，是因为汤显祖在山下建了玉茗堂。

一条抚河在沙河村西流着。晏家老宅还在，就诗文之气说，孕奇蓄秀的风致和玉茗堂几无分别。

很长一段时间，晏殊在我这里，只是一个从宋代词史里见过的名字，没有面目，没有血肉，留不下什么特殊的记忆。便是把"无可奈何花落去，似曾相识燕归来"这联锦句背诵过几番，人也还是模糊的、僵的。晏殊以长短句称善，小令尤其好，南唐冯延巳的婉约风味也有一些。晏殊作词逾万，留下的却不多。《珠玉词》不过百三十首，传在后人口上，极耐含味。进一层，我念出"梦魂惯得无拘检，又踏杨花过谢桥"的句子，又不得不歆羡到承父流丽风调而愈显清壮的晏几道了，他的"舞低杨柳楼心月，歌尽桃花扇底风"吟得特好，我早年读过，画似的印在心上。这些词为什么给了人美感？话又似无尽了。大小晏真该把天才的想象告诉我们。曲词之有晏氏父子，犹文章之有苏氏父子。

苏氏父子的老家在四川眉山，那里的三苏祠，水榭荷池，丛菊幽篁，清绝风光极宜随心描摹。晏殊故宅可到不了这一等。二进五间小院，青砖瓦屋，格局不大，在村子西边立着，并不惹眼。它其实是一座家庙。说不准是哪位本乡人，选来一块横石，刻了"晏氏家庙"，四个大楷，黑底白字，方正地嵌在院门的额上。这块石刻横额有年头了。"氏"字右上角多了一"点"，为什么要这样写呢？我也没问。很像是有意添上去的。

宗祠悬匾，是必有的布置。晏家前后屋的木梁上，匾多块，一律漆板金书，漆色用的是大红，看上去喜气。不光匾额，抱柱对儿也是这样，旌表之意萃于一堂。油漆为新髹，气味还没散尽，一阵一阵袭来，有点恼人。挂在中堂的镀金匾，极艳丽，题着"衮绣堂"三字。照着上款的意思看，这是一块宋匾，是仁宗"敕赐"的，丞相韩琦还做过一篇记。御笔和记，现在看不到了。眼前的字，用的是楷体而略带隶书笔意，骨力端凝，跟晏殊偏于中庸的性格有一点儿暗合。题额者署"裔孙春林"，大概是编纂晏氏族谱的晏春林吧，也算一位晏氏名人。在他那里，一笔下去，敬祖的深意全在里面了。多年前，晏春林把编好的《东南晏氏重修谱》交给扬州的广陵书社印行，说是有十二卷，纸张和油墨，全由他亲选。真是一片虔心。能下气力研究本族的先贤，赓扬世家门风，可说颇有功德。

晏殊官至宰相，长伴君侧，况且号为神童。他五岁即诵出《题所居道旁白塔诗》，云："白塔青松古道西，塔高松矮不能齐，时人莫讶青松小，他日松高塔又低。"这四句就写在长窗隔扇上。看来，神童之谓，真是不虚，博取赵恒、赵祯二宗的眷宠，就不奇怪。在这间屋里，"衮绣堂"这块大匾，可说是诸匾之冠。"衮衣绣裳，世俗以为荣"是一句宋人言语，迈过门槛，一瞧头顶上"衮绣堂"三个字，就知道进了昔年的显宦人家。

匾额之下设龛，神一样供着三尊像——晏墉、晏延昌、晏殊。泥胎彩塑，有两位戴黑色纱帽，帽翅左右横着，宋朝文官头顶的展角璞头就是它吧？他们的面目有些呆板。我在翘头案前的椅子上坐了一下，神思就飘到孔子"常陈俎豆，设礼容"

的旧典上去，连大小晏待在屋里读书的样子，也宛然可想。东西厢房的板壁上，挂着晏氏先人绣像，配着的文辞，述其事略。

院子大约是晚清重葺的，还能留着多少宋代的样子呢？大门不甚崇宏，气派像是弱了些。不知道哪一年运来两个石狮子，一边一个。"怒慑熊罴威凛凛，雄驱虎豹气英英"，真是王谢人家！

晏氏古井在旧居近前，一出门就看见了。井其实是全村人都用的，因为晏殊的缘故，所以有这么一个名。中国老井，麻石砌壁的多，这眼井也是一样。井口不知道什么时候用花岗石栏给围起来了，瞧这架势，现时不用它了。晏氏古井跟我在别处见过的井没有什么不同。还汪着水，低头一瞅，幽幽地映着天上的光。一片云遮过来，天暗了，井水的颜色有些忧郁。看透井里的天，要有一点儿悟性。心里"空"了，才能装下世界。我扶着井栏待了半天。我把别人闷头盯手机的工夫用来看一眼井，未免要惹讪笑。有什么办法呢，有的东西，所谓"移动终端"给不了我。

守着井，晏殊旧事常为邻里谈起。我好像记得有这么一桩：晏殊生下来，长到好几岁，还不会说话，喝了这眼井里的水，灵验了，忽然口齿伶俐。许多奇怪有趣的轶事，都是好心人编出来的，少了这些"作料"，嘴上一闲，日子就单调了。井栏上刻了四句："山上大树何其多，子孙心中有几棵？

不是珠玉妙词在，世人哪知有晏殊。"后两句为大实话。一个作家，是要靠作品活着的。如果世上从无《珠玉词》，到了今天，怕是真的没有谁记得"宰相词人"了。

喝一口这样的井水，心里应该是清凉的。

领着我们里外转悠的这位，瘦高个儿，好像也姓晏。在这个村子里，找一个和晏殊沾亲带故的后人，不难。他口讲指画，眼里放出光来。我总想从他的脸上瞧出一点晏殊的影子。

南墙靠东，是一家杂货店。顶上接出一层住人。出檐很大，成了一个阳台。洗过的床单、衣裤晾在上面，一片花花绿绿。底下摆张桌子，几个村里人围在一块儿，阴凉中打牌、抽烟。店里有些什么呢？我没过去看。假定卖《珠玉词》，哪怕是粗纸印的，也比在外边买的有特别的意味。

读文题可知，句子是从唐人戴叔伦《越溪村居》"黄雀数声催柳变，清溪一路踏花归"来，句调婉畅，语意清美，近于他的那首《兰溪棹歌》。戴叔伦晚年在抚州当过刺史，抚河岸野风光入他的田园诗，亦属自然。他与晏殊不同代，对这片土地，都有诗的感觉。在唐宋文人那里，心灵的乡土上没有覆盖尘埃，依然保持着原始的清洁。对于古代中国的乡村文明，今人要到旧诗词的精致文辞中去寻找。

走了一趟沙河村，我觉得自己跟晏殊离得不那么远了。

2014年8月14日

神的微笑

一

天快放亮时响起几声山雀叫，断了又啼，破了晨晓的宁谧，也夺去清猿和天鸡的鸣音。啾唧之中，一夜清梦便给催醒了。窗外的天光微微地耀着，纯净的青色泛得愈浓。澄廓的高空宛如平滑而晶澈的湖面，几丝云轻飘，移得不急，在我的视野里显露逍遥的意态。待到日影一升，高过尽处一带低昂坡冈，曙色来得更艳。霞彩炽烈地燃烧，熹烂荡射，炫示着向地球映射的力量。赭石诸峰皆作一片橘红，正和朝阳一起上升。圣洁的神灵在光明里飞翔，歌唱。这时的我，心灵向前飞奔，只觉得随晨景而来的一切都异样地新鲜，连山中的空气也水一般纯，深吸几口犹能涤净尘世的烦虑。

我对天姥山的歆美，是从入山的第一个黎明开始的。

近前的山景，数峰清瘦，各个孤起，互不依傍，明暗不定的光色里，显映的轮廓和影像均极清晰，峭卓之姿是很"傲"

的，好似一群积古的老人，摆出久阅世故的样子。这种大自然赋予的原始形状，会在绚美的幻感中化为纯粹的艺术样态。雾来了，闪光的雪片那般，"如赤子婉娈于父母侧而不忍去"，漫得淡白一片，林麓愈显虚渺。我只在湘西的山里见过这样好的岩峦。白云青霭、流烟乱雨虽则任性来去，怕也折不了它的筋骨。真是"逸峰"！巍峻的巅崖，人是上不去的，只有目光能够抵达。异世仙尊在我的面前接受欣赏，我恍如望见他们眼睛里明澈的光芒，思绪的翅膀在这光芒中扇动。

桌面放着一本画册，对照着窗外之山来看，横列在云霞里的岩嶂，恰是"西罨慈帆"这一景。细加端详，一峰兀然似帆，有点像楠溪江的石桅岩。景名大约凭此而来。我们住的宾馆建在这里，可与"慈帆"晨昏对晤，如睹元人浅绛山水。设计这家宾馆的，是个有心者。西罨古寺，宋时之筑，久圮，湮到泥草里去了，只剩一个空名。

这片山，雄踞浙江东南的仙居县境。你若当它是风景区，"神仙居"之名颇生往游之心——道教出自中国。民间祀奉，谱系很杂。众神毕至，群仙咸集，神仙居成了他们的家。你若当它是诗歌圣境，"天姥山"这三字顿撩憧憬之意——天姥山在地球上的神圣位置，不是一个能够引起质疑的问题，况且它早已进入人类的情怀。古今凡是把唐诗读过的人，毋庸审辨，大概都明晓这座山在中国诗歌史中的高度。

此前的一千年，李白的诗魂恣游在这里，他的《梦游天姥吟留别》先让我领受了一段风光。诗歌的功能在于引发惊奇感，美的文辞永远闪熠思想的光辉。德谟克里特认为："一位诗人以热情并在神圣的灵感之下所作成的一切诗句，当然是美的。"古典的诗意已经渗入苍山坚硬的肌体，千仞连峰会拖着明翠的光，朝天际轻盈飞去。我默默自问：是李白的诗句把我的灵魂引向神仙居的胜境，还是神仙居的胜境把我的灵魂带进李白的诗行？凭这缘故，我已在心里默唤它作天姥山了。我短少天赋的才华，对自家的语言能力很为思疑，效李白梦中成诵尚不能，张口讽诵他献给天姥山的诗，总不会太难吧。

天姥山因李白出名，但有一件：他在此座神仙之宅留下过屐痕吗？历世存疑。山间一块黑皱的石上刻了"太白梦游处"五字，是吴昌硕的篆书，仿佛诗仙真在这石下卧而成眠，眠而生梦，梦而得诗。一幅擘窠书，像是断尽古来辩讼。

仙居曩为临海之域，括苍山脉，向远方延袤，郁郁横翠微。青葱山色是丰富的想象之流的源泉。岁月运行亿万斯年，经过了骤雨和烈风，岩浆是在这里呈过虐的。桃渚火山有些名气，应该距此不远。火山也迸艺术之力，雕刀一落，大地上幻出的熔岩景观满足了人类的幻想。那是刺天的石柱，那是丛聚的峰林，那是波状的流纹……流纹岩凝得久，苍皱的表层残留着岁月的牙齿啃噬的痕迹，活泼泼的生命却掩不去，我的手掌只一触，觉出了它的柔软，像洇湿了山麓的永安溪一样，润着我的心。放眼一望，座座山峰都受着这种美丽涡纹的装饰呢。

从前我过宁绍平原，农田、湖沼入目，以为地势不恶。今日又来，视线只消向南面海岸那边一偏，尽让浙东丘陵的雄险派势把心一惊。这里的山容峭，这里的草木茂，神思极易飞升。寂寞中一抬眼，恍若瞧得见岩穴山林里的九天玄女。道教宜在于越之地生根。越人每说起括苍山，短不了追史：南朝那位出身世医之家的陶弘景，入山结庐涧栖，采掇仙药，垒坛炼丹，全是仙家气派。

浙东一带，崇仙奉道的风气这般重，其间道理，来一番析微也是可以的。

从文化地理上着眼。无妨把天姥山放在仙界版图中看待，和昆仑山上的瑶台、阆苑，东海中的蓬莱、瀛洲、方丈等齐观（昆仑与东海是中国古代两大神话系统的起源地。清都紫微、神霄绛阙之境，百神游于钧天，广乐九奏万舞，宛然梦中景象）。据此，还可将名为天姥的仙人排进神灵谱系中，与玉皇大帝、王母娘娘、碧霞元君诸仙圣并列。

道和仙、仙和神之间，存在变化关系。精神化的道，归入灵性范畴，以霏烟做譬，袅袅升入清虚世界。用庄子的话说，是"以本为精，以物为粗"。得道之人，心灵和有形世界相通，便臻于仙境，"独与天地精神往来"。再封了神，更是等而上之，行天道的法力便附身。东海岸边，仙文化自古盛行。除去仙居，天台山的名声亦不算小。东晋干宝著《搜神记》，以志其怪。所撰刘晨、阮肇踏山采药，遇仙女招为婿的传说，比李白的梦游诗还要早。周作人懂得乡民信奉本土宗教的道理，不以为意。他还理出道士的修行求仙之术："一是吐纳，二是服饵。"常人只当闲话偶听的种种，真的进到生活中来。

不是所有地方都能产生神仙信仰的。一赖精神土壤，二赖地理条件。而这，浙东之地都不缺少。

精神土壤。佛教和道教自存差歧。佛教以生为苦，以死为乐；道教以生为乐，以长寿为大乐，以不死成仙为极乐。找寻现世之乐，是信道之人的内驱力。周作人讲过"贵生"的话："中国人对于宗教不大热心，求仙思想固然荒唐，但也是从现实出发的，他不追求虚幻的灵魂与天国，只想改进并延长现世的幸福。"照此来看李白移情天姥的梦游之诗，他把仙界吟诵得那么奇美。一面是那里没有权贵，没有牢愁，一面是那里满是欢欣，满是快乐，可寓长怀和永思。天上诸神列仙超越了生命，与霄壤相融，甚或消弭了生理条件的限制。故此，形而上的道，刺激了诗人的想象力，一成歌诗，出圣入神。在李白心里，天姥山和昆仑山是可并为仙境的。他的《天马歌》有句："请君赎献穆天子，犹堪弄影舞瑶池。"比起此前梦萦天姥山时豪咏的"我欲因之梦吴越，一夜飞度镜湖月"来，意气到底是稍衰了。虽入暮年，他也不肯低颜叹老，忍把朝簪换钓竿，用世之志仍未断灭。世外寻履，李白犹似一步踏入仙途，且从神话中获得了现实力量。

仙界是会生梦的，梦是一种理想之境。在浙江，天姥山、天台山，还可以加上一个烂柯山，都和梦脱不了关联。李白做的是诗梦，刘阮误入桃源，做的是仙梦。樵夫王质仵于石室，观仙人对弈，斧柯烂尽，也如一梦。唐人诗"烟霞不省生前事，水木空疑梦后身"，语多沧桑之慨。过去我看郁达夫一篇《烂柯纪梦》，记住了这个故事。

地理条件。越地多山水，多奇禽异兽，草木又及翁郁，容易产生原始想象，也养出了桀骜的山野气。只这山野气中倒含些刚直好义的血性，媚世求显自是民性所不容的。自古浙人辟草莱，浮大泽，断发文身，骨气极硬。鲁迅引述过本乡贤才王思任的话："会稽乃报仇雪耻之乡，非藏垢纳污之地。"在社会压力面前，气性如铁的浙人挺得住脊梁。一本写仙居的书上，举本县人卢迥于燕王朱棣攻伐建文帝的"靖难之役"中"抗节不屈，缚就刑，长讴而死"和郑絮"率乡兵拒战，败而南奔，寻被获，不屈，以八月十七日诛死，二女配亦死之"事，且将此尚义任侠、慷慨刚毅的志节赞为"台州式硬气"。这种挣脱束缚、向往自由的精神之力，和那道教的"贵生"主张，并无扞格。所以这里出了秋瑾、徐锡麟和陶成章。

从创作心理上着眼。唐代是中国山水诗的繁盛期。李白的《梦游天姥吟留别》，反映了艺术精神和道教信奉的关系。芳年华月时的李白，相信自己生而不凡，是从天界贬谪下来的仙人。谪仙之称其来有自。自视之高，可算古今一人。李白的身份，除去文学史认定的"诗仙"，尚有游侠、隐士、道士、神人、仙才诸种。他崇道慕仙，年轻时即仗剑去国，辞亲远游，登上访道求仙的长路。"五岳寻仙不辞远，一生好入名山游"，状其行迹。他访过泰山、嵩山、庐山、峨眉山、青城山、天门山，他结交的道士多为上清派。他在江陵和司马承祯相往来，在嵩山与元丹丘隐居修仙，还结识了元丹丘的老师胡紫阳。这些道友皆属上清一派。诗酒酬唱中的交游，自然影响了李白的创作。

李白素怀建功立业的志向。他的济世情怀，根底不在孔孟荀颜的儒家学派，而在黄老列庄的道家学派。道教徒修其行，由"仙道"入"人道"。语曰"人道渺渺，仙道莽莽"，似不可捉摸，其实还是有所依循的。修人道，也以功业烂照、留名青史为荣福。李白一生在"因求仙而出仕"，又"因出仕而归仙"的反转中度过。出自幽谷，迁于乔木也好，下乔木，入幽谷也罢，怀才不遇的感伤和愤世嫉俗的怅恨左右着他的生命走向。在崇道之风炽盛的唐代，出现李白这样的人物，当时的政治空气、文化观念和哲学氛围，构成了重要的外部环境。

李白受诏入宫，辅弼之臣没当成，倒做了一个翰林供奉，"但假其名，而无所职"，还不是正式任命的官员。长安三年（实足也就一年半），镇日宴乐赋咏，取悦于君。换作旁人，当会自感优游。李白却意甚无聊，性情狷激的他嫌厌这种日子，不甘与杂流同处，又与唐玄宗互为疏远，终被赐金放还，逐出京城。经世致用的理想破灭，内心之苦可知。天宝初年，盛唐转衰，李白亦年届不惑，失意郁悒之时，神仙意识重新占据心怀。这时节，他神遇天姥山，天姥山也接纳了他。

李白出京放游，天宝三年秋冬之际，到了东鲁。翌年南游吴越（照施蛰存先生的看法，"吴越"是复词偏义，主要是"梦越"，为了凑成一句七言诗，附了一个"吴"字）。他寄意于仙界——《游泰山》中有"仙人游碧峰，处处笙歌发"句；他寓情于梦境——《梦游天姥吟留别》中有"霓为衣兮风为马，云之君兮纷纷而来下"句。李白作诗，可说极尽夸张，全在驰想。诗评家惯将李白诗才归诸想象，这也许只占一半道理。因为想象是理性的现代人对于精神活动的相对面——情感活动而言。或云：想象是一种心理机制。到了诗人这里，就成为重要的创作能力。李白的诗想象，是天真的、朴素的、单纯的、明朗的。这种想象力用在人与自然的关系上，特能透显魅力。李白的瑰丽奇想，证明他具有人类童年时代的"原始感情"与"原始思维"。他的心中充满对神的本真情愫，才拿自我和天神相比附，笃信内心世界与神的世界的一体性。对这种深藏于心的感觉，很难做出冷静理智的分析，表达起来，亦难其言惬当。就是说，千数百年前的诗人和受过逻辑思维训练、秉持理性主义的现代人之间，不光有时间的距离，更有文化的距离，但并非失去打通阻隔的可能。

李白没有诗歌理论的宏论，却在创作中表现着美学品格。以俊逸的诗风营构奇幻的仙界灵境，实在是老庄"天道无为"的思想使然了。吴越之国的传说，让李白魂萦天姥山。他描画了大山的壮景，更抒写出一己的心灵气象。盛唐文人诗的道家意蕴，从他的一吟一哦中大可看出。这和魏晋南北朝文人的游仙诗——歌咏仙人漫游之情的诗歌、道士的步虚词——道教唱经礼赞的辞章，同一气调，存在着创作上的呼应关系。这首与东鲁诸公相别时所做的《梦游天姥吟留别》，钱基博先生将其和《蜀道难》《将进酒》辑入他晚年教授中国文学史课程时编纂的讲稿，赞此首七言古诗"气象高朗，风骨恢张"。

得道者成仙，访仙即求道。李白行走山水，天仙的传说，勾惹吟魂。他把自己放进天姥山，从入梦到梦游，再到梦醒，时空大幅跳转，虚境与实境迭次错综，他创制了一个奇幻的梦世界。这梦，千年之后仍是新的，光影闪烁。

天上的世界是自由的，因而神往；梦中的乾坤是畅朗的，因而沉醉。古今诵山诗文，在艺术情绪上，能和李白的这一首同此热奋的，是徐志摩的《泰山日出》。

二

甫辞仙居，我即兴写了一句话：

我从天姥归，携取一片霞。

千年之前，一首七言古诗成了李白献给山东友人的留别之词。逍遥、飘逸、清真、自然，奇幻的仙景灵境是他构制的经典。

我在山中一日，清朗的天光沐过了，欢悦的鸟音闻过了，绝险的栈道走过了，孤峭的峰峦眺过了。收住脚步的瞬间，定住心神的那刻，我向内心发问：用什么持赠这片浙东山水？

神仙居的空间足够开旷，容得下丰沛的诗意、浪漫的想象、浓挚的情感。诗意、想象、情感，将化作热烈的语句，铺展在纸上，一个散文化的天姥山，会接续诗仙的余音。

我自知，传达景之真，须靠观察的眼光；表现山之韵，须凭通达的识见；摹绘梦之美，须有艺术的情怀。游山过后，动笔之先，必得经过一番含咀，笔底文章方能让云端的神、雾中的仙绽露微笑。

神的微笑，在我的遐想中浮闪；诗仙的余音，在我的耳畔袅绕。游山者的眸光里，耸拔两座高峰，一座是石头的，一座是诗歌的。石头之峰装点大地，诗歌之峰摇撼心灵。

天姥山既这般雄阔，将横斜偃仰之势收到几百字的诗里，是很难的。托之于梦，确是一个办法。一首诗和一座山的因缘就这样结成了。李白把梦中的山化作诗歌的山，只能说，这是神笔。

"名山何壮哉，玄览一徘徊。"唐人崔湜的这联诗，颇能道出我初游天姥的心境兼情状。写好这座山，断非易事。天姥山太大了，太深了，太奇了。烟雨微茫时，更可见出它的幽；岩鹰清唳时，更可见出它的寂；草木纷披时，更可见出它的森；云岚飘升时，更可见出它的峭。摹状这番山景，躲不开崔嵬、嵯峨、岧峣、绝险、峥嵘，全是"大词"，气韵十足。"天姥连天向天横，势拔五岳掩赤城。天台四万八千丈，对此欲倒东南倾。"这感性的姿态哟，李白夸张得好！他在为仙山造型。纵横宕逸的诗风，华崧也要折服，且朝他拜揖。到了这山，谁人不想力践一个誓约似的仰天长啸呢，或是把动情字句写几段在纸上？只叹灵思馨尽，其力难逮。感谢李白，不负仙才！

若论美的形态，天姥山担得起"崇高"之誉。大块文章入眼，我记起王朝闻先生在《美学概论》里讲的话："自然界的崇高首先以其数量上与力量上的巨大引起人们的惊讶和敬赞。它们经常以突破形式美（如对称、均衡、调和、比例等）一般规律的粗粝形态——如荒凉的风景、无限的星空、波涛汹涌的磅礴气势、雷电交加的惊人场面以及直线、锐角、方形、粗糙、巨大等（与美的曲线、圆形、小巧、光滑等恰恰相反）来构成崇高的特点。"我在一个从峭壁伸出的石台上放出目光：时近初夏，诸峰上的野树已浓得如一片海，闪出鲜绿的光。也无论朝夕，也无论晦明，也无论晴雨，也无论寒暑，天姥山不改姿容，昂扬着头颅，眼底掀涌着东溟的浪涛。

　　张岱尝谓："泰山元气浑厚，绝不以玲珑小巧示人。"浙东的舆地大势，壮矣，奇矣，瑰矣，伟矣，正与齐鲁相似。我甚至觉得，李白梦中的朗吟，融进了对泰山的印象。

　　山中多峻峰，攒立直起，皆有风姿。它们的结合产生和谐，表现原始的美。美是大自然创制的永恒作品。前面说到的"西笤慈帆"那样的好例，还可枚举，皆取"因形赋名"之法。"仙之人兮列如麻"，朝朝暮暮，高贵而圣洁的仙灵，站在深邃的苍穹下相互观望，尤以佛祖、观音、天姥为异。佛祖峰，正面望去，更像一扇断崖，宕出的几道崖纹，遒劲中略含水墨的软，颇近匠人摹刻。肉髻、螺发、衲衣，还有垂肩的双耳，依稀显出大致模样。释尊的方圆面相上，修长眉目，宛然可辨。凝眸的一刻，如见含蓄的微笑、温婉的神情，法相自然是庄严的。山就是佛祖安坐的莲瓣和华盘。一个修禅者到了这里，大概会面山跌坐，端然入定了。冥想最宜入暮时，只因日光下的诸仙好像并不显灵，他们偏爱在蟾光升起的一刻，在绮梦里的氍毹上旋如莲花。夜吟前的空山待月，犹得太白仙诗妙境，足堪幽赏。

　　若讲海拔之高，若说空间之广，若谈体积之大，若论形姿之美，观音峰实为全山之极。这里的地形很开阔，很幽旷，怎么会矗起这么一块奇壮的大石？它的巨状超越了相伴的俦侣，像粗健的根株深植于山中，每日从太阳那里获取恒久的光明。吸收灼亮阳光的它，如一颗硕大的钻石，每个棱面都泛出绚丽的辉泽，比笑容灿烂，且朝四外反射，给整个天地敷上欢乐的光色。对面屏列的峭壁，汉代画像石似的，驳杂的褶痕上，犹能端量出身形，袍衫、幞头、革带，很像一排冠服齐整、手执朝笏的群臣，恭顺地静伫着。默望中，我渴望倾听，却听不到一丝言语。有观音峰凛凛地在，远峰近峦的威势都给压了下去。这岑峭的岩柱，出于嶂谷，斜阳下看，最能显示线条的简畅。高近千米的它，仪态不雄，竟有一点姣。飘拂的天衣、悬垂的条帛、光洁的宝瓶、立身的莲台，皆隐在缥缈的祥霭深处。菩萨的端庄妙丽，至此而极。林岫间的数株老松，伸枝摇叶，犹似躬首。崖罅间蓬生绿丛，一派氤润中透出郁勃的生气，如同在苍古的画幅上再添几抹皴擦。

染绿的岩峰绕着我旋转，我和对面的层峦之间，隔着旷阔的峡谷，巨大的宽度测量着视力的尺度。对于山水灼热的爱意，催促我迈上一个凸起于巉岩的眺台往谷底看，尽碧，洞壑之黯、溪涧之窈，至少遮去大半。是观世音的杨柳枝幻化的吧。那不间断的绿，把我的视线从一座山峰引向另一座山峰。我宛似望见万紫千红的花朵，那是仙真点化的灵物。无边之绿中，闪出一角瓦檐，山居人家！我恍若听见窗前儿女语，喁喁。

我忘不了这片四月的大山里的浓绿。

天姥峰应为一山之主。不是的。若与观音峰比高，它要矮些，通身的势头自减几分。不要紧，它不争这个。李白写诗给它，却不恃此自负，姿容娴婉，不着一点儿狂态。这是我欣恋天姥峰的地方。

天姥峰也是一尊孤岩，怡静、婉丽，形貌近仙，意态全在清虚守神。天姥本是一个仙人，有人说就是西王母。这位创世女仙，冶容媚姿，早不是上古神话里"豹尾，虎齿，善啸，蓬发戴胜"的凶厉兽相了。

天姥女神在圆润丰满上略逊观音菩萨，故而，天姥峰比那观音峰身姿确要娇小，却自有一段娉婷，欣怡的风神是不差的。朝晨，她露出裊娜的身形；夕暮，她显出秀逸的剪影。四近悄寂，难见丝毫异兆。不闻尘世的言语，只有朦胧的圣容。

山间诸峰，皆不倨傲，得失也不理会——此心安处是吾乡。真参得透世间况味。山中清寂，缺了谁，月下的伶俜也是难挨的。顽石通灵，人尤能感物，且喜咏志。临着静虚之地，只管取情于山，取意于海，听那风中婉曼的清歌：江山风月，本无常主，闲者便是主人。

"接雄词于章句，窥逸迹于篆籀"，韩愈口吐平仄。雄词有李白之诗在，逸迹则是同样布在崖头的蝌蚪文。日月虫鱼之纹，颇类巫觋云篆、术士灵符。谁家手笔呢？《古谣谚》"夏禹所践刻此壁"，也是依凭鬼神传说。总之是难解。只好归之于天，把它呼为"天书蝌蚪"。观此摩崖，要越天姥峰，东去而北折。

梦游的时光正在飞逝，我的耳畔飘响一种神妙的语汇，空灵、邈远，如一阕古老圣歌。我不遑思索自己从哪里出发，心魂却已追随一大群翔舞的天仙返回灵境。

山中无宫观。有亭阁：九思亭和丹丘阁。都有来历。双眸和匾上的"丹丘阁"三个字一接，就推想造阁的用意只在李白的好友元丹丘身上。李白把这个人写进了《将进酒》。后来看过九思亭，方知兴许是我搞差了，一亭一阁，全是为了纪念一位叫柯九思的乡贤，和李白结识的元丹丘不是一个人。柯九思，仙居柯思岙村人，字敬仲，号丹丘生，官奎章阁鉴书博士。元文宗力兴文治，亦能书画，笔墨别饶意匠。他推崇汉文化，在大都创设奎章阁，这是一座艺文庙堂，供列图籍典册、丹青妙墨之珍。用心恰同宋人曾巩《秘书监制》所云略近："帝王之治，必有图籍之藏，又择当世聪明拔出之士聚于其间，使得渐磨文学之益，奖成其材以待国家之用。"朝廷擢任，柯九思入其内，寄心楮墨，为皇室整理、鉴定、访求古书画。终日埋头窗下，所劳多在缥缃卷帙、宝器雅玩。王献之《鸭头丸帖》、虞世南《摹兰亭序》、杨凝式《韭花帖》、关仝《关山行旅图》、张择端《清明上河图》等，由他经眼，俱无俗品。柯九思也嗜集藏，自诩可以上比米元章。苏轼《天际乌云帖》、黄庭坚《荆州帖》、米芾《研山铭》，都是他的旧藏。柯九思这位奎章人物，在元代鉴藏界有些名气。他的身份高，眼光亦不低。

柯九思书艺亦精，又擅以苍秀之笔画墨竹。启功先生说：

"元代名家之书，无不习染赵雪松法"，而"柯丹丘掉臂于赵派盛行之际，而能自辟蹊径，以大小欧阳为师，所谓同能不如独异者"。启功先生的《论书绝句》云：

> 丹丘复古不乖时，
> 波磔翩翩似竹枝。
> 别调自弹非赵派，
> 安详序画写宫词。

诗、书、画，柯九思能推群独步，诀要正是"别调自弹"，恰可见出"古不乖时，今不同弊"的艺术态度。

涧籁在亭边轻响，泠泠、淙淙、汩汩、潺潺，一洗心尘。我浮想得出，残星凉月下，夜云流曳，消隐了远近景物，峰崖依然挽留缕缕光的印迹，幽冷、迷离、渺茫。月曜夜未央，天姥之峰仿似巨型的圣烛，莹洁的光体一般，映亮远天的星辰。

待到阳光回到世间，浓艳的彩晕里，天空又会幻出灿美的图景，那么寥廓，那么悠远，无数仙子在云影中翩跹，在霞辉里咏唱。瞬间，我被一片明媚的灿光接引，鸟一样贴紧温暖的泥土低身掠驰，又斜着冲向碧云里去。

陈子干君，经营这座神山，颇极苦心。无瑕的生命在宇宙中萌毓，为山水命名是一项庄严的工作，仿若同天地对话。峰、岩、崖、谷、亭、阁、桥、台、道、瀑的得名，均耗着他的心力。学问思辨之外，云光煦风中，铺纸，濡毫，腕底便生好字，笔姿清妍、古淡。筑造此亭此阁，聊寄书家兴味，意蕴不浅。邀客坐入太白书屋雅集时，为抒高情，遣逸兴，纵壮思，他会临牖搦寸管。一点一画，皆有筋骨。再看充盛的笔气、酣畅的文意，那纸上便是亮的了。毫颖如飞，法书是蘸着清澄的泉溪"泼"出的。假定在太白书屋的楹柱上题联，仍可借用启功先生之句：

分明流水空山境，
无数林花烂漫开。

恍兮惚兮，神的笑影浮映于诗墨，顷刻就氤氲得如梦。

2018年5月16日

流光已邈，不觉皤滩老

　　静。夜来了？没有。浮了满天云，遮得四外发暗。日头还未落下去，隐在云絮里。街面的人少下来。不是空寂。镇上到底热闹过，留下的东西，打人的眼。到了这样的地儿，人们被这安静征服，步子自会放轻，嗓门自会压低，更不会无顾忌地连笑带嚷。这可不像昔年水上荡桨撑篙的艄公，从海门港沿永安溪弄船过来，打闹着上了滩，各自去寻落脚处时的放浪。野调无腔惯了，也罢。

　　皤滩镇，从前也是永安溪上出名的商埠。隋唐开市，明清始盛，粗算算，该有不短的年华了。古镇总有古镇的样子，昨日规制还没破掉。一条街，先是直的，又甩出了弯，刚来的人不晓得它弯向哪儿，正犯愣，恰有些声音从前面来，在安谧的空气中响着，脚步就给勾了去。街两边全是大小铺子，铺子后头带深浅宅院，有人家。他们的祖上为一斤盐、一担米的用处，长年尽着力，生涯也就这么度了过去。那些精于生意的人，开盐号、米行、药店、染坊、当铺、茶楼、酒肆、客栈、邮亭，庙宇、祠堂、书院、戏台也建了多座。街边一个商铺，柜台不矮，旧店招还可辨出字迹：闽广杂货。永康、缙云、金华、丽水一带，蟠滩曾是一个不小的集散地，离海又近，福建、广东的货物这里当然缺不了。木板门面的老屋，瓦檐垂得很低，檐下堆放凌杂家什。开了几扇窗，窗后的屋子里，光线昏黯，偶有人影晃动。逢着做饭的时辰，能够闻到菜油的香气。

只因历时太长，只因阅世太深，老街累了，身子一摊，睡去。梦却是做着的。这是一条有记忆的老街，它收藏了古镇的历史，有些是敞开的，有些是隐秘的。发生过的事情，总有影迹保存在某个角落，遍寻，或可找出未曾湮泯的痕，终不为岁月的微尘所掩。

几个老人坐在廊下默不出声地看着街面，看熟了每块砌起的灰色鹅卵石。这条长街傍着青碧的永安溪，看多久眼睛也不疼。溪间的水上盐路连着苍岭古道，临海的浙东与多山的浙西相通了千数百年。沿溪船运的情形、码头装卸的规矩、米盐油茶的行价、放缆行舟的技能，哪一桩不是耗费脑筋且马虎不得的"学问"？眼前的世界已离开那个年代很远了，心还恋着昨天的人，尚能依稀瞧见一个个青壮年水手笑嚷着离船，纵跳上岸，衣衫挂风地在河街中走，一帮脚夫噜噜紧搏。里面说不定就有自家的祖辈。背影远去，一点点模糊，熟悉的气息弥散于温润的空气。空气里有水，是感动的泪。

民国之年，筑路铺轨，浙赣道上竟日车辆来去，转输营生定然由其夺去。永安溪上的船运业遂萎落得不堪，千年蟠滩骤失喧阗气象。街市一天天冷落下去，集镇兴旺的场景只在回忆中了。风中扯帆、摇桨、舞篙，成了舵工遥远的传奇。我来时，桅樯泊岸、载送杂货的光景早在几十年前就消逝了。消逝也是一种改观。

街路、门脸、院子，古董一样暗默。一切宛若静凝不动。镇上人照例把平淡日子一天天过下去。这些年，有外面的男女不畏路途之远，跑到镇上逛，迎送的晨昏便若静水皱漪那般，起了细小的变化。日日如新，丢失这新，小镇的生命也便休歇。就因这，我要说：流光已邈，不觉皤滩老。

街头往来人的话语声、笑乐声可减去几分巷间的寂寞，就像朝荷塘里拽下一粒石子，激起几圈波涟似的，古镇的价值被这寻常动静证实着，且使街边居民获得精神的满足。游客从眼前过身，年老的女人会瞟一下，又把旧衣服朝怀里一拢，走几下针线。也有抱着孩子倚门而立的年轻女子，嘴里哼着什么，唇角翕动，像是有和软的调子在口上。你若给她们拍照，非但不躲闪，还会脸一扬，冲你送出憨实的浅笑，羞红倒是不见的。拄着拐棍从街上回来的老汉，则会在家门前摆上矮凳，一坐，在檐下讲出不少外面听不到的趣事。谈古之词，娓娓可听，里面也有活泼泼的人生！我这里不免要费很多想象，心中隐约有了曩日的大致景状。得其仿佛，真与不真似不很紧要了。我好似把当年的种种瞅到眼睛里来，嗅的也像是旧气味。活到他们这个岁数，能藏在心底的，只有往事了。

叫世辈人厚实的脚板磨得滑溜的鹅卵石幽幽地发亮，只有抹上了油脂，淋淋的一街，才会泛出这般润泽的光，令人起柔腻之感。街面不宽，中间有一点凸，两侧稍斜。这么搞，到了雨天，不掺浊泥的雨水顺着漫坡流，流入贴墙的窄沟里，街上不积水，清清爽爽！受累的是墁地的匠人。鹅卵石得一块一块地叠砌，得有多大的耐心！这是绣花！不光路面，讲究些的老台门，也照着来。何氏大学士府，天井毗连，错列的图形繁富细巧而尤见用意，恰似在庭院当心摊了大地毯，和窗扇上雕镂的花纹互为映带。抬眼，牌匾上"槐市飞声"那几字，耀得门屏一派灿亮。

街路上烙着先人的影像：担着筐篓囊囊走过，给子孙遗下长长的足音。这足音入了心，千年回响。

转出一个街口，面前闪出一块敞坪。坐了多位汉子，一瞥脸上的褶子，就猜出他们在各自家里的辈分低不了。老几位守着七八个筐篓，里头满是土产，卖与路人。插了纸签：桃仁、茶叶、番茄粉、豆腐皮、萝卜丝、蒲公英、咸腊肉……名目写得分明，标价不昂。老汉们并不扯开嗓子叫卖，只顾闲唠着家常。那种清逸的风神，古画里见得到。瞅他们松心的样子，当街摆摊，好像有一搭无一搭，聊以解闷是也。人老了，不愿干待着，光吃闲饭。

有杨梅。大概是野生的，娇红得真叫一个鲜亮，见了就想尝尝那个酸甜味儿。我记起了，鲁彦有一篇写杨梅的散文，他在里面说："杨梅的光色却是生动的，像映着朝霞的露水呢。"这可爱的颜色，这甜美的滋味，让离乡在西北任教的鲁彦生出一缕愁，想起了"故乡的雨，故乡的天，故乡的山河和田野……还有那蔚蓝中衬着整齐的金黄的菜花的春天，藤黄的稻穗带着可爱的气息的夏天，蟋蟀和纺织娘们在濡湿的草中唱着诗的秋天，小船吱吱地触着沉默的薄冰的冬天……还有那熟识的道路，还有那亲密的故居……"他写的是故乡的果子，我始知浙江这地界产杨梅。鲁彦是镇海人。镇海和台州离得不太远。

镇上也有胡公殿。说也有，是因为多年前我读完《浙东景物纪略》后，循着郁达夫的屐痕，一路游至方岩，见识过它在山间拉开的架势。浙地多造胡公殿，"岁月不居，时节如流"，有的兴许早就没有了。嶓滩的这一座，南宋初建，明万历年间重修过，体量比方岩的胡公殿要小些。进去，是个大院子，四方四正。北面是敞式的殿堂，对着的是戏台。乡间的祠庙里，总爱搭一座戏台。这里也是。戏，用来悦神，神一高兴，天平地安，人寿年丰。戏究竟还是给人演的。忙了好一阵子，戏班子来了，全镇快活。开场了，坐在正殿和戏台中间的地上看戏。剧情先安排下了，唱词有雅俗，板眼有紧慢，韵味有浓淡，腔调悠悠，听醉了耳朵。这一刻，台前老少忘了生命的痛苦，眼波盈盈，满心都是田间摇穗的稻谷、舱里欢蹦的鱼虾。愁消了，忧解了，太阳下的生活，能遇个乐儿。

台面高了些，得仰着脑瓜瞧，整场下来，有点儿累脖子。

殿内供着一个叫胡则的北宋的兵部侍郎。他是永康人，因造福百姓，颇博感念，后人以"力仁政，宽刑狱，减赋税，除弊端，惠黎民"数语嘉其懿行，死后被请进庙堂，受众敬祭。胡则成了一尊神——民间神。胡则与范仲淹尝为同僚，过往颇密。胡则驾鹤西归，范仲淹给他写过墓志铭。这篇铭，我到现在还没找来读。毛主席说："胡则是北宋的一个清官，为人民做了很多好事，人民纪念他，所以香火长盛不衰。"这条语录，刻在当院的石碑上。

胡则之像，木胎泥塑，绘了彩。浓眉，亮目，面皮白净，脸阔而略长，腮帮子圆鼓鼓的，有些嘟噜。两绺长须垂到前襟，坐在那里，双臂拢于胸前，执笏。冠簪奉朝廷，自当庄敬恭谨。穿戴是画上去的，衮服还是蟒袍？我端量不出。冕旒倒是扣在头上的。衣裳、礼冠加体，容色与峨冠博带的帝王貌相逼肖，亦是常见的神灵仪象，派势自颇俨然。把胡则塑成这个样子，不知道有什么根据。陪在他左右的是两位娘娘模样的人，身上配着金花八宝凤冠、云霞五彩披肩。曲眉丰颊，都有点儿胖，不似生得娇弱的江南女子。何等来历呢？说不清。胡则到过皤滩，一言一事，或可追怀。为他造殿，一定很费心力。只消把目光向楹柱之上、梁枋之下一扫，就会觉得，那着了雕刀的撑拱甚有可观：眉目如活的士夫和翁叟，栩栩地浮到我们的眼底，神姿又颇近过海的八仙。多层叠雕还是镂空双面雕？不敢妄言。我只觉得技法如此妙，大半出自东阳工匠的巧手。选木而雕，他们很有一套。

撑拱的俗名，谓之"牛腿"，在江浙建筑中习见，梁思成称其"似是而非的雀替"。这种带着艺术品气质的木构件，不以承重见长，而以装饰为任，跃上檐口，是很含情的。

戏台好久不演戏了，空着，鸦默雀静。正中挂着一幅画，设色很艳，透出富贵气。是牡丹。国色天香来唱主角，台面为之熠然。画的两边搭着红幔，微微生出光。翼角朝天仰翘，真是"如鸟斯革，如翚斯飞"，自得一番神气。

出了老街，一湾水。贴墙一个高宅门，门下几块青石板，层层伸到溪边。是这户人家的水埠头。也许门会忽然一开，出来一个闺女，端着满盆衣服，轻步踏阶，身子一蹲，临水而浣。

过一座石桥，越到溪那边。桥下漾着水，清清浅浅。抚栏闲眺，是个好地方。溪畔一道泥埂，走上去，脚下的芜草一片连着一片，延向天。飞彩的繁花飘溢幽香，改变着空气的味道。市集意换成村野意，自然是古镇的又一番景况。假定迎面逢着数位田父牧子，相与寒暄，几欲"延至其家，皆出酒食"，可说全无作态。他们心里必有故事，若能席地而听俗语常谈，趣味皆"从委巷活套中来"，更是入了散淡境界。四围草色清润、明洁，水洗过一般，愈觉绿得鲜。

荒水野渡，犹得桃源之美。

2018年6月6日

看山禅在心

上千佛山，从低处往高处走。见佛，要有敬恭的行姿。

佛有千尊吗？没数过。兴国禅寺里的千佛崖有一些造像。这些佛，跟此片山林的因缘不浅，自隋初起，就在石上坐禅。有一个叫极乐洞的大窟，观世音、大势至两个菩萨左右侍立，阿弥陀佛在中间坐得稳稳当当。禅心如古潭，任窟外多少寒暑过去，凿刻在山壁上的，雕造在龛穴里的，都不改本来面目。众佛半睁半闭的双眸透出的那种神情，永远看不穿。朝山者眼前犹似浮着一个"尊"字，气氛又总是森森的。摩崖也有一些，这类题记文字，多关乎造像的意图。用施蛰存先生的话说："它们反映了当时人民的生活和思想状态，可以作为一种社会史料。"摩崖从历史暗角闪出熠熠的光。这种光，看不到，直接映入心里，它使黑皱粗硬的岩壁添了精神。

山中藏着多少洞和窟，筑过多少祠与亭？此兴彼废，推想也是一个大数目。中国之山，儒释道三家都来落脚，虽则势力有大小，总也想抱团而居。这正像高远的抱负：乐意学孔孟当圣人，也乐意学老庄做真人，还乐意学达摩做禅人。至境当然是"兼善"，可是放眼一望，古德先哲能有几人？到了今日，真的出过三贤之圣吗？或曰：史上唯有苏东坡。中国的思想传统亦相仿佛——原始儒教，汉宋变异，尊为正统，释道为其辅翼，结果仍是三位一体。这么一看，事理就澈然了。这是山的哲学。

峰岭无言，能为师。那么多人朝山里来，不近佛谛的，只消瞅一眼石窟幽隐处菩萨温婉的眉眼，心就静了；谙达世情的，顿悟到世间的阋争、厮斗殊无意义。远在梦里的释迦进入实际生活里头，种种俗虑呢？化净了。心神便不再向爱因斯坦所说"我们经常解决不了我们自己用思维方式创造出来的问题"驯服。

从东麓行抵历山院。靠北，一览亭在焉。古柏剌槐影里，临崖北望，眼底一片楼，高高矮矮。黄河呢？叫楼身挡住了，连断续的影子也不见。佛之山，人之楼，有点格格不入。在有些人看，也许是"入"的。

还有鹊、华二山呢？印象里，西边的鹊山，平圆；东边的华不注山，尖峭，可惜雾气缠得紧，看不清。只好登入超然楼，到里面挂着的那幅《鹊华秋色图》上去找。这是一件纸本镜心：平野、翠峦、洲渚、长汀、堤柳、湖莲、修荻、丛蒲、渔舟、茅舍，引评家的话，可说设色苍润华滋，皴擦简逸疏放。题跋、款识、钤记也配得密。赵孟頫把历下山水留在上面了。他在济南做过官，笔端带着感情。这幅青绿山水，是他心中的历下胜境。

从前老舍写济南，字句也可以成画。记得是这样的："看吧，由澄清的河水慢慢往上看吧，空中，半空中，天上，自上而下全是那么清亮，那么蓝汪汪的，整个的是块空灵的蓝水晶。"这还只是冬天的景象呢，就叫人觉得美，何况色彩更艳的春与秋。

不知怎的，心就一沉，想得深了。

小时看天，那么高，那么远，颜色又是那么蓝。眼下，楼林疯长，天乱了。玻璃幕墙的锋刃，鳞割着渗血的天际。剥夺了想象的余地，浪漫的翅膀不再扇动快乐的风。散不去的烟与灰，吞噬了我对清穹的诗意感觉。

人离天一远，心就窄了。

天是什么？是自然，是鸟啼声，是流水音。一只鸟啄理好羽毛，轻轻从水边飞起的那种光景，是我过去在北方乡下常见的。现在我老了，这幅画，要回到青春记忆里去找。

天是什么，是宇宙，是星的光，是云的影。银亮的星辉给飘云镶上淡青色的花边，朝心里闪，我小时的种种美丽幻想就花朵般绽放。这花，枯萎了。

嗬，我竟远学屈原，聊发长天之问：

——向物质拜服的现代人，还有欣赏自然的感兴吗？还有涵泳诗文的雅意吗？农耕社会孕育的文化传统，成了一团烟，捉不到了。我生活的城市，雾霾之魔吞噬了心灵的平静。那些漆色炫亮的汽车，从不知疲倦的流水线开向每一条大街，每一条小巷，随处喷吐的废气，毒化着原本净洁的心肺。人的肌体开始变异，城市的外表开始陌生。崛起的都会，堕落为恐怖的耗能魔兽。天晕地眩，心灵经受着寒冷和疲倦的暗袭。我们怎么同远去的文明接续呢？

——骄矜的人类怎样窃获了"万物灵长"的优越权？是天神的授赠，还是自我的标榜？地再大，物再博，也无力支撑失去节制的嗜欲。掠夺性消费，疯狂劫取着地球上有限的森林、矿产、江河、湖海……非要等到资源枯尽的那一天，其他生灵向人类中心主义进行愤怒的报复吗？

——向善的佛陀不愿看到这些。失去活力的大自然，必然使人类丧尽生机。《寂静的春天》呼唤理性的觉醒，从挑战亘古不变的生存法则的那一刻起，怎样艰难地改变从未接受过怀疑的发展定律呢？

历下山水，会让文字很清。这是过去的历下。不知什么时候，挤进了跟美不相谐的东西，生硬、古怪，沉沉地压在心上。那么多人来登千佛山，来看大明湖，是想换一种清纯的空气，让透明、欢悦的光线照进灵魂，是还恋着旧日的景况呀！

　　他们的心转悠到了曲水亭老街上。宅院、门楼、花窗、砖雕，站在石桥上左右一看，就记起秦淮河房的影子。这真是一条水街！珍珠泉和王府池子的泉水汇过来，成了河，水光映上青砖灰瓦的屋院，影子晃动，亮了半面墙。墙上攀满爬山虎，绿得养眼。河岸人家的门柱贴着对联，字句多能应景，家常韵味是叫门前窗后的清泉养出来的。昔年文士临流雅集的风致，还在。河里，水草的细须随波漾，更比那皴起的明漪柔几分。住在泉边的人，爱在檐下种花。起凤桥街上的这一家，门前就有几片蔷薇，红红粉粉，水也给染艳了。带了花色的泉水，不在窗边留，只顾往百花洲那边去，进了大明湖。百花洲上，空着一汪水。岸旁风摇杨柳枝、水中波映白莲花，在诗画里面更觉着美。朱明之年，水中曾筑楼，白雪楼。诗文上以拟古为能的李攀龙便高卧于斯，啸傲于斯，也曾适意而得神仙之乐吧！和那远在浣花溪畔的少陵草堂，同样韵致。风风雨雨，楼台纵使无存，他的曼咏仍仿佛在波流间萦响："无那麋生成懒慢，可知陶令赋归来。何人定解浮云意，片影飘摇落酒杯。"只叹一番栖隐情味，终随水声去了。流泉入户，吃起来再方便也没有。不用跑到黑虎泉去接，那儿太挤。泉水发硬，济南人也吃得惯。院子里汪着一池泉，池边的盆里，泡着条鱼。这是要做糖醋鲤鱼呀！

　　王府池子里，一群壮汉在游泳，极欢实。不怕弄脏了泉水吗？没有谁向这些人发出道德上的命令。立了一块碑，刻的是

"濯缨泉"这三字。泉之名，自含雅俗吧。有个饭铺，开店的好像是两口子，他俩坐在马扎上，手里择着大明湖的蒲菜。好吃吗？池子北面的张家大院，三百年石榴树，高过了墙头，遮出一片荫。树下喝茶，意甚闲暇，比那明湖居里看艺人敲板鼓、弹三弦，悠悠醉入梨花大鼓的腔曲中去，兴味谁妙？

他们的心浮泛在水纹间闪闪的晴光上。曾巩筑起的百花堤，印着轻快的屐痕。西湖苏堤有六桥，大明湖的曾堤呢？从南向北瞧过去，百花桥、凝雪桥、竹韵桥、南丰桥，四座，比起苏堤上的映波桥、锁澜桥、望山桥、压堤桥、东浦桥、跨虹桥，总也不在其下。另有北渚、濯锦、鹊华、芦花、藕香、芙蓉、梅溪、汇波诸桥，各有各的样子。名字也起得好，念在口中，写在纸面，都美。这样的桥，配着这样的名，在湖柳的绿烟里弄影，不觉一丝愧。桥下，画舫过处，碧荷摇着身，荡着水浪朝堆叠的湖石去，又是一番光景。风月无边，游情所向，是悠悠地萦着水呢！刚才说了，这种情调，也可坐入水西桥畔的明湖居，到鼓书里去品。书场的生意至今不坏。《老残游记》第二回写过这里。今日艺人，转腔换韵，学的也是白妞的做派吧。能及美人绝调吗？刘鹗夸说白妞的功夫好，朱唇轻启，皓齿微发，只唱了几句，便听得人"五脏六腑里，像熨斗熨过，无一处不伏贴；三万六千个毛孔，像吃了人参果，无一个毛孔不畅快"。这是一种什么滋味呢？小说家言，自然入胜。当地人嘴上，大半也全是这话。前面宽敞些的地方，为刘鹗塑了像。近旁一段老城墙，明代的。墙头，杂树长了一片。

湖山的空间，容不下浪漫的思绪。到了西麓山道的一座坊前，看那额题"齐烟九点"四字，天地人，才算打通了。这座牌坊，以唐人诗意为之。过去我背唐诗，记住的就有《梦天》。李贺的想象真叫奇异。齐烟九点，有人讲是指四近的九座山，境界小了，也太实。说是从月宫俯观九州，或者深一步，是从仙界遥看尘世，略近诗家本意。这是梦里的世界。灵思奔逸的诗鬼，独伫昊苍之下、坤舆之上，天地人，和而归一，又是道的精髓。在我看，悟道，哲学上要读庄子，文学上要读李贺。

高处立佛，弥勒佛。铜质，形甚巨，据称在江北称雄。化千为一，可抵众觉者的神通。有莲花座上的他在林麓深处笑，一山都放出金光。山是一尊佛。

重阳赏菊，是千佛山的旧俗。庙会热闹，人脸乐成了花。我来早了，故未登赏菊岩。一路之上，桧柏、黄栌、黄连、五角枫倒没少看，而以唐槐为最。老树顽健，仍具形姿之美。还有山杏、山桃、酸枣，长得野。

阳光给山麓中摇动的枝叶镀上明亮的光泽。林鸟迎着风，啼出单纯的歌。那声儿真脆呀，水似的流进心里，发甜。

护城河的一处桥壁上，画了好些画，民间的喜气融在彩墨上。船过得快，只记住了扇洋画、跳方格这两幅，兴味颇近陈师曾所画的北京风俗。我由此知道，老济南还有砸毛驴、抽老牛、筐家雀、藏猫互、推铁环、斗蛐蛐、磕拐、弹球数种童戏。后面几种，北京孩子也常玩。

瞧，我在这里只顾将千佛山和大明湖搅在一起说，跑题了。可谁叫它们是伴儿呢！移用宋人词意，一个是眼波横，一个是眉峰聚，想分也分不开。

把山前山后的风景看过，略得一点兴味，心上也微微地起了清涟。其美可比坐入柳茗居品一回老济南的大碗茶，兼诵王渔洋的《秋柳诗》。

2013年6月1日

安眠的思想者

　　荀子的血肉被鲁南大地收去了。早先只是兰陵城东南郊野上的一个小坟头，添的土多了，积出了山的姿态。

　　一个思想者在这里静眠。散发着古远气息的泥土裹紧他，温润的水分滋孕出鲜碧的草树，仿佛从他的身体上长出。我来的时节，残冬的寒峭刚刚过去，纷繁的枝条溢满春天的芳馨。树身带着深沉的神情伫立，几抹轻倩的针叶阴影投映在孤零的坟上，常青的树色象征着生命的久远。墓上的青草在风中绿波般漾动，宛似布满苍老额头的智慧的皱纹。野花也来夺一点风光，花瓣细小，缭乱地吐出粉白与淡蓝，受了风吹，犹似化成蝶翼，转瞬就翩翩旋舞，绕墓而飞。思想的颜色灿灿地闪，吸引着人们的想象。

　　荀子两任兰陵县令，度过的年华近二十载。那时，他是这个名邑的担纲角色，就像他以强健的思辨力在诸子百家中获享学术尊荣一样。春秋战国时期，思想的开放蔚成繁盛的争鸣局面，衮衮时贤的慧觉，是那个活跃的年代孕育的，又照亮那个年代。曾在历史上共处的诸公，生前，接纳他们的是社会，死后，接纳他们的是热土——走尽了有涯之生，各自带着风雅遁入孤寂的空间，在枯守中承受浓重的黑暗的包围。最带情感温度的是，拥抱荀子的乃终老之地——兰陵的黄土，同赵国的故土一样叫他噙满激动的泪水。被静谧攫住的心，最宜耽入沉思和遐想，他不感到失落。永远辞别了人世，天国的门阙訇然敞开，荀子迎向新异的一切。

远近而来的参谒者，穿过一扇扇髹红漆、镶金钉的大门，轻步接近先哲袒露的心扉。重檐的后圣殿，是为象征思想的重量而兴修；名为"梦花笔"的华表，是为象征生命的高度而刻造。建筑寓意都落在钦敬与追怀上。在这个令后世的目光和心灵良久驻留的地方，我一时的所想，竟是那座无数人经览的济慈墓——惹得雪莱为它动情，并用欣羡的语气说："想到人死后可以被埋葬在这么甜蜜的地方，不禁使人迷恋上了死亡。"瞅瞅冢前分立的墓碑、翁仲，我更在心里默诵正殿内外横匾上的题字："最为老师""周孔之绍"。供于方正拜台上的荀子坐像，是工匠模拟他的形神悉心雕镂而成的作品，扫视的一瞬，我记住了清癯的面容和蓄在颌下的浓须，还有一双闪动着明慧之光的瞳眸。把"生受崇敬，死备哀荣"八字给他，是合适的。

天授的心智禀赋，使荀子将一生中的黄金时段励志于学理的创制。从思考出发的书写，让他通过充盈卓识的语汇来表现自己。神圣的精神劳动，是天职和使命。他向世界赠送了自己拥有的最好东西——深邃的思想和诚朴的感情。"博雅""知明"诸字，镌在墓道中间的牌坊上。这标签化的圣训，语出《劝学》无疑。我们多是在语文课上怀着赞叹的心情记诵此篇，从语词间流露的古雅风调中初识荀子。畅达的论理、警策的箴谕、严缜的逻辑，显示了思想家的一面；繁复的譬喻、整练的句法、排比的气韵，显示了文学家的一面。真理从来都切近人生，精神的功绩也是现实的。他的精进的教诲，仍然在为学子的成长服务——点燃胸中炽烈的信念，竟至改变了命运。当他们摒弃混在心间的各种杂念，敦习进修，使潜在的才智获得长足发展后，定会亲切地怀忆这位带着荣耀远去的尊师。

稷下游学，对知识孜孜以求，为荀子渊深的学养打了底。他承袭孔孟，用精辟的言辞建构儒家的精神秩序。古与今、天与人、名与实、义与利、善与恶、礼与法，对于充满矛盾意味的概念，皆持独异的灼见，倾心解析深奥的意义之谜。基于认识选择的理性定位，是在时间线上确立的坐标，导引后人向着儒学的源头寻溯。

"天行有常"是荀子尊奉的天道观。究天人之理，飞荡慷慨之气，代表了人类的自信。上古时代，少数智者才能看到这个高度。他用理智的声音压倒飞来的质疑，使自己跃上思想家的峰巅。他对观念世界的成功塑造，促进了古代哲学的成熟。他那仰天而啸的风姿，恢恢然、广广然、昭昭然、荡荡然，一颗孤傲的灵魂在无边的寰宇狂奔。同在穹苍之下，他不像屈原那般忧愤，也不像庄周那般玄远。

　　"人之性恶"是荀子对孟轲发出的辩难，也提出一个深刻的道德命题。面对人性，孟子投来的目光是温良的，荀子投来的目光是冷厉的。他的思绪固执地转向人性的另一面，并直接亮出诘问的锋芒：不经过教化，先验的善只是理想化的幻象。相异的识见深处，又都暗含理想主义的色彩。一代儒宗钱大昕谓之"立言虽殊，其教人以善则一也"。善恶观念是复杂人性的抽象，对于心灵的默化往往又在日常的浸淫里。歌德的看法或近于述圣公子思的中庸准则，他这样讲："我们称之为恶的东西，只是善的另一面，它对于善的存在以及构成整体是必不可少的，就像要有一片温和的地带，热带就必须炎热，拉普兰就必须冰冻一样。"天道远，人道迩，形而上的奥旨，我是常人，故不能解，只好求诸奇异的力量。还是连唤数声，让醒来的荀子笑微微地跃出地面，向没有尽头的来日睁开眼睛吧。雨果说过："那些生时是天才的人，死后就不可能不是神灵！"

　　生命对于荀子的灵魂来说，消逝得太匆忙了，不然，他的精神长度不会限定在《荀子》三十二篇上。太史公说他"于是推儒、墨、道德之行事兴坏，序列著数万言而卒"。嘉惠历世的鸿文，扩大了无数人的思维疆域，掘进了认知的深度，魂灵上的盲者瞩望到了照彻内心的光芒，培育出对于生活哲思的敏感。简言之，后学莫不有所沾溉。这些独立成章的文字，展开了一个个精彩的内容单元，兰陵人赋予它们一种耐久的形式——刻在长长的碑廊上，使其战胜时间。带着巨大精神能量的经典，最有资格同碑石永伴。不，这些文章本身就是一座巍峻的纪念碑！荀子以深思的代价换来了煌煌载籍，这些载籍内蕴的坚实力量，支撑着宏富的中华文化的巨构。作为著述者的他，赢得了历史的荣光，没有任何虚假的荣光！一幅精神的肖像在追慕者心中清晰地显现，司马迁撰写《孟子荀卿列传》，是向圣贤的致礼。思想家的美誉，超越了县令的体面。文名一旦盖过官名，理政的那番作为倒不常有谁去留意，荀子为之抱憾吗？"从今以后，众目仰望的不是统治人物，而是思维人物。"这，仍是雨果的妙句。

一个人影响着未来。在荀子面前，死亡并不存在，只因魂魄的寿命从来都是无限的。殒身不会导致与世绝缘，也不标志着思想的终结和精神的断裂，他照例活在绵远的世代中。他的睿智长存于我们的呼吸之间，盈溢着古典意蕴的语声、延续着同圣谛建立的联系。他的双眼好像永远不肯闭上，脸庞依然浮起慈蔼的笑意，宁静地细听后人念诵自己写下的旧而未朽的字句，探知古老的意义如何获得颖异的理解和精新的开益，体味迥殊的生活感觉。

只有用心灵悟透的道理才值得借助语言来表述，成为导引前路的真知。时光抹不去它们的长久价值，每个人都通过自身的经历验证这价值的珍贵性。荀子的撰述，在两千多年前停止了，而在后嗣那里，则意味着一次次新的开始。也就因此，理智的生机不会萎缩，荀子的心灵羽翼挣脱囚室般幽狭的圹穴，朝着寥廓的天际纵意高翔。人们没有失去他。那颗纯正的灵魂，穿越世纪的门限，犹在现实生活中跳荡。我开始相信，茫茫世间确实存在着永恒。

太史公尝言："齐人或谗荀卿，荀卿乃适楚，而春申君以为兰陵令。"春申君葬身淮南，李郢孜镇的一抔土下，幽魂不言，公子黄歇还记得荀子吗？楚相葬身之所，不过一碑一冢，别无布置，逢着晚天的斜阳照来，伤感地立在淡红的落霞中，哪有荀子墓园内崇楼高台的雄丽气象？

随风流泻的灰云坠下来，压住了坟头萋萋的浅草。草丛间颤响着低幽的虫鸣，闲寂的空气愈加浓郁。垄土的弧形边缘被环砌的青石收住，封存了荀子的世界，我也陷入极深的缄默。只一瞬，太阳破开雾霭透出光来，绽放感动天空的明亮的微笑。迎着温煦的照拂，隆凸的封土像是从短梦中醒来，灼灼地亮了。此刻，我的视线恍若同荀子的眸光对接，整座丘垄都笼罩在穿透岁月浓雾的沉静光晕中。这寂寥无语的古冢，存迹千载，并未沦为被遗忘的一隅，潮润土壤的空隙盈满生命的热度，饱实的精神种粒在沃野宁静的怀抱中获得新的萌发。荀子的建树没有覆盖日月的尘埃，无尽延长的光阴会显示它的久远意义。

深深的苍凉是坟茔特有的气氛，四围堕入空寂。大地不会愚弄人类，与它结为一体的逝者，用骨骼担载沉重的泥土，抗拒时日的压力，并以恒定的姿势享受安宁。我的手缓缓抬起，像是举觞敬酹一樽兰陵美酒，在这悄默的墓前。甜润的汁液洇入他长长的酣梦。

2016年5月6日

明亮的城

河山之巅，崖石耸列。"日照"两个大字凿刻其上，形巨、势雄、境阔，拔地擎霄而无所依傍，荡出一股冲天气势。汉字榜书，并世似无第二家，足可雄视千古。

崖刻，人们以古老的方式礼敬自己的城市，用祖辈的憧憬为它赋义。字，填了红，从赭石山色中跳出来，老远就能望见。望见的，更是这座城市的高度。

此幅摩崖朝向东南方，每早的阳光，它先迎着。这处景观跟太阳的关系，足够亲近。人们的脸上，飞扬更多的笑容。阳光照进心中，又从明眸深处反射出来。满山都亮了。

黎明的海也是亮的。渐灿的曦光中，夜的昏黑迅速消融，低坠的云团也悠缓地散开，飘影仍在水底缠绵。退潮了，浪走得不远，姿势还恋在沙滩上。汀线的弧度很流畅，甩出去，印下湿黑的水痕，渐渐在视野尽处消失。大海的梦里也会泛起笑纹。

　　浅滩，一弯新月的样子，迤逦的汀线和脚迹编织出曼妙的图案，如花，很快又被扑岸的浪沫湮去。潮浸的残迹留在海涂上，刚从水中露头的礁丛，隆出片状的石、锥形的岩，很似乌黑的林子，赶海人的衣衫飘上去，闪出点点艳彩。隔得远，只瞧见弯着的腰身，像剪出的影子。

　　海上是安谧的，看不到激浪与风的搏斗。波纹的微光浮闪着，空际透出纯洁的天青色调。海面看起来格外柔软，具有绸缎或者天鹅绒的质感。平滑的海滩上，卧着一只船，舷侧倚着待嫁的人，黑亮的眸子泉水般清澈，映射出心底幸福的波涛。她应该望见了彩虹，由一颗颗爱的宝石架设的彩虹，心也飞进橘红色的流霞。海风轻拂，白色婚纱一摆，柔云似的，愈添姿致。甜蜜的心语散在海天，飘响多远，风一定知道。年轻的浪花为欢欣起舞，看海人的心绪也在波澜的激情中澎湃，仿佛骑着飞卷的风浪奔跃在大海上。

　　海岸的木屋，回廊和窗棂都像新近油漆的，不染一丝尘。从前狄更斯游览美国马萨诸塞州乌司特郡，说那里"每一所房子的颜色，都是白中最白的，每一个百叶窗的颜色，都是绿中最绿的，每一个晴朗天空的颜色，都是蓝中最蓝的"。日照海滨是一个带状的大公园，透明的天光映着它，颜色当然也是明艳的。林间耸起的尖形钟塔，玲珑的造型像从童话里来。颤动的海光映出傍岸建筑的清晰轮廓，一个静美的朝晨从大海上升起。

　　鲜翠的草坪跟灿黄的沙滩密密地连着，芊绵、平远，带状的海岸便幻出一道凝碧的光缕。一夜的雨，歇了，止住单调的滴沥声，也减去几分清寂。雨水和海水交混的气味，我是熟悉的，并且因这熟悉而觉得亲切，就像每嗅到苗圃间嫩草的清香，便会沉入对乡村岁月的缅想。我听见自己内心的声音，像袅绕的淡烟，不间断地浮向高处，且将昨天的记忆重新给予我。

　　此刻，空气中荡漾的青草气味冲淡了海水的咸腥，城市浸在雨后升腾的雾气里。浮云、流烟、飘霭、雨水打湿的海面上，长天一派茫洋。

　　云中飞歌，婉转、清扬，明远的海空不会老去。

　　雪松、刺槐、水杉结成的防风林，沿着海岸边缘竖起绿色的意志，这便宛似缠绕的带子，筑牢临海的围堤。细看一些树身，有点儿虬曲，有点儿欹侧，却无伤坚毅的气质。每株树都是一件硬朗的雕塑品，迎着水浪的拍溅，颓然倒下是不肯的。它们凝住神，谛听海水深沉的喘息。

　　着眼美的意义，大海、天空、草树的相搭，最宜产生世间理想的配色。

　　大海的神经时时律动。海上的一切声响都追求音乐性，所以悦耳。我来时，林涛消隐了雄壮的旋韵，巨大的疯狂过后，海浪不再汹涌，陷入梦一般的沉静。耳间的海声逝尽了，忽听得断续的鸟啼，宁寂中响出的动静，真而清。喧嚣中，灵敏的听觉也难捉住这样的微音。

还有一座名为"东夷"的小镇，建在几个相连的岛屿上。环着的水，像一个湖——潟湖。"潟"字笔画繁，不好写。比写字难的，是在黄海边这片盐碱地上建造旅游小镇，变一变老渔村的旧貌。我在镇上走，意态安闲，步子自然就放轻了。寻觅和观察的眼光不会错过那个戏楼，那家书院，那幢庙宇，那户庭墅，那栋海草房，那间民俗馆，那条文创街，那座祈愿阁。店门敞着，招幌挂着，市声响着，彩衣、彩伞、彩花、彩灯，茶香、酒香、油香、肉香……瞧得我发怔，诱得我生津，更初识了日照的风物和年光。

谁料这沙嘴和林带之间，倒藏着如此精致的地方。一砖一瓦、一琢一錾，装饰着海边风景，水磨工夫定是用足了。东夷先民垦涂田、辟山陵的艰辛，一时竟没去追想。况且五千年文明史上，还有南蛮、西戎、北狄的创造呢。

太阳是天上的神。无论中西，宗教崇拜意识从荒古承续迄今。天台山顶，太阳神殿正在兴筑，庞大的躯体暴露在山崖之上，征服万物的气势压倒一切抗拒。古典、神秘的气质从建筑的每一细部透显出来，无法掩藏内蕴的玄奥。这一刻，雅典卫城的帕特农神庙从古代遗墟中进入我的驰思，不肯倒塌的大理石柱廊，难以远离旧日的回忆，我恍如听见上苍低沉的召唤，好似激荡的海波一般洋溢着神圣的热情。眼中的圆状殿堂带着形式美感，端严，高峻，圣洁，像是给大山悬上一轮初升的日头，披云载霞。遥远的星辰、清莹的月娥，融在血红的光焰里。

在莒州博物馆，我开始了从新石器时代出发的漫长旅行。沉睡的古物在我的注视下苏醒了，伴随我的脚步遨游久远的世纪。汉代碑石上刻着《金乌伏羲女娲图》，金乌就是三足乌，"日中有三足乌"，因以称日。日自东方而升，上古氏族中的夷人，从金乌的飞姿上看出祯祥的意味，将此瑞鸟化为图腾，部落的上空闪耀着徽志的光泽。金乌体型增大，尾翼也拖长，赤彩焕然，"日中阳鸟"成了凤凰。与舞凤同在的，则是炎黄部落的翔龙。

奥林匹克水上公园的喷泉巨幕上，映出一只太阳鸟，站在光的中心，高傲地扬冠，灯影里飞。搏击长风的翅膀一振，满天红。发烫的苍穹下，海浪在燃烧。"山前有浩茫茫的大海，山后有阴莽莽的平原。"郭沫若青春的歌吟里，高旋着更生的凤凰，欢鸣的凤凰——中国人的心中之象。

幻美的阳光，在杜鹃花博览园的每一片叶瓣上，在茶博园的每一畦香茗的嫩芽上，在海洋公园的每一条游鳞的光斑上，在岚山海岸的每一块碑石的字痕上。太阳下的海波载满金黄的辉芒跃向滩岸，宛若镶饰千百道茜绚的花边。这时的海面，很似盛开无数明灿花朵的原野。清朗旷远的海景，可入一帧秀澈的水墨呢。

爱尔兰诗人叶芝说："所有事物都有自己的螺旋。"大海并无例外。潮起潮落，永远在重复中完成机械性循环，人类从中认识了它的运转规律。呈现于眼前的，此时虽是退落的潮，是平静的海，而当庄严的沉寂过后，海洋怒飚暴风、天空咆哮惊雷的时刻，巨大的轰鸣将会来到耳畔，好像倏然发作的感情，难以遏抑，并且用一种刻意的强调语势宣示自我的绝对权力。蓦地，人们完全被热烈的情绪吞没了，浪潮将演奏狂欢的交响乐。抒情的调式下，腾响着激越的音符、昂扬的和弦。

这雄劲、豪纵的黄海的风哟！

二

山水明亮，心灵也是明亮的。大海和阳光钟毓的儿女，胸中耀着梦想，再疾的风，再骤的雨，也无力泯去精神的光度。

对于时间，这座城市的人有自己的态度：不是算着过了多少天，而是数着太阳升起多少次，潮汐来去多少回。日腾日坠，一个人由小到大；潮起潮落，一座城市从无到有。太阳升沉越多，生命尺度越长；潮汐来去越频，建设成果越丰。

展翼的太阳鸟、耸屹的潮汐塔，原始想象和现代观测，让历史与现实并行。

自然生命中蕴涵的生存意义和社会价值，是日照人世代积下的。

刘勰的思辨之光，仍是熠熠的。他的《文心雕龙》，眼扫齐梁之先的创作，把哲学、文学、史学悉数打通，就文体、创作、批评诸方面独发创见。福楼拜评说波德莱尔的诗："风格的独特新颖来自观点。句子塞满了思想，到了爆裂的程度。"刘勰持论毫不相差，语句担着见解，字字如锦，也是"到了爆裂的程度"。尽心文论的，翻着他的书，读字句，诵章节，且做征引者，难以更仆。

定林寺的银杏树，很古了，像老人的皮肤，皱满皴理，碎鳞一般乱，风若来得大些，能够簌簌吹落似的。树躯粗大，老枝斜逸，叶片绿得鲜，树色因之不枯。浮来山中，此棵银杏有些名气。观其形骨，其寿必高。一眺铭牌，嘿，四千余年！我们伸伸舌头，有何可说？大雄宝殿前，这株"天字第一号"遮下一片繁阴，命极顽健，似无竟时，且活着呢！

遁迹定林寺的刘勰，应该是见过这棵树的，而且生情。寺之南，立着一座文心亭，亭旁斜着一块石，上勒篆书"象山树"。字据称是刘勰写的。在他看，寺中的银杏树姿态很好，沉着、坚实、持重、如山。

刘勰，通儒释之学。校经籍，有儒林气；入伽蓝，有佛门风。文心与禅定，都是要静的。慧光不灭的人，灵魂也是干净的。素爱林泉，老庄之道便会入心。形居尘俗而栖心天外的隐逸之风，刘勰也是有的，并且充满一生的历史。士族出身的他，虽入朝任过闲散的官职，却性脱落，不善仕，岂把宠辱常挂心头？写作热情的保持有赖于自然环境，"唯闻钟磬音"的山寺，岑寂得那么深邃，能够给他宽舒的气氛，他把人生的位置选在这里，无惧被世人遗忘。刘勰的到来，也满足了大自然的期待。幽居静笃，僻野山林养着他的性情，纷扰皆自心头滤掉，一清如水。窗前案边，他沉下心，梳理枝蔓的思想端绪，把思考变为权威性的创作见解。这世上，只有文学最能贴近刘勰的心灵，他亦为文学而生活。在读写中追寻精神的幸福，在林麓间开辟自己的道路，他只顾探赜索隐、钩沉稽古，把学问做好。专心一志，是对自身力量的相信，也是每一个成功者必会进入的单纯状态。

钱基博尝论刘勰："而勰揭《原道》以昭文心，论藻采而崇风骨，斯实昭明选文之净臣，而为文章特起之异军。"可说是对这颗远逝的文学灵魂的惬当评注。《文心雕龙》，这部超越作者生命长度的书，使刘勰的名字在中国古代文学批评史上永久存在。

刘勰和萧统是同代者。刘勰生在镇江。在我这里，忆旧游，入招隐山，访增华阁的往事当然未忘。没有书籍，就像没有空气可供呼吸，一个皇太子，编选文章成了生存的主要形式。萧统历观文囿、泛览辞林而终致目瞀的辛苦也还屡思屡叹。把校经楼设在定林寺的刘勰，一样度着笔墨生涯，和文学生活在一起。一个接一个的晨昏耗损着气血，他忍受着埋首青灯的劳瘁，真是雕肝琢肾！焚膏继晷换来了中国文学理论的丰富与进展。萧统过世刚一个寒暑，刘勰也归了道山。一世的黄金年华是在文字间送走的，他俩把内心的光芒投到了语词上，分别用勤勉的治学将个人史变成励志的教科书。二人的生命虽已成为过去，后辈却看到了共同的人生经验。

概观前代文学史，一个编集《昭明文选》三十卷，一个撰述《文心雕龙》五十篇，而选文定篇，多有契合。他俩的作为，可说光济先轨，纂就前绪，垒砌了中国文学的宏基。

太阳快要运行到西面的峰峦，未阑的夕晖好似炉火的放光。辞别的时分已经近了。短暂的沉默笼罩着我，我用目光向刘勰的雕像致意。看着他眼睛里露出的神色——执着、沉静的神色，我迟迟未能转身，不忍了结这次隔着时光距离的相见。

逝者眼底的光炬并未熄灭，仍然向生者看不见的东西注视着，殷殷瞩望可期的后世。刘勰的双眸盈满隐秘的闪光，我懂了他的心。

"每因楼上西南望，始觉人间道路长。"白居易吟得好！极目天野，前路正遥，先人身后的漫漫道途，自有人上来接力，迈着坚定的步，继踵远涉。

涛雒镇是我曾到的。甫临，不明底细，心里亦无波澜。倒是一座老宅院的漆底金字门匾叫我注意：丁肇中祖居。丁肇中的名字，我当然听说过，四十多年前，诺贝尔物理学奖被他拿到。荣誉所代表的非凡成就，远超出单纯的个人意义，而属于整个世界。

丁肇中的先驱性研究向着科学太空，他的心永在祖国，在生根的日照。瑞典斯德哥尔摩授奖大厅里，第一次响起用中文发表的获奖演说："我是在旧中国长大的，因此，想借这个机会向发展中国家的青年们强调实验工作的重要性……"旧中国给他的童年记忆，是离开家乡涛雒镇，在战乱中逃难；是在重庆小学校，看见日寇飞机狂泻炸弹。

苦难也会使心灵成长。让祖国从弱走向强，丁肇中的人生志向就这样确立了，并且终获世界性的成功。对于科学的醉心，使他拥有了生命中的最大快乐。为人类的事业而工作，是他的真理。

故家，丁肇中回来过，这时，他已是一个老人了。他对随来的儿子讲了一句话："你的根在这儿！"很带感情。

丁氏故居，有五个院子，排场最大的，要数种德堂。有一年，丁肇中返乡，站在门楼前照相，身后横匾上，题的就是这个堂名。"德者，本也"这句古训，他是谨记的，方能倾其生命，继而立功，立言。

德，犹如一棵树，在他的心中常绿。

刘、丁二人的作为，有不同的节奏、步骤和方向，心脉却做着相同的跳荡——为了世界文明的进步。

山林梵刹、深院宅舍，划过天才的光痕。"凡是建筑，今人都求其有一种实在的用处，殊不知对普通百姓而言，精神作用的品格更高。……宏伟的建筑，足以使整个人类社会引以为荣。有些殿堂，把对一个民族的缅怀延续得比其存在本身还长，与在废弃的荒地上繁衍生息的后人成为共时同代。"夏多布里昂，这位法国作家写埃及金字塔的话，放在中国，放在日照，意义上也是一致的。

古今之人、文理之学，全是日照的荣耀，光华四射。思想之林向上长着，并伴随光明迎来新的诞生。

三

太阳是一盏光源不竭的灯，把热力献给大地和覆盖大地的海洋。光合作用下，神奇的现实产生了，不止绿色的物质，还有金子般的精神。

蔚蓝是这座海滨之城永恒的主色，它在苍苍的天上，它在茫茫的海中。虽然这里的花也红，这里的树也绿，却已染上人工色彩，在"蔚蓝"面前，只能充任陪衬的角色。朝着海天，我久久凝眸。水上光景在我过往的遐想中浮升起真实的形象。

人的头脑不适应过度的思虑，精神需要在寥廓的空间得到调息。这时候，我更渴望获取一种有意义的充实。当我纵览高远的穹碧和深广的沧溟在海平线迷幻般混融的时候，胸境顿觉放开了，魂魄也得到解放。我情愿把灵魂交给宏大的宇宙，不再私存于一己屙躯。

太阳很亮，日照绽出金色的笑。

2019年6月8日

天上之水

　　巴颜喀拉山上的雪水，到了这条屈曲的河床，山地、平原、丘陵和峡谷给了它恢远的气韵，黄土高原赋予它单纯的色彩，一路接纳的径流，增壮了它的声势。大河的中下游，水色转黄。

　　一个到过中国北方的人，总会见到黄河的身影，总会听到黄河的涛声，总会嗅到黄河的气息，自己的性情也雄毅起来。"黄河之水天上来"，一个古远的声音在激浪里荡响，心飞扬，愈觉李白的这句诗，畅茂遒逸，尽是浩渺之气。

　　贺兰山之东的银川平原上，黄河拐了个几字形的大弯，在往那里去的头几天，我先到了莱州湾和渤海湾相交的黄河口。借用《庄子·秋水》里的话，这种地方是称作"尾闾"的。

　　滩涂渍了盐，抓一把黏湿的土，舌尖一舔，咸的！盐生植物耐得盐化生境：碱蓬、盐蒿、白茅、柽柳、马绊草、罗布麻、野大豆聚成群落，连成的草甸子大得望不断，朝海边铺去，恣意极了。

　　盐土湿地上，最多的是芦苇，滨海荒洼的原始美，叫它夺去大半。"芦花飘雪迷洲渚",芦花,在我们兴凯湖,俗呼"苇毛子"。深秋天气,银白一片,像鹤羽。举目,不见鸿雁、鸥鹭天上过,宋人谢逸的清旷词境,未能尽加领受。

黄河口的芦苇没有兴凯湖那边长得顶,却还算密实,透不过风似的。目光却是挡不住的。我不出声地瞅着,心回到了兴凯湖。摆动的芦苇,让风弄出一些声音,哗哗哗,如同浪的低吟,过了好一会儿,我才醒过神。

禽鸟喜逐水草,乐享随波飘溢的清香。天鹅、大鸨、丹顶鹤、赤麻鸭、绿头鸭、斑嘴鸭、翘鼻麻鸭、东方白鹳,晨光里、晚霞中,或凫或飞,翅膀撩起欢欣的水花。黄河口的精灵是它们。熟悉的鸟儿,很多年前,我在青海湖也是见过你们的呀!

跟人类一样,黄河也得靠"食物"维持生命。这食物就是泥沙。"九曲黄河万里沙,浪淘风簸自天涯。"西北塬峁上的泥沙被它吞下,又远远带走,一气吐到临海的河口。寻故问典,始知黄河正流屡次改道,才得注入渤海。史书上说的"黄河六徙",多经曩为齐地的利津。我在"黄河入海口"碑前,听一位当地汉子讲,从前黄河就在这儿流到海里,可是河口每年朝渤海东移两公里,越移越远,海滩也逐年扩延。这是一个永久的神奇。

土地在水下生长,发育成三角洲,"黄河造陆"的异景始为世人注意。这片冲积平原,我若从云里望下去,应该是扇形的，地理书上讲的"冲积扇"，该是它吧。海陆变迁的大势，令人一叹，再叹，三叹。

黄土地上的盈裕物质覆盖过来，近海的盐渍野滩变了貌，土质沃腴了，田地肥饶了，庄稼不愁长。我过黄河坝岸，抬眼，滩地里的玉米、高粱长势旺，满眼青纱帐！这是我没有料到的。玉米结了棒，鼓溜溜的，掰下来煮着吃，香得没话说。

滩林也飞一派空翠，半掩村户的点点屋院。河边盖房，先要夯实一块黄土台面，再于其上起屋，很似借了先人版筑的经验。故而这一带的老宅子，大略望去，多在隆起的坡上，这种"村台"，独有它的气象。时下，整村择址而迁也是有的，只为让人居环境好起来。我走进的是佟家村。村民有眼光，看得远也想得深，兴工再建，台屋的形制却是留着的，地基加了石头和水泥，比那旧日的土台子牢稳多了。栋栋排列又极齐整，村容因之一变。各村都有自家特色：佟家村奔着"古村古色"去；坊子村要的是"鸟语花香"；高家村图个"药香满园"；南贾家村要让苗圃"果香四溢"；董王村诗意不浅，叫"小桥流水人家"；单家村也满是文学色彩，亮出"荷塘月色"的牌子，想来他们喜欢朱自清。"迎得春光先到来，浅黄轻绿映楼台"，刘禹锡《杨枝词》中的诗句，不妨用在这里。

住进新村的人，面庞又浮出祖上曾有的骄傲神色。日子舒坦了，脸上才有光，才对得起扎着生命之根的故土。佟家村的树荫下停着一辆面包车，拍电影的人来了，片名叫《高家台》。北街村出过赵焕章，他导演的《喜盈门》很好看。后辈的作品固然新，乡情却不会淡去。

若来追一下古，这个地方真也不负"渠展之盐"半天下的盛名。渠展，就是《山东通志》上说的"齐地，济水入海处，为煮盐之所"。在这儿，永阜盐场名号最响，所产之盐，由汀罗镇的铁门关码头装船，沿大运河销往南北州县。扬州城东门，曾称"利津门"，因为从利津运去的盐，在那儿卸下。

物产丰饶，运销之业必也发达。在利津，跟铁门关齐名的码头，还有东津渡，久显商埠的繁华。"津河环带碧流长，舟子清晨渡口忙"，正是明人在诗里唱的。

滩区的新美景象，呈示着最丰富的意义，那是奔流的大河对垦殖者的忠诚回报。

人们筑起一座楼台，在河漫滩草甸上。它有多层，专供眺览。台面再高，大河入海的瑰景目力也难及。我放胆说：过些年，这座观光台随着河口没完没了的东移而往前另建，也未可知。沧海桑田的心得，古人早已有了。

登台站定，弥望的是泛黄的芦茎、飞白的荻叶，加上袅娜的柳枝和临波的灌丛，湿地景物颇悦心神。朗净的秋光下，闻到的是草木的清鲜，看到的是湖汊的幽邃，深感生态的好。染上浑黄颜色的河水，听从海洋的召唤，匆遽激涌，不改东去的流向。太阳的金线直射下来，利刃似的刺透层叠的鳞波，化出无数闪闪的亮斑，河面上骤然旋转起炫目的光轮。此境中的我呀，想喊，想唱，想笑，想和浪花在梦里团聚，沉醉于幻象迸射的绚烂弧光。这一瞬，人也年轻起来。我竟盼着划一只小船，水里转悠，重温当年的日子。当年，我是在兴凯湖打过鱼的。

黄河水在立着"王庄险工"石碑的堤坝前突然甩了一个弯，这个弯子来得太急，水势骤剧。对岸是垦利县，这畔是利津县（都丢不下一个"利"字）。此截堤段，水情极险。抗御洪水的防护工程，叫"险工"。昔年多用桩绳捆绑薪柴、苇秸或土料来做防冲建筑物，呼为"埽工"。战国时所谓"茨防"，或许也是它。这样的易腐之料，大水漫溢，哪能扛得住？堤溃坡塌的危状，自不能免。当今换成石料，坝垛不惧水流淘刷、冲激，稳固多了。河道之水，得以科学控导。垒砌齐截的长堤上，隔不远就有一个很大的槽子，备满石块，洪水若来，抛下去，截流护岸。这处险工为百年之筑，历代黄河人眼中，决塞之事比天大。《山海经》里"禹以息壤堙洪水"的旧典，在我们这个农业古国，为世人长久记诵。

黄河岸边，我最感兴趣的是老树下闲坐的七八个老汉。一张张亮堂的脸上布满褶子，面色黑红，日子短了，晒不成这样儿。这把年纪了，多急的性子像是也慢下来，只久久朝河面凝眸，静听那发响的波流。这是永恒的谛视，神情则雕像般沉毅。水撞着岸，也撞着心。经了这么长的岁月，他们成了故事中的人。故事离不了治黄。在河务局会议室瞧了一段视频，这个情景剧，演的是抗凌洪、护堤坝的壮举，自然找得出现实生活的根据。流冰壅水，从半空凶狠压来，人舍了命也要力保家园，这是从肺腑发出的誓愿，惊涛一样昂奋。这些上了年纪的人里，兴许就有勇健的英雄！风浪，横竖闯过，眼下，他们安歇了，就这么不言声地坐着，胸中涛澜，大概是难消的，心仍跳得热。千里洪波中，血肉相搏创造的民族精神，比生命更长久。

河上的风有点凉，褂子自然搭上了肩。见我们登车要走，几位老汉转过脸，用憨实的笑意相送，微驼的背也直了直。

向海而奔的黄河水，把风的力量一波传给一波，雄健、勇壮、豪宕。河海之间，横出一条分界线，一边是流动的黄土，一边是宁静的蔚蓝。只有天上涌来的水，才有气度与大海相遇。

2019年10月10日

司马迁祠墓

一

心仪司马迁祠墓久矣。"迁生龙门，耕牧河山之阳"，这个地方就是韩城。乙未初夏，我得缘入陕，向着太史公的家山而来。这一天，恰逢中国旅游日。

中国旅游日选在5月19日，是因为徐霞客。明神宗万历四十一年，也就是1613年，徐霞客27岁，他和一个叫莲舟的和尚结伴游浙。《徐霞客游记》即以"癸丑之三月晦，自宁海出西门。云散日朗，人意山光，俱有喜态"数句发端。《徐霞客游记》开笔那天，成了四百年后的中国旅游日。

"游圣"之名，放在司马迁身上也是适切的。我读《史记》，对《太史公自序》抱有兴趣。他在那里讲："二十而南游江淮，上会稽，探禹穴，窥九嶷，浮于沅湘。北涉汶泗，讲业齐鲁之都，观孔子之遗风，乡射邹峄，厄困鄱薛彭城，过梁楚以归。"游历诸方，南北山水印过他的屐痕。意气风发的远足，为宏伟的生命憧憬准备了一个必需的起点。司马迁初游天下时的年龄，比徐霞客还应小些。旅行的经验会给人旷达的襟怀，还能给笔端带来新异的东西。因此，司马迁写出来的文字是含着一种诗意的，我在《史记》中读出了这种诗意。司马迁把史学和文学打通了。他以文学的态度记史，写出了一部最美的史书。我对于《史记》的一点所知，差不多全是从文学史里得来的。

李长之在《司马迁的人格和风格》这书里，以"自然主义的浪漫派"形容司马迁的人格。这种浪漫的自然主义的养成，是深得江山之助的。从山水间走出的人，性格中总会带些道家气质：逍遥、任侠、疏狂。在纂修上，司马迁通观千秋史事，离不了雄阔的心胸，述录逝者行状，离不了细腻的情怀；在做人上，司马迁当着汉武帝的面，替降将李陵推言其功，塞睚眦之辞，便见真品性。李先生的这本书，我是在年轻时读的，更多的内容已经不记得了，却把太史公的萧散风神印在心上。

韩城的司马迁，写出了三千年风云汇纂的《史记》；江阴的徐霞客，写出了田野考察的集录《徐霞客游记》。一个是黄河之子，一个是长江之子。虽则他俩遥遥地隔着千几百年的光阴，精神却是那样的相通。

司马迁替李陵说了几句话，得罪了汉武帝，幽于粪土之中，真是"忧患之来撄人心也"。这位悲剧里的主人公，陷入深重的沉痛中，可他没有给自己造起一座内心的囚牢。身上的苦痛，他能够强忍，却不能容许苒苒的流年无情地消泯珍贵的史料，使其磨灭。为了"先人绪业"，一个四十多岁的人，选择了下蚕室而受腐刑。这种酷刑摧残肉体，更蹂躏心灵。醉心的幻梦破掉了，也动摇了他对当世社会秩序的信任。他能"就极刑而无愠色"，忍辱苟活，"虽被万戮，岂有悔哉"，只为把《史记》写完。受了刑，在生理意义上，他成了一个不完整的男人。肌体遭损后，凭着内心的修复，他获得健全的精神。未被权力所伤的理想和意志，取代了痛苦与羞惭，像两只张开的翅翼，冲破淫威的控制，载着残躯高翔于岁月的穹苍。

信念与行动在司马迁身上是统一的。他追怀演《周易》的文王、著《春秋》的孔子、吟《离骚》的屈原、述《国语》的左丘明，还有孙膑、吕不韦、韩非子……这一刻，孤苦的他和这些先贤融在一处，前途闪现炽焰般的光明。不相信现实的司马迁，投向历史的怀抱。他被引向一个伟大的抱负："网罗天下放失旧闻，略考其行事，综其始终，稽其成败兴坏之纪……"他听从内心的呼唤，顾不上感怀境遇，立刻就向这一人生目标奔去。他调动生命的全部能量，拼力追赶苍老的岁月。

同历代史官相比，司马迁形成了具有另异风格的写作美学。他把之前出现的史实看成一个巨大的场域，从外部将它打开，进入到内部空间，并且向纵深推进。他要由此而创出一种独异的写法。他在心目中确立了新史书的模式——纪传体。虽是述史，着眼还在人物上面。这种新的创造，大约是反了《春秋》编年体例的正统的，恰可视为一种观念的进步。即便我的眼光差一点，也不难明白，对圣人之则"诺诺复尔尔"，因循成习，断非智者之所应为。章学诚在《文史通义》里所下"范围千古，牢笼百家，创例发凡，卓见绝识"十六字，可谓扼要明通。司马迁其人其书能够在治史领域占了一个极要紧的位置，道理也在此处。《史记》的篇幅来得大，切口却来得小，过眼云烟与那繁富雅驯的文辞配合着，造出一种史传的新风格。理想的史书，应该是这个样子。就这一点看，我若是一个评论家，会这样认同他：关注大历史的微细处，用私人和群体演绎的事件缔构宏观的通史系统。

对于落满尘埃的古风旧俗、先世遗迹，司马迁有着特殊的感受力，那是情节和结局已定的史剧，他的职分是要做出接近真实的还原，让往事复活，而不是将其朝坟墓深处送。漫漫长史中发生的事实，依次联络、环生，爬梳、整比、拣择，把史的次序捋顺，固属不易，而要写得精，写得妙，特别是登场人物的头脸能一下子认得出，不把面目弄僵了，更为难能。他魂归前人的时代、前人的社会、前人的生活，体味命运，体味心境，体味情绪。这是隔着遥远距离的观察，这种真切的观察是一面镜子，丰富的社会表情浮出历史的地表，清晰地投映进来。他在每一个人的身世中看到了灵魂的存在，文学笔调的述录，流丽畅达，把人物的仪容情态勾画得活在纸上一般，让历史改变了枯硬的姿态，这多半又同他的透彻的人生体验相关。

"陶唐以来，至于麟止，自黄帝始"的人与事，汇成呼啸的湍流，奔涌于他的脑际，史上迭出的种种现象，在他的笔下衍成一番畅盛的局面。他力求离远远去的众生近一点，近到看清各异的神情。因为有人物活动穿插在里面，这样一部严肃而系统化的大著作，神气虽颇俨然，但是它的具体传情、亲切有味，又最为读者所注意，《春秋》那样的编年大事记带不来这样的感受。司马迁在返回自己心间的亡灵那里发现价值，观照人生的戏剧性呈现：尊荣与卑陋、丰盈与残缺、雄强与羸弱、勇壮与怯畏……自上古迄汉初，他看到了书写的广远性，激扬的神思自由往来。他拥有如此巨大的权力——骄傲地站在历史的峰巅，俯览一切。

在论史过程中，司马迁本能地进入一种思辨状态。"本纪"中的帝皇、"世家"中的王侯、"列传"中的人臣，他大胆臧否，无忌月旦，笔端凝着爱与恨。他是让自己的影子忠实陪伴在殁者一旁，亦将自己的思考给予他们，仿若真实的题赠。独到的史学性格在纂录中形成，使史书富有了人性意义，传为千古绝唱。称《史记》为汉代文章的典范，可以无愧。

经历疼痛的生命受得住难耐的孤凄。数载光阴里，司马迁的肩头套上了笔耕的犁铧。官场的争斗与俗世的烦扰远去，他的撰述之心，专用在著史这一件事情上面。这是一种韧的苦战，常人断无此类作为。执拗的天性和记叙的禀赋，帮助他走向成功。笔底呈示的波澜大观，虽非他的生活经验，纷繁的史料却是通过他的意识，经了探赜索隐、钩稽发微而成书的。他写着，恍若看见那些陌生的面孔，听见他们的声音。这一刻，他同前人离得那样远，又是这样近。他潜心为历史人物造型。身外的一切都不存在了，世界只浓缩成腕底的每一行字。风晨雨夕，青春的热焰重又燃烧，他耗尽心血完成了一个奇迹——用文字唤醒故人，也用文字照亮往古。

谈论一个人的价值不能脱离他的时代。司马迁的人文精神和书写品格的成因，可以到历史环境中去寻觅。汉朝初立时期新鲜、蓬勃、向上的空气，给那一代知识分子注入了强健的气质与心理自信，纵意寥廓，肆志乾坤，敢为天地立言。照着李长之的意思，在司马迁身上，先秦诸子的学术精神滋育了他，齐人的倜傥风流、楚人的多愁善感熏沐了他。他的命运之树缀满果实，受损的身体拥有充实的心灵和思想的重量。他获得人生的圆满，也赢取了自我的精神补偿。苦难的土壤上终于开放出成功的花朵，五十二万字的大书，放射着生命的光彩。

每个人都带着上天的旨意降世，司马迁则为《史记》而生。他把古史的长卷留给了世界，还有那些精彩的场景与细节。假若世上没有这部纪传体通史，后人怎么了解往昔呢？皇帝、王侯、将相、儒生、方士、酷吏、游侠、商贾和他们的功罪，借助词句与时间抗衡，留下坚实的印迹。确立个人同历史牢固的关联，是一种永恒的依托，他们是有幸的。我时常想，没有被史家记录下来的人和事，或许比纸上铭载的还要多，后世无从知其名，晓其情，这是永远的憾。今人对太史公抱以特别的敬仰，根由也正在这里。

《史记》是司马迁生命中最重要的部分。漫溯流光的长河，后人从这部书里认识了他。若无这册久为世用的典籍，他就是一个饮恨沉湮、其名不彰的文人，青史不会有他的位置。当然，事实不可反转，我的这番假设不过是为了证明他存在的价值。命运让司马迁为岁月留痕，为他人纪传。历史渗透他的语汇，他也把自己融进了历史。千年之后，黄河东岸的夏县，出了一个司马光，他在编年体通史《资治通鉴》里，写进了太史公的这一段。

上面的这些话，有些是司马迁的心迹，有些是我的所感。我在年轻时读《太史公自序》，读《报任安书》，那上面的有些字句，未曾离开过我的记忆，情绪常常受其支配，近乎产生同感了。替古人而悲，也是"尚何言哉"，真可放怀一哭！

写完《史记》后的司马迁，断了消息，竟至下落成谜，连卒年亦不可考。一个写史的人，求的最是信而有征，到了自身，空留一叹。

二

在中国，无人不知司马迁，他让韩城成了一个大去处。一个对史有情的人，应当来看司马迁祠墓。这个看，其实是拜。

祠墓踞势很高，全在一道巨蟒似的山梁上筑起。它那绵亘中带着的跃动气韵，已叫初到的我看得出来了。山梁的地势不平旷，无法把一大堆殿宇挤在上面。妙就妙在兴工前，那些做规划的人大概费过斟酌。在逼仄的地方高筑楼台，中国古人还是有心得的。我到过的蓬莱阁、普救寺，都是营造的好例。司马迁祠墓建在这样高的地方，很是轩昂，简直把整座山做了它的根基。陶渊明在他的诗里说："死去何所道，托体同山阿。"抬眼往上看，你会以为陶诗仿佛为此而吟。这一带的山，呼为梁山，可说有些名气，东面又临着黄河，大河之水把山衬得很峭。梁山借了黄河的势。

建筑承载精神。祠墓自西晋永嘉四年始建，历代屡修。每一次新葺，都加深了后世对于史圣的怀思与钦敬。感情的积累延续了文明的传承。来这里的人，走在山道上，仰看祠堂的直壁翘檐，一时的心绪，还能不是"拜"吗？此刻光景，比那"万户楼台临渭水，五陵花柳满秦川"的诗境，总也不差吧。

先要过一条河，芝水河。河的名字是汉武帝起的。从前叫陶渠水，有一年，汉武帝在这里采得灵芝，就给河水换了叫法。这个季节，河水没到丰沛的时候，又细又浅，也不清亮，水色有一点黄浊。水草却长得旺，这儿一片高的，那儿一丛矮的。高的能过丈，暗绿的叶片蹿得很长，在风里柔软地弯垂，平常的蒲草长不了这么猛，我瞅着像芦苇。矮的不盈尺，光亮、细短的叶子拢得紧，聚得密，一蓬蓬散开在河滩上，花花搭搭，太阳底下闪出鲜翠的颜色。

河上架桥，芝秀桥。过去，出入韩城都要从这里走。这是一座明代修起的五孔的石拱桥，桥栏的柱头雕着一些图纹，都是好手艺。工匠们做完了活儿，远走四方，他们的名字，没法知道了。后来，杨虎城和邵力子拨付银币重修过。桥面受了风雨的剥蚀，已很老旧了。铺上去的麻石，粗粗大大，一块鼓，一块陷，经过很长的年月，走过很多的车马，才会这样。带些坑洼的石板留着故人的足迹，值得低回。

桥那头，是一个坡，名为司马坡，想必是因太史公而得名的。坡倒不陡，就是一个大斜面，一直通向祠的正门。门檐之下横着白色匾额，八个黑字：汉太史司马迁祠墓。过了这道门，就是上山的路了。山算不上多高，爬到顶还是得费点力气的。从维熙年纪大些，抬脚吃力，留在山下默望，谓之"游目"，饶可尽意。蒋子龙还行，腿下无倦，噌噌奔到我前头去了。

古人在山梁上砌出石径。石径不是"一马平川"，是有些起伏的。大块的石板横铺在倾侧的陡坡上，或者把青砖竖着墁上去。遇见弯折的地方，山道依形就势，斜着就上去了。走惯了平直路面的人会觉得不那么顺溜。这么多年下来，石径好像从未大动，原初兴许就是这个样子。保留了这点"凸凹"，很好！修祠的工匠，舍不得把山给铲平了，也就没有废了好风景。本来嘛，在山上凿出一条路，哪有那么坦阔的？低头登山，脚底下不平，甚至会硌得慌，当然有点累人，可是登了一气，仰脸往上看看，还想接着登。走在历史辙印里的感觉是熨帖的。这里的石径，比起许多山间铺满柏油的步道有意味多了。山梁之上多牌坊，牌坊之间的空白要靠这条苍古的石径填补，就像人生的不同段落总要凭借记忆连接。

踏过一级级阶坎，在一个坡前，立起木牌坊。漆色有些褪淡了，坊额上的字还辨识得出：高山仰止。这是从《诗经》中挪来的老词，用在这里，还是有力量的。这四个含着深意的字，触动了我的联想：这条路上，满山的人是朝着一个伟大的灵魂走着，无数的心里都深印一个傲然的身影，崇峻如山。

往上登几步，迎着我的又是一个木坊，漆色照例残了，清朴之姿，犹似当年。穿过，舒了一口气，朝前一望，上面又有一个，是一座灰色的砖坊。坊额上写的是"河山之阳"。字是一个叫翟世琪的人的手笔，此君是清康熙年间的韩城县令。他应该读过《太史公自序》，记住了司马迁自报家门的话。"河山之阳"，指的就是东面的黄河、北面的龙门山。这一带是司马迁的乡园。石级尽处为山门，檐下"太史祠"三字，气韵很足，题撰者王增祺，也做过韩城县令，时在清光绪年间。

里面是个院子，上山早的人，这会儿已在院中兜了一个圈子出来，余味还在脸上泛着。山顶地狭，早年辟建时就定了一殿一宫的格局，今天看到的还是老模样。殿是献殿。这是一座敞露的建筑，简单得没有什么装饰。几根木柱支着瓦檐。设了一张石案，上面刻了简单的花纹。祭祀的香鼎我没有瞧见。殿里差不多全是碑，并立殿中的，嵌在壁上的，高矮大小，为数总有几十块。除了述行状、表功德、寄怀思之外，那些专记载所谓历代修葺之事的，当然也不会少。

　　宫是寝宫。坐北朝南的屋子，背着光，有些发暗。宫门用木栅隔着，进不去，那就站在门口端详吧。后墙修了槅门。槅门涂红漆，还雕了花。门后供着司马迁，是坐像，身量比常人略大，穿一件大红袍，束发，在头顶绾成一个髻，垂着几绺细髯，一张白净脸，透着文雅，双眸发亮，好像看着你。这尊像，塑出了一个温良的司马迁。论年代，他离得太远了，依然是可亲的，不像佛菩萨，叫人琢磨不透。我瞧着瞧着，连自己的眼光都柔和了。太史公的悲慨，多年压在我心上。他为史而歌，歌声断处，想到逐岁月而渐老的年华，内心会是无尽的空茫吗？夜静无人的时候，月亮挂在空中，像一颗孤独的游魂，悠远的微光冷冷地映着淡青色的云絮，他那双寂寞望天的眼睛里，还噙着泪吗？"穆然清风"是题在门额上的颂词，草书。寥寥四个字中，含蕴风骨。造像前不见蒲团，摆了几个花篮。无人跪拜，也无人磕头，挺好，司马迁没有被整成一尊神。那天进到韩城的文庙，蒋子龙讲，坐在这儿，说什么都是太轻了。文庙供的是孔夫子，这里供的是太史公，带来的感觉应该是相近的。无暇久作流连，转身前，我在心里对这尊坐像说一声：我该回去了。

　　有两个拎着塑料袋的农村男女，走过来，朝宫里瞅了半天，作了一阵揖，低声说着什么，不舍离去。他俩若是本地人，较之外省来的游客，对于太史公的感情可能还要深些。门前放着功德箱，里面稀稀拉拉有一些钱。

　　这个供着司马迁坐像的宫殿，为一山之主，突出在山梁之上，我刚才在山下远观，高不可仰。有它在，满山都是光芒。此座建筑，好像未加新饰。单檐，短廊，当年朱漆已凋，不那么鲜亮了。漆色有些沉黯，也未补敷。不刻意更好。我过身的牌坊、宫殿、山道，还都留着旧颜色。这座古祠墓，没有变味儿。

　　寝宫后面，相隔不过几米远的地方便有墓茔立在那里。建祠之初，有个叫殷济的汉阳太守修过一座司马迁墓，是不是和祠堂建在一处呢？已经闹不清楚了。眼前的这座墓，早就不是那个了，却是元世祖敕命筑起的。兴许为了表示对于这位汉家史官的敬慕，或是应对某种需要，自然要来一番作意，这就有了用在建造上的手段，添些浮饰上去，看起来才觉得体。老百姓说，早先这里有一座土坟，忽必烈那一道令下来，经匠人新甃，通身的气派竟像个蒙古包似的。在我看，这是个砌了砖的大圆丘，早先的土坟给裹在砖壁里头了。忘了是哪一位跟我讲，这其实是一座衣冠冢。这个说法不知是怎么传开的。真的吗？我有所疑，又不知道应该去向谁讨教。正中那块刻着"汉太史司马公墓"的碑碣，有落款，是清乾隆年间立的。

　　坟头长着一株很大的侧柏，有年头了。树皮上的纹理拧着劲，比老人的额纹还皱巴。枝叶交缠，树下一片苍翠。墓周的砖石上镌了一些图案，多是花卉，也有八卦。我绕墓一匝，没有看出什么意思，怕是辜负了旧时巧匠的妙想。不过我明白，这一抔神圣的黄土，只接受景慕的眼神，拒绝任何狂慢的表情。

沿山筑起带垛口的高墙，把祠墓跟外面隔开。代代年年，每一束经过的日光和月色下，树丛、飘云幻出的图形融入沉沉的墙影，静谧得宛若孕育着神秘的隐喻。悄寂的墓穴和宁恬的空气之中，安详的灵魂与匆遽的时间对视。野花、杂草逃离风声的喧扰，凝神谛听无声的交流。我进入了一种境，很实，又很空。这一刻，我觉得山岭上的所有光泽都是从司马迁的眼睛里闪出来的，在漫山耀动的静穆彩晕中，他浮升在遥远的天边，流云轻拂着宽博的衣袖，祝祷的诵声海浪一般涌起。他的深彻思想，他的复杂心绪，变成文字，静静地躺在书页里。两千年了，没有人能窜削它，它永远保持着原本的姿态。会有那么一天，读过《史记》的人离别这个世界了，它还会继续留存于传世的伟构中。文字终归比人耐久，能够经历更长的岁月。天下写书的男女都是认可这个道理的，遑论司马迁。古今有那么多视文为命的痴心人，以写作走向自己的理想，因为他们相信语言具有固化思想的魔力。一生心事在文章，有了此番恒心与毅力，"用志不分，乃疑于神"这种话，也是不虚的。名山事业寄着这群人的整个的生命。若失掉字字浸血的付出，许多人类的精神痕迹，早就荡然。山路的一个牌坊上写着四个字："史笔昭世"，道出了司马迁在历史上所留下的，不仅是一部书，还有更为深厚的底蕴。漫长的时间里，这个世界上，虽然不再有太史公的躯体，却依然有他的思想。司马迁让后人在《史记》里找到了过去。

祠墓之东，黄河的浪影奔舞，让苍茫的渭北高原经受庄严的洗礼。涛声阵阵，滚雷似的在远方喧响，如同天地间最雄壮的音籁。河上望不见船帆，我的思绪却像船帆飘起来，卸掉命运自身的沉重，逆着时光的流向，去接近一颗高贵的灵魂。

司马迁的一生和汉武帝密切相关。握了予夺权的汉武帝，给了他修史之责，也给了他难言之辱。司马迁祠墓和汉武帝祭拜过的后土祠隔着黄河相望，这是能够牵动人的感情的。我去年到晋南，听运城人说起后土祠，有的还能背出几句汉武帝的那首《秋风辞》："秋风起兮白云飞，草木黄落兮雁南归。"这个刘彻，在汾河的楼船上悲秋兼怀人，调子亦极缠绵凄切，可他未必想过太史公的内心之痛。

司马迁祠墓与后土祠各在大河东西，也许是一种巧合。一个"牛马走"，死了还得在帝王近前陪着吗？哪有那回事！

2015年6月12日

青草覆盖的原野

"你的心胸有多宽广，你的战马就能驰骋多远。"成吉思汗的声音响彻千年。这是草原壮美的形象在一代天骄灵魂上的热情投影。万顷草浪，解放了他的想象力，敢把一生交给天下。

初来赤峰的人，克什克腾旗的风景在歌声里。歌子唱到西拉木伦河，唱到贡格尔草原。河流是动态的诗歌，草原是静态的散文。这诗，这文，都染着鲜碧的颜色，浸得目光湿润，心灵柔静。遐思之时，一个俄罗斯作家——米·普里什文的苍老形象在我心中映现。这位"钉在散文十字架上的诗人"，把爱献给了行吟途上的山水，一次次在自己的作品中歌唱春天的旷野、林地和溪谷。我的脚迹，仿若跟他悠长的屐痕重叠。

从一个叫热水的小镇出来，纯美的风色开始夺着我的神魄。微凉的晨风撩去轻飘的薄雾，贡格尔草原渐渐由暗夜中显露出面庞。一些云飘得很高，一些云坠得很低，无羁地变换着轻盈或沉重的形姿。横在云絮下的牧场、河滩、沼泽、森林，统统被绿色主宰，造成视觉的独裁。我，一个刚从睡梦中醒来的人，被缓缓降临的黎明点燃曙光般的激情。对草原的认知，就这样展开了。

芊绵的青草不染一丝浮艳，海浪般漫向远方。它带着蒙古高原的旷莽，殷勤地为大地装饰朴素的底色，这底色不像从地心漫出，却像从寥廓的天际倾泻下来，翻滚着，掀腾着，瀑布般悬垂，充满植物强旺的生长本能。只有草原拥有这种伟大的禀赋。那一刻，我的眼睛离不开它了。草原幻出的造型感，奇丽、绚美、磅礴，是一种超现实的存在。不知是那片新鲜的绿让我的心灵年轻起来，还是从我身上迸出的青春气息反射到碧草之上，我只顾欣喜地跟它对视，并接受慷慨的赠予。

浪涛般汹涌的绿色，将我逼离城市的苍灰调子，强行置放于一个陌生而新异的世界。这种简捷率真的方法，至少会使我在色彩的差异上找到草木和楼厦之间的明显对比，且让精神以一种直截的方式进入草原，做出融为一体的尝试。我当然明白，只有在到处皆绿的季节，光色的奇妙性才能引来欣赏的惊叹，待到色泽转黄，逗留的眸光便要绝情地飞去了。

贡格尔河在烟雾浮绕的草滩上盘曲，一道接一道的水湾牵挽着天上的白云安静地卧在波心。我听不见一息声响，只望见它蟠龙一样的身子闪着炽亮的光斑，大鸨、灰鹤、天鹅、鸿雁、银鸥、百灵的飞影或急或缓地掠过，更有蒲草、芦荻、黄花、白蘑，摇荡在四季的河畔。

往前的地势低缓了，也愈加平阔。目光极处，草原那清晰的边缘叫人一望，恍如遥对着弧形的海平线。丛草在洁净的风里皱起层层纹缕，落在太阳的光焰里，宛若海面灿灿的鳞波。带着高原气度的草野，暂且收尽狂傲，匍匐着身段，曲水一般温驯，又将饱满的绿意漫坡遍冈地恣情泼洒，似无歇止。不等风来，无边的绿色就欢悦地舞蹈，翩跹的舞姿始终与音乐同步。抒情的流线扬起波浪的旋律，这种旋律循着一定的内在节奏向前飞荡着，和谐地呈示出史诗般的自然结构。绿色孕育理想，我听见一种高亢的呼唤，并在呼唤中骄傲地展开憧憬的翅膀。

黄色、黑色、白色的牛和马，一来到世上，就认识了草原的绿，它们也许不会喜欢别的颜色了。喜欢就意味着不再离去，注定把生命交给清甜的草叶和甘洌的河水，彼此依依地厮守。这会儿，我的视线就触着此幅画面。这些草原上的牲灵，有的站在水边，一时不想走开，仍在贪恋牧草的清香；有的弯颈啃草，闲缓地移动，刚吃了这片，又叫那片招诱了去，总也吃不够。它们的生命有多久，这种贪恋和招诱就有多久。牧草特有的清香在咀嚼中进到它们的身体，又从油亮的皮毛和卷扬的长鬃上飞散出来。天然的草香经过这番"过滤"，草原的空气中便混合着消化的味道。逐着水草的牛马，犹若摆列在风景影像里的道具，又似安放在谱线上的音符，是蒙古族长调民歌里的音符，缓缓的腔调拖得那么悠远、低徐、深沉，一声声直颤到心里去，又飞上了天。

草色最宜遥看，无论晴雨，也不管迎着的是一缕晨光，还是一抹暮色。这个经验我是从唐代诗人韩愈的诗里得来的。"天街小雨润如酥，草色遥看近却无"，是他诵出的句子。贡格尔草原是这样，别的地方的草原也是这样。它从春天绿到秋，由于色调单一，也就总是那么纯净，那么宁谧，那么稳重，平展在天底下，不染纷乱的杂色。特别是盛夏时节的绿，分不出深浅，分不出浓淡，只是一片沉沉的绿。颜色也有熟透的时候。

眼睛看到的景况，未必都是真实的。车子停在一个地方，随游的年轻男女，带着笑声奔向草地，脚底摩响的沙沙声，倒像忍受不了重轧的草叶发出的无奈呻吟。我也跟了去。当我把散布着晒干的牛粪的泥土踩在脚下时，头一低就发现远看那么丰茂的草呀，到了近前再瞅，竟那样细矮，那样稀疏，无从将甸子遮满。真是浅草！等我退出一段距离，再来望它，又回到那片足以完美地表现油画风格的浓翠了。"真实性无须和生活相似。"法国诗人尼古拉·布瓦洛这么说过。默对梦幻般的颜色的流体，我宁愿相信这种视感上的错觉，因为它能够带来艺术的美。

朦胧的幻感极易被心灵领受，且产生一种微醺般的惬适。在我的意识中，绿色与草原已经融为一个词。天风吹荡的云团过来时，一片幽暗的影子投映在草地上，很快就像空中的过雁，无心停留，只是掠个身，就匆匆赶它的路去了。可是草原太大，不管是轻如羽翼的流云，也不管是引颈长唳的鸿雁，离去是要花些时辰的，人的双眼也望不断它。这种光景，可以去比大海，可以去比荒漠，可以去比沙碛，可以去比莽原。在大的风景面前，人一下子渺小了。渺如一棵草，其实也是幸运的，只因同样被托载于大地之上，庇覆于苍天之下。

这么一看，草原不是用于安置身体的，而是用于寄放灵魂的。从灵魂里挤出的东西，需要多情的表达。怅眺天野，让酷爱文学的我深觉无助的是，对着大块文章，只恨实现艺术意图的全部言辞失去了功效，精心搭建的藻翰宫殿刹那就崩塌了，散作一片忧伤的瓦砾。很显然，茫茫草原对于我的创作话语的考验到来了，如果我的词句不能重新获得语言力量，迅速在雄奇景致的粗粝皮肤上切开一个口子，将真实的情感血液般渗进去，便只能沮丧地低头做它的俘虏。

为什么要沮丧呢？做一个自然的俘虏也是荣幸的，说明你只在天地之间垂下桀骜的眼光。这时，从我的瞳眸里流出的光缕，就静静地落在一棵柔细的草上。那湿嫩的叶片储存了饱实的绿，我的心听到了涌泉般的浆汁在它娇软的体内汩汩流动的微音。绿色赋予的自信，让这弱小的生命显出一副沉静安稳的神态，迎向太阳射来的金线，它灿烂地笑了。我倾听这无声的笑，体味笑意中含蕴的明亮、纯美和天真，一道和暖的阳光也射进我的心窝，阴郁的情绪、无聊的愁思，顷刻就融化了。一阵风不知从什么方向吹来，小草的身子斜了一瞬，尖梢抖碎日光，拼力做出挣扎似的，风远了，又倔强地恢复了原有的姿态。这只是一棵普通的草呀，凝视它平静的外表，我的目光里燃烧起敬意。贡格尔草原上默默生长的小草，保持着顽强的生存风姿，独自带着不可剥夺的尊严挺立在这里，这里才是世界的中心。占据了神圣的位置，它们纤柔的身躯放射着常人难以发现的迷人光芒。这些凭借圣洁精神塑造自身的偶像，骄傲地显示出鲜明的形象韵致，在沸腾的绿色中天使般欢舞。霎时，我认识了地球上的所有草原。那些原始的状貌和表情，充满暗示与象征，人与自然的依存关系，带上了思想的透力与情感的热度。我庆幸自己没有忽略它们的存在，隐约读出了单纯而复杂的意蕴。在对自然界的直接观察之后，我急于做的，是将悄然在心中占有地位的素材，珍存在忆念的文字里，哪怕只是裁取缭乱景物的一角。

贡格尔草原深处，汪着一片大水，达里诺尔。诺尔，应该就是"淖尔"，蒙古族人把湖叫作淖尔。

达里湖，是草原养出来的。萋萋之草，蓄住了水源，让水泡丰沛、沙泉充畅，汇出欣欣的旺势。湖畔的浑善达克沙地上，沙蒿、茅草低低地摇动，像是呼应着波状沙丘的律动。沙榆、云杉、油松，闪耀着墨绿的树影，回归荒漠。

淖尔是深情的，高原的淖尔更易惹我来一番体贴。每当看见这样的水，就要叫我想起兴凯湖。我从小在那座北方的湖边长大，渔民的性情是一粒种子，深深地种在我的身上，一遇上带着鱼腥味的水和空气，这种子就要开出花来。我和湖水在绿色里相遇，不啻一次幸福的重逢。

这片淖尔是贡格尔草原明灿的眼眸，熠熠地映亮我的视线。它具备草原那样坦展、辽阔的气韵，卧在葱翠的草色间，偎在晴蓝的天光下，我好像打量一座凝固的湖。顺着岸边的阶地走了一段，我下到平阔的湖滩，在悠闲的轻踏中让双脚感受柔草的弹性。我又跃上瘦硬的湖蚀崖，往北面苍黑的熔岩台地纵眺，目光在石林般的火山锥上停住了。那座状如砧子的古火山，点点浪蚀的旧痕，巢窠似的丛集在它的表面，若把眸子凝得专注些，则能辨识出动物岩画模糊的残迹，远去的先民在这里放牧，在这里畋猎，在这里捕鱼，在这里耕种，温度犹存的种种，都烙印于古拙的线条和依稀的色彩上。我将视线朝西一转，记起那枕着寂寞浪声的元代鲁王城故墟。当年雄藩，王气尽消，倾力兴筑的宫门、殿堂、府邸、寺庙早已颓圮。比衰落的厄运更残酷的，是被后世遗忘。有什么办法呢，篝火熄了，灰烬只能成泥。默忆中，我倏地感觉到古人的余温了。

嘎松山是湖区的极巅。我虽未登临它的脊岭之上，被草色染绿的想象却在飞。时间雕塑着一切，羊草草原、台地草原、疏林草原、针茅草原、盐化草甸和玄武岩盆地、湖积平原、湖盆沙地、风成沙地排列出的景观格局，令我的眼睛处于紧张状态，可我一个寡识的人，怎能端详得出其间的奥妙？地质变迁的遗痕深镌在平旷的湖滨，代代年年经受着叠卷的水浪的冲击，也招来我敬畏眼色的轻轻抚摩。嶙峋的肌体布满鳞伤，也闪烁神秘之光。受着这种感受的驱使，我突然产生了调用高密度语词刻绘它们的冲动，以便让具有丰饶意义的物象闯入我的文章。

湖中多华子鱼。华子鱼的学名叫瓦氏雅罗鱼。这是一种抗寒又耐盐碱的鱼，故而能够在达里湖里活下来。鱼身侧扁，个头儿不大，有些像我们兴凯湖的麻鲢。入口，腥气稍重。

坐上船。船到水里，就如一片闲荡的叶子。湖里风大，四围全是浪。蒙古人觉得它"像大海一样宽阔"，难怪。这下，我明白了"达里诺尔"的意思。

贡格尔草原之南，乌兰布统草原接续着那片无尽头的青绿，仿佛精彩的情节剧展开新的段落转换，而剧情线索和逻辑则是连贯的、递进的。绿色的主角永远不会走向终场，因为大自然继续强化着它的生命力。

这里的草浪扑向低昂的山岭与丘峦，几近一匹匹抖开的宽幅幕布，笼盖开去，疾奔的马群那般狂放。视域之外的空间独有一种无限邈远的感觉，足可容纳联翩的浮想，意识也像朗丽的云天那般莹澈而清明。一座赭石色孤峰，兀起在我的眼前，峥嵘的神姿很似阿斯哈图石林的风蚀柱。一条不知被多少人踩出的土径，呈着蛇形延伸上去。我踏着它一步步接近那高傲的尖峰。峰头耸着一个锥状的敖包，棱角粗硬的锐石沉默着，冷峻而又安详。这个敖包，虽不见彩霞一般的哈达、经幡和绸带，也不见果盘、茶酒与香烛，形式意味仍那么强烈，宗教含义仍那么深奥，祭仪的庄严气息犹在萦绕。神灵在天上注视着，变幻的烟霭透露出谜一样的情调。一片云飘近，投下灰暗的影子，敖包上的每一块石头都湮沉在黝黯中，四野又是死灭的静。我的心蓦地一紧，只有在面对冰凉的眼神时，我才会生出这种感觉。云翳移开，草原上的太阳照下来，一切重现了灼亮。大兴安岭和阴山的青影，在远处的飞岚中横斜，迤逦而近燕北山地。圆顶的毡房像一个个白色的蘑菇，散落在绿草映带的隆阜与低岗上，点点畜栏傍在一旁。那里会飘出奶酒的醇香，会传来马头琴的颤音。还有星星般的彩花，温煦的阳光含情地暖着它们，浅蓝的马蔺、明黄的线叶菊旁边，总少不了金莲花。丛杂的冷蒿、芨芨草间，摇颤着一种漂亮的花，花冠半圆，薄瓣莹白，又透出点点紫红，犹如被渗入地下的战血浸过一般。草原上的花，有些是在金界壕的沟堑、堡垣、烟墩、递铺边上生长的，柔媚的花，含着刚烈的风骨。后来知道，我看到的是狼毒花。外形极美的它，却配着这样一个名字。

康熙帝征伐噶尔丹的古战场，现今已是一派沉寂。那时烽烟，留在乌兰布统草原上的旧迹愈加浅淡了。玫瑰色的晚空下，将军泡子的流水是那么清澄，岸草是那么丰美，红柳是那么劲苗，白桦是那么挺秀，波光与树色交映出的清景，它的幽静灵秀叫我疑心到了千里之外的江南，魂魄一时也被此处风景夺去。

这里的骏马若是狂奔起来，从飞闪的姿影，从扬动的雾鬣，从追风的霜蹄，从仰空的长嘶，我犹能展开岁月的遥忆：

飘舞的军纛遮蔽天色，突驰的战骑拼死冲杀，刀剑迸溅的血光，映红了漠南与塞北。在同一个地理空间，这些神奇而动荡的史实不曾等待我的到来而早早地发生了。草原有自己的意志，一切都服从于命运的安排。如同一年又一年，它在节令的无休止轮替中，严格依循季候的推进，一茬茬出生，一茬茬死亡，不倦地重复着草色的转换。既然我再也无法抵达昨天，走入神话般的现场，那就回到属于自己的时代。或许只有用新的眼光，才能看清草原的本质。

过去的事情，没有像水雾一般消逸，永远能够显示出对于未来的意义。又一片草野向我扑来，我的目光楔入时光深处，无言的凝望中，草色不再单一。我第一次发现这单一背后隐藏的丰富，第一次从游牧文化的古老源泉中寻见新鲜的生机。西拉木伦河的波涛导引我追溯时光：从玉玦、碧玉雕龙、勾云形玉佩上遐想红山文化的久远；从青铜头盔、青铜祖柄勺、嵌贝彩绘陶鬲上寻味青铜文明的古韵；从银鞍桥、架鹰木俑、摩羯纹金花银盘上观鉴契丹王朝的风尚；从钧窑公道杯、冬青釉葫芦瓶、双鹤祝寿金饰上领受金元时期的民俗。思绪悠悠，我忽然体悟到，自己朝草原奔来，不是为了看到什么，而是学会理解它。我忍不住要把深邃、厚重、沉毅、雄野这些富于表现力的词汇都献给草原，为阅尽沧桑的它，镀上历史的光泽。

2016年9月25日

冰川下，水树交映的波密

一

波密这地方，不大像西藏。县城在扎木镇，镇上流着帕隆藏布，我傍着江岸走，步子急了点，并不呼哧带喘，口鼻的每一次吐纳，挺匀的。初次入藏，还是在这以前二十多年的事情了，当时在拉萨落下脚，不敢快走，生怕捯不过气来。

波密的气候，是很温润的，带着甜味的温润。树长得好，闪到眼睛里，尽是冷艳的绿。便是到了冰川的林地，雪虽然轻盈地落满，宛似松软的绒花缀上枝头，晶莹的雪粒间却裹着明翠的叶色，还杂着一些黄得发亮的野花的影子，真像鲁迅在散文诗里歌唱过的："那是还在隐约着的青春的消息。"寒冷中的暖意，孕生着雪野上的精灵。

岗云杉林，一片很大的林子。波密的树，没有谁来修饰它，透着一股野气。多的当然是云杉。这个树种，为中国独有，有的活过千年。云杉通直，挺在那里，姿态很好。树冠被阳光吸着，只管朝天上伸，几欲冉冉乘云而上。有些树，疯了，乌黑的树干忽然会分出一些很粗的权子，歪歪斜斜地胡乱长去，真是奇形怪状！有一片青冈树，就是这个样子。树色一味地黑，焦炭那种颜色，把它们画到纸上，笔墨必不会滋润，影调只能是苍黯的、枯淡的。青冈的枝叶上，生着一种细草，其色苍灰，风吹来，胡须似的飘，只有在极纯净的环境下，它才会长出来。波密的空气是纯净的，我眯着眼睛迎向太阳，空中没有半点微尘。这种寄生植物，本地人呼为"龙须草"。有天傍晚，为了望一眼夕照下的南迦巴瓦峰，我在鲁朗风景区停下，色季拉观景台的小街旁摆着满筐龙须草，售与路人。卖它的人讲，龙须草是能治病的。治什么病？我忘记了。

帕隆藏布流过的地方，青冈其实是很多的，长相好像没有这么古怪，不知道为什么，到了这里，会长成这个样子。"梅以曲为美，直则无姿；以敧为美，正则无景；以疏为美，密则无态。"龚自珍借摹状病梅，直刺文人画士染上的孤僻之瘾。换作树，生得怪异，算"病"吗？这是个审美话题，我说不好。

好些树我不认得，大概只有在波密才会见到。铭牌上标注的树名，我也是头回看到。我碰上几个东北林业大学的师生，不辞远，从哈尔滨跑来，在山坡上走走停停，搞植物多样性调查。自然界也是宗师，他们在向大地求知。

高山松。我年轻时在东北下乡，我们那里，松树有的是，不以为意。波密的松树不全是这样，它生长在三四千米高的山岭、峡谷和阶地。树身端直，跟云杉生在一处，亲若胞胎，或许受了云杉的影响，枝干争着朝高处伸，样子也是很傲的，其志凛然不可夺。它们的心里，只有天，夸它是树中的伟丈夫也是可以的。气候冷了，松针已不那么绿，甚至带一点黄，过午的阳光从雪山那边照过来，射到上面，显得很亮。

波密小檗。字面的意思很明白，这是产于当地的植物。生于灌丛、林下与迹地。枝条细瘦，叶子有点蓬乱。海拔这样高，能不灭，生命力是旺盛的。

光核桃。身子矮，算成小乔木，似乎有些夸张。蔷薇科，桃属。它以藏南一带为家，择高地而生，耐旱，喜光。兴许因为贪恋光照，才得了"光核桃"的名字。达美客栈前的旷地上，垒着一座玛尼堆，一蓬光核桃相依而生，弯细的枝条上，坠着红亮的小圆果，好看极了。

腺果大叶蔷薇。落叶灌木，喜凉润，产于东喜马拉雅山脉。小枝虽然还算粗实，只因是灌丛，叫四近的大树一压，亏了气势，长在路边，不大起眼。如果不是特意标示，好多人大约注意不到它。

灰枸子。也属落叶灌木，蔷薇科。喜择山麓、丛林为家。身量好像更高些。枝条泛红褐色，开张呈伞状。虽处阴寒之地，无碍生长。出了西藏，他省亦能见到。

长序杨。河谷、岸滩、山坡、林地适其安身。树干直溜，不甚粗大。西藏多有分布。

毛叶高丛珍珠梅。此种高山灌木，溪畔、林边也有。身量不矮。除去西藏，陕黔川滇一带亦可见其姿影。

尼泊尔常春藤。我眼前的这一株，叶片绿得鲜。耐阴，畏晒。附生在茎上的气根，很柔细，攀倚在一棵树上。树干皱皱，衰枯中犹显老态，常春藤给它添了一抹精神。

乔松。粗粗一看，跟他处松树无大异。藏南和滇南多见。这树立于丛草杂木间，可将古人"长松落落，卉木蒙蒙"八字给它。

微毛樱桃。灌木或小乔木。喜在林间与灌丛中扎根。夏季产果，我来得晚，没能亲尝，不知酸甜到什么地步。

杯萼忍冬。落叶灌木。低矮地生在冷杉、云杉、落叶松和高山栎之下，却不卑微，更无倨傲之态。

川滇高山栎。树种为中国特有。树身峭直，骨头一样硬，野蔓也难绕搭上去。踞雄峦之上，枝干指向苍天。

甘肃荚蒾。落叶灌木，为中国特有。陕甘川滇的冷杉、铁杉、云杉和松林之地，为其生境。

三桠乌药。落叶灌木或小乔木，樟科。喜光而耐寒，藏南的山谷、密林，恰是它的易生之地。广布四方，各省区均可找到它的身影。能入药。

蕨。这是一种草，生得丛密，几乎贴着地皮。羽状的叶片排列得颇有序，形姿很好，有一点凤尾之美。向阳林地与灌丛、草坡间，最为常见。分布较广。秋深了，叶子一片浅黄色。

高山桄木。"桄"字少见。遵"读字读半边"之法，也能略得其音。树的样子并无奇处，混于杂木林中。出了藏东南，游走于滇西北怒江、独龙江一带的雄山胜水，亦能览其树影。

波密植株，我列举殆遍了吗？未敢妄言。退一步，便是漏掉，亦无妨。天下草木，谁能遍识？故对雪域之树，不殚述可也。

中国咏花诗，《诗经》《楚辞》创其滥觞，多借丽句清词来比兴寄托，至六朝而独成一体，风调可同田园诗、山水诗相埒，所谓"性情渐隐，声色大开"是也。吟树诗，像是少得多。历代文士那里，树不像花那么容易叫人动情。看着身边的树，我只恨自家短了作诗的手段，很觉亏欠了它们。

这些树木，是陌生的朋友，在我的生命旅程中，迟早会与它们在植物的宫殿相遇。

这么想着，我的步子又迈开了。这片神秘的领地哟，我不是第一个到来者，也不会是最后一个观鉴者。脚下枯腐的残叶铺满了林径，我踏着枝叶的尸骸行走，沙沙沙，连续的轻响是曼妙的林语，在抒情性的节奏上，跟我内心的声音那么谐和。无比的适意与畅达，无比的舒展与从容，是野树和江村向每一个敏感的灵魂发送的赠礼。我仿佛听到一阵亲切的呼唤，从很远的年代传来。

恍兮惚兮，梦里花雨飘落了，我宛似闻到风中的香。

　　一个本地汉子趿拉着鞋子，闷头闲走，鞋底蹭地，跟草叶摩触发出的动静，细碎，幽微，好似虫鸣。脚边跟着一只黑山羊，颈上拴了铃铛，一路响。汉子把它当狗养，好歹是个伴儿。

　　往前是草湖。草湖的树愈稠密了，根叶肥润，排立在环湖的山上，一棵挨一棵，连成片，一派壮观的群落。这是草树的世界，无数精灵快意地翔舞。可惜我看不见它们的姿影，也听不见它们的欢歌。从沉眠中醒来的灵魂哟，飞鸟才是最好的伴儿。我的踏入，破了这里的静。

　　低处的植物也不疏，丛树列在湖边，沉沉地列着，睡去一般。湖水是极绿的，沉静的绿，只有在青藏高原，才能看到这么莹澈的水色。树影更绿，互为映带，美得不得了。我从心里喜欢，凝神盯着，连大气都不出，怕吹皱了水。

　　草湖的境，有些"清"了。跨水架起一座木桥，桥身颇长。倚栏望湖景，是此刻最宜做的事。这个时节，水枯瘦，涨不满湖，裸出的是湖心的滩地，看去更像低湿的草甸子，上面皱着密如鳞片的痕，很乱，那是波浪印下的行迹。

　　流出一泓水，极清冽，看得真水底叠错的卵石。依水一株野树，孤瘦的影子显出凄清的况味，只能在轻响的水声里喋喋自语了。光润的卵石阻不住水，无奈地任它淌过了桥，奔山外去。近水的滩上，生出一层浅草，看在眼里，茸茸的，软软的，铺了一片锦茵似的。云影袭上来，倏忽陷入沉暗，待到阳光灿灿地透出，又耀得亮眼了。

在这个地方临风默坐，水波映目，鸟音盈耳，心一下子就宁帖了。眺飘云、追鹰影尚不能尽意，那就闲望积雪群峰，静观披绿山岭。这一刻，神意飞远而久不知倦，恰如宋人语："殊无纤介世俗间气韵。"我能够想出夜来时分，草湖该是何等的凝寂，何等的清旷。浮荡的烟波下，静影沉璧，当是月光下的幻梦。也不论萍蓬旅寄，也不论江海羁游，一个艰远路途上的人，若因这美境动情，该会抖去衣帽的征尘，形诸闲咏。

一只岩鹰直朝天上冲，去觅飞云的踪迹，也拉远我的视线。

林影遮着的岩石上，满布着一些我看不懂的经文，宣谕什么深义呢？我碰上猜不透的谜题一般，难住了。有一块大石头，其上镌六字真言：唵嘛呢叭咪吽。藏传佛教视这符咒为教义之源，它构设出人与神之间的通道。我绕石而走，身上仿佛沾了灵性。

默望圣洁的雪峰，我思忆帕隆藏布的第一朵水花；静视沃腴的泥壤，我渴念岗云杉林的第一粒种子。从第一朵水花、第一粒种子上，我寻到了波密风景的根。

我忘不了苍莽高原上这片初冬里深沉的静绿的湖水。

回到达美客栈。一个中年女人迎着我们笑，心地的朴实都在黑红的脸上。宁靖的年月里，她的面容少不了乡居的平和与安详。她掉过身，牵来一头牛，蹲下身子忙着给它挤奶，转眼就是半桶。奶很鲜，她说拿去打酥油茶用。

含在话里的，是生活的力量。

二

波密到底还是西藏。

车行川藏公路，在色季拉山口，我一眼望见南迦巴瓦峰。我没有见过这么峻直的雪峰，这是一尊站在穹苍之下的天神，昂着高贵的头颅。在它面前，所有的山都矮下去，云也低了，只浮在它的腰间轻缓地去来。

超想象的景观，创制庄严的形式感。南迦巴瓦峰是冰雪塑起的精神之塔，海拔当在青藏高原之上。地理高度可以用数字表示，精神高度却是无形的，不受数字的框定，天有多高，它就有多高。思想是会生长的，长成参天巨干，证明灵魂的魔力异常活跃与强大。每个人心中，都挺立一棵常青的树，枝枝叶叶摇荡着神性，苍穹因之生动。

这是《山海经》的世界。

高到天上的冰峰，吸引多少仰望的视线，而它却在抵抗旷寒碧霄的死寂，战胜空气稀薄的艰困。它不担心穹冥的倾覆，也不忧虑地壳的沉陷，永远保持傲然的风姿，表现了对宇宙的绝对信赖。这种坚韧与镇定，让所有投向它的目光炽盛地燃烧。

波密的风景，离太阳最近。太阳直射，照透了一切，波浪般的林涛、花海吸满阳光，到处都是明灿的，世界上的艳彩好像全集中在这里。无边花树，用四季姣冶的容态，烘衬矜严的天神。

通麦大桥下，帕隆藏布、易贡藏布二水合流的地方，有一块坡地，我曾跳下车，在上面踱步。日光晒得坡地发干，失些沃润之气，又入了冬，究竟不碍花开，一大片格桑花偎在一起，灿灿地黄着。湿露早消了，半蜷的叶瓣柔顺地展着，晶洁的光还在，娇娆如婴儿面。谁人一唤，群芳犹作乱蝶纷舞，翩翩扑人了。这段路凌空架于绝崖深峡之上，甚险，鲜丽的花色能够宽心，不致丢了胆子。天神懔懔，若有情，也会俯下高傲的身躯，向这些姿态很低的花朵微微一笑。

"有一类卑微的工作是用艰苦卓绝的精神忍受着的，最低陋的事情往往指向最崇高的目标。"这是莎士比亚写进传奇剧《暴风雨》里的台词。一个断无轻狂、浮浪、薄幸之心的人，目迎路边小花，即便小花湮入灰埃，又怎好亏负其半分？

南迦巴瓦，照着藏语的意思，是"直刺蓝天的战矛"，好名字！七千多米高的巨型身躯披满冰雪，宛似一个硕大的晶体，闪出银色的冷辉。天光映彻，它的通体都是半透明的，那上面印满神秘的符号与图记，仿佛蕃域高原的象形文字那般古远。我仰观这云中的图腾，隐约感到原始信仰的力量，不禁要用语言向雪峰致一个圣礼了。

就在这座雪峰下，雅鲁藏布拐了一个大弯。我虽然未见这雄险的奇观，却犹如听见激湍荡彻峡湾的壮阔声响。这种大开大合的风景，只会在喜马拉雅山脉、念青唐古拉山脉和横断山脉的交会地带出现，况且崖嶂错列，逸峰兀耸，危岩奋而摩云，峭崿怒而刺天，此等山林气象，皆拜造化所赐。"状难状之景如在目前"，是困难的，因为画不出来，文字也靠不住，照相虽说不是我的所长，最能近真者，唯有它。

夕晖下的南迦巴瓦峰，敷了妆彩似的，显出媚秀的红，甚或含些羞。夜来之前，冷峭的容色消去了。我等到了这个时刻，专意做的，自然是把雪峰泛出的赧颜摄入镜头，不，是收到心中。明艳的光焰，照亮时间深处。思绪悠悠，历史想象带我入了一种境，遥远之境。我看见聂赤赞布的雄健躯影。这位第一代藏王，这位吐蕃王朝的祖先，临朝秉政，是握着天授，或说神赐的君权。他家乡的桃花谷，我是到过的，虽然未逢春日，几百年树龄的桃树枝头，万花盛开的妍倩光景，可入浮想。

超离现实生存的限定，让远去的英雄回到当今，在行为上不可能，而在精神上却是可能的。我恍如看见天神之子心灵的光芒。

几天后，我由波密去林芝。路上，在聂赤赞布寄身的藏王洞前低回了一阵。如此低狭，如此湫隘，真是贫居之所。栖于山林，伏于岩穴，这样一位创世之王，也是能忍的。早年间，我过晋南临汾，进了尧帝的故家伊村，登临神圪台，读崖头古碑上"茅茨土阶"四字，兼想起韩非子"尧之王天下也，茅茨不翦，采椽不斫"这句话，慨然而叹。眼下，由这粗陋的老洞忆及雅砻河东岸那座状如碉楼的圣殿——雍布拉康，也是藏王曾住的，不止一叹，而是再叹，乃至三叹。忆史，是对过去时光的怀念。

还记得在藏王洞，不等我走开，几位穿褐色长袍的男女，转山过此，口中若有唱念。看着他们满脸虔敬的神色，同上古先民"以祠宗庙社稷之灵，以为民祈福"大致无二，行的可算"柔嘉"之事。

跟南迦巴瓦峰隔江而峙的，是加拉白垒峰，山势虽也算不得弱，但是矮去了一截。

去看米堆冰川。

车行318国道。波密县境的这一段，路旁大有风景：雪峰、云岭、林麓、江流、涧壑、沟谷……只怕你瞧不尽。靠近村野的地方，会闪出平阔的牧场，草木萎落，泛出单调的枯黄色，圈起的牲栅畜栏和散卧的牦牛不难瞥见。

途经松宗镇。抬眼望，目光迎着的，恰是两座山：左边的一座叫宋东巴热，右边的一座叫阿里措日。宋东巴热的山容并无奇处，惹我注意，只因它系着格萨尔王的身世，当然全是传说，听罢却情愿去信。阿里措日山，很奇壮，层层石板岩在崖顶横列，风蚀作用无声地改变了山岩坚硬的形态。因了这图案似的岩纹，我默对的这座神山，形姿真像一位沙场上的战将，冠了兜鍪，雄视天下。这山得了个俗名：盔甲山，很形象，一下子就记住了。盔甲山是时间塑造的景观，它的恒常状态是岁月固定下来的。沧海桑田的异变，叫人追忆无数细微变化的累积过程。这个过程无比漫长，漫长意味着等待，它磨砺着人类的耐心和意志。

冰川的成因，是地质学家深研的课题。李四光的第四纪冰川理论，我小时即听说过，里面的道理却少所知。一个作家着眼的，应是点燃情感的东西，这一刻，我只看到巨型的冰体在高原的太阳下闪闪发光，只看到冰瀑拒绝尘埃玷污的凝定姿态，只看到幽深的冰隙向天际敞开槽谷般的裂口，且呈示流畅的线形朝下延展。我的兴致全在海洋性冰川的外状上面，更倾近造型上的审度：雄峭的轮廓让我惊叹，阔大的体积令我昂奋，宏壮的色块叫我绝倒，简劲的线条使我迷醉。视觉感愈强烈，心理反应愈厉害。直觉带来的一切，是艺术想象的基础，也是审美历程的出发点。

我感觉到的，还有从印度洋那边吹来的季风，气息是潮润的。山脚下这个叫米堆的藏族寨子，灰白的灶烟正从村户人家的屋顶朝天上袅绕。听得见几声牦牛的长哞，也听得见几声猎狗的短吠，愈觉出这里的静。而森立于山麓的针阔叶混交丛林，拖着沉沉暗影扑近，又添浓了原始意味。

一条砌了青石的长径通向山里，越走越觉深与幽。唐人诗"大壑随阶转，群山入户登"，犹得此境的仿佛。朝上走着，我听见自己的心跳，嘡嘡嘡，停不下来。真是"气息惙然"。我怎么会这样呢？忽然醒过神儿来：这里的地势可比扎木镇高多了！我喘着粗气，坐入一个亭子歇身。海拔这样高，我不得不屈志折腰。脑袋一低，眼睛扫了周遭的种种。浅雪里露出一块块乌黑的石头，摞成小塔的样子，近旁的白杨树间，拴着绳子，系在上面的五彩经幡被山风吹动，如菩提树叶的飘拂。

是玛尼堆，我的心瞬时就沉静了。待到力气回到腿上，我又向着高处去了，到了一片冰湖边。湖已上冻，光滑的表面布满冰纹，闪着光，飘逸得像要飞动。湖的那岸耸起的低昂冰峰，禀赋天赐，带着神圣的气质，入了云。太阳前来温情地眷顾，冰峰感动了，苍老的容颜焕出年轻光彩。

好熟悉的风景！昔年在天山天池眺览博格达雪峰的情形，叫我想起来了。我对着的，会不会也是一座冰碛湖呢？

神的性格深度，凡人绝难悟透。一道峰峦刚刚望断，另一道峰峦又横在它后面，更有无数隐藏的峰峦渴盼现身，而每一次叠升，都将海拔增到新的高度，直到我把目光送到冰封的极巅。

这是层层的茧，这是重重的谜。如此大气的景观，理当产生古老传奇、玄幻神话和英雄史诗。若纵马放声，最宜长歌大调，而非短曲小令。突破限度，探觅未知，纵观山外青山的好处，大约尽于此了。

太阳虽然朗朗地照着，冷冽的空气仍令人生寒，身板单薄的，八成得筛糠。

自然的高度容易抵达，精神的高峰难以轻松攀越。但我到底是站在清朗的天底下了，自己也成了一座雪里的岩峰，燃起的精神烈焰向天际升腾。这样想着，不禁诗意飞扬。此刻，峡谷间浮出一片荒烟，弥漫四周，投映到我视线里的冰山，不像真实的存在，却如一团幻影，让我在凝眸中把它默想成任何形象，耀目晶光。围绕它，会有无数的想象，无数的虚构，也一定有讲不完的故事，讲不完的传说。一切皆源于信仰。冰山是一尊神，伫立于寥廓的思辨空间，能听见和听懂世间万物来自内心的声音。

下山的路，是在狭长的谷地上延伸着的。脚底踩的黑色泥土，混着雪，落满朽去的叶子，败草也有一些，很松软，带些舒适的弹性，这使我脚步轻快。到了山根，听人讲，那刚才被我踏过来的道路，从前是马帮走的，长年积下的马粪留在路面，所以踩上去暄。

茶马古道曾在川藏的深山老林中穿越。蹄音橐橐，艰难而沉重。

山下的雪，薄多了，好在峰顶载冰负雪，才不失好景。如果积雪化尽，冰川也便死掉，颓为一堆灰暗的土。那是大自然的痛苦。

水是最难捉摸的。或雨，或雾，或雪，或冰，气温变换着它的形态。雨是缠绵的，雾是缱绻的，雪是浪漫的，唯有冷厉的冰，才懂得收敛性情，硬得如铁。

水光盈盈的波密哟，也无论雨雾，也无论冰雪，帕隆藏布流荡的江身，米堆冰川明洁的峰影，让我初识了你，且在往后的日子里，朝夕萦挂。

2019年1月29日

晚霞中的鹤影

　　松嫩平原上的这块湿地，有一个蒙古人留下的名字：扎龙。很久了，湿地在人们那里是被看成荒泽的。这个"荒"字，灭了人的踪迹。还能剩下什么呢？只有一片寂静。寂静是宇宙的纯粹状态，以一种恒久的力量维持着生态的平衡。

　　进了腊月，看不见波纹的漾动、浪花的叠卷——冬天给了扎龙湖一张苍白的脸，浮显着僵冷的表情。弥漫的雪色映彻四处，上下炫出的青光，一闪一闪地发亮。色彩不再丰富的天空，失去激情似的，像夜晚一样宁寂。风撩起单调的声音，为草木的残骸催眠。能够随风发出响动的是芦苇。芦苇不劳烦谁来种植，有水的滋润，自己就能蹿起来，长势总那么旺，盖过芊绵的蒲草，这儿一片，那儿一片，恣肆地挤满湖滩。我们一群人往里走的时候，对面过来一辆满载的卡车，厚厚的苇子一捆压着一捆，两端夎出车厢，像一座沉重的山。这是往哪儿运呢？

　　从前我在兴凯湖，满湖的苇子绿得接了天，哪个湖汊里的苇子长得好，早就有人惦记上了，瞅着眼馋，巴望着秋风赶紧把满塘的苇色吹黄，早点在芦苇成熟的味道里磨亮镰刀。一到冬天，湖面刚上冻，汉子们就抢着动刀了。钐镰最好使，贴着苇根狂抢，哗啦啦，眨眼就偃伏一片。厚道的苇子连气都不吭一声，被绑成捆，装上马车，往造纸厂送，在那里化成浆，做成纸，给肚有墨水的人在上面写字。

芦苇割光了，原有的生气也被毁掉。冰面望去一片裸秃，湖景因缺少映衬而失趣。途经的风放慢脚步，找不见苇浪曼妙的舞姿了。镰刀掠过的迹地上，残留着苇子的根茬，颜色渐渐变黑，像一排排丛密的髭须。待到来年，新的苇子长起来，枯茬悄悄地朝飞绿的浓影里躲。割下的苇子也不都送出去，各家还自留一些，当越冬的柴火用。苇子烧起来，劲儿比蒲草大，塞进灶膛，点着，呼呼刮风，柴锅不大会儿就热了，炖鱼、贴饼子，火候正合适。连着灶台的火炕也跟着烘暖了，手往炕席底下一放，真叫热乎。

扎龙这里，光景不一样。大部分芦苇仍然长在滩地，望去如同大片成熟的麦田——为湖景，也为丹顶鹤。苍莽的苇荡成了大自然护佑飞禽的理想屏障。

丹顶鹤的繁衍离不了丰美的水草、鲜活的鱼虾，扎龙湖以鹤乡的名义接纳了这个美丽的羽族，给了它们结实的皮肉、玲珑的骨架、劲健的翎翼，让它们在晨昏中展翅起落，星月下敛羽憩息。湖泽就是温暖的家。便是到了霜天断雁声的时节，湖里的芦苇也没有憔悴的颜色，盘曲的根系顽强地在泥滩中蔓延，扩展着庞大的群落，沼泽的养分足以使其长得无比壮实。

夕暾悠悠坠向柔缓的山脊，微小的变幻发生在每一个瞬间。我的目光向西扫去，想借着霞光的热度来融化凝在眼睫上的霜花。斜阳正被稀疏的云朵轻衬着，履行塑造风景的天职，殷勤地用艳丽的胭脂为大自然描妆。漫天红光热烈地燃烧，仿佛给落日举办一场隆盛的钱筵。透过苇丛看夕阳，奇炫的光缕在湿滑的苇秆间宝石花般迸闪，散碎成无数晶莹的彩斑。绚美的光线把想象越带越远，一直浸入青春的往事。我觉得心头一阵阵幸福地发热，心跳加快，手簌簌地颤抖，胸中轻响着激动的声音。晚霞能够让灵魂一同飞荡，气氛也庄肃起来。

我身子一转，向东边走去，身披的霞彩映着我黑色的逆影。这一刻，我的双肩扛着艳红的夕阳，它好像把我雕成一尊石像：禅窟里装饰着火焰纹背光的佛陀。栖居在瓦尔登湖畔的亨利·戴维·梭罗，于幽僻的乡隅思考深邃的人生。他把那句话讲了出来："一切值得记忆的事情都在黎明时的气氛中发生。"那么，我此刻的经验说明，一切怀恋的情绪最易在夕暮的天色下出现。

越往湖心走，芦苇越稠密，湖天也更显清旷。苇荡的中间，一道道弯曲的河汊覆上惨白的积雪，死蛇似的僵卧在那里。雪粉仍然保持着半透明的光泽，捏上去却是干松的，不那么柔润。有的地方，留着几串牛马的蹄印，轻浅、凌乱。寒天雪野，这生命的痕迹像冻硬的波纹，皱在那里。我的脚下断不了窸窣的响声，那是雪粉和鞋底发出的摩擦。雪粉挂上了鞋面，细如尘埃，我舍不得掸去，只因它洁净得不染一丝污浊、一点杂质。我轻轻跃步，踏上一条折了弯的游道，上面横铺了条形木板，那种舒适的弹性透入我的脚心。一片年轻的白桦林带着旺盛的朝气伫立路侧，挺秀而俏丽的躯干雪絮一样莹洁，树皮嫩润的光泽明亮地闪动。一个美术家，若动上几笔让它入画，北方乡间的风味就足了。

前面隆起一块高出草甸的半圆形坡地，把远处的湖面遮住了一些，目光只能跟坡后暮色渐浓的苍天和几抹悠闲的流云遥遥地相接。放鹤的地方便是这里。这片仿佛升在空中的坡地，圣洁、清静，隐匿于北方平野上的荒寂角落。比我们来得更早的人，也有那么一些，密密地站着，凝着神，等待鹤的影子从坡地后面闪现出来，仿佛伫立山巅渴盼日出。他们都穿着厚软的羽绒衣，身影印在冻雪上，像一面黑色的墙。这些人先一步体验到初临此地的新鲜感受，从沉稳的眼神里可以看出，他们的心情已如无波的水面那般平静。

山水的灵性，有些在鸟兽草木上面，孔子教人"多识鸟兽草木之名"，只恨我偏就少所知。尚未见着丹顶鹤的影，心里想的便极简单：它们是属于天空的，而我的世界在大地。

衔在驯鹤人嘴上的哨子清脆地一响，几十只丹顶鹤从坡地的那端闪出身。先是露出头，标志般的一点红，火苗似的闪熠。接着，是黑色的脖颈，是白色的胸脯，是修长的腿……它们列成一排，像在遥远的地平线展示着纤曼、妍美的形姿。你若细心一点，还可发现两三对雌雄的鹤，仰天交颈呢喃，那雄鹤的翎羽，细弱地振了一振，表达情感的含义。

这些鹤，是经了人工驯化的。依照古老的季节秩序，天冷了，寒气把一切冻透，湖甸里那些野生的同类，丢掉这里的冬天向南远徙，去苏北盐城的滩涂依偎暖阳。这种生息周期成了不可撇弃的刻板常规。野鹤飞去的地方，这几十只鹤没有飞去，它们把自己留给北方的严冬，在这片生命的繁殖地等待我们的到来。这种无意识的本能之爱，是叫人感动的，恰可入诗。一群鹤别离的家园，另一群鹤守望着，引得我也来做它们的伴。

一切都设计好了，深冬的湖天，迎来又一场盛美的演出。驯鹤人手中的长杆一扬，仿佛挑起巨大的帷幕。身姿颀秀的群鹤轻捷地腾起身子，空气把它们高高地托举，飞起来了，空旷的野荡顿时一片活跃。向着云际冲去鹤们，探着头，长长的颈子朝前倾着，翎翼平展，帆一样鼓胀。飞闪的流线，迅疾地从头顶划过，像开在天上的花朵，瞬间，空中幻影翩跹。我真愿自己浪漫的思绪永远停留在这曼妙的飞翔姿态中。传来的嘹唳是尖细的、清亮的、柔和的、宛转的，断断续续，响到晚空去。叽叽，嘎嘎，吱吱，嗞嗞……鹤们口中的啼啭，字典上所载的平凡的拟声词难以摹出。这种纯正的原声，是它们彼此才能懂得的语言。这语言是从鸣禽的喉咙发出的歌声，唱给人类的耳朵听。

苍天是鹤的原野，上面纵贯飞行的大道，它们把沉甸甸的羽翼交给了那里。清寂的湖空划过的舞影，矫捷、优雅、高贵、雍容。俯瞰大地的能力，给了飞鹤超越人类眼光的另一重视界，劲健的双翼永远骄傲地拍动。这些姿容娇娆的精灵，不会在寒冷面前瑟缩，奋力扑扇翅膀，切割着变幻的光芒，挽留那抹将逝的霞辉。残阳的光晕，磁力强大，诱着鹤群朝它扑去，翎毛上染着明艳的血色。

云一样逍遥的飞翼，要有蓝天做远景，近景是满湖的芦苇。数九天，鹤羽之下溅不起淡白透亮的水花，掠过苇塘的一刻，万顷芦穗却在余晖中轻荡起粉红色的雾霭，蓬蓬松松，像柔细松软的卷须，比空气还轻，飘摆着，升飏着，漫天旋舞起明洁的羽毛，擦拭着天空。

鹤的高翔和低旋，有自己的方向与节奏。绕着我们的头顶成群地转了几圈后，这会儿，它们飞累了，翅一敛，斜着落下来，舒口气。三五驯鹤人便上去喂食。鹤们被桶里的小鱼小虾和玉米粒招诱，挺着长颈，温顺地跟着走，伸出尖喙朝驯鹤人手里的舀子啄。驯养也是管束，只要有食物，鹤们乐意接受这种管束。看得出来，即使肚子里空空的，鹤们也不会显出饿慌的样子，仍能步态娴静地徐行。漫长的时间中，驯化给这些鹤赋予了人类的某种气质。

查尔斯·罗伯特·达尔文说，南美的鸵鸟，胆小易惊。我眼前的这群丹顶鹤，并不向人们走近，却也不会害怕地战栗，更不会惶遽地飞逃。好几个世纪的光阴里，没有伤害的锋刃割断人禽之间的纽带，也就不会在它们的性格中注入防备的意识。一个低凹的地方，一只离群的鹤正在丛密的芦苇间啄理散乱的羽毛，苇荡摇动金色的浪波，把那白腹黑尾的姿影衬得花一样耀眼。过了一会儿，它开始悠缓地踱步，鹤掌轻灵地踩在冰雪上，不留乱痕，还能像树叶飘落那般摩出沙沙的细响，闲适的意味也就浓了。丹顶鹤本是恋群的，这时的它却显得孤单，听不见湖风的喘息，听不见俦类的呼唤，却无丝毫担忧，好像在享受幽静的时光。一个人，从喧嚷的都市樊笼走进广漠的平原，他的心上，也很有这样的感觉。

我觉得，可以在这里坐上一整天，用目光和鹤们进行简单的交流，这是亲近鹤的一种办法。虽然我不谙这类水禽的习性，可是想到它们引着我的视线往高处去，把魂魄带向天空，就要在心里喊：可爱的生灵哟，致谢了！

夕照被远山收尽，白昼宣告终结。晚霞消弭了白天和黑夜转换时的伤感，它的隐逝也撩起一阵落寞。暮色沉沉地压过来，湖岸陷入黯淡。红，是涉禽最美的饰色——鹤头上点点鲜妍的红光闪在我心里，通灵似的，触发种种美妙的联想，又宛若玛瑙般的星辰，悬在遥远的夜天。

扎龙人说，这世上，只有丹顶鹤才配叫仙鹤。对于它们来说，这片浩阔的湖沼，是生命的摇篮。

2016年1月16日

从小羊圈胡同到丹柿小院

"百花深处"，听上去多美！不诗自诗。北京胡同，这样好的名字，不多。

那天，我从徐悲鸿纪念馆出来，奔南走，过到马路东，折进"百花深处"。那一瞬，瞅着巷口墙头的红牌白字，有些恍惚，好似醉入桃花源，做了一回隐士。胡同不宽，从新街口南大街乍一拐入，更觉得窄。眼光左右扫出去，不见什么花。群芳吐艳，香飘荷塘，已是早年的光景。

老舍把这条胡同写进了小说。《老张的哲学》里有这么几笔："那条胡同是狭而长的。两旁都是用碎砖砌的墙。南墙少见日光，薄薄地长着一层绿苔，高处有隐隐的几条蜗牛爬过的银轨。往里走略觉宽敞一些，可是两旁的墙更破碎一些。在路北有被雨水冲倒的一堵短墙，由外面可以看见院内的一切。院里三间矮屋，房檐下垂着晒红的羊角椒。阶上堆着不少长着粉色苔的玉米棒子。东墙上懒懒的爬着几蔓牵牛花，冷落地开着几朵浅蓝的花。"到了现下，四外一瞥，风味差不到哪儿去。北京的平房小院，外墙的条形砖还显得体面，里头檀的，净是碎砖头，填馅儿一般，再溜上黄泥，甭嫌样儿不济，结实着呢。老话"四角硬，棋盘心"，指此。京城泥瓦匠的能耐，大了去啦！

胡同住家，连得密，小门脸一个挨一个，用心装点过。太阳照来，胡同一半灿亮，一半黯黑，把细长的空间做了切分。光影的明暗变化下，景象不单调，甚有味。

瞎转一通，就进了护国寺西巷。我想穿到小羊圈胡同，去看老舍出生且度过童年的那个小院。向碰面的人打听，都知道，一指：奔西就是。这一带的胡同不直溜，弯可真够多的。这些弯都挺急，愣而硬。刚甩了一个弯，又来一个，几步就得一拐，脚下像淌着一条曲折的河。又窄，大车别想开进来，骑车往里钻还行。也好，落个清静。我虽在胡同里长大，这么窄而多弯的地方，却见得少。

前头闪出一块平整的地儿，还算宽敞。两头细的小胡同，冷不丁鼓出一个大肚子，让憋住的那口气，捯了出来，稍觉舒坦一些。这条胡同，长了个葫芦形！围了一圈儿屋院，从一扇门里出来一位，站在檐下抽烟。一问老舍住过的院儿，他冲南边犄角那个宅门扬扬下巴，算是示意。这个来头不小的老院子，敢情就在鼓出的大肚子的东边。后墙和房山新砌过，一水儿青砖。灰浆勾缝的清水墙，看上去齐整。漆红的院门朝西开，没挂门牌，只用黑笔在横楣上写着"小杨8#"，不那么规范，甚至有点随便。看看邻院门楼上正规的标牌，推知这个宅院就是"小杨家胡同8号"了。小羊圈，小杨家，音近。现在这个名儿，八成是后来改的。为什么要改呢？从这儿坐公交往南没几站，便是我小时住过的羊皮市胡同，加上邻近的羊肉胡同，几十年了，老名字都还留着。（我们那边，清代有买卖羊皮、羊肉的市场。《老张的哲学》里"往南是西四牌楼，除了路旁拿大刀杀活羊的，没有什么鲜明光彩的事"数句，可证。）

街门没关，我轻步进去。这不是一座方正的四合院。北房三间，檐前接出几个小棚子：有的成了做饭的灶屋，有的成了堆放杂物的仓房，跟南墙之间没剩多大地方。南侧也没少盖。看老照片，院子原先不是这样，起脊瓦房挺周正的，屋边墙下，还算宽绰。如今这么一来，把院子挤成一个小长条，丢了早年的形。地面倒是墁着砖，脚底还算硬实、干净。

南墙有个水管子，天冷了，还没上冻，水细细地流下来，有个男人弓着腰刷碗，身后一个女人正炒菜，铲子麻利地在铁锅里翻搅。旁边戳着一个煤气罐。

我朝前迈腿，东屋出来一个女的，说她家把着东头儿，再往里就没什么了。这院够小的！

有人说，老舍就是在北屋东次间出生的。我隔窗瞅了瞅。

墙面有多块小牌子，标着字："公"或"私"，不明白干吗用的。推想这是房管局弄上去的，好分出哪间是公家的，哪间是私人搭的吧。

歪着一株树，高高矮矮的屋子围簇它，像拥着一位汉子，共同历尽沧桑。枝权劈着，遮住屋顶。叶子落尽，秃枝却未僵死在严冬中，上面还挂着三四颗红红的果：柿子！这是棵柿子树。昔年的枣树呢？那可是一幅画呀！"院里一共有三棵树：南屋外与北屋前是两株枣树，南墙根是一株杏树。两株枣树是非常值得称赞的，当夏初开花的时候，满院都是香的，甜梭梭的那么香。"老舍时常写到它们。绿荫下，年幼的老舍听树上季鸟叫得欢，看墙脚土鳖爬得勤。

这个不平常的院子，地下积着厚厚的土，老舍的文学之树在这里扎了根，连向温暖、丰沃、宽广的大地，汲取富足的养分。也就因此，跨进这个老宅，觉得空气中有种特别的味道，灵魂的气息飘散在小院的上空。老舍总在说："我的一切都由此发生，我的性格是在这里铸成的……那是我的家，我生在那里，长在那里，那里的一草一砖都是我的生活标记。"出胡同东口，往北去积水潭，也很近便。那长着红酸枣的老城墙，那游着小蝌蚪、苇叶上落着嫩蜻蜓的一湾绿水，都给童年的记忆添加了光彩。"真愿成为诗人，把一切好听好看的字都浸在自己的心血里，像杜鹃似的啼出北平的俊伟……因为我的最初的知识与印象都得自北平，它是在我的血里，我的性格与脾气里有许多地方是这古城所赐给的。"写这话的时候，老舍的眼里应该噙着泪。苦难意识与爱的心肠，夯筑了他的平民文学的基底。

没停住脚，我接茬奔灯市口来了，只因老舍最后的家，在这儿。

由东黄城根南街往东一拐，进了灯市口西街，路北第二条就是丰富胡同，不宽，老舍住了十多年的19号院，紧把着胡同南口。宅子大概是晚清的，灰瓦门楼朝东开，双扇板门上了黑漆。小天井中的灰色影壁，顶覆花瓦，够讲究！影壁后耸着一棵椿树。这棵树有年头了，深褶皱起，一震，树皮怕会簌簌掉下来（梅兰芳家的前院，也有一棵同样老的椿树）。往屏门里一瞅，还挡着块彩色木影壁，贴个福字，胡絜青写的。跨入正院，真叫一个静。三合院的老格局还在，红门绿窗的三间北房气派地横着，合瓦过垄脊在晴蓝的天色下分出一道平直的线，两端翘起蝎子尾，又像是清水脊的做法了。瓦垄一条条斜下来，荡出很美的波浪。东西厢房分在两侧，屋面看不出两样。没有住进人。从前看书、写作、会客、吃饭、寝息的地方，成了陈列室。

北房照着当年的样子布置。左手两间是客厅。沙发、茶几、花瓶、立柜、圆桌、条案摆列一屋。多宝槅上，瓷器不少，老舍是个勤快人，常常把这些小摆设拭得很净，闪出光。西墙悬一幅《雁横南浦》，林风眠画的。右手一间归胡絜青，绘画和睡卧都在这里，桌面少不了笔砚。日光从窗外照进，投映在墙面的字画上，花花搭搭。

老舍把西耳房当成书屋，睡觉也在这儿。耳房位偏，屋顶开了透光的窗，不发暗，真是"渐见天窗纸瓦明"。傍墙是一个宽大的木榻，铺好了，衾枕都齐。榻上摊开十来张扑克牌，有什么妙意吗？不得知。五屉柜上放着一个带画的瓷盘：徐悲鸿的奔马图。徐悲鸿的画，老舍应当是喜欢的。屋角衣架，挂着衣帽，我好像看见老舍站在那儿。贴墙立一排书橱，橱前是硬木镶青色大理石书桌，摆满了，他用过的眼镜、台灯、笔筒、日历、墨水瓶、烟灰缸、收音机，都在，不改原状。收音机像个木匣子，式样太老了，连我这个年纪的人都没见过。书桌斜对屏门，来人了，老舍抬眼就能瞧见。从这儿看院儿里的花和树，也很好。遇着雨天，写累了，撂下笔，默坐桌前歇会儿脑子。耳边的钟表单调地轻响，听着时间滴落，他不觉得清寂吗？或许，老舍会欠起身，摩挲一会儿齐白石为他刻的印章、冯玉祥相赠的玉石印泥盒，李笠翁的书画砚和戏剧家画的扇面，也聊可遣闷。要不，就等雨住了，站到院子当间儿的柿树下，透过丛枝密叶，看看云。那一刻，老舍魂返大自然，齐白石应他点题而画的《蛙声十里出山泉》，也有奇妙的意味吧。

老舍收藏了很多画，齐白石、林风眠的，当然不缺，傅抱石、黄宾虹、颜伯龙、蒋兆和、周怀民、于非闇的，也有。于非闇画的是一幅彩色牡丹，绢地，立轴。老舍说于非闇极重写生："即在晚年，虽已成名，可是还时刻留神观察百卉虫鸟，以求精确。每逢公园牡丹盛开，或闻某处有菊花展览，他必去详为赏览，勾画底稿多幅。每值我家菊开，画师必来，徘徊花间，见细瓣如针，或色嫩韵秀，虽谓'这怎么画呢？'事实上，他并不畏难；他千方百计地想办法，把最不易模拟的画了出来。这便是创造，因为前人没有这么画过。"忆想之语，深含感情。于非闇还画过一幅《丹柿图》，着色匀净、清鲜、明丽，亦不失古淡气；又用秀劲的瘦金体题款：老舍家看菊花，见丹柿满树，亟图之。画这画时，于先生七十岁了。

厢房从前是老舍的儿女住的，现在腾出来，做了展室。那么多文字、书籍和照片，极其珍贵。看过，老舍的身世与创作，大致可知。实物留着生命的余温。老舍在重庆北碚用过的一个方形砚台，没在战乱中丢掉，完好地存下来。北碚蔡锷路上的老舍寓所，我是去过的。在那座砖木小楼里，老舍写成《四世同堂》的前两部：《惶惑》和《偷生》。他用小说语言，捉着小羊圈胡同的影子，犹见故都的天。

老舍写的书，太多了，一一展列，一时看不过来。我会找个宽闲的时日，搭上些工夫，细细瞅个够。屋子里摆的那本《出口成章》我倒是记得的，一瞧浅灰封皮，便觉眼熟。还是念小学那会儿，从我爸的书架上翻出这书。小孩子最怕写作文，想从书里学，《越短越难》《别怕动笔》《学生腔》《多练基本功》这几篇，过眼，似懂非懂。

北屋窗前，长着两棵柿子树，是1953年春天，老舍从西山林场移栽过来的。他的大女儿舒济记得清楚："种的时候只有拇指粗，不到十年，树干直径已超过海碗。春天柿花开时，招来蜜蜂数千只，全院一片嗡嗡声，如轰炸机飞过。秋天满树硕果，非常壮观。"柿子像是火晶柿子。我来时，树上空了，瘦去的枝条，风里抖。叶子凋枯，魂魄不灭，春风一吹，柿树又会唱起绿色的歌。摘下的柿子，在北屋窗台上码了东西两溜，个儿不大，红得透亮。胡絜青给这个家起了"丹柿小院"的名字，真好。

院里有个大鱼缸，没水。缸面雕了鸟兽，显出一点活气。

有一幅白描：《老舍在花丛中》，叶浅予画的。老舍坐在藤椅上，左手掐着烟，身子被花围紧，目光仿佛看得很远。几笔勾下来，形神尽出。这张画，我早先在前门的老舍茶馆里见过。

老舍爱花，无花不欢。爱花的人，感情是丰富的；养花的人，更少不了心思的细，还得耐烦。菊花、石榴、海棠、腊梅、月季、昙花、水葱、枸杞、山影、夹竹桃、蟹爪莲、令箭荷花，没少养。小院一片香。老舍喜欢花前忙活，汪曾祺认为，"老舍先生的文章也可以说是'俊得花枝助'"。人间草木，养着老舍的文心。《茶馆》《龙须沟》《方珍珠》《全家福》和《正红旗下》，全是在这儿创作的。他写活了北京。

沈从文说："缺少美，不成诗。"守在这里的老舍，在廊前檐下，莳弄着一盆盆花草，过着一个个日子。他沐着一院阳光，满心是诗。

2020年12月12日

文学百年／名家散文自选集

<table>
<tr><td colspan="6" align="center">第一辑</td></tr>
<tr><td>序号</td><td>作者</td><td>作品</td><td>序号</td><td>作者</td><td>作品</td></tr>
<tr><td>1</td><td>冰 心</td><td>一日的春光</td><td>17</td><td>沈从文</td><td>湘行散记</td></tr>
<tr><td>2</td><td>从维熙</td><td>朝花夕拾</td><td>18</td><td>铁 凝</td><td>会走路的梦</td></tr>
<tr><td>3</td><td>褚水敖</td><td>我负北大</td><td>19</td><td>闻一多</td><td>复古的空气</td></tr>
<tr><td>4</td><td>邓友梅</td><td>饮茶闲话</td><td>20</td><td>王巨才</td><td>退忧室漫笔</td></tr>
<tr><td>5</td><td>郭沫若</td><td>竹阴读画</td><td>21</td><td>徐志摩</td><td>翡冷翠山居闲话</td></tr>
<tr><td>6</td><td>葛水平</td><td>绣履追尘</td><td>22</td><td>萧 红</td><td>春意挂上了树梢</td></tr>
<tr><td>7</td><td>甘铁生</td><td>人生浪语</td><td>23</td><td>徐小斌</td><td>生如夏花</td></tr>
<tr><td>8</td><td>韩小蕙</td><td>新新中国</td><td>24</td><td>郁达夫</td><td>一个人在途上</td></tr>
<tr><td>9</td><td>蒋子龙</td><td>红豆树下</td><td>25</td><td>叶圣陶</td><td>没有秋虫的地方</td></tr>
<tr><td>10</td><td>鲁 迅</td><td>秋 夜</td><td>26</td><td>杨匡满</td><td>感恩的翅膀</td></tr>
<tr><td>11</td><td>老 舍</td><td>抬头见喜</td><td>27</td><td>袁 鹰</td><td>生正逢辰</td></tr>
<tr><td>12</td><td>林徽因</td><td>你是人间的四月天</td><td>28</td><td>朱自清</td><td>背 影</td></tr>
<tr><td>13</td><td>柳 萌</td><td>寒风吹哑琴音</td><td>29</td><td>张抗抗</td><td>北 方</td></tr>
<tr><td>14</td><td>李美皆</td><td>爱你备受摧残的容颜</td><td>30</td><td>周 明</td><td>写意凤凰</td></tr>
<tr><td>15</td><td>刘锡诚</td><td>芳草萋萋</td><td>31</td><td>赵 玫</td><td>陪伴你在暮色里闲坐</td></tr>
<tr><td>16</td><td>茅 盾</td><td>白杨礼赞</td><td>32</td><td>朱 蕊</td><td>蛇发女妖</td></tr>
<tr><td colspan="6" align="center">第二辑</td></tr>
<tr><td>序号</td><td>作者</td><td>作品</td><td>序号</td><td>作者</td><td>作品</td></tr>
<tr><td>1</td><td>陈建功</td><td>我和父亲之间</td><td>17</td><td>束沛德</td><td>爱心连着童心</td></tr>
<tr><td>2</td><td>陈世旭</td><td>天南地北</td><td>18</td><td>王剑冰</td><td>古道秋风</td></tr>
<tr><td>3</td><td>陈喜儒</td><td>履痕碎影</td><td>19</td><td>吴泰昌</td><td>散文六十篇</td></tr>
<tr><td>4</td><td>陈善壎</td><td>你这人兽神杂处的地方</td><td>20</td><td>汪浙成</td><td>远 影</td></tr>
<tr><td>5</td><td>范小青</td><td>坐在山脚下看风景</td><td>21</td><td>肖复兴</td><td>昔日重现</td></tr>
<tr><td>6</td><td>黄文山</td><td>烟霞满衣</td><td>22</td><td>徐 迅</td><td>响水在溪</td></tr>
<tr><td>7</td><td>刘成章</td><td>安塞腰鼓</td><td>23</td><td>肖克凡</td><td>一个人的野史</td></tr>
</table>

8	梁晓声	我与橘皮的往事	24	徐 风	风生水岸
9	雷 达	黄河远上	25	叶延滨	前世是鸟
10	刘庆邦	野生鱼	26	阎 纲	散文是同亲人谈心
11	陆 梅	时间纷至沓来	27	赵丽宏	亲爱的母亲河
12	罗文华	将谓偷闲学少年	28	周大新	呼唤爱意
13	刘汉俊	刘汉俊评说历史人物	29	卓 然	天下黄河
14	林 希	平常人语	30	朱 鸿	退 出
15	刘兆林	牛化自己	31	查 干	红叶归处
16	秦 岭	眼观六路			

第三辑

序号	作者	作品	序号	作者	作品
1	杜卫东	陶人：远古之神	7	王泉根	往昔皆为序曲
2	高洪波	拔笔四顾	8	王必胜	我写故我在
3	郭保林	孤独者的绝唱	9	徐 刚	八卷·九章
4	韩小蕙	火与剑，还是康乃馨	10	杨晓升	人生的级别
5	简 默	活在尘世中	11	张庆和	漂泊的心灵
6	剑 钧	写给岁月的情书			

第四辑

序号	作者	作品	序号	作者	作品
1	白阿莹	高山之巅	10	邱华栋	地球是圆的
2	陈奕纯	生命，向美的境地漂流	11	素 素	乡 愁
3	淡巴菰	下次你路过	12	孙 郁	在时间深处
4	何向阳	无尽山河	13	王子君	一个人的纸屋
5	李 舫	不安的缪斯	14	许谋清	每次涨潮都换一波海水
6	陆春祥	柏拉图的斧子	15	叶 梅	江河之间
7	刘上洋	山河气象入梦来	16	朱以撒	两片落叶
8	陆建德	看得见风景的书房	17	朱小平	一担山河
9	马 力	江水之南			